春風回夢記

為了愛不惜一切，風塵場中的淒美情緣

劉雲若　著

風塵女子與富家公子一見傾心，曲折離奇的淒美愛情

風月場所中邂逅真愛，卻引發一連串的悲劇

目錄

第一回

亢儷江湖聞歌圓破鏡，
恩冤爾汝語燕定新巢

第一回　伉儷江湖聞歌圓破鏡，恩冤爾汝語燕定新巢

　　在天津租界中一家旅社裡，某年的初春，夜裡一點多鐘，大明旅社裡的一家菸館，正在榻上客滿房裡煙濃的時節，人多得簡直有些旋轉不開。菸容滿面的菸館掌櫃佟雲廣，被擠得攢到帳桌後面，正辦著一手錢來一手菸去的交易。

　　他那鬼臉上的表情，時時的變化不定，這時正向著菸榻上臥著的一個穿著狐腿皮襖，三十多歲大白胖子道：「徐二爺，昨天給你府上送去的八兩清水膏子，你嘗著怎樣？」那徐二爺正噴著一口菸，噴完喝了口茶才答道：「好的很，明天你再給熬十兩送去！真個的，那八兩該多少錢？」說著從懷裡把很大的皮夾拿出放在床上，預備付錢。佟雲廣笑道：「二爺，你忙甚麼？只要你賞臉，我供你抽到民國六十年再算帳也不遲！」說著，又鄭重的叫了聲二爺道：「二爺，可不是我跟你賣人情，每回給你送的菸，都是我內人親手自製。不是我跟你送人情，我的內人向來不管菸館事，說到熬菸，她更沒工夫伺候，只有給你二爺熬菸，她居然高高興興的辦，足見二爺真有這頭口福。若是經夥計們的手，哪有這樣香甜！」

　　這時躺在徐二爺對面給他燒菸的一個妖妖嬈嬈的妓女答話道：「佟掌櫃，這可不怨我和你開玩笑，怎麼你們太太沾了徐二爺就這樣高興？難道和徐二爺有什麼心思？你可留神她拋了你，姘了徐二爺！」這幾句話說得滿屋裡的人都笑。那佟雲廣也不由臉上一紅，口裡卻搭訕道：「芳姑娘，先不勞駕你吃醋。憑我女人那副嘴臉，就是回爐重做一下，也比不上你一半好看，你放心吧！」說完回頭一看，立刻露出一臉怒容，向那縮在破沙發上吸菸的一個穿破棉袍的中年人道：「趙老四，你這兩毛錢的菸，玩了夠半個鐘頭，只顧你占著地方不讓。都像你這樣，我這個菸館就不用開了！」說著又向坐在椅上一個窮酸面目的人道：「呂先生，咱們都是外面上的人，誰也別擠誰說出話來。前帳未清，免開尊口。一言超

百語，閒話休題！」呂先生還囁囁嚅嚅的想要說話，那佟雲廣卻自把頭扭轉，再不理他，只口裡自己搗鬼道：「真他媽的喪氣！窯子裡有窯皮，菸館裡就有菸膩。」說著又緩和了顏色，向旁邊獨睡的小菸榻上躺著的一位衣服乾淨面容枯瘦的老頭兒笑道：「金老爺，上一回有我的親戚，想在東首幹一個小賭局，托你向上邊疏通疏通，不知道你辦得怎麼樣？」那金老爺一手舉著菸槍，一手耍著菸簽子，比劃著道：「佟老大，你是個通世路的明白人，你的親戚可以跟你空口說白話，你也可以跟我空口說白話，我可怎麼能跟上頭空口說白話！」說到這裡，那佟雲廣忙道：「你說的是。我們親戚原曾透過口風，反正不能教你為難。」

那金老爺道：「你倒會說空話，不給我個所以然，怎樣說也是白費。」佟雲廣忙湊到金老爺跟前道：「我給你燒口菸。」就拿菸簽子，挑起菸在燈上燒，趁勢在金老爺耳邊唧喳了半晌。金老爺一面聽著，一面點頭。這時那徐二爺和那芳姑娘穿了衣服要走，佟雲廣忙過去趨承了一遍。他們走後，還有兩三個菸客也跟著走了，屋裡立刻寬鬆了許多，候缺的也都各得其所。佟雲廣便回到帳桌旁邊，料理帳目。

這時忽然屋門一響，一個大漢子大踏步走進，行路帶著風聲，閃得屋道的幾盞菸燈火頭兒都動搖不定。大家抬頭看時，只見他黑紫的臉龐兒，微有些灰色，卻又帶著油光，濃眉大眼，軀幹雄偉，但是精神上略似衰頹。身穿一件灰布棉袍，已髒得不像樣子。屋裡的人見他進來，立刻都不言語。佟雲廣卻皺了皺眉。那大漢直奔了佟雲廣去，他一伸手，只說一個字道：「菸！」那佟雲廣也一伸手道：「錢！」那大漢道：「佟六哥，你這不是誠心擠我？有錢還跟你空伸手！」佟雲廣道：「周七，你聽我說，向來你給我出力不少，白給你菸抽也是應該。只是你抽足了，就是屋裡噴痰吐沫，隨便胡鬧，給我得罪主顧。花錢養個害人精，教我這本帳怎麼算！」那周七道：「佟六哥，我是知過必改，往後先縫住了嘴，

再上這屋裡來。」說著，忽想縫住了嘴怎麼能抽菸？忙改口道：「我還是帶了針線來，抽完菸再縫住了嘴。」

那佟雲廣把一盒菸給他道：「少說幾句，快過癮，完了快滾！」這時那周七一頭倒在破沙發上，嘆道：「佟六哥，我要花錢買菸，哪能聽你這個滾？誰讓我把錢都賭得光光淨！咳，老九靠虎頭，銅錘坐板凳，都跟我拜了盟兄弟。猴耍棍，吐血三，也變了我周老七的結髮夫妻，簡直他媽的都跟定了我。好容易拿了一副天槓，偏巧莊家又是皇上玩娘娘，真是能死別倒楣。」這時旁邊一個菸客插嘴道：「周老七，你也該務點正了，成年際要賭嫖！大家都看你是條漢子，夠個朋友，幫扶你賺得錢也不在少。你要規規矩矩，不賭不嫖，再弄份家小，早已齊家得過，不勝似這樣在外飄蕩著？」那周七長嘆口氣，把菸槍一摔道：「馬先生，只你這幾句金子般的話，強如給我周七幾百塊洋錢。可是你哪知道我周七原不是天生這樣下作，而今現在，不教我賭錢吃酒，你說教我幹什麼正經？咳，我周七也快老了，菸館裡打個雜差，賭局裡找些零錢，活到哪日是哪日，死了就落個外喪鬼也罷！」

他正說著，忽然隔壁一陣絃索聲音，悠悠揚揚彈了起來。立刻大家都打斷了話頭，只聽絃索彈過一會，便有個女兒家的一串珠喉，和著絃索緩聲低唱。金老爺幼年原是風流子弟，吹打拉彈的慣家，這屋裡只有他一人聽得最入神。只聽得唱到首句頭三個字「……劍閣中……」便擺手向眾人道：「聽，別作聲！這是子弟書裡的《劍閣聞鈴》。」

這時那屋裡人又接著唱道：「劍閣中有懷不寐的唐天子，聽窗外不住的叮噹作響聲，忙問道：『窗外的聲音是何物也？』高力士奏是林中雨點和檐下金鈴。唐天子一聞此語長吁氣，這正是斷腸人聽斷腸聲。可恨這不做美的金鈴不做美的雨，怎當我割不斷的相思割不斷的情。」唱到這裡便歇住了，只有絃索還自彈著。金老爺便喝了個沒人知情的隔壁彩，

回頭向佟雲廣道：「好動人的唱兒！你知道這唱的是誰？」佟雲廣道：「隔壁住的是個行客，也沒有帶家眷，這唱的大約是現招呼了來。」金老爺點點頭，道：「我想絕不是娼寮裡的人。現在盛行著西皮二簧時調大鼓，誰還學這溫三七的子弟書？這個人我倒要見識見識。」說著就叫過菸館裡的小夥計道：「趙三，你到外面向茶房去打聽，這隔壁唱的若是個賣藝的人，回頭那屋裡唱完了，就叫她到這屋裡來。」趙三答應自去。

　　這時那屋裡又唱起來，金老爺更是聽得入神，不想那邊沙發上的周七，卻聽得連聲嘆氣。金老爺轉頭來看著周七，只見他不只嘆氣，眼角裡卻還汪著淚珠，不覺詫嶼道：「周七，憑你這樣一個粗人，還懂得聽鼓兒詞掉眼淚，替古人擔憂，這倒怪了！」周七擦著眼笑道：「我哪懂得什麼鼓兒詞鑼兒詞？只因方才馬先生說話，勾起我的心思，又聽得那屋裡唱的聲音像哭一樣，不知怎的就心裡十分難過，倒被你金老爺見了我的笑。」金老爺便不再言語。沉一會兒，那隔壁已是紅牙拍罷，絃管無聲，這陷便又高談闊論起來。金老爺聽了曲子勾起色迷，又犯了酸，自己唱道：「已聞佩響知腰細，更辨弦聲覺指纖！這個人兒一定不會粗俗，想是個蘆簾紙閣中人物也。」大家正莫名其妙地看他酸得可笑，忽然小夥計趙三推門進來，向金老爺道：「唱的是母女倆，倒是賣誘的，隔壁從雜耍園子後臺叫得來，現在完了要走。聽說是兩塊錢唱一段，你叫嗎？」金老爺聽了價目，想了想，咬咬牙道：「叫進來！」那趙三又出去了。

　　不一會，從外面引進兩個女人。金老爺見頭裡走的是個將近四十歲的婦人，身上穿著舊素青緞子棉褲襖，手裡提著個用藍布套著的弦子和一個花絨鼓套，面貌雖然蒼老，但就眉目位置上看來，顯見年輕時是個俊人。後邊的那一個，因為緊跟在婦人背後，面目被遮得瞧不見，只看得一隻絕白膩的玉手，和藍庫緞皮袍的衣角。趙三向金老爺一指，那婦人向他點了點頭，身體向旁邊一閃。金老爺立刻眼前一陣發亮，只見一

個十六七的苗條女郎，生得清麗奪人，天然淡雅，一張清水瓜子臉兒，素淨得一塵不染，亭亭玉立在這滿堂菸鬼中間，更顯得光豔耀目，把屋裡的烏煙瘴氣，也似乎照得消滅許多，望去好似那三春煙雨裡，掩映著一樹梨花。金老爺看得都忘了自己的年紀，無意中摸到自己口上的短鬚，才覺自己是老頭子了，餓虎撲羊式的先和這十六七女郎攀談，不大合式，便轉頭向那婦人道：「請坐請坐。」那婦人不客氣，一屁股坐在菸盤子前邊金老爺身側，一面向那女郎招手道：「菸館裡就是這樣不寬鬆，你不要氣悶，孩子，來，來，坐在娘腿上。」

那女郎搖搖頭，低聲道：「不，我站著好。」這時趙三已搬過一把椅子來，那女郎也便坐下，卻把兩隻手都籠到袖口裡，低頭看衣襟上的細碎花紋。金老爺便向那婦人道：「方才隔壁可是你們這位姑娘唱？」那婦人道：「正是。隔壁那位客人，一陣高興，叫我們來唱買賣。可巧園子裡的師傅都忙，我便綽了把弦子跟了來。誰知客人竟要聽這八百年沒人理的子弟書，要不是我跟來，還抓了瞎。」金老爺眼珠轉了幾轉，看看婦人道：「方才弦子是你彈的？」那婦人點點頭道：「教你見笑！」金老爺用手一拍大腿，笑道：「噯噯，我認識你！你飼當初六合班的馮憐寶。除了你，女人隊裡誰有這一手的好絲弦？提起來有十二三年不見了，聽說你是跟了人，怎麼又幹了這個？你禁老了，面貌也改的幾乎認不得。」

那婦人道：「抽大菸就把我鼓骨換了胎，怎麼會不老？二爺你眼力還好！」金老爺笑道：「你別這樣稱呼，你可還認得我？」婦人慢慢搖頭道：「倒是面熟，一時想不起來。」金老爺道：「咱們曾一處玩了一二年，你還記得跟大王四同走的金老三？」那婦人向他看了半晌，忽然把他肩膊一拍道：「你就是金老三呀！菸燈上可真把你燒老了，不說簡直認不出。哪裡還有當初一點的俏皮樣子！想起咱認識的時節，真像做夢一樣。」金老爺也嘆息了一聲，指著那女郎問她道：「你這個孩子是新制還是舊

存？」那婦人也瞪了他一眼，道：「你少胡說！你不記得嗎？我嫁過一回人，那是那個鹽商何靖如。他弄我當外宅不到一年，因外面風聲不好，又把我打發出來。這孩子是跟他在一處懷的孕，後來又落到窰子裡才生的。到大土四認識我的時候，她才兩歲。你忘了你常抱著玩的那個小鳳嗎？還記得她三歲生日的那天，大王四送了蹋個金錢，你亦買了副小鐲子。如今改名叫如蓮了，只仗她發賣喉嚨養活我。」說著就叫道：「如蓮，見見你的乾老金三爺！」如蓮在椅上欠欠身，只鞠了個淺躬。金老爺坐在菸榻上也連忙還禮，一面向那馮憐寶笑道：「你別教她這樣稱呼，看大王四在陰間吃醋！」憐寶驚愕道：「怎麼說？大王四死了？」金老爺道：「死夠七八年了。可憐三四十萬的傢俬，臨死落個五更抬，還不是你們姐兒幾個成全的！」

憐寶正色道：「你別這樣說，他在我身上沒花多少錢，我也沒有壞了良心害他。這裡面冤不著我！」金老爺點頭道：「這我知道。只花靈芝和雪印軒郭寶琴那幾個就抄了他的家。想起當初同嫖的人，都沒落好結果，如今只有我是剩下的。聽說何靖如也死過七八年了，有個少爺接續起來，家業還很興旺。他那少爺也是好玩，前些日我還常見。他名字是叫什麼……什麼，咳，看我這記性！原在嘴邊，一時竟想不起。」憐寶笑道：「管他叫什麼！當初何靖如那個老梭膽子的人，弄外宅就像犯王法。他家裡人始終不知道有我，我也不明他家裡的內情。如今我們如蓮又不是男孩，沒的還想教他認祖歸宗去分一份家產？所以我對於老何家的事，絕不打聽。要不為你是熟人，我也絕不提起。」

說到這裡，只聽如蓮叫道：「娘，還唱不唱？不唱走吧！」

憐寶道：「孩子倦了，舊人見面，談談比唱不強？還唱什麼？倦了咱走，現在幾點鐘了？」

金老爺聽了她末一句話，不由笑道：「難得你這些年還沒改了你那

河南口音。」又向眾人道：「你們聽她口裡的幾字和鐘字，跟周七一樣不？」說完用眼睛去找周七，只見那破沙發上卻沒有。向左看時，周七卻正靠在菸榻旁邊一個小立櫃上，眼睛直直的向馮憐寶傻看。金老爺笑道：「周七這小子又直了眼了。你們是落在江湖內，俱是窮命人，就認個鄉親也罷。」那周七似乎沒聽見金老爺的話，突然搶上兩步，向馮憐寶叫道：「噲，這位嫂子，你可是河南龍王廟鎮上的人？」那馮憐寶被他驚得一跳，忙立起來，口裡答應道：「是呀！」眼睛卻細細向他打量。周七又問道：「你從家鄉出來有多少年？」馮憐寶忽然淚汪在眼圈裡，怔怔的道：「我先問你，你可姓周？」

周七點點頭，又往前湊了一步。馮憐寶又顫聲問道：「你的學名叫大勇？」周七聽了，不由分說，便搶上前把她攬到懷裡。憐寶只帶著哭音叫了聲「我的……」頭兒已緊緊抵到他的胸前，口裡再也發不出聲音，眾人見她只有肩頭微微的顫動。周七卻張著大嘴，掛著兩行眼淚，一隻手向金老爺比劃著，口裡模模糊糊的道：「我倆二十年，……二十年……」如蓮忙從椅子上立起，在一旁發悶，自己知道娘當年是天津有名的紅倌人，恩客多得比河頭魚鱉還多，只當又遇見什麼特別恩客，又要給自己憑空添個乾爸爸，心中委實不大舒服。闔菸館裡人見他二人這般情景，都測不透底細，不由得交頭接耳，議論紛紛。

只有金老爺是個玲瓏剔透的人，聽言察理，早瞧科八九分，便勸道：「你們夫妻離散了二十年，如今見了面，真是大喜，還哭什麼？各人肚裡裝的委屈，等回家去哭上十天半月，也沒人管，何必在這裡現象！」周七和憐寶原是一時突然激於情感，才抱頭一哭。如今聽了金老爺的話，才各自想到自己是年近四十的人，在人前摟到一處，不大像樣，便一齊鬆手離開，臉上都是一紅。周七用袖子拭著眼淚道：「從那年咱從家鄉逃出來，路上沒遇見土匪，卻遇著亂兵。我被亂兵捉了去，你怎樣了？」

憐寶嘆道：「咳呀，提不得，你被兵捉了走，我教他們按在地下，剝了衣服，在河邊柳樹下，一個挨一個的，把我……」周七頓著足，掩著臉道：「我懂得了，你少說得這麼細緻，虧你也不嫌難看。」憐寶道：「如今還嫌什麼難看？要這樣臉皮薄，你媳婦這二十年的事，臊也把你臊死了。」周七點頭道：「對，對。我混，我混！如今還講他媽的哪門子清白，真是想不開！你說，你說。」憐寶說：「這你還明白，命裡該當，教我一個婦人家有什麼法子？那時教他們幾十個大小夥子收拾得快要沒了氣。咳，你忘了那時我才十九歲呀！後來他們見我渾身冰涼，只當已死，便拋下我去了。我在河邊上不知道發了多少時候的昏，後來被咱村裡於老佩看見，把我救了，沒法子只得跟了他。哪知道小子壞了良心，把我帶到天津，就賣到窯子裡。」

說到這裡，忽從外面又來了幾個菸客，佟雲廣知道他們這樣拉鉤扯線的說，菸客都迴腸蕩氣的聽，不知到什麼時候才完。這一堂客還不賴到明天正午？先來的不肯走，後來的等不得，營業怕要大受損失，便借題開發道：「周老七，你們夫婦重逢，這是多痛快的事，還不回家去敘敘二十年的離別，在這裡聊給旁人聽作甚？」金老爺聽掌櫃的說話，明白他的意思，也趁波送人情道：「周七，你們回家吧！明天還一同來，我請客給你們賀喜。」馮憐寶是個風塵老手，有什麼眉高眼低瞧不出來？明知掌櫃是繞彎攆他們，便向周七道：「咱們走吧，你住在哪裡？另外可還有家小？」

周七苦笑道：「呸，呸，呸！我都沒個準窩巢，哪裡來的家小？咱們離開多少年，我就光了多少年的棍。如今菸館賭局就是我的家，裡面掌櫃就是我的家小。想住在哪裡便是哪裡，還不用開住局錢。」說到這裡，那邊佟雲廣喊道：「周七，你要說人話，不看你太太在這裡，我要胡罵了！」周七笑道：「佟六哥，你多包涵，恕我說溜了嘴。」便又接著向

憐寶道：「你住在哪兒？我去方便不方便？」這句話惹得金老爺大笑道：「男人問他媳婦家裡方便不方便，真是新聞！周七這話難得問得這麼機伶，倒教我聽了可嘆。」那憐寶擦著眼淚笑道：「哪怪他有這一問？若是早幾年見面，我家裡還真不方便，如今是清門淨戶的了。」周七聽著還猶疑，憐寶笑道：「女人只要和菸燈搭了姘頭，什麼男人也不想。這種道理，你不信去問旁人。」

金老爺從旁插言道：「這話一些不錯。要沒有菸燈這位伏虎羅漢，憑她這虎一般的年紀，一個周七哪裡夠吃！」憐寶道：「金三爺，你還只是貧嘴。」說著忽然想起了如蓮，便叫了聲「我的兒，還忘了見你的爹！」哪知如蓮已不在屋裡，便又叫了一聲，只聽門外應道：「娘，走嗎？我在這裡等。」憐寶詫異道：「這孩子什麼時候跑出去？見了爹倒躲了。」周七愣頭愣腦的道：「誰的孩子？叫人家見我叫爹，人家也不樂意，我也承受不起，免了罷！」憐寶忙目列了他一眼，在他耳邊輕輕說了幾句。周七還要說話，被憐寶一握手搗得閉口無言。憐寶便道：「到家裡再給你們引見也好。」說完，又和菸館裡眾人周旋了幾句，就拿了隨身物件，領著周七出來。

才出了樓門口，便覺背後嗡然一聲，人語四起，知道這些菸鬼起了議論，也不理會。尋如蓮時，只見她正立在樓梯旁，呆看那新粉的白牆。憐寶便走上前，拉著她的手道：「你這孩子，躲出來作什麼？」如蓮撅著嘴道：「您只顧說話，也沒瞧見這些鬼頭鬼臉的人，都呲著黑牙向人醜笑。我又氣又怕，就走出來。」憐寶道：「孩子，你也太古怪，這裡原是沒好人來的所在。」說著一回頭，指著周七道：「這是你的爹。有了他，咱娘倆就得有著落了。」如蓮在屋裡已聽明白了底裡，因為替她娘說的話害臊，便躲出來，知道這姓周的便是娘的親漢子，只不是自己的親爹，便含糊叫了一聲。周七也含糊答應了一句。在這樓梯上，便算草

草行了父女見面的大禮。三人下了樓梯，出了大明旅社，走在馬路上。

這時正是正月下旬，四更天氣，一丸冷月懸在天邊，照在人身上，像披著冰一般冷。如蓮跟著一個親娘，一個生爹，一步一步的往北走。又見他夫婦，話說得一句跟一句，娘也不知是怕冷還是為什麼，身子都要貼到這個爹的懷裡，覺得緊跟著走，是不大合適，便放慢腳步，離開他們有七八步遠，才緩緩而行。

因為方才在菸館裡看了這一幕哀喜夾雜的戲劇，如今在路上又對著滿天淒冷的月光，便把自己的滿腔心事，都勾了起來。心想自己的娘，在風月場裡胡混了半世，如今老得沒人要了，恰巧就從天上掉下個二十年前的舊男人，不論能養活她不能，總算有了著落，就是吃糠咽菜，這下半世也守著個親人。只是我跟了這不真疼人的娘，又添上這個平地冒出來的爹，這二位一樣的模模糊糊，坐在家裡對吃對抽，只憑我這幾分顏色，一副喉嚨，雖然足可供養他們，可是我從此就是天天把手兒彈酸，喉嚨唱腫，將來還能唱出什麼好結果？娘不就是自己的個好榜樣？我將來到她如今的地步，又從哪邊天上能掉下個親人來？

想到這裡，心裡一陣忐忑，又覺著一陣羞慚。接著又腦筋一動，便如同看見自己正在園子臺上，拿著檀板唱曲的時光，那個兩年多風雨無阻來顧曲的少年，正偷眼向自己看，自己羞得低下了頭，等一會自己偷眼去瞟他時，他也羞得把頭低下了。她這腦筋裡自己演了一陣子幻影，忽然抬起頭來，又看見當天的那一丸冷月，心下更覺著有說不出的慌亂。自想，我和他不知道何年何月也能像我娘和這個爹一樣，見了面抱著痛痛快快哭上一頓，便死了也是甘心。

想到這裡，不由自己「呸」了一聲，暗笑道：「我真不害臊，娘和爹是舊夫妻，人家跟我連話也沒說過，跟人家哭得著嗎？」又回想道：「想來也怪，憑人家那樣身長玉立粉面朱唇的俏皮少年，就是愛惜風月，

到哪裡去不占上風？何必三年兩載的和我這沒人理的苦鬼兒著迷？這兩年多也難為他了。這幾年我娘總教我活動活動心，可惜都不是他。若是他，我還用娘勸？可是我也對得起他。」她正走著路，胡思亂想，只聽著她娘遠遠的叫了一聲，定定神看時，只見她娘和周七還在那邊便道上走著，自己卻糊裡糊塗的斜穿過電車道，走過這邊便道來，自己也覺得好笑，輕輕的「呸」了一聲，慢慢的走攏了去。

憐寶忙拉住她的手道：「這孩子是睏迷糊了。我回頭看你，你正東倒西歪的走。要不叫你，還不睡在街上？早知道這樣睏，就雇洋車也好。如今快走幾步，到家就睡你的。」如蓮心裡好笑，口裡便含糊著答應。又走了幾步，便拐進了胡同，曲曲折折的到了個小巷。到一座小破樓門首，憐寶把門捶了幾下，門裡面有個小孩答應。憐寶回頭向周七道：「這就是咱的家了。馬家住樓下兩間，咱們住樓上兩間。東邊一大間，我和如蓮住著。臨街一小間空著，有張木床。咱倆就住外間，叫如蓮還住裡間好了。」說著門「呀」的一聲開了，黑影裡只見個十幾歲的小孩子，向著人揉眼睛。

憐寶問他道：「你娘睡了嗎？」那小孩朦朦朧朧的也不知說了句甚麼。憐寶等進去，便轉身關了門。三個人摸索著上了樓，摸進了裡間。憐寶摸著了火柴，摸著了煤油燈點上。周七眼前倏然一亮，屋裡陳設倒還乾淨，有桌有椅，有床有帳，桌上放著女人家修飾的東西，床上還擺著菸具。周七在菸館賭局等破爛地方住慣了，看這裡竟像個小天堂。憐寶笑道：「你看這屋裡還乾淨嗎？都是咱閨女收拾的。若只我住，還不比狗窩還髒？」周七坐在床上，嘆息道：「我飄蕩了這些年，看人家有家的人，像神仙一樣。如今熬得個夫妻團聚，就住個狗窩也安心，何況這樣樓臺殿閣的地方！」馮憐寶一面撥旺了煤爐裡的餘燼，添入些生煤球，一面道：「這樣說，這二十年來你的罪比我受得大啊！我這些年，縱

然對不起你，幹著不要臉的營生，倒也吃盡穿絕，到如今才落了魄。好在咱閨女又接續上了，只要運氣好，你總還有福享。」

周七道：「說什麼你對不起我，論起我更對不起咱家的祖宗。到如今前事休提，以後大家歸個正道，重收拾起咱的清白家風，寧可討飯也罷。」憐寶聽了不語，只向如蓮道：「孩子，你要睏就先和衣睡。等我抽口菸，就跟你爹上外間去。」如蓮揉著眼道：「不，我上外間睡去。」憐寶道：「你胡說！外間冷，要凍壞了。」如蓮笑道：「我冷您不冷？只要多蓋被也是一樣。」說著不由分說，就從床上搶了兩幅被子，一個枕頭，抱著就跑出去，就趁裡屋簾隙透出的燈光，把被窩胡亂鋪好。到憐寶趕出來時，如蓮已躺下裝睡著。憐寶推她不醒，心裡暗想：這孩子哪會睏得這樣，分明是歲數大了，長了見識，才會這樣體貼她的娘。不由得好笑。又想：今天她既會體貼娘，將來為著別人來和娘搗亂的日子也快到了。不由得又耽了心事。當時便替她把被蓋好，從裡間把煤爐也搬出來，才重進裡間屋去。

如蓮原不是要睡，閉著眼聽得娘進去了，又睜開眼望著屋頂胡想。這時正是四更向盡，殘月照到窗上，模模糊糊的亮，煤爐在黑暗中發出藍越越的火苗。被子裡的人，只覺得一陣陣的輕暖薄寒，心裡便慌悠悠的，似醉如醒。一會兒只聽得裡間的房門呀的聲關了，接著便有掃床抖被和他二人喁喁細語的聲音，從木板縫低低的透出來。如蓮原是從小兒學唱，雖然心是冰清玉潔的心，怎奈嘴已是風花雪月的嘴，自己莫名其妙而他人聽了驚魂動魄的詞兒，幾年來已不知輕易的唱出了多少。

近一二年便已從曲詞裡略得明白些人間情事。到了這時節，才又曉得這初春節候，果然是大妻天氣，和合時光。想到這裡，便覺得自己除了身下有床板支著以外，前後左右，都空宕宕的沒倚靠處，心裡一陣沒抓搔似的不好過，便擁著被坐起來，合著眼打盹。偶然睜開眼看時，只

第一回　伉儷江湖聞歌圓破鏡，恩冤爾汝語燕定新巢

看見屋裡淡月影中煤燈裡冒出的沉沉煙氣，便又合上眼揣想屋裡的情景。想到自己這老不要臉的娘，即刻又連想到自己，連想到這個新來到的爹，不知道為什麼把那惑亂人心的少年又兜上心來。如蓮不由得自己用手在頰上羞了幾下，低聲笑道：「我真不害臊，成天際還有旁的事麼，無論想什麼就扯上他，從哪裡扯得上！從現在起，再想他，教我來世不托生人身。」哪知誓才起完，那少年的影兒依然似乎在眼前晃動，賭氣子又睜開眼，呆呆的看煤爐裡的火苗，心裡才寧貼些。

哪知這時節，裡屋又送出些難聽的聲息。側耳聽時，隱約是帳搖床戛，爹笑娘哼。如蓮臉上一陣發熱，忙倒在床上，把被子緊緊的矇住了頭，口裡低低禱告：「神佛有靈，保佑我一覺睡到大天亮！」不料神佛哪得有靈，翻來覆去的更睡不著，身上又發起燥來，只疑惑爐裡的煤著得正旺了。探頭看時，爐裡火勢比方才倒微了些，賭氣再不睡了，坐起來從懷裡拿出條小手帕，放在頸後，把兩個角兒用手指填到耳朵裡，實行她那塞聰政策，便一翻身跪在床上，摘下窗簾，趁著將曉的月色，看那巷裡的破街，痴痴的出了會子神，心裡虛飄飄的已不知身在何所。這樣不知有多大工夫，猛然一絲涼風，吹得她打了個寒噤。收定了心神看時，眼前竟已換了一番風色。原來昨宵今日，這一樣的灰晶晶晴天，在不知不覺間，已由殘夜轉成了清曉。這時才又覺得脊骨上陣陣的生涼，回頭看看床上堆著的被子，覺得可戀得很，不由得生了睡意，玉臂雙伸打個呵欠，便要躺下去。

這時節，在將躺未躺之際，偶然向街上看了一眼，忽然自己輕輕「呀」了一聲，又挺直身軀，臉兒貼近玻窗去看，只見個獺帽皮袍的人，慢慢的從樓下踱了過去，又向東慢慢轉過彎，便不見了。如蓮心裡一陣噗咚，暗想這身衣服，我認得，可惜看不清面目。他大清早跑到這胡同來幹什麼？這總不是他！又想，倘不是他，我心裡怎會跳得這樣屬

害？可是若果是他，為什麼走到我的樓下連頭也不抬？大約不知道我在這裡住，可是不知道我在這裡住，怎又上這裡來？

想到這裡，忽然轉念到這胡同裡有許多不正經的人家，莫非他到這裡來行不正道？那他怎麼對得過我！便不由一陣酸氣，直攻到頂心，自己咬著牙發恨。哪知道又見那個人忽然從西邊再轉了過來。如蓮心裡跳得更屬害，看他將要走近樓下，便想要招呼他，又沒法開口。心裡一急，身體略向前一撲，不想頭兒竟撞到玻窗上，乒的一聲響。樓下那人聽見響聲，抬頭看時，二人眼光撞個正著。呀，不是那少年是誰！

這時兩人都把臉一紅，那少年低了頭拔步便走，如蓮也條的把身體縮回去。但是那少年走不幾步，又站住了。如蓮也慢慢的再從玻窗內露出臉兒來，二人便這樣對怔了好一會。如蓮想推開窗子和他說話，無奈窗戶周圍被紙糊得很結實，急切推不開。再向街上看那少年，只見他依然痴痴的向上看，只是被晨風吹得鼻頭有些紅紅的。如蓮顧不得什麼害羞和害怕，便向外招了招手，回頭悄悄的下床跥了鞋，走到裡間門首，向裡面聽時，周七的鼾聲正打得震天雷響。便又輕輕走出了房間，下了樓梯，到小院子裡，覺得風寒刺骨，只凍得把身兒一縮，暗想，這樣冷的天氣，這傻子來幹什麼？我倒得問問他。想著到了門口，拔開插關，才要開門，忽然又想到這扇門外，便是我那兩年來連夢都做的人，開門見了他，頭一句我說什麼？還是該向著他笑，還是拉著他哭？想到又躊躇不敢開門。

到後來鼓足了勇氣，伸手拉開了門，身體似捉迷藏一般，也跟著向旁邊一閃。但是眼睛忍不住，已見那人俏倚在對面牆上。只可立住了，探出身子，一手扶著門框，一手卻回過去攏住自己辮兒，想要說話，卻只張不開口。看他時，臉上也漲得似紅布一樣。如蓮嘴唇和牙齒掙扎了半晌，才迸出一句話道：「你冷不冷？」那少年通身瑟縮了一下，

道：「不。」說完這幾個字，兩下又對怔住。還是如蓮老著面皮道：「你進來。」那少年想了想，問道：「進去得嗎？」如蓮點點頭，那少年便慢慢走進門首。如蓮把身一閃，讓他進去，回手又掩上門。那少年進了門，匆匆的便要上樓。如蓮一把拉住，笑道：「往哪裡走？只許你進到這裡。」說著覺得自己的聲音高了些，忙又掩住了嘴。

那少年趁勢拉住了她的手，問道：「你娘在家不在？」如蓮笑道：「你不用管，這裡萬事有我，你放心。我說你姓什麼，家在哪裡住，有什麼人，有……」自己說到這裡，才覺得問得太急了，又有些問出了題，把臉一陣緋紅，忙住了口。那少年答道：「我姓陸，名叫驚寰，住在……」如蓮又截住他的話頭道：「我先問你，你多們大歲數？」驚寰道：「十九。」如蓮聽了，低下頭，半晌不語。好一會才抬頭問道：「你成年際總往松風樓跑什麼？」驚寰看著如蓮一笑，接著輕輕嘆了一聲。如蓮臉又一紅，低聲道：「我明白，我感激你。我再問你，大清早你往這破胡同裡跑什麼？」驚寰跺跺腳，咳了聲道：「是你今天才看見罷了！我從去年八月裡知道你住在此處以後，哪一天早晨不上這裡來巡邏！」如蓮聽了，心下一陣慘然，眼淚幾乎湧出眶外，便雙手握著他的手道：「可憐冬三月會沒凍死你個冤家！你好傻，凍死你有誰知情！」

驚寰苦笑道：「到如今只要你看見一回，就不枉了我。我也不如怎的，雖然每天在園子裡和你見面，但是早晨要不看看你住的樓，就要從早晨難過到晚晌。可是向來沒看見你一次。今天是怎麼了，你會大清早起來看街？」如蓮點頭道：「今天嗎？」說著自己小聲道：「這可該謝謝我這新來的好爹。」驚寰聽不清楚，問道：「你說什麼？」如蓮笑道：「我說今天是天緣湊巧，該著咱倆人認識。咳，閒話少說，你說你這兩年苦苦釘著我，是想要怎麼樣？」驚寰見問，怔了一怔道：「我知道我想要怎麼樣？好容易有了今日，你還忍心跟我假裝。」如蓮用牙咬著嘴唇道：

「你的心我懂。我的心呢？」驚寰點點頭。如蓮接著道：「說句不害臊的話，你可別笑話我。」驚寰道：「傻話，我怎麼還笑話你？」

如蓮紅著臉，自己遲疑了半晌，忽然從懷裡掏出塊粉帕，用手按在臉上，聲音從手帕裡透出來道：「只要你要我，我終究是你的！」說完又低下了頭。驚寰一面伸手去扯她臉上的手帕，一面道：「妹妹，妹妹，我從當初頭一次見你，就彷彿曾經見過，直拿你當做熟人。這裡我也說不出是什麼道理，可是總覺得這裡面有些說處，反正我從兩年前就是你的了。」如蓮聽了也不答言，只是臉上的手帕始終不肯揭下來，驚寰卻只管動手。她忽然霍的把手帕揭下，露出那羞紅未褪的臉兒，卻嘟著嘴道：「你好，沒見過你這樣不認生，見人就動手動腳。誰認識你？還不給我出去！」說著用手指了指門。驚寰只當是真惹惱了她，心裡好生懊悔，正想開口哀告，如蓮又寒著臉道：「你快走，不然我要喊娘！」驚寰原是未經世路的公子哥兒，站在生人院裡，和人家的女兒說話，本已擔著驚恐，如今又見她變了臉，雖然不知真假，卻已十分站不住，便也正色問道：「妹妹，你真教我走？」如蓮點點頭。

驚寰便看著她嘆息了一聲，慢慢的走出去。走到門首，才要拉門，只聽後面如蓮自言自語道：「好，你慪氣，你走，走了這一輩子也別見我。」驚寰止步回頭，只見她正咬著嘴唇笑，便止住了步道：「走是你趕我走，又說這個話！」如蓮笑著招手道：「你回來。教你走你就走，你倒聽話。」驚寰咕嘟著嘴道：「不走你要真喊娘呢！」如蓮笑道：「你真是土命人。你來了，我會喊娘？別說我不喊，就是她撞了來，你也不用怕。娘要管我，我就教她先管管自己。你放心，我娘沒有關係。只是我昨天新來了一個爹，恐怕將來倒是麻煩。」

驚寰聽了不懂，如蓮便把自己的身世和昨夜菸館認爹的經過，約略講了一遍。說著又問道：「我的事是說完了，你的事怎麼樣？告訴你一

句放心的話，我是沒有人管得住，說走就走。你呢？」驚寰怔了半晌道：「我不瞞你，我家裡已給我定下親事，不過我的心是早已給你了，世上哪還認得第二個人？只要你跟我是真心，我真敢跟家裡拚命，把你拚到家裡。」如蓮扶著驚寰的肩膀，低著頭沉吟了半晌，忽然眼圈一紅道：「像我這下賤薄命的人，還想到什麼執掌昭陽，一定給人家作正室？只圖一世裡常有人憐念，就算前生修來的了。」

驚寰聽了，心下好生淒酸，緊緊拉住她的手道：「你何必說得這樣傷心，把自己看得這般輕賤？我卻覺得你是雲彩眼裡的人，為你死也死得過。」如蓮嘆息道：「但願你的心總是這樣，便是事情不成，我耽一世虛名也不冤枉。可是以後你有什麼辦法？」驚寰道：「這真難說，我父親那樣脾氣，無論如何我不敢和他說，就是說也說不過去，只可慢慢等機會。但盼天可憐，你我總有那一天。」如蓮想了想，忽然笑道：「你教我等到何年何月？」驚寰道：「三二年你可等得了？」如蓮道：「好，我就先等你三年。這三年裡你去想法子。」說完自己沉吟一會，才又頯然道：「我卻對不住你，要去不幹好事了。」驚寰不懂道：「你去幹什麼？」如蓮正色道：「你可信得過我的心？」驚寰也正色道：「你可真要挖出心來看？」

如蓮點頭道：「那我就痛快告訴你，我將來跟你一走，把我娘放在哪裡？即使你家裡有錢，也不見肯拿出來辦這宗事，你肯旁人也未必肯。還不如我早給她賺出些養老的費用，到那時乾乾淨淨的一走，我不算沒良心，也省得你為難，也免得你家裡人輕看我是花錢買來的。」驚寰道：「你說的理是不錯，可是你要去幹什麼？」如蓮道：「那你還用問？靠山的燒柴，靠河的吃水，試問我守著的都是什麼人，還有別的路？左不過是去下窯子。」驚寰連連擺手道：「這你簡直胡鬧。咱們今天一談，你就是我的人了，再教你去幹這個，我還算是人？再說，你這要乾淨的人，

為我去幹這種營生……」

　　如蓮撇撇嘴道：「乾淨？我還乾淨？我要乾淨倒真出古了！不怕你瞧不起我，實話說，在前年上北京去的時候，我娘就把我的清白賣了幾百塊錢，她都順著小窟窿冒了煙。何況我每天跟著這樣一個娘，去東邊賣歌，西邊賣眼，教千人瞧萬人看，和下窯子有什麼兩樣？反正我總要對得住你。這幾年臺底下想著我的癩蛤蟆已不算少，成天際鬼叫狼號，擠眉弄眼，也得給他們個倒楣的機會。再說我有地方安身，咱們也好時常見面，省得你天天在園子裡對著我活受罪。」驚寰搖頭道：「寧可我多受些罪吧，你還是不幹這個的好！」如蓮看了他一眼，只見曉日已從東面牆隙照到他那被曉風凍成蘋果色的頰上，紅得可憐，便又拉著他的手道：「那你還是不放心我？只要我的心向著你，他們誰能沾我一下？也不過只有進貢的份兒罷了。現在我已拿準了主意，咱們是一言為定，等我找妥了地方，再想法告訴你，你快去吧！」

　　驚寰還遲疑不走，如蓮不由分說，一直把他推出大門口，口裡道：「這院裡又不是咱的家，在這裡戀什麼！」驚寰走出門外，又立住回頭道：「我說幹不得，你再想想！」如蓮擺手道：「想什麼？我就是這個主意了。快走吧，你這身衣服，在這巷裡溜，教人看著多麼扎眼。」說著把身兒向裡一縮，把門一關，驚寰再回頭，只見兩扇門兒，已變成銀漢紅牆，眼看是咫尺天涯，美人不見，只得望著樓上看了幾眼，提起了腳，便走了去。哪知走不到幾步，只聽後面門兒呀的一響，忙立定回顧，見如蓮從門裡探出臉兒來，叫道：「回來。」

　　驚寰便又向回走，如蓮笑著道：「傻子，你不當官役，用不著起五更來查街。明天再這樣，我發誓再不理你。這樣傻跑，凍病了誰管！」說到這裡，驚寰已快走到門首，她便霍的將身兒縮入，把門關了。驚寰又只看見兩扇大門立在面前，人兒又已隱去。對著門發了一會呆，只可再

自走開。等他快走到巷口拐角的地方，如蓮又探出身來，向著他一笑。他回頭才待立住，如蓮又縮回去。

　　沉一會兒，如蓮再開門出來，只見冷靜靜的空巷無人，知道他去遠了，呆呆的自己站了一會，忽覺得兩隻手都凍得麻木了，耳朵也凍得生疼，心裡卻一陣涼一陣熱的不好過，自己詫異道：「他在這裡說了這半天，我也沒覺冷，他走了怎忽的冷起來？這倒怪呢！」說著自己呸了一口，賭氣轉身關門進去。上了樓，見煤爐已經滅了，聽聽裡間周七的鼾聲還在響亮，回頭看看自己的床，見被子還那樣散亂的堆著，自己輕輕咳了一聲，這才脫了隔夜未脫的鞋，上床去，拉過被子躺下。忽覺被子冰得人難過，才知道在外面站得工夫大了，衣服上帶進來許多寒氣，被被子一撲，便透進衣服，著在體上。

　　如蓮忙把頭蒙上，在被底瑟縮了好一會，細想方才的景況，心下一陣甜蜜，一陣淒涼，輾轉反側了好大工夫，到外面市聲喧動，才慢慢的睡著。正睡得香甜，忽然夢見和他住在一間屋裡，自己睡在床上，他坐在床邊，向著自己呆看。忽然他低下頭來，努著嘴唇向著自己笑。曉得他要輕薄，便笑著伸手去抵住他的肩窩，但是他口裡的熱氣，已呵到自己額上，暖煦煦的溫柔煞人，不由得那裡抵住他肩窩的手便鬆了，心裡一陣迷糊，反而醒了。

　　睜開了眼，只見自己的娘正坐在床邊，蓬著頭髮青黑著眼圈，臉對臉兒的向自己看。憐寶見如蓮睜開眼，便摸著她的玉頰道：「你夢裡敢是拾著洋錢，就那樣的笑？」如蓮原是要起來，聽了這句話，便又閉上眼，在心頭重去溫那溫馨的夢境。憐寶搖著她的肩膀道：「好孩子，天過午了，起吧。」如蓮便在被裡伸了個懶腰，張開雙手向著娘。憐寶伸手把她拉起來，順勢攬在懷裡，看著她的臉兒道：「你莫不是凍著了？怎麼睡了一夜好覺，臉上反倒透著蒼白？」如蓮看著娘噗哧一笑，道：「我沒

凍著。我看娘夜裡倒沒睡舒貼，眼圈怎這樣黑。」憐寶呸了一聲道：「你快起來漱口洗臉。你爹已經把飯買來，只等你吃呢！」

　　如蓮懶懶的下了床，站在地下發怔。聽得周七在裡間咳嗽，便叫道：「娘，您將洗臉家具拿出來。」憐寶道：「你這孩子，不會自己上屋裡去，難道跟你爹還認生！」說著就拉著她進去。如蓮見周七正候在床頭上吸紙菸，床上還輝煌的點著菸燈。他看如蓮進來，侷促不安，覺著坐著不是，立起來也不是。如蓮倒趕上前去，親親熱熱的叫了聲：「爹，您起得早！」周七倒半晌說不出話，最後只迸出「姑娘」兩個字，沉一會才又說道：「請坐，坐下。」如蓮道：「您坐著，我要洗臉去呢。」說著便奔了梳妝臺去。

　　憐寶在旁邊，倒心裡一塊石頭落了地。起初她只怕如蓮不承認周七這個爹，日久了發生意見，冷了孩子的心，以後的日子就不好過了。又在昨日見如蓮對周七冷淡的情形，更擔著一份心。如今見如蓮的樣子，和昨日大不相同，心裡覺著她前倨後恭，頗為不解。又想到她昨日或者是因糊塗了，便也不甚在意。如蓮洗完臉，便從小幾上端過一杯茶，笑著遞給周七。周七連忙立起，恭恭敬敬的接過，如蓮笑道：「爹，您坐著，幹嘛跟自家的女兒還客氣！」憐寶也從旁笑道：「孩子，你別管他。他哪是受過伺候的人！」說著又對周七使了個眼色道：「你還沒給女兒見面禮呢！」周七從口袋裡一掏，便掏出一張五塊錢的鈔票來。如蓮一見便認得這鈔票是昨夜大明旅社聽曲的客人所賞，還是自己交給娘的，心裡不由好笑。便笑道：「我不用錢，還是您帶著零花吧。」周七也答不出什麼話，便望著她手裡混塞。如蓮把身一躲，回頭向憐寶道：「娘，我不要。」憐寶道：「這讓什麼！你爹給你錢，你就拿著。」如蓮便從周七手裡拿過來，回手又交給憐寶道：「我沒處去花，您先給存著。」

　　憐寶把錢帶起來，就張羅著吃飯。

第一回　伉儷江湖聞歌圓破鏡，恩冤爾汝語燕定新巢

　　三人圍著小幾坐下，憐寶把預先買來的熟菜都一包包的打開道：「如蓮，這些都是你愛吃的，你爹特為你買來。」如蓮暗想，我娘為他男人，在我身上可真用心不小。便向周七笑道：「還是爹疼我，我應該怎樣孝順您？」憐寶道：「好孩子，我們又沒兒子，後半世還不著落在你身上？除了你還指望誰？」如蓮道：「只要我賺得來，您父母倆，就是享不著福，也還挨不了餓。昨天我聽說這些年爹受了不少的苦，真是可憐。以後我總要想法子教您舒服幾年。」

　　憐寶道：「難得孩子你這片好心，我們只要不受罪就夠了，還想享什麼福！」如蓮笑道：「您先別說這個話，昨天我半夜醒來，想到您父母倆這樣年紀，還能受什麼奔波？我現在也不小了，正該趁著年輕去掙下一筆錢，預備您倆養老。主意是早已打定了。」憐寶聽了，眼珠轉了幾轉道：「現在你賣唱，每天進幾塊錢，也將就夠度日的了，還去幹什麼？」如蓮看著娘呆了一會，忽然眼圈一紅道：「娘，我說話您可別生氣，難道我一世還總去賣唱？我將來也有個老，我現在想著就害怕。您老了有我，我老了有誰？娘，您也要替我想想。」憐寶聽到這裡，心裡突然一跳，就知她話裡有話，事有蹊蹺。自己原是風塵老手，有什麼瞧不透？便道：「孩子，你的話我明白，我還能教你跟我受苦一世？只要你給我們留下棺材錢，我巴不得你早些成了正果。你享了榮華富貴，娘我就是討了飯，心裡也安。」

　　說著看了看如蓮，便用手帕去擦眼淚。如蓮也覺得一陣焦心，看著娘幾乎要哭。轉念一想，心腸突然一硬，便拉著娘的手道：「咱娘倆是一言為定，倒別忘了今天這一番話。告訴你句實話，我已是有了主兒的人了。主兒是誰，早晚您會知道。這件事誰一阻攔，我便是個死。但是我要規矩矩的給您掙三年錢，才能跟他走。」憐寶聽了，心裡暗自詫異，這孩子向來沒和我離開一時，是什麼時候成就了幽期密約，同誰訂了

海誓山盟？但自己又知道如蓮的脾氣，說得出便做得出。現時若和她執拗，立刻就許出毛病，只可暫時應許了她，慢慢再想辦法，便道：「孩子，只要你捨得離開娘，現在跟人走，娘也不管。只望你放亮了眼，別受人家的騙。」如蓮道：「我又不是傻子，您放心，絕不會上當。」憐寶想了一會，嘆道：「隨你吧，可是你這三年裡，向哪兒去給我們掙養老的費用？」如蓮道：「那您還用問？當初您從哪裡出來，我現在就往哪裡進去。郭大娘在余德里開的鶯春院，上次您領我去過一趟，我看就是那裡也好。先在那裡使喚個幾百塊錢，也好教我爹爹換身好。」

　　說著看了看周七，只見他鐵青著面孔，低頭一語不發。這時憐寶聽了如蓮的話，心裡悲喜交集。悲的是女兒賺上三年錢就要走了，喜的卻是早知道自己女兒的容貌，若下了窯子，不愁不紅。就是只混三年，萬兒八千也穩穩拿在手裡。又後悔若早曉得她肯這樣，何必等她自己說？我早就富裕了。她想到這裡，頗覺躊躇滿志，臉上卻不露一絲喜容，仍裝出很悲苦的樣子道：「孩子，娘我雖然是混過世的人，可再不肯把你往火坑裡送，這可是你願意，將來怨不上娘。不過你說的倒是正理，這樣你也盡了孝，我們也鬆了心。將來到了日子，你跟著人一走，我們抱著心一忍，大家全有了歸宿。就依你這樣吧！回頭咱把郭大娘請來商議商議。」

　　說到這裡，只見周七霍的立起身來，哈哈大笑了幾聲，拔步向外邊走。憐寶道：「你上哪兒去？」周七道：「我走！」憐寶順手把他拉住道：「你吃完還沒抽菸，上哪裡胡闖去？」周七慘笑道：「我可不是還出去胡闖。此間雖好，不是我久戀之鄉。昨天在這裡住了一宿，敘敘咱夫妻二十年的舊，十分打擾了你。如今我還去幹自己的老營生，咱們只富昨夜沒遇見，大家仍舊撒開手吧！」

　　憐寶詫異，也立起來道：「我不懂，你這是為什麼？」周七把兩眼瞪

得滾圓道：「為什麼？我周七在外面荒蕩了許多年，拉過洋車，當過奴才，爬過菸館，跑過賭局，什麼下賤事不做？就是幹不慣這喪良心的醜勾當。我昨天來，你今天就教女兒下窯子，真算給我個好看。還該謝謝你們對我的心！」憐寶道：「你也不是沒在旁邊聽著，那不是我強迫，是如蓮自己願意的呀！你要是不願意，也儘管痛快說，何必這樣混鬧？」

周七冷笑道：「我說什麼？女兒又不是我的種。她要是我的親女兒，何必費這些話？今天這樓上早是一片鮮紅，教你們看看我兩刀四段的好手藝！我一個頂天立地的男子漢，沒有能力養活你，卻教你的女兒給人家摟個四面，賺錢來養活我；我吃了這風月錢糧，就是一丈長的鼻子，聞上十天，哪還聞得有一絲人味？可憐我既養你們不得，自然管你們不了，只得趁早離開，落個眼不見為淨。你們自去發你們的齷齪財，我周七自去討我的乾淨飯，咱們是將軍不下馬，各自奔前程。只盼你無論到了何時，萬別提到我周七一個字。」

如蓮聽到這裡，心中暗暗感激這位爹，想不到竟是這樣好人，昨天我太小看他了。可惜他說的是正理，我為的是私情，也只得落個對他感激，卻沒法聽他的話。便站在那裡，裝作害臊，低頭不語。憐寶這時卻生了氣，指著周七道：「你真是受罪的命！我們還不是為你？倒惹得你發脾氣，有話不懂得好說，真是吃飽了不鬧，不算出水的忘八。」周七瞪著眼苦笑道：「好，好，我本來是受罪的命。福還不是請你去享？這種福我還享不來！」說著又長嘆一聲道：「想不到這二十年的工夫，竟把你的廉恥喪盡！」憐寶怒了道：「你說廉恥喪盡，我就算廉恥喪盡！我只曉得有錢萬事足，挨 × 一身鬆。明明賣了這些年，你還跟我講什麼廉恥！你要我講廉恥也行，你立刻給我弄兩萬塊錢，我和女兒馬上就變成雙烈女。」

周七掩著耳朵跺腳道：「這不是有鬼來捉弄我，無故的教我跑到這裡

來聽這一套！」又對著憐寶道：「你就是再說狠些，我也沒奈何。不過你要回想當初在咱家裡當少奶奶的時節，咳，我還聽你說這些作甚麼？真是他娘的對驢操琴。」憐寶道：「好，你罵，你罵！我從菸館裡把你弄到家來，就為的是教你來罵我。」周七一口唾沫噴在地下道：「罵？你還不值得。把你罵到驢子年，也不能罵得你要了臉。我也真混蛋，跟你這樣人還多什麼嘴！罷，罷，我周七走了，從此一別，咱們是來世再見！」說罷，拔腳便向外走。

這時憐寶倒有些良心發現，止不住流下淚來，叫道：「你等等走，我有話說！」周七站住道：「還有什麼可說？快講，快講！」憐寶撒淚道：「咱們二十年前的結髮夫妻，久別重逢，你就這樣的無情無義，你哪一點對得過我的心？」周七道：「你少說廢話，我對不過你，你更對不過姓周的祖宗。就憑你的心術習氣，便是立刻改邪歸了正，我也和你過不來。千不怨，萬不怨，只怨我周七沒有吃軟飯的命。有福你自己享吧，我幹我的去了！」說完，更不回顧，直向外面闖出去，蹬蹬的下了樓。如蓮也忙趕出，憐寶喊道：「你去幹什麼？」如蓮隨口道：「您別管。」

說著已出了屋。憐寶只當她要去把周七拉回，便坐在屋裡不動，靜聽消息。如蓮趕下樓來，周七已出了門口。如蓮緊走幾步，拉住他道：「您慢走，我跟您說句話。」周七瞪起眼道：「說甚麼？我不回去。」如蓮笑道：「我也沒教您回去。」又正色道：「我真沒想到您是這樣好人，永遠也忘不了您這一片好心。您要明白我可不跟我娘一樣，這一時也說不清許多，只求您告訴我個落腳處，將來……」只說到這裡，周七已十分不耐煩，使勁甩脫如蓮的手，豎眉立眼的道：「留你娘的什麼住腳？沒的還想教你們這倆不要臉的東西去找找！」如蓮道：「您是不知道我有我的心。」

周七撇著大嘴道：「你們還有什麼好心？少跟我說廢話，當你的小窯

姐去吧！」說完邁開大步，直奔出巷口走了。

如蓮倒望著他的後影暗暗嘆息了一會。正是：圓一宵舊夢，客老江湖；看出谷新鶯，春啼風月。後事如何，且聽下回分解。

第二回

玉樓天半起笙歌藁砧搗去，
錦帳夜闌開影戲油壁迎來

第二回　玉樓天半起笙歌藥砧搗去，錦帳夜闌開影戲油壁迎來

　　話說如蓮在門首站了一會，便轉身走上樓去，只見憐寶還坐在床頭拭淚，便道：「娘，您不必傷心，他是一時想不開，等回過味來，還不回來給您賠罪？說不定今天就會回來。方才我下樓趕去拉他，還吃他罵了一頓。」憐寶道：「他就是回來，我也不要他了。是我缺男人，還是你短個爹？過得好好的日子，沒的請他來給咱們添氣？」說著看了看桌上的鐘道：「呀，鬧著鬧著，就四點多鐘了。你收拾收拾，咱們快上園子去，別再誤了場，顯得對不住掌櫃的。」如蓮摸著自己的頭道：「我今天身上不舒服，嗓子也發緊，想告假再睡一覺，晚場再去。」憐寶想了想道：「也好，好在是禮拜一的早工，還沒甚要緊，等我托樓下的老大到園子裡去告訴一聲。」如蓮道：「您自己去吧！順路到余德里找郭大娘，商量商量方才咱們說的事。」憐寶聽了，看看如蓮，臉上透出猶疑的神色。如蓮曉得娘已對自己生了疑心，不放心把自己放在家裡，便道：「您走的時候，千萬把門倒鎖上，省得我睡覺時有人來鬧。樓下的小金子，一天上這屋裡跑八趟，真討厭死了。」憐寶聽了便答應著，又躺在床上吸了兩口菸，使教如蓮睡下，替她把被子蓋好，方才倒鎖上門自去。

　　如蓮對著門冷笑了一聲，便轉過身子來睡下，心裡很是泰然，倒睡得酣適，直睡到上燈時，方才醒來。憐寶還未返家，便自己坐起來，擁著被呆想一會，聽得樓梯作響，知道娘已經回來，又聽得鑰匙碰得響聲，便叫道：「娘回來了？」憐寶在外面應了一聲，推門進來，手裡提著許多東西，放在桌上，便向如蓮道：「孩子，你早醒了？」如蓮道：「我醒了一會，正悶得慌。」憐寶笑道：「郭大娘留我談了好半天，還教我給你帶了好些東西來。只顧和她談得忘了時候，教你坐了這半天的牢。」如蓮拖著鞋下了地，拿杯涼水漱漱口道：「郭大娘說些什麼？」憐寶坐在床上道：「郭大娘聽得你要去，喜歡得兩個手掌都拍不到一處。她說只要你肯到她那裡，怎說怎好，想使用多少錢都成。鶯春院樓上的三間通

連的大房子，原有個搭住的竹雲老二占著，你若去時，就把竹雲挪到樓下，那個房間給你住，還要給你現置一堂講究的家具。教我回來問你什麼日子進班，她就預備起來。」如蓮屈著指頭算道：「今天是二十一，我下月初一去吧。」憐寶點頭道：「明天我就回覆她，再拿一二百塊錢，給你做衣服。咱們就這樣定規了。你先吃些東西，等我抽口菸，就上園子去，跟掌櫃的告長假。你先在家裡歇幾天。」如蓮搖頭道：「不，我還要唱幾天。」憐寶笑道：「你真是唱著有癮，那麼就再唱兩天，到二十四包銀恰滿了月。」如蓮牙咬著嘴唇不響，憐寶便把從外面帶來的東西，教如蓮挑了幾樣吃。吃完，娘倆又閒談了一會，到了十點多鐘，如蓮才起身梳洗完畢，在梳妝鏡前自己端詳了一會，向著鏡裡一笑，回頭向憐寶道：「娘，我好看不？」憐寶點頭道：「俊！連我看著都愛，莫說是他。」如蓮詫異道：「他是誰？」憐寶笑道：「傻孩子，他就是你方才告訴我你有了主兒的主兒，我知道是誰！」

如蓮撇著小嘴道：「你瞧這個娘，淨跟我們不說好話。」憐寶對著自己的女兒看了一會，情不自禁，便走向前抱著如蓮的臉兒聞了聞。如蓮忙把她推開，道：「您看您這老來瘋！」憐寶嘆息道：「我瞧見你，就想起我十七八歲的時節，簡直和你長的一樣，不過你的鼻子比我凸，眉卻沒我彎。」如蓮聽了一笑道：「娘，我身上熱，要換件皮襖。」

憐寶怔了怔道：「孩子，你忘了？那件灰鼠皮襖，前些日子因為我沒錢買菸，當了十幾塊錢，如今哪還有皮襖換？你早說我還可以想法子贖出來，現在怎麼辦？」如蓮笑道：「您看您這大驚小怪，沒有就不穿。再說這時雖熱，回來時倒怕夜裡涼。現在咱們走吧。」說著娘兒倆出了屋，倒鎖上門，下樓出巷，僱車直奔松風樓去。

從後面小胡同進了後臺，便聽得櫃檯絃管悠揚，知道是吳萬昌正唱著梅花調，離如蓮上臺還隔著兩場，便向後臺同事的人都打了招呼，自

尋了清靜地方坐下。如蓮向四外看看，這後臺真是雜亂非常，唱靠山調的高玉環，正同彈弦子的小馬兩個人動手動腳的鬧。小馬手占便宜，玉環嘴不吃虧，便滾作一團。那一邊說相聲的李德金，和配蓮花落丑角的慶老桂，唱單弦的於壽臣，正擠在一個小茶几旁推三家的牌九。正推得高興，不想櫃檯的梅花調已經下來，該著於壽臣上場，管事人前去催他，於壽臣便把手裡的兩張牌掖在腰裡，出場去了。李德金正輸得起急，忽然散了場，氣得唱了兩句秧歌，便坐在一旁，從口袋裡掏出一把花生米，滿揉在嘴裡，慢慢的咀嚼，把嘴鼓得像氣包子一樣。這時一個彈弦子的小兔高忽然走了過來，向憐寶叫了聲乾娘，接著便湊到如蓮面前，搔首弄姿，又甜哥蜜姊的搭訕著說話。如蓮只哼了一聲，再不理他。小兔高只得轉頭去和憐寶道：「近來如蓮的玩藝大長了，真夠內行，可惜……」說著向左右看了看，又低聲道：「可惜老韓托的弦太不花哨，要不了許多菜，要是教我托，管飽……」憐寶聽到這裡，便故意笑著逗他道：「你有這片好心，為什麼不早說？現在我們如蓮快洗手了，用不著再倒扯玩藝，可惜你這片好心！」小兔高道：「唱得眼前就紅，臺下的人緣又一天比一天好，為什麼要洗手？」憐寶冷笑道：「為什麼？告訴你，咱們的交情還不夠。你別黃鼠狼給雞拜年了，快滾開這裡吧！」

如蓮見小兔高碰了她娘這樣個軟硬釘子，心下十分好笑，又不便笑出來，就立起走近臺門，把臺簾掀開一條小縫，向外先對東面打量，第一眼在這千頭蠕動中間，先瞧見陸驚寰仍坐在廊柱前每天坐的座位上，比早晨身上少了件馬褂，卻多了件漳絨坎肩。雖然正低著頭看報，也十分的光彩照人，直彷彿滿園子的電燈，只向他一個人身上亮，旁的座客都顯得黯淡非常。如蓮看了一會，暗恨驚寰為什麼不抬起頭兒來，我正在這兒看你；又想到這臺上臺下有哪個人值得他一看？我又在簾兒內，他抬頭作什麼？想到這裡，心裡不勝得意，便又回眼向臺前的龍鬚座上

瞧，只見自己的老捧客那位大黑花臉胖子，和他那一夥狐群狗黨，也都正在那裡高坐，雖然各有各樣，可惜都是個粗具人形。其中有一個瘦子眼快，看見如蓮在臺裡隔著簾縫往外看，便輕輕告訴了那大黑花臉的胖子。那胖子立刻迷縫著三角眼，向著臺簾醜笑，渾身的肉都像顫動了一下，如蓮便知道那胖子自疑惑是自己特為向外看他，所以得意到這樣。又見胖子那群朋友一陣搖動，似乎都跟著肉麻起來。如蓮好不耐煩，便轉眼又向驚寰瞟了一下，只見他此際倒抬起頭來了，向臺上看了一眼，只沒看到臺簾，便很不高興的又低下頭去看報。

　　如蓮自己暗笑，便縮身回來，向憐寶道：「娘，我今天使喚什麼？」鄰寶笑道：「你隨便。據我看，今天臺下人多，你要高興，就使喚個拿手《寧武關刺湯全》好。」正說到這裡，只見櫃檯檢場的大李八走進來，手裡拿著五塊錢，向憐寶道：「臺下有位茶座，煩大姑娘唱段《鬧江州》。」憐寶還未答言，如蓮忙問道：「誰？」大李八道：「是一個老茶座羅九爺，就是每天在前座坐的黑胖子。」如蓮寒著臉道：「勞駕你告訴他，改天再唱罷，今天我們已有人煩唱《活捉》，錢全收了，對不起的很。」憐寶瞪了如蓮一眼，心裡很不願意，但又不敢不順著女兒說，便向大李八道：「八先生，你向他說得好點，我們改天再補。」大李八只得快快自去。憐寶悄聲向如蓮道：「為什麼放著錢不賺？」如蓮撇著嘴道：「我就不高興唱《鬧江州》。今天便是有個皇上抬兩筐金子來，我也不唱。」憐寶聽了，默然不語。如蓮也低下頭去自己思量，想了一會，忽然粉面上湧出笑來，向憐寶橫溜了一眼。憐寶問道：「你笑什麼？」如蓮道：「我笑我今天不知怎的心亂，方才暗自背詞兒，竟都生了，回頭就許免不了崩瓜沾牙。」憐寶道：「那你不許檢拿手戲唱？何必單唱《活捉》？」如蓮一笑不語。憐寶見今天如蓮的脾氣，忽然變得與往日不同，雖然不明所以，但瞧料著有些蹊蹺，便暗暗留了心。

第二回　玉樓天半起笙歌藥砧搗去，錦帳夜闌開影戲油壁迎來

　　這時臺上又換了場，如蓮便預備起來，掏出粉紙，在臉上細擦。那高玉環正走了過來，見如蓮擦粉，便笑道：「小妹妹，別再梳妝了，這就夠十五個人瞧半個月的。來，來，我再給你添點俊。」說著便把自己頰旁一朵壓鬢紅花摘下來，替如蓮簪在左邊鬢下。如蓮向她謝了謝，自己在鏡中端詳了一會，忽然見鏡中的自己，實在是顧盼動人，暗暗驚訝道：「我今天才知道我如蓮這樣好看，也足配得上驚寰了。」又看見鏡中自己戴的半邊俏壓鬢花，十分鮮豔，襯著小臉兒，真是嬌滴滴越顯紅白。便又想到驚寰是坐在臺的右邊，我這花卻簪在左鬢，他瞧不見，豈不枉費了？便又央玉環給換戴在右邊。玉環笑道：「瞧你這麻煩，戴在哪邊不是一樣？還是誠心專要給右邊的人看，莫說左邊的人都是活該死的。」玉環這話原是無意所說，不想如蓮聽了倒緋紅了臉。憐寶在旁冷眼看來，便明白了幾分。這時櫃檯蓮花落已完，該著如蓮上場。如蓮見自己的鼓板已被檢場人端出去，弦師已坐在櫃檯定弦，便站起走到臺簾邊，隔簾縫向外一張，只見驚寰拿著支紙菸，兩只俊眼正向臺簾這邊看。如蓮偷偷一笑，驚寰看見，端顏正色的微微點了點頭。如蓮又看那羅九爺，只見他正張著大嘴，舉著手，彷彿正等著給自己喝那出場彩，不由得皺皺眉頭，暗恨這幾年不興帶耳朵套子，若興時，真少聽許多討厭的聲音。

　　這時外邊鈴兒一響，如蓮只得掀開臺簾，邁開風流步兒，慢款裊娜腰肢，走了出去。只聽得眼前平地一聲雷似的喊起拚命彩，又夾著爆竹般的鼓掌聲音，知是羅九一般醜人在那裡作怪，便瞧也不瞧，寒著臉走到鼓架前，輕輕拿起檀板，綽起鼓鍵，和著絃索，輕描淡寫的打了個鼓套子以後，又照例鋪了場，說到今天要唱《活捉三郎》的時候，用眼向驚寰瞟了一瞟，只見他欣然相向，便也向他透出一絲笑容，兩個人同時會意。如蓮鋪場已畢，喝了一口水，用小手帕擦擦嘴，便正式唱起來。這《活捉三郎》的曲子，事跡既然哀豔，詞句又復幽淒，加著如蓮的一

串珠喉，直有猿嘯鶯啼的兩般韻調，聽得驚寰的脊骨從下向上一陣陣的發涼。看那滿樓燈火，似乎變成雪白，真有「滿座衣冠如雪」的景況。又看著彷彿眼前是一片空曠的仙界，只有一個仙女在那裡唱歌，簡直說不出心中有何種況味。

虧得臺下一陣喝彩喧亂之聲，才把驚寰出舍的靈魂驚回殼來。這時如蓮已唱過小半段兒，唱的時節，身子不是向著正面，就是偏向左方，總把脊背給驚寰看。但唱到深憐蜜愛盪氣迴腸的詞兒，就慢慢回過身來，看著驚寰唱，彷彿和他說話一樣。驚寰把這些情緒都領略了，坐在那裡一陣陣的銷魂。這時如蓮唱到閻婆惜的陰魂見了張文遠，訴說往時的恩愛，忽然轉過身來，對著驚寰唱。驚寰平時最愛聽如蓮所唱的「想當初，烏龍院中，朝雲暮雨，紅羅帳內，鸞鳳交棲」這幾句，便凝神定氣的聽，哪知如蓮唱到這裡，聲音忽然發顫，竟似有意無意的唱錯了兩個字。

驚寰心裡轟的一跳，又見如蓮唱完這兩句，向自己使了個眼色，便轉過身去。這時臺下幸而沒有許多知音，羅九等不特聽不出唱錯，而且看不出如蓮的神情，所以沒落倒好。不過兩廊裡的許多老年座客，已竊竊私議起來，驚寰也低下頭暗暗詫異。如蓮今天是怎麼回事？明明是「烏龍院中朝雲暮雨」，為什麼唱作「鶯春院中」？這錯的全不在理上，想是看著我，便想起今天早晨的事，無意中唱走了嘴。忽然靈機一動，想到早晨如蓮和自己約定的話，才明白如蓮是故意唱錯，給自己送個信兒。余德里可不是有個鶯春院麼？她大約要上那裡去了。又暗暗埋怨如蓮，你就是找定了地方，什麼時候不能告訴我，何必在臺上鬧這個鬼？倘若大家起了哄，豈不糟心？真是憐俐得可愛，又糊塗得可憐。

想到這裡，抬起頭來，見如蓮正唱著向自己看，便向她微點了點頭，表示你的心思，我已明白了。驚寰心裡覺得大局已定，和她不久便

可聚首，心氣倒安穩了。這時他偶然回顧，見許多座客都向自己看，神色有些不對，曉得如蓮對自己的神情，已被眾人看出破綻，立覺侷促不安，有些坐不住。又見如蓮仍不斷的把秋波向自己橫溜，心裡暗自著急道：「你只管看我作什麼？倘被這些討厭的人瞧破，給咱倆叫起邪好，多麼難看！」又苦於沒法示意給她，又一想我不如走吧，好在相聚就在眼前，又何在乎這一會工夫。但又怕得罪了如蓮，便趁她轉過臉來的時候，偷偷向她遞了個眼色，站起來就向外走了。如蓮見他坐得好好的，忽然走了，只當他明白了「鶯春院」三個字，大願已了，便自走去，好向自己顯露他的聰明，暗自在心裡好笑，便用眼光將他的後影直送出去，無精打采潦潦草草的唱著後半段曲子。忽然無意中向左邊第二個包廂中一瞧，只見那廂中坐著園子的內掌櫃，向著自己笑。一會兒她彎下那肥大的身軀去拾東西，不想從她身後露出一個人面來，明明憐寶在那裡坐著，看如蓮瞧見了她，便別過頭去，裝著不在意的神情。如蓮心裡一陣撲咚，暗道這可壞了醋，娘向來不上包廂，今天忽然上廂，又鬼鬼祟祟的藏在人背後，分明是來監察我的。娘又是賊裡不招的老江湖，什麼事瞞得過她的眼？方才的情形，定已瞧得個全須全尾，連姑爺也相了去了。但又想到就全被她看見，又有什麼大不了？便也平下心，裝作沒看見憐寶，仍舊唱著。

這時正唱到上板的時節，是全曲的精彩處，臺下座客都凝神靜氣的聽，只有羅九等還不住亂喊好，喊得如蓮不住的皺眉，別的顧曲客人也都偷著向他們撇嘴。到如蓮唱得剩了十幾句，忽然一陣人聲，從下面直亂上樓來。只見一個中年肥大婦人，倒挽著袖管，橫眉立目，口裡罵罵咧咧，大屁股一扭一扭的，從椅子縫中直扭到臺前，奔了羅九一般人去。羅九正伸著脖子，張著大嘴，向著如蓮出神，心裡一陣陣的發熱昏，聽得人聲，回頭看時，不禁大驚失色，想躲已來不及，被那婦人劈

頭用左手把脖領抓住，兩手左右開弓，拍拍的就是左右兩個反正嘴巴，打得羅九黑臉上都泛出紫光來。

那婦人打著罵道：「我把你個王八蛋的蛋，老娘的精米白麵，把你撐肥瘋了，就忘了當初當茶壺的時候，窮得剩了一條褲子，我替你洗了，你蹲在床上等乾。到如今好容易混的有了半碗飽飯，又你媽的窮心未退，色心又起，背著老娘捧起花大姐來了！你媽的……」這時羅九雙手握著臉道：「咱有話家裡說去，別在這裡鬧！」那婦人又是一個嘴巴，打得羅九眼前冒金星。她又接著罵道：「你倒願意家裡去，家業是老娘一個人的，你想回家，老娘不要你。小子你勉強著點，有話就這裡說吧！」羅九見不是頭，忙央告道：「你也給我留點面子！就是我有十分不好，你今天抓破了我的臉，將來教我怎麼見人！」那婦人冷笑道：「你還見人？你怕見不了那個小臭婊。拿著你老娘的錢出來買俊，一直美了你這些天，今日就是你的報應到了。」

說著向臺上看了一眼，更自高聲喊罵道：「我就是單挑了這個時候來，也叫你認識的臭婊子看看聽聽，什麼人認識不了？單選這個東西！還是羅九的 ×× 上有鉤兒？」說到這裡，聲音更特別提高，向著臺上嚷道：「你別忘了羅九當初是大茶壺，你怎麼下賤，誠心要當茶壺套！」這時如蓮正唱得剩了兩句尾聲，她在婦人初進來喊鬧的時節，已想趁波打住，但因剩下不幾句，不如勉強對付完了。這時聽那婦人的話簡直是衝著自己說，心裡又是氣忿，又是骯髒，覺得實在唱不下去，又夾著這時有許多座客跟著鼓掌起鬨，喧亂非常，賭氣把鼓板一摔，趁亂跑回後臺，進去就一屁股坐在椅子上，咬著牙落眼淚。後臺的人見她這樣，立刻都圍攏來問。如蓮更氣得渾身打顫，一句話也說不出來，但覺得滿腹冤苦，沒個分訴處，暗想羅九這人在我面前討了這些日子的厭，今天出了這個笑話，真給我解了恨。但是這種情形，教人看著，就像我和羅九

有什麼關係，這可不骯髒死了我？想到這裡，就彷彿肚裡吃下去蒼蠅，一陣陣的翻，覺得幾點前吃的晚飯，現在都要嘔出來，便用手帕捂著眼，一頭歪在桌上哭。

正哭著哩，忽然覺著有人扶自己的肩膀，抬頭看，原來是自己的娘。憐寶摸她的辮子笑道：「傻孩子，你哭什麼？這有你的什麼事！」如蓮聽了，更淚似泉湧，抽抽噎噎的道：「娘，您瞧這不氣死人？唱得好好的，那個娘們來攪我，說的話多麼難聽，簡直是衝著我來，這不氣死了人！」憐寶笑道：「你到底是小孩子，多餘生這個氣，難說有隻狗向你汪汪，你也和它生氣？要說那個娘們也太看得起她的男人了，也不瞧瞧他那份鬼臉，也配你一看？更莫說別的。你就別理這個了！」如蓮擦著眼淚道：「我倒不是理這個，幸而他走得早，不然要教他看見這種情形，這許疑惑我……」憐寶笑道：「我不懂你的話，他是誰呀？」

如蓮這時才知道自己氣急敗壞，說話太忘了情，露出大馬腳，不禁然的把臉緋紅。又見眾人都向自己看，更羞得無地自容，恨不得尋個地縫鑽進去。憐寶心裡像明鏡似的，怕羞壞了她，便拉著她的手道：「你去看看，羅九那小子笑話還沒鬧完呢！他那副狗相，保準把你笑死。」說完，不由分說，拉著便走。如蓮趁勢就立起身來，走到臺簾邊。憐寶掀開一道縫兒，教她向外看。如蓮只看了一眼，竟把氣惱全消，格格笑起來。只見那婦人把一隻鯰魚片的腳，蹬在板凳上，手拈著羅九的耳朵，將他的黑臉直按到自己襠裡，做成個老和尚撞鐘似撞不撞的架式，一隻手在羅九的後脖頸上只顧敲打。那羅九彎著腰，服服貼貼的承受，口裡許天告地的討饒。那婦人只做聽不見，一面打著，一面目光四射，向羅九那一般黨羽罵道：「你們這群不是父母養的東西，淨勾著羅九胡行亂走，吃著喝著，還給你們的姊姊妹妹賺胭脂粉錢。敢則這事情便宜，就把你們吃順嘴了，也沒打聽打聽老娘是幹什麼的！惹惱了我，把

你們的娘都找來，都剝光了，把你們一個個全按著原路塞回去！」她正罵得凶，羅九的朋友們都知道她的脾氣，沒人敢勸，又不便躲，只得都圍隨著恭領盛罵。松風樓的掌櫃們也都曉得那婦人是著名的潑辣貨，凡是耍過落道的，誰不知道她這出名的簪花虎馬四姑？所以也沒人敢上前張口。臺上的玩藝也沒法唱了，只得空著臺休息。後臺的生意人也都出來看熱鬧，站滿了半臺。座客們更不住的鼓掌大聲起鬨，把煤氣燈都震得顫動。

正在亂得一塌糊塗，忽然從人叢轉出一個老頭兒來，滿面紅光，一臉的連鬢白鬍子，身軀高大，雖然有六七十歲，腰板兒還挺得很直，手扶著一根白木拐棍，慢慢的走到那馬四姑的背後，猛然將她背膀一拍，那馬四姑猛吃了一驚，回頭想罵，及至瞧見是那老頭，便陪笑叫道：「二大爺呀，您來了！」那老頭兒道：「好閨女，你放手，聽我說。」馬四姑叫道：「二大爺，您要是疼苦我，就別管我們的事。今天我們有死有活，這小子可把我害苦了。」這時那羅九低著頭喊道：「二大爺，您積德給勸勸！」老頭一把將馬四姑的手拉開，一手將羅九提到自己身後。馬四姑在手將鬆開之際，還在羅九脖子上狠命咬了一口，疼得羅九鬼號了兩聲。那老頭兒還沒說話，馬四姑一屁股坐在地下，撒起潑來，喊著：「我不活著了，誰要把羅九放走，我就不用走了，在這裡等著明天看驗屍吧！」

那老頭兒聽了，白眉一皺，滿面條的放出凶光，把拐棍在樓板上拄得亂響道：「馬四姑，你要知道是我二大爺在這兒勸你。」馬四姑抬頭看看他，又低下頭，便不敢再喊了。那老頭兒接著道：「怎麼著，連我的面子都不賞，誠心教我老頭子受急？好，好，我這也算不吃沒味不上膘。罷了，我華老二闖了一輩子，臨了想不到栽到你手裡，打我的老臉，從此還管什麼閒事！你們事有事在，打不出人命來，對不住我。我走了。」

第二回　玉樓天半起笙歌藥砧搗去，錦帳夜闌開影戲油壁迎來

說著氣憤憤的轉身就走。那馬四姑見他真惱了，不由嚇得大驚失色，便拉住他的衣襟道：「二大爺，您別怪我，真教羅九把我氣糊塗了！」那老頭兒道：「你站起來，你站起來！」連說了兩句，那馬四姑還賴著不動，老頭兒嘔了一聲，提起拐棍在馬四姑腿上只一撥，馬四姑怪叫一聲道：「二大爺，我起，我起，別打！疼，疼！」老頭兒咬牙恨道：「快起來，不然，憑我跟你死鬼娘的交情，打死你也過。」這時馬四姑不敢回言，掙扎著要起。羅九在旁邊搭訕著過去要扶，被馬四姑一口濃唾沫噴得倒退了兩步。她便自己掙扎著起來。那老頭兒向外一指，高聲道：「有什麼事家裡說去，別在這裡現眼。快走，快走！」

馬四姑看了他一眼，又狠狠目列了羅九一下，便一步步的向外挪。羅九低頭下氣，跟在背後，不聲不哼的走。那老頭兒又把拐棍亂拄著嚷道：「快，快，快走！」馬四姑嚇得幾哆嗦，忙應道：「走呢。」說著腳下便加快了。於是乎馬四姑押解著羅九，老頭兒又督促著馬四姑，三個人作一隊下樓去。

樓上座客望著他們的後影，唱起鬧天彩來。這時園子的執事人等，才高喊著眾位落座壓言，臺上的玩藝又接著演唱，才慢慢壓下觀眾的喧譁。如蓮在後臺把這幕醜劇看得個滿眼，笑得肚腸子都疼。但是自己笑定回想，依然心裡骯髒得難過，便回頭向憐寶道：「娘，咱們走吧。」憐寶點點頭，拉了如蓮的手，才要向後臺的後門出去，一個後臺管事的郭三禿子轉過來，陪笑道：「您娘兒倆走麼？要是大姑娘沒有大不舒服，千萬早場也上，別再歇工。只說今天白日大姑娘沒來，臺下問的人多了，散的時候還有人說閒話。您娘兒倆個只當捧我們！」憐寶明知道郭三禿子怕如蓮因為方才的事害臊，明天告假不來，所以給一個虛好看。才想到開口回答，如蓮把憐寶的袖子一扯，將她拉到屋角，附耳悄悄說道：「我明天就告長假，您回覆他吧。」憐寶也低聲道：「你這又何

必！」如蓮道：「我說這樣就這樣，明天打死我也不來。」憐寶笑道：「傻孩子，這是同誰慪氣！好吧，就依你。好在唱也再唱不了幾天，包銀唱不足月，就退給他們也不要緊。」說完，又返身把郭三禿子叫到一邊去說。如蓮見憐寶說著話，郭三禿子忽而皺眉，忽而哀懇，忽而嘆氣，最後只聽憐寶高聲道：「這實在對不過掌櫃們的，往後遇機會再補你們的情吧！」說完也不管郭三禿子，只招手把如蓮叫過，後著她的手就走出門。郭三禿子直送下了樓梯，憐寶回頭道：「不勞遠送，該退回的包銀，明天就託人送來。」郭三禿子擺手道：「您送回來我也不要，只當我送給大姑娘買雙鞋穿。」憐寶謙讓了幾句，便謝了一聲。娘兒倆別了郭三禿子，就雇洋車回家。

上了樓，如蓮便一頭倒在床上睡，閉著眼一語不發。憐寶摸了摸茶壺，還不甚冷，斟了半碗，送到如蓮嘴邊。如蓮搖搖頭，還是不睜眼。憐寶自己喝了，坐在床邊，笑道：「喂，你別睡，我看見了！」如蓮突然睜開眼道：「看見什麼？」憐寶笑道：「他。」如蓮道：「他是誰？」憐寶道：「姑爺。」如蓮坐起來道：「誰的姑爺？」憐寶瞇著一隻眼笑道：「還有誰的？我的！」如蓮聽了，立刻又躺下，把眼一閉道：「我知道您沒好話，不理您了。」憐寶笑道：「你起來，我和你說正經。」如蓮依舊閉著眼道：「您說，我聽得見。」憐寶道：「我問你，他姓什麼？」如蓮道：「姓周。」憐寶道：「叫什麼？」如蓮道：「不知道，就知道行七。」憐寶這時才明白過來，笑道：「這孩子跟我調皮，看我擰你。」說著就向如蓮乳際伸手，如蓮怕癢，在床上打了個滾躲開，格格的笑道：「您別鬧，我說，我說。」憐寶叉著腰含笑看著她道：「說，說！」如蓮道：「他姓陸。」憐寶又問道：「叫什麼？」如蓮道：「我忘了問。」憐寶笑道：「看你還是討沒臉！」說著又要動手，如蓮急忙拉住了憐寶的手，口裡央告道：「實在我不知道，等我過天問來再告訴您。說真個的，您看他這人怎

樣？」憐寶點頭道：「真不錯，連我看了都愛，別說閨女你！」如蓮又閉上眼道：「您愛給您，我不要。」憐寶笑道：「瞧你這孩子說的混話，實在的，我有了這樣一個姑爺，也不枉我苦了前半輩子。」

如蓮聽娘說到這裡，立刻腦裡湧出了驚寰的音容，便合著眼細想，再不願開口了。憐寶還要逗她說話，想著如蓮此刻是得意忘形，又是女孩兒家，口沒遮攔，不難慢慢探出情形，不想如蓮卻裝起睡來。憐寶又要去胳肢她，如蓮軟聲央告道：「我真睏極了，有什麼事，您先悶這一夜，等明天早晨再說。好娘，您饒了我吧！」憐寶聽她說的可憐，雖明知她不是真睏，但不忍再鬧她，只可由她睡去，自己草草的抽了幾口菸，也便和衣睡下。哪知如蓮是自己有自己的心事，閉著眼裝睡了一點多鐘，連轉側也不敢，怕把憐寶引得睡不著，耽誤了自己的事。沉了很大的工夫，才睜眼輕輕坐起，瞧手錶已快兩點了，憐寶在身邊正睡得沉酣，知道抽菸的人輕易睡不著，睡著了便不易醒，就輕輕起身下了床，坐到椅子上。

只見滿屋燈影沉沉，顯得光景很是淒涼，暗想可惜床上躺著的是娘，倘若是他，那我會叫他睡得這樣安穩！又轉想遲不了幾天，便可和他廝守了，心下又不勝欣喜。坐了一會，覺著心裡很悶，便揭起窗簾向外瞧，只見天上一鉤斜月，正向著人涼涼的亮，眼前千樓萬舍，全靜寂寂的，彷彿全世界都入了睡；暗想我又不知他家住在哪一方，該向著哪邊看，看不見他的家，我還看什麼？便轉回頭來，仍舊低頭自想，我正在這裡想他，不知他現在是不是也正在想我。這樣胡思亂想了一會，又伏在桌上打了一會盹，不想迷糊糊的竟睡著了。一覺醒來，見已天光大亮，不由吃了一驚，連忙揉了揉眼，就躡足走出外間，到窗前向外看時，只見巷中冷靜，並無一人。站著怔了一怔，自想，我想錯了，他真聽話，不叫他來就不來。你不知道我有話等跟你說，這真該打。正在恨

著，忽見從東邊巷口慢慢踱過一個人來，定睛細看，不是他是誰！如蓮忙將身向後一縮，不教他看見自己，就悄悄跑下樓去。到了門口，彎下腰就木板門內的小孔向外一張，只見陸驚寰恰走到門口，立住了向樓上張望。如蓮也不理他，只在心裡暗笑。驚寰在外面傻等了有十幾分鐘，似乎沉不住氣，連低聲咳嗽了幾聲。又過了一會，他腳下有些活動，看樣子像要走去。如蓮再忍不住，便隔著門縫，放粗了聲音，喊道：「你這小子是幹什麼的？在門口探頭探腦，安著什麼心？再不滾開，我喊巡捕了！」

這時驚寰正懷著滿腔心事，又在這萬靜的僻巷中，猛聽得憑空門內有人發話，慌亂中竟聽不出是如蓮的聲音，還只當是如蓮的娘，嚇得話也不敢回，掉頭便走。到如蓮開門出來，他已跑出了十來步。如蓮笑得彎了腰，一面笑一面叫道：「傻子回來，是我，是我！」驚寰回頭見是如蓮，才穩定了心，又跑回來，很熱烈的想來拉如蓮的手。如蓮把手一擺，寒著臉道：「站開些，聽我審你！」驚寰發呆道：「什麼事？」如蓮指著他的臉道：「你這孩子，頭一回我說話你就不聽。昨天我不是叫你別再清早查街，怎麼今天又來？」驚寰道：「這不怨我，我今天是來討個實信。」如蓮道：「昨天晚上在臺上不是已經告訴了你？怎麼還不明白？」驚寰道：「是鶯春院嗎？」如蓮點頭道：「不錯。你可知道鶯春院在哪裡？」驚寰道：「在余德里北口。」

如蓮聽了，忽然生氣道：「你的地理倒熟，敢則你這孩子常溜余德里呀！小荒唐鬼又荒唐到我這裡來了，趁早躲開我這兒！」說著嬌軀一轉，就要走進門去。驚寰連忙拉住道：「你聽我說，昨天聽你說出鶯春院，打聽人才知道在余德里，你何必……」如蓮道：「好，從你嘴裡說出來的話，謊話我也當實話聽。現在閒話少說，我下月初一進班，你過了初五再去。要去早了，我也是不見你。」驚寰詫異道：「為什麼？難道

第二回　玉樓天半起笙歌薰砧搗去，錦帳夜闌開影戲油壁迎來

說早見倒不好？」如蓮道：「我出個主意就得依我，趁早少問。再告訴你，松風樓從今天我也不去了，你也不必再去上班，在家裡養養精神盼初五吧！」驚寰再要說話，如蓮向他微微一笑，把手一擺，便縮身退進門去，呼的一聲把門關了。在門縫向外再張時，只見外面也正有一隻眼向裡看，裡外兩隻眼隔著半寸寬的板兒，碰個正著。如蓮輕輕把臉向上一挪，輕輕向外吹了一口氣，就像小孩兒得了便宜似的，跌交爬滾的跑上了樓。走上半截扶梯，才想起自己鬧得太凶了，要把娘鬧醒，好多不便，便又躡著腳上去。進了外間，再從窗戶向外瞧，只見驚寰還站在門外，用手帕擦著右眼，正用左眼向上看。如蓮忙向外擺手，教他快走。驚寰也用手往下招，教她下去。這樣招擺了好半天，兩個人都不肯動。後來如蓮有些急了，把手重擺了幾下，不想用力過猛，手兒甩到腦後，只覺得碰到很軟的肉上，不由吃了一驚。

回頭看時，只見憐寶立在自己身後，正笑嘻嘻的向外看。如蓮臉上轟的變成通紅，直勾著兩眼，看著憐寶，不知說什麼是好。憐寶也含笑看著她不說話。如蓮偷著用眼向樓外掃了一下，見驚寰還立在那裡，心裡更覺發急，不由眉頭一皺，倒生出急智來，自想已就是已就了，便向憐寶道：「娘，您看，他來了。」憐寶還笑著不語。如蓮伸手把她拉到窗前，向外一指道：「不信您看。」憐寶這才開口道：「我早看見了。貴客來臨，怎不請進來？」如蓮道：「現在請也不晚。」這娘兒倆就立在窗前，一同向外招手。

驚寰在樓下見如蓮身旁突然又多出了個人面，細看才認識是如蓮的娘，大吃一驚，連忙三步並作兩步的跑走了。如蓮看著他的後影一步步的走遠，倒笑著不做聲。憐寶卻連聲的喊他回來。如蓮見驚寰已拐出了巷口，就笑著把憐寶的嘴掩住道：「您喊什麼，認得人家是誰，喊進來算怎麼回事！」憐寶笑道：「本來用不著認得，只要你認得他，他認得你，

就行了。」如蓮聽了，立刻把臉一變，把手一甩，轉身就進了裡間。一面走，一面嘴裡咕嚕道：「這都是哪裡的事，憑空的冤枉人。他是誰？誰認得他！」憐寶趕進來笑道：「好孩子，你真會不認帳。」如蓮坐在床上，忍著笑道：「我怎麼不認帳？強派我認識他，我從哪裡認識他呀！不信把他叫來對證對證，到底我認識他不？」憐寶道：「你真會跟我搗亂，人早走了，我從哪裡去叫！」如蓮笑道：「那時您就不該放他走，如今沒招沒對，硬賴起我來，那不行！」說著一頭撲到憐寶懷裡，撒起嬌來。

憐寶又是氣，又是笑，又經不住她揉搓，只得倒央告她道：「別鬧了，你不認識他，算我認識他，好不好？」如蓮在她懷裡，抬起頭看著她的臉道：「算？不行，您重說！」憐寶只得又笑著道：「好，我認識他！」如蓮還不依道：「笑著說不算數！」憐寶只得又正色說了一遍，又撫著她的臉兒道：「好孩子，起來，看頭髮都滾亂了。」如蓮才慢慢坐起，手攏著鬢髮，望著憐寶憨笑。憐寶道：「你也跟娘說句正經話，到底你們是怎麼回事，告訴我，也跟著喜歡喜歡。」如蓮聽了怔了半天神，回眸向憐寶一笑，就咕咚倒在床上道：「我又睏了。」說完便合上眼，裝著打鼾聲。憐寶笑道：「我看你睡得著！」說著便坐在旁邊，直著眼看她，只當如蓮裝也裝不了多大工夫，哪知她竟沉沉睡去，又招呼了兩聲，推了一下，只不見醒。憐寶倒被她勾起睏來，打了個哈欠，賭氣也陪她睡了。

到她母女倆一覺醒來，天已過午。梳洗以後，正吃著飯，只聽樓下有人叩門，還隱隱有喊馮大姐之聲。如蓮跑出外間，由窗戶向外看了一眼，就喊道：「娘，郭大娘來了。」憐寶連忙放下筷子，帶著如蓮下樓。才走到樓下，只聽郭大娘正喊「馮大姐開門」。喊完，又小聲唱道：「馮大姐，快把門來開。」憐寶忙肘了如蓮一下，低聲道：「聽她唱完了再開。」娘兒倆就立住了聽唱，只聽郭大娘接著唱道：「你不把門

開，我硬擠進來。開門吧，我的，我的小乖乖！」唱完又狠命的在門上敲了兩下。憐寶這才把門開了，道：「要不是天氣冷，就再教你唱一段才放進來。」

郭大娘一扭腰肢，一甩屁股，小旋風似的已進了門，順手把憐寶的嘴巴子一擰，笑道：「好小妹子，你真壞，快攙著小奴家上樓。」說著扶著憐寶的肩膀，就一步步的款上樓去。如蓮要笑又不好意思笑，細看郭大娘今天越髮梳妝得風騷動人，那豎八字烏亮的油頭，梳得搭到脊梁上，更顯得粉頸細長，雙肩抱攏，身上穿一件紫素緞的旗袍，裁剪得細乍乍的可腰，走路真是一步一風流，稱得起是動少年心，要老頭命的一個半老佳人。如蓮暗嘆，這郭大娘真不枉是十幾年前天津掛頭塊牌的人物，到如今還是照樣的勾魂蕩魄，真不知當年害死過多少人了。想著便隨手把門關上，也跟著走上樓去。郭大娘聽得後面有腳步聲音，一面走一面叫道：「如蓮，我的兒，見了我也不招呼一聲。」

如蓮笑道：「現在招呼晚麼？大娘您好！」郭大娘嗷的聲答應道：「噯，我好，孩子你好。你更出落得好看了，真是長的賽水蔥，說話像黃鶯，真個你是吃什麼長大的？」憐寶不耐煩，就拉著她道：「快上屋裡去吧，不上不下的，幹什麼在這裡耍貧嘴？」

說著，三人上了樓，到裡間來坐下。如蓮給郭大娘斟過了茶，郭大娘喝著，向憐寶道：「你們娘倆商議好了沒有？到底想哪一天進班？」憐寶道：「如蓮說下月初一去。」

郭大娘道：「也好。我那裡樓上屋子都收拾好了，明天就叫人裱糊。方才我已經派人去看家具，大約三天裡就可以一筆停當。你們用錢，我現在帶了三百來，要不夠儘管說話。」說著從腰掏出一卷鈔票，遞給憐寶。憐寶接過道：「這錢現在倒是正用得著。如蓮製衣服和買零用東西，也差不多了。不過這錢算怎麼樣？」郭大娘笑道：「不算怎樣，你

儘管用著，沒息沒利，你們幾時富裕了再說。就憑咱們如蓮這孩子，一掛牌管保頂門紅。」說到這裡，忽然眼珠一轉道：「咱們還是賣清倌，賣紅倌？」憐寶道：「我正為這個要和您商量。」便湊在郭大娘耳旁低語了幾句。

郭大娘又轉轉眼珠，看著如蓮道：「我看還可以再賺個二水，就告訴他們是清倌吧。」這時如蓮正站在床邊收拾菸具，聽到這裡，忽然正色開口道：「郭大娘，您別笑話我臉大，到底是我的事，要由我作主。我本來已經不是閨女，幹什麼騙人，還算清倌？」憐寶聽了，看著郭大娘不語。郭大娘笑道：「孩子，這本來要問你，你不願意賣清倌，咱就賣紅倌。本來，你也不小了。」說著就向如蓮浪浪的一笑。如蓮臉上飛紅道：「郭大娘，不要想邪了。以後到了您那裡，可不許這們口羅唣，還要隨我挑檢客人，誰也不能管我。」郭大娘看著憐寶不言語，只暗暗使了個眼色。憐寶道：「這事你放心，你的心娘知道。從我這兒說，凡事都隨你的便，旁人更管不著。」說著又向郭大娘道：「將來要有個姓陸的少爺去，你告訴夥計們要特別照應，要給我得罪了，可小心我跟你拚命！」說著又向如蓮笑道：「娘的話可從你心上來？」如蓮臉更紅了，便用手擰了郭大娘一下道：「您真是老不正經，成天拿我開心。」郭大娘手握著胸際噯喲道：「是我呀？留神搗掉了我的後代根苗。你娘說你，為什麼擰我？」如蓮笑著道：「你們都不是好人。」郭大娘嘔一聲，站起來道：「不是好人？我倒要教你見識見識這不是好人！」如蓮嚇得呀的一聲，躲到椅後，央告道：「大娘饒我，以後還指著您照應呢！先別欺負我，您不疼我，也看著我娘。」郭大娘笑道：「你這小嘴怎麼長的這樣滑溜！真叫我又疼又恨，連我都能忍耐，算服了你，將來還不知道要多少人的命！來，來，我不打你，教大娘聞聞嘴巴算完。」如蓮果然走了過來，服服貼貼偎在她懷裡，仰著臉兒向她。郭大娘使勁抱住，親之不已。如蓮又

掙著跑開，向憐寶道：「大娘餓了，要吃我。」

郭大娘還要捉她，憐寶勸住道：「你們娘兒倆見面就鬥，老不老小不小的算什麼！別鬧了，先談談咱們的正事。」

郭大娘撇嘴道：「你還有臉說我？上梁不正底梁歪，我看你這個當娘的也有限。談正事就談正事，有什麼屁快放。」

憐寶道：「進班的那天，咱們還是暗暗往裡溜，還是熱鬧熱鬧？」郭大娘笑道：「那要問你們有人捧場沒有了。」憐寶道：「你是知道的，我們向來不吃空擋，不交朋友，哪得有人捧場？」郭大娘道：「你方才不是說有個姓陸的少爺麼？他還不捧個三天五日？」憐寶聽了，轉臉看著如蓮不語。如蓮只低著頭裝沒聽見。屋裡沉寂了半晌，還是郭大娘開口道：「沒有人捧場也不要緊，有大娘在，萬不能教孩子掉在地下。憑如蓮這樣個人兒，初次玩票，若不風光風光，連我都替她委屈死了。等我跟我的不錯兒的說說，教他們約些朋友，給湊三天熱鬧。」憐寶道：「那才是好。如蓮，還不謝謝大娘！」這時如蓮正背著身兒立著，便把兩隻手伸到背後攏起來，上下動了幾動，算是給郭大娘作了幾個揖。郭大娘笑道：「這孩子只是跟我調皮，屁股後頭作揖，我不知情！」憐寶也笑道：「這不怨她，只怨你是買切糕的人品，當初就沒把架子端好。」郭大娘道：「好，好，等如蓮到了我院裡，我端起架子來，你可別疼你閨女！」憐寶還沒答言，如蓮接著道：「大娘這幾年比我娘還疼我，就是教您端架子，您也不肯，這也不過說說罷了。」

郭大娘道：「好孩子，你不用拿話補著我。我還能教你受了屈？」說著站起來道：「你們收拾收拾吧，到初一我派車來接，咱們是一言為定。現在我走了。」憐寶還拉她再坐一會，郭大娘笑道：「你別留我，我們不錯兒的還等著我吃飯，我多坐一會，他就多餓一會，你明白了？」憐寶道：「那我就不留了，沒的耽誤你的美事。」郭大娘道：「你看我美，

不會自己也找一個，也省得這樣摟一摟鬆鬆，蹬一蹬空空，看著別人眼熱！」憐寶向外推她道：「你快請吧，再留你還不定放出什麼屁來！」

郭大娘笑的格格的，拉著如蓮道：「孩子，你送送我。」憐寶也要跟著送，郭大娘向她使了個眼色，便拉著如蓮走下樓。到了門口，忽向如蓮悄悄說道：「你要看那位陸少爺合式，我給你們做個媒，吃頓面，咱們全免了，好不好？」如蓮兩隻手把她推出門外道：「快走吧，小奶奶，你打算世界上的人全像您一樣，拿著姘人當飯吃呢！」說著急嚏一聲，就將郭大娘關在門外。郭大娘在門外罵道：「好你個小婢養的，把你大娘生擠出來！」如蓮也不理她，就一溜煙跑上樓，賴在憐寶身上喘著笑。

這時憐寶正一五一十的數著郭大娘方才送來的鈔票，向如蓮道：「郭大娘這人真爽快，娘先不愁沒錢買菸了。」如蓮笑著不語，憐寶才覺著自己說的話不大象，忙改口道：「明天咱們就出去買衣料，可著孩子你的意兒挑。向後一天比一天熱，皮的先用不著，單夾棉先都制兩套，零東西也買一點，可著這一二百塊花。」如蓮道：「明天的事明天再說，現在先別憂慮到這麼遠。我跟您說句正經話，以後姓陸的事，你們別拿我引開心，再這樣我就要惱了！」憐寶道：「你放心，現在誰敢惹你？也不過偶爾說句笑話，日後誰還提起！過日見了郭大娘，我也要囑咐她，別再跟你玩笑。可是你也該把姓陸的事告訴告訴我，別再悶人。」如蓮把頭從憐寶的腿上滾到床邊道：「您又問這個，我又睏了。」憐寶忙扶起她來道：「我也別問，你也別像。為什麼很喜歡的事，倒找了沒趣？」如蓮笑道：「這樣還像個娘！」憐寶一笑，便又談了些別的事，到深夜才睡了。到次日，娘兒倆又出去置辦了許多應用東西，交給裁縫去做，不到三日，業已預備齊全。

光陰迅速，轉瞬間已到了二月初一。這日如蓮清晨起來，教憐寶給絞淨了臉，又同出去到清華園洗了個澡，回來時已過正午。吃過午飯，

娘兒倆正在屋中閒談，忽聽得巷內有馬車鈴響，如蓮跳起來道：「郭大娘來了。」憐寶還不信，少頃就聽門外郭大娘的聲音喊著叩門。如蓮道：「如何？」就拉著憐寶接了出去，只見郭大娘穿著一身簇新的衣服，戴著一頭紅白相間的圍頭花，襟上還掛著個鮮花排成的喜字。如蓮一見就喊道：「大娘好漂亮，您有什麼喜事呀？」郭大娘伸手雙挽著她娘兒倆，進了院子，道：「有喜事，今天我們院裡進新人！」如蓮道：「進誰？」郭大娘道：「進你！」如蓮方才曉得自己一時矇住，不由得笑起來。郭大娘道：「你們收拾完了就上車吧，我不上樓了。」

憐寶道：「你幹什麼作張作威的，又弄輛馬車來？」郭大娘道：「孩子，坐不上花轎，還不坐輛馬車？」她這話原是無心所說，如蓮聽了，心裡倒不勝淒然，暗想我將來到驚寰家去的時節，不管時髦不時髦，無論如何也要坐回花轎，也不枉我女孩兒家生這一世。又一轉想驚寰已有正妻，我一個作小的，哪有坐花轎的指望？趁早別妄想了！想到這裡，憑空添了許多不快，便不高興說話。

這時憐寶已把郭大娘拉上了樓，如蓮也跟上去。郭大娘坐下道：「如蓮，快把人樣子做好了，咱們快走，我還有許多事呢！」如蓮便自去刻意梳妝，這裡郭大娘向憐寶道：「先叫你歡喜歡喜，我已憑著面子替如蓮布了三幫子花錢的硬客，從今天起，一幫子頂一天的牌飯局，這也足夠好看的了。我們院裡七個唱手，也都有牌，今天準要亂出個所以然。」這時如蓮正舉著抹滿胰子的毛巾擦臉，閉著眼睛問道：「您給我布的三幫客都是哪幾塊料？」郭大娘道：「告訴你你也不認識，反正都是花錢的好客。」如蓮道：「不認識我也要問問。」郭大娘道：「一幫是大興軍衣莊的穆八爺，一幫是羅九爺，一幫是魯十四爺。」如蓮聽到這裡，突然把手巾從臉上揭下道：「這姓羅的可是個四十多歲的黑胖子？」郭大娘道：「不錯，他是我們不錯的盟兄弟。你怎麼認識？」如蓮一手把毛巾扔在臉

盆裡，濺得水花四落，從鼻子裡哼了一聲道：「怎麼認識您先別管，勞您駕，先把這姓羅的給我打了退堂鼓。」郭大娘聽了，倒看著憐寶道：「這是為什麼？」憐寶卻問如蓮道：「這羅九可是上次松風樓鬧笑話的那個人？」如蓮點點頭道：「不是他是狗雞蛋？我大高興的，千萬別叫他來給添堵心！」

憐寶就把羅九那日在松風樓鬧的笑話向郭大娘述說了一遍，又道：「他的女人那樣凶，他若招呼了如蓮，將來還不定出什麼岔子。我看郭大娘還是給回了的好！」郭大娘聽著憐寶的話，早已笑得前仰後合，半天才忍住笑道：「這你們就可以放心。羅九跟那個簪花虎馬四姑，就在鬧事的那一天散了夥。那放窯帳的鐵手臂華老二，把他們架到我那院裡，約我跟著了事。費了半缸唾沫，也沒了好。馬四姑拚死也不再跟他，終歸由華老二作主，把他們開的三等窯子八寶堂歸馬四姑獨自營業，給了羅九一千多塊錢，又分給他兩個孩子，作為永斷葛藤，第二天早晨還是在我那院裡吃的散夥麵。以後馬四姑哪還管得著他的事？」

說到這裡，如蓮搶著道：「他就是沒人管，我也沒工夫伺候他。」郭大娘呃著嘴道：「嘖嘖，孩子，你的意思我明白，羅九那份鬼臉，別說孩子你不愛看，就是我也是得不瞧絕不瞧。不過你要明白，吃咱們這碗飯，恨誰要是一腳踢出去，倒是疼苦他，樂得教他倒個大霉。羅九這小子前幾天把分得的兩個孩子也轉手賣給我，又落了千把塊錢。如今他正有錢沒處花，有霉沒法倒，他又早就迷糊你，樂得不教他都給咱們進了貢，吃他個海淨河乾，遲不了半年，準教他上三不管去當伸手大將軍。俗語說：『烏龜也要嫖，殼兒水上漂。』孩子，你怎這樣想不開？」如蓮想了想，忽然噗哧一笑道：「大娘，您真是積世的害人精！您身上暗含著不知道害過多少命案，我依便依您，可是不許這個羅九沾我一下。他要犯毛病，我就唯您是問。」郭大娘道：「看你這挑挑揀揀，又吃魚又怕

腥，真活脫和你娘當初一樣。」說著就向憐寶一笑。憐寶道：「幹什麼你又扯上我！」郭大娘又向如蓮道：「孩子，你放心大膽的去和他耍，到了緊要關節的時節，大娘再教給你閃轉騰挪的本領，管叫他蜜糖抹在鼻尖上，聞香不到口。」憐寶笑道：「如蓮快拜師傅，你還不知道郭大娘是天津數一數二的水賊，跟她學不了好，壞總可以學的壞到頂，再壞回來。」

　　郭大娘也笑道：「咱們是缺唇兒說話，誰也別說誰。我是水賊，你也不是旱岸上的強盜！只瞧你姓馮的門風，你女兒還沒進窯子的門，就先自己預備好了熱客。」這時如蓮正面對鏡子，舉著小胭脂棒兒向唇上塗抹，聽了郭大娘的話，那瓜子臉兒立刻變得長了，撅著嘴向憐寶道：「娘，娘看郭大娘，再這樣別怨我不顧面子。」憐寶向郭大娘使了個眼色道：「好人，你別再拿我們孩子開心。」郭大娘乖覺，便立刻改了口風道：「孩子，這怕什麼？你問問你娘，再問問我，當初誰不是騙大黑臉的錢去填小白臉的瞎坑？俗語說，『坑張三不貼李四，算不得窯姐的兒子。』這本是淌行的事，你又上的什麼臉？」如蓮道：「怎麼著也不許說，我們和你們不一樣！」郭大娘道：「不說，不說，再說教我三天不開張！現在你別磨工夫，小娘娘該起駕了。」

　　如蓮一笑，便換好了衣服，憐寶替她提著個小包袱，三個人出了屋，把門倒鎖了，下樓上了馬車。車伕一揚鞭，不大的工夫已進了余德里，只走了一條大街，車便停住。如蓮見左邊和前邊都是曲曲折折的窄胡同，走不進馬車，倒都轉折得有趣，暗想聽他們唱崑曲有什麼「人宿平康曲巷，驚好夢門外花郎」，真是古人說得不錯，荒唐鬼們不必見了娘們發昏，只進了胡同，轉也把他們轉迷了心咧！這時郭大娘已下了車，向她們道：「下來吧，胡同裡車進不去。」憐寶就拉著如蓮也下了車，三人魚貫進了胡同，拐了個彎，只見這胡同裡兩面對排著十幾座同樣的樓房，門口牆上都貼滿紅紙黑字寫的人名。有幾個短衣的人，湊在牆隅拿

著銅子兒撞鐘，三五個粉面鮮衣的小女孩子在旁邊看熱鬧，口裡都雞爭鵝鬥的嘻笑。其中一個女孩忽然回頭瞧見郭大娘，立刻嚇得粉面失色，那樣子似乎想跑又不敢跑，顫著聲音叫了聲「娘」。

郭大娘好像沒聽見，也不答言，走到近前，突然甩手就是一個嘴巴，打得那女孩一溜歪斜。郭大娘這才開口罵道：「喜子，你這小鬼，我一欠屁股，你就像你娘的身子一樣，滋溜就出來了。還不滾回去！」那女孩一手摀著臉，一手抹著眼淚，就躡著腳溜進路東的一家門裡去。那一群撞鐘的也都停了手，全向郭大娘招呼道：「郭掌班您才回來！」郭大娘見這些人都是鄰家的夥計，沒有本班的人，便也淡淡答了兩句，就領著憐寶母女走進方才那女孩跑進的門。如蓮因這裡向沒來過，留神看時，那門前左右掛著兩塊大銅牌子，刻著「鶯春院」的紅字，左首牌子旁邊貼著張三四尺長新油的紅紙，豎寫著三個斗大的黑字是「馮如蓮」，底下又橫著「今日進班」四個小字。如蓮暗想，人說下窯子就算掛牌，大約這紅紙就算是牌了。想著已隨她進了門，只見堂屋裡坐著幾個老媽夥計，見她們進來，全都站起，一個老媽忙把憐寶手裡的包袱接過。郭大娘悄悄問道：「院裡有沒有客？」那八仙桌旁邊坐著的一管帳先生模樣的人答道：「樓下滿堂，樓上兩幫。」郭大娘便回頭向憐寶道：「咱們上樓去先看看屋子好不好？」憐寶點頭。

三人便拐進後屋，順著樓梯上了樓。樓上堂屋裡也坐著幾個下役的男女，郭大娘指著一間掛雪白新門簾的屋子向如蓮道：「你看，大娘疼你不？連門簾都是給你新制的。」說著又轉頭向一個老媽道：「屋裡有人沒有？」老媽道：「沒人。」就走向前將門簾打起。如蓮到底是小孩脾氣，急於要看自己的新房，便第一個走進去，只見這屋裡新裱糊得和雪洞相似，是三間一通連的屋子，寬闊非常；對面放著兩張床，東邊是掛白胡縐帳子的鐵床，兩邊是一張三面帶圓鏡子的新式大銅床，沒掛帳子，床

第二回　玉樓天半起笙歌藁砧擣去，錦帳夜闌開影戲油壁迎來

前卻斜放著一副玻璃絲的小風擋；迎面大桌上嵌著個大玻璃磚的壁鏡，擦抹得淨無纖塵，上面排著七個電燈，四個臥在鏡上，那三個探出有半尺多長；幾張大小桌子上，都擺滿了鐘瓶魚缸等類的陳設；那銅床旁立著個大玻璃櫃，櫃的左上方小空窰裡，放著許多嶄新的化妝品，其餘一切器具，也無不講究。

郭大娘進房來，一屁股就坐在床上道：「如蓮，我的兒，這間屋子你可合意？」如蓮笑著點了點頭。憐寶道：「你幹什麼給她這們講究的屋子？倘若事由兒不好，別說對不住你，連屋子也對不住了。」郭大娘道：「這屋子只配如蓮住，好比好花才配的上好花盆。這一堂家具，還是七年前我跟大王四從良洗澡拐出來的哩！」憐寶道：「呀，還忘了告訴你，大王四死了。」郭大娘笑道：「我早知道。像他那號東西，活著也是糟踐糧食。本來是散財童子下界，財散完了，還不早早的歸位？」憐寶道：「當初大王四待你也不錯，怎就這樣的恨他？」郭大娘撇著嘴道：「你又說這一套了，通共我才有一顆好心，還是待自己，哪能再勻出好心來待他們。咱們還不都是兩白主義？一樣是雪白的小白臉，一樣是白花花的大洋錢，兩樣俱全，或者能買出我的一點好心。像大王四那塊料，我想起來不罵他就算有良心了。」

如蓮在旁邊聽著，心裡好生不然，但又不便插言，便向憐寶道：「娘，你們也不告訴告訴我，這裡面有什麼規矩，回頭來了人怎麼辦？」郭大娘接著道：「等一會慢慢告訴你，這時先給引見引見姐妹。」說著便派老媽將合院的姑娘與櫃上孩子全都請了來。不大的工夫，就粉白黛綠的進來了十幾個。如蓮母女連忙都打了招呼。郭大娘坐在床上把手亂指道：「這是彩鳳姐，這是小雲，這是小老四，大老七。」這樣挨個的都引見了。憐寶細看這些人，都不怎麼出色，如蓮立在她們中間，更顯得皎皎如月映眾星，把眾人都比下去，不覺心中暗喜。這時郭大娘道：「馮大

姐，你也不是外行，我們走，你清清靜靜的把掏心窩的能耐教給你閨女點，也趁這時候你歇歇，沉會兒就沒有歇空兒了。」說著就和這些姑娘們一擁走出。這裡憐寶母女果然深談了一會，天夕郭大娘又叫廚房送來點心吃了。到了上燈時候，團隊裡燈火點得裡外通明，就和過年一樣，門外小龜也都支好，接著便有客人來到，整整熱鬧了一夜。到了第二日，仍然照樣如此，是羅九一般人捧場，卻鬧出個很大的笑話。笑話如何，留待下文慢表。

當下只說如蓮在鶯春院裡混了三四日，有時笑得肚子疼，有時氣得天昏地黑，才知道這種生意，說好做，也就洋錢容容易易的進了腰包，說難做，也覺得這各種各樣脾氣的花錢大老爺，簡直沒法伺候，因此倒領略了不少的世故人情。憐寶每日就替女兒當了老媽，打起精神，像個滿堂飛，替如蓮遮避了多少風雨。到落燈後，從櫃上劈下帳來，鈔票裝滿了腰。客人散了，就和如蓮在一床上睡。到底洋錢賺到手裡，睡覺都是兩樣，時常在夢中手舞足蹈，把如蓮鬧得醒來。

光陰迅速，轉瞬已到了二月初五。這日她母女起床，已是下午兩點多鐘，吃過了團隊裡四個碟子的例飯，如蓮就頭不梳臉不洗的坐在床上出神。憐寶見了，不由得問道：「你還睏麼？昨夜又看了個天亮，要不再睡一會？」如蓮搖搖頭，憐寶又道：「不睏你怎又愣了神兒？」如蓮看了娘，遲了半晌又道：「我怕……」憐寶道：「怕什麼？」如蓮道：「這幾天，哪一日都上二三十位客，我倒身不動膀不搖的，您裡裡外外的跑，斟茶點菸的忙，我怕把您累病了。」憐寶道：「這倒沒有什麼，菸抽足了，還頂得住。」

如蓮眼珠一轉道：「要不您回家去歇一天，明天再來，好在今兒也沒有牌飯局，從櫃上借個媽媽使喚，也將就過去了。」憐寶聽了笑道：「說得我也太嬌貴了，這一點事也會累著，還用回家去休養我老人家的貴

體？我不去。」說到這裡，忽然仰頭看了看房頂子，又低頭看看地下，才向著如蓮笑了笑道：「嘔，嘔，我也得回家去看看，明天再來，別辜負了孩子你的心意。其實我在這裡也礙不了事！」如蓮原是心裡有病，聽了憐寶最末的兩句話，不由得臉上緋紅，才要說話，連忙又閉上嘴。憐寶見他這樣光景，又接著道：「教我看看要什麼緊？想不到我倒混成礙眼的了！」

如蓮聽了，立刻臉兒一沉，站起拉著憐寶向外就走，口裡道：「您別無故嚼說人，好心請您回家去歇歇，倒惹出您這一段亂說。好，我也跟您家去。告訴郭大娘，咱不幹了。」憐寶見如蓮真急了，知道再逆著她就要大事不好，便嘻皮笑臉的將如蓮又按坐在床上道：「瞧你這孩子，鬧著玩還真上臉。就是你不說，我也打算回家去歇一天，我這收拾收拾就走。你疼娘，難道娘還不懂？」說著便拿起木梳攏了攏頭，擦了擦臉，把櫃門鎖了，鑰匙交給了如蓮，道：「我去托郭大娘照應著，我就走了。」如蓮斜靠著床欄，並不言語，看著憐寶走出去，便立起來，輕輕走到外面窗側，隔著窗紗向大門口看。哪知等了有半點多鐘工夫，方見憐寶出門坐車而去。

如蓮才退轉身來，在鏡臺旁著意梳洗，還未畢事，就已上了兩三幫客人。如蓮都沒往本屋裡讓，只給他們打個照面。憐寶不在，檐上老媽招待自然差許多事，就都冷淡走了。到天夕後，客人來的更陸續不斷，如蓮只是裡外轉磨，心裡暗暗焦急，一會兒去到門口張望，一會兒又到鏡前去撲幾下粉。許多客人都沾不著她的邊，有人問她因何這樣神志不定，她便說我娘家去了多半天還不回來，自己不放心。客人們還真信她是初入娼門，離不開娘，是天性厚處。哪知到了上燈時候，遊客滿堂，如蓮所想望的人，還不見個蹤影，只急得她更坐立不定，向來她是不肯教客拈一下的，此際卻有時拉著客人的手兒出神。到清醒時，卻又撇了

嘴紅著臉躲開。一直的過了十一點，人家大半散去，只剩了一幫，如蓮就把他們拋在空屋裡，自己卻坐在本屋裡納悶。又洗了一回臉，上了一回妝，在床上地下的打轉，忽然坐定，自己恨道：「看光景今天他是不來了。只怨我糊塗，只告訴他過了初五再來。過了初五就是初六，還許挨到個初八，十八，二十八，我只傻老婆等呆漢子吧！」

　　想到這裡，把盼望的心冷了一半，一咕碌躺在床上，瞧著屋頂發呆，聽著旁邊屋裡同院姐妹和客人調笑之聲，更恨不得把耳朵堵上。沉了一會工夫，忽聽得堂屋裡夥計喊「大姑娘」，如蓮心裡候的一鬆，接著又一陣跳，暗自瞧料道：「冤家，教我好等，你可來了！」便霍然跳起，原想繃著臉兒出去，但心裡只是要笑，便綻著櫻桃小口，滿面春風的跑出屋門，冒冒失失的問夥計道：「哪屋裡？」那夥計向那空屋子一指，如蓮便跑進去。一進門，見還是那一幫走剩下的客人，自己又氣又笑，暗想我真是想糊塗了，竟忘記這屋裡還有著一批私貨。又見這幫客人都穿好了馬褂要走，便上前應酬了兩句，把他們打發走了，仍舊回到自己本屋，一堵氣把房裡電燈都捻滅了，只留下床裡的一盞，也不脫鞋，上床拉過被子就睡。哪裡睡得著？轉側之間，又聽得鐘打十二點，心裡更絕了指望，便坐起想脫了衣服要睡。才解開三兩個鈕扣，忽然進來了老媽，把電燈重複捻著。

　　如蓮問道：「幹什麼？」老媽道：「讓客。」如蓮道：「誰的？」老媽道：「生客。」如蓮道：「生客放在空房子不讓，怎單看上我這屋？這不是欺負人！」那老媽碰了釘子，只可重把燈捻滅，走了出去。如蓮突然心裡一動，想把老媽喚回問問，但已來不及，便掩上大襟，跳下床，拖著鞋走到屋門口，隔著簾縫向外一看，不由得自己輕輕「呀」了一聲，只見驚寰正玉樹臨風般的立在堂屋，穿著一身極華麗的衣服，戴著頂深灰色的美國帽，低著頭不做聲。如蓮本想出去把他拉進屋裡，但是

第二回　玉樓天半起笙歌藁砧搗去，錦帳夜闌開影戲油壁迎來

心裡跳得厲害，連腳下都軟了，只一手扶著門簾，身兒倚著門框，竟似乎呆在那裡。忽然想到應該喚他一聲，才要開口，老媽已把空屋子的門簾打起，讓驚寰進去。如蓮心裡一急，立刻走了出去，趕上前一把拉住驚寰的手，一面卻向老媽發作道：「這樣的髒屋子，怎好讓人？你也不看看！」那老媽翻著白眼，嘴裡咕嘟了幾句，如蓮也顧不得聽，就一直把驚寰拉到自己屋裡，用勁將他推坐在椅子上，又把他帽子摘下扔在桌上，也不說話，就叉著腰站在他身旁，撅著小嘴生氣。驚寰手撫著胸口，瞧著她，也半天說不出話來。

這樣寂靜了一會，如蓮含著嗔，目列了驚寰一眼，便走過去把電門捻開，倏時屋裡變成雪洞似的白。鏡頭上的幾個電燈，照到鏡裡，更顯得裡外通明，映著桌前的兩個嬌羞人面，真是異樣風光。還是驚寰先穩住了心，慢慢的道：「你為什麼不痛快？你教我過了初五來，我並沒來早，這過了子時，還不就是初六！」如蓮還是瞧著他不言語，半晌忽然噗哧的一聲笑出來道：「我把你個糊塗蟲，我還怨你來早了？你不知道從掌燈到現在，我受了多大的罪！」說著又湊到他跟前，拉住手道：「你這工夫來，外邊冷不冷？」驚寰搖搖頭，也把如蓮的手拉住，兩人都無語的對看著。這時門簾一啟，一個夥計提著茶壺進來，如蓮忙撤了手向他道：「回頭再有客來，就說我回家了，別亂往屋裡讓！」那夥計答應了一聲，又看了驚寰一眼，才低著頭出去。如蓮便坐在旁邊，等夥計又打完了手巾，老媽點過了菸卷以後，屋裡再沒人進來，才站起身對著鏡子，把鬢髮攏了攏，又轉臉向驚寰嫣然一笑，輕輕移步到床邊坐下，向驚寰招手。驚寰忙走過來，如蓮道：「給斟杯茶來！」驚寰忙端過茶杯，要遞到她手裡，如蓮嬌嗔道：「這樣熱怎麼接，拿托盤來放在床上！」

驚寰含著笑遵命辦了，才要坐在她身邊，如蓮又道：「拿菸卷來我抽！」驚寰忙又站起拿過菸卷，如蓮把菸銜在嘴裡道：「點上！」驚寰

又尋著了火柴，替她燃著。如蓮大馬金刀的坐著，繃著臉，瞧著驚寰半晌不說話。驚寰也呆呆的看著她那玉雪般的臉兒，被燈光照著，那一種晶瑩潤膩，直彷彿燈光都要映入膚裡。雖然是繃著臉兒，那蛾眉淺蹙像蘊著清愁，櫻桃口閉得緊緊的，頰上倆酒窩兒卻暈著春痕，又似忍著笑，真是儀態萬方，有說不出來的情致，不禁也看得呆了。如蓮瞧著驚寰，忽然無故的笑出來，一把將他拉坐在身邊，道：「姓陸的，你可想得到？」驚寰道：「想得到什麼？」如蓮扶著他的肩膀道：「想得到咱們有今天！」驚寰聽了，看著如蓮，嘆了一聲，眼圈一紅，那淚便只在眶裡滾。如蓮見他這樣，不禁想起這二三年來風晨月夕相思的苦，一面感激他對自己的真情，連帶又傷懷到自己的身世，心裡一陣難過，不覺盈盈的滾下淚來，竟一頭滾到驚寰懷裡，拉起他衣服的底襟來擦眼。驚寰心裡更是淒然，想到當初看作美人如花隔雲端的如蓮，如今竟能取諸懷抱，晤言一室之內，不覺一陣躊躇滿志。

又想到可真不容易有了今天，就像念書的人十載寒窗，忽然熬得中了秀才，初聞捷報，簡直不知滋味是甜是苦，便也伏在如蓮肩上，無意又聞得她臉上的脂粉氣和頭上的髮香，只覺心裡一陣甜蜜蜜的沉醉，惹得遍體酥麻，想動也動不得。兩人這樣偎倚了好一會，直彷彿兩個親人相逢在天盡頭處，覺得世界只剩下他兩個，此外都茫茫無所有，兩顆心無形中似乎都糾結到一處，說安定也十分安定，說顫動也顫動到不可言說咧。

他倆默然享受這別樣的滋味，許久許久，忽聞從隔巷吹送來一陣絃管聲音，慢慢的把二人引得清醒，都抬起頭來看時，覺得燈光乍然變成白蘇蘇的亮，房子也似乎寬闊了許多，又對看了一下，都彷彿做了一個好夢。驚寰看桌上的鐘，正指著兩點，暗暗詫異自己從十二點半進來，怎的不知不覺的竟過了一點半鐘？如蓮慢慢扶著驚寰的腿兒坐起，向對

面玻璃櫃的鏡裡照照，只見自己的雪白的臉兒，無端的頰上添了一層紅暈。回頭看看驚寰，也正和自己一樣，便重把頭兒靠到驚寰肩上，閉著眼道：「你熬得了夜不？」驚寰道：「我倒是不愛睏，何況守著你！」如蓮道：「那麼你今天就陪我到天亮再走。」驚寰搖頭道：「我頭一次來，哪好意思久坐？」

　　如蓮睜開了眼，打了他手一下道：「你別管，我這天下是打出來的了，旁人你不用介意。難道你跟我還有什麼不好意思？」驚寰才要說話，如蓮站起身，舉起纖手含笑帶嗔的指著他道：「你敢說走，你走個試試！」驚寰向她笑了笑，站起身來，裝做伸手去拿帽子。如蓮把小嘴一撅，立刻滾到床上，躺著面向裡，拿過個枕頭來把臉兒蓋上，連動也不動。驚寰見了，忙趕上前想把她拉起來。哪知才拉轉過一些，略一鬆手，便又轉了過去，只可央告道：「好妹妹，你坐起來，咱慢慢商量。」如蓮還不答言，驚寰便冷不防把她臉上的枕頭搶過來，如蓮又把袖子遮上。驚寰沒奈何，坐在床邊，看著她沒著手處，半晌才想起個法子，自己口裡搗鬼道：「人們都說好生氣的人，全不怕胳肢。如蓮這樣好生氣，定不怕癢。我倒不信。不信試試看！」說著便比劃著向床裡湊，又故意把床搖得響。只聽如蓮「呀」了一聲，倏的一翻身坐起來，格格的笑得發喘，縮著粉頸，把手憑空支持著道：「你敢動我一下，看我吃了你！」驚寰笑道：「動你作什麼，把你鬧起來就夠了。」如蓮把辮子甩到胸前，用手絡著道：「說正經，你可還走？」驚寰笑著搖搖頭。如蓮氣得又要倒下去，驚寰忙將她扶住道：「小姐你別鬧，依你依你！」

　　如蓮才嫣然一笑，立刻又寒起臉來道：「你依我了？」驚寰道：「是。」如蓮又道：「你不走了？」驚寰又點點頭。如蓮看了他一眼，便走下床，從桌上把驚寰的帽子拿起，使勁蓋在他頭上道：「你倒願意不走，別自己覺著不錯了。你倒願意，可惜沒問問我，請吧，你快走，恕

不遠送！」說著便又走到門邊，裝做要送他出門的樣子。驚寰坐著不動道：「你也太調皮。到了今天，還只顧跟我搗亂，說些正經好不好？」如蓮仍舊寒著臉道：「搗亂，我也沒上你家裡去搗。正經，跟你有什麼可說。人小姐我要安歇了。你是一個字，請。」驚寰明知她是故意調笑，便也站起道：「走就走，我又不是熱羊，何必死坊！」說著向前慢慢蹳將去，才走到她跟前，如蓮便劈面一推，將他推回了好幾步，咬著嘴唇笑道：「你哪裡跑？這就算到了你姥姥家了！只要敢出這個門口，就留神你的腿！」說著便挽了驚寰的手，仍舊回到床前，把他的帽子重複摘了，道：「還不脫了你的皮，賃來的也不至於這樣。」驚寰便笑著將馬褂脫了。

如蓮也向他一笑，便從床頭上拿下一件桃紅色綢子的緊身小棉襖，走進玻璃櫃後面，沉一會又走了出來，已把長袍換了。紅衣襯著粉面，更顯得楚楚憐人，亭亭的站在驚寰面前，只把秋波注著他，半响不語。忽然把手一拍道：「哦，我還忘了！你餓不餓？我還替你預備下了光祿寺。」說著便將玻璃櫃的門打開，只見最上方的三層小屜，第一層放著許多鮮貨，第二層藏滿了糖果，最下面卻放著麵包燻雞火腿等類的食物。如蓮笑著學山東口音道：「知道你來，全預備好了，你是吃什麼有什麼！」驚寰便隨手拿過些鮮果吃著，如蓮就搬過兩張椅子來，放在櫃邊，兩人坐下，撿好兒的吃。驚寰吃了些許，便住了口。如蓮問道：「你怎麼吃不下？」驚寰一笑，把她手裡的半個蘋果搶過，扔在地下道：「你就有這個閒心，我憋了一肚子的話要和你說，哪還顧得吃？」如蓮聽了，立刻用小手帕抹抹嘴，必恭必敬的將身子坐正道：「有話請講，我這裡洗耳恭聽。」驚寰原自己覺著有許多話要說，如今見如蓮這樣的問，倒弄得像有些羞口難開，就覺肚裡存著話太多了，哪一句都要搶先出來，不想都擠在喉嚨邊，一句也吐不出，倒呆呆的只看著如蓮發怔。

如蓮拍著他的大腿道：「你可說呀！」驚寰看著她，倒默然無言起

第二回　玉樓天半起笙歌藁砧搗去，錦帳夜闌開影戲油壁迎來

來。如蓮也不催問，卻自己嘆了一聲，眼圈兒一紅道：「傻子，哪只你憋了一肚子話，我更打早就想著有許多心思話要跟你說，見了你倒說不出來。咱先到床上去歇一會吧！」說著就拉了他的手，走到床邊，使勁將他推躺下道：「這裡不是學堂，你再規矩些也沒用。難道你在家裡也這樣？」驚寰一笑，便伸手也要拉她躺下，如蓮卻靠著那一邊床欄，遠遠的坐下，道：「才給你些好氣，別又蹬著鼻子上臉，老實些！」說著又低下頭不語。半晌，忽然粉面一紅，看看驚寰，又把頭低了。驚寰道：「你這是怎的？」連問了兩三聲，如蓮還不答言。驚寰便把身體向前挪，想去拉她。如蓮忙伸腿把一隻瘦薄可愛的天足腳兒放在床心，將去路擋住道：「你好生躺著，聽我問你，你……」驚寰問道：「我怎麼樣？」如蓮又紅著臉看了他一眼，才悄然道：「你跟著我的影兒這幾年，到底為的是什麼？」驚寰皺著眉道：「這你還用問？到現在難道還不明白我的心？」如蓮道：「這樣說，你是愛我？」驚寰嘆道：「這我也說不出所以然來。愛你是不必提了，還有時想著像你這樣的人，老天怎竟教你落到幹這種生涯，便替你可惜。」

　　說到這裡，如蓮搶著道：「你這人說話不講理，怎麼我們這行就不是人幹的？」驚寰道：「你別著急，聽我說。幹原是人幹的，不過我向來看你像仙女一樣，你幹這個，便可惜了！」如蓮聽著，撇了撇嘴，驚寰又接著說：「再說你這樣嬌弱的人，一天要唱上好幾段，蕩風冒雪的奔波，更是替你可憐！」如蓮聽到這裡，便舉起袖口去擦眼。驚寰道：「這怎又勾起你的傷心？哭的哪一門子？」如蓮作聲笑道：「誰哭來？你真活見鬼！」但是袖口卻依然不放下來。驚寰悄悄的湊過去，冷不防把她的袖子拉開，只見她臉上卻沒淚痕，只是睫毛還溼著。如蓮苦著臉笑道：「你又掙什麼？沒來由動手動腳的鬧。」驚寰便一歪身，又躺在床上，轉回頭去把背向著她，再不言語。如蓮便也湊過來扳著他的肩膀道：「喂，你

這是受的什麼病？」驚寰委屈著聲音道：「人家盼了這些日子，好容易今天高高興興的來，你又不高興了！」如蓮笑著拍了他一下道：「傻子，我盼星星等月亮的把你盼了來，還會不高興？不過方才我聽了你的話，想到我這樣下賤的窮家丫頭，竟有你這樣的個人牽念著，教我又是傷心，又是感激，不知不覺的便難過起來。你又說我不高興了，真是屈枉人心的東西。」驚寰嘻嘻的笑著坐起來，道：「你說我傻，我看你比我還傻。要不屈枉你，你還不哭到丑末寅初？」

如蓮向前一坐，挨到驚寰身邊，把身體一歪，就偎到他懷裡，頭頂著他的下頦道：「我沒有你那樣詭計多端，就懂得騙人。現在我告訴你兩句正經話，你愛我我是知道的了，我想往後有兩條路，隨著你揀。」驚寰道：「你又鬧什麼故事？說，說。」如蓮向上翻翻眼，瞪了他一下道：「瞧你這人，鬧什麼故事？這是說正經。你想我幾年也總算沒白想，今天我就算被你想到手了。你要是只想著和我親近親近的話呢，咱就……」說到這裡，便停住了。驚寰催問道：「咱怎麼著？快說！」如蓮紅著臉一拍大腿，很快的說道：「咱就今天就是今天，別叫你白來一趟，叫媽媽鋪床，咱就睡覺。明天你一走，也不必再來了，總算你沒白想著我，到底摸到了手！」驚寰聽了，臉上沉得像陰天一樣，一語不發，推開了如蓮，從桌上綽過帽子，也顧不得戴，站起來向外便走。

如蓮連忙趕下床來，一低頭拉住他衣服的後底襟，笑著唱蹦蹦詞兒道：「小姐上前揪住尾巴。」驚寰被她扯得走不動，只可立定回頭，氣的面色倏白道：「你放我走，才知道你是這樣的人，早先真怨我瞎了眼！」如蓮緊走了兩步，繞到他的面前，伸手扶住他的肩膀，如泣如訴的道：「怨我，怨我。你先回來，再有氣就打小妹妹一頓！」說著把粉面揚著，湊到他的胸前，眼光裡透著無限幽怨，彷彿要等著他打。驚寰看了，又生了憐惜，便把她摟到懷裡，用下頦吻著她的鬢髮道：「你想想，說的都

是什麼話？不氣死人！直盼了好幾年，現在竟落了你這們一套好話，教我多們難受！」如蓮緊緊的偎著他，嬌聲帶怨的訴道：「你怎這樣不識玩？我只想試試你，倒惹惱了！你想我可是能說這種話的人？好哥哥，別生氣，怨我錯了，給你磕頭！」說著伸出小拳頭，用大拇指向驚寰動了兩下。

　　驚寰忍不住便笑了，如蓮卻倒寒起臉來道：「瞧你，倒真是六月的天氣，行陰就晴，這種脾氣，我真伺候不了，你還是走吧！巴結不是買賣，留你在這兒慪氣，還不如大小姐我自己養神！」說著一扭身子跑到床上，自己坐著鼓著粉腮裝生氣。驚寰看著她，也故意把腳步向前挪，裝作真個要走。只見如蓮身體一動，才站起來，便又坐下，驚寰笑道：「我逗你呢，不是真走。瞧你嚇得這樣！」如蓮小嘴一撇道：「別自己覺著不錯，方才身底下有什麼東西硌了一下，誰還起來拉你？你又不是我的奶媽，還用你背著抱著？」驚寰走回來，坐在她身邊道：「夠了，好容易見了面，只管搗什麼亂？看看天都快三點了。」如蓮拉著他一起躺下道：「不搗亂，咱們還接著方才的話說。」驚寰掩著耳朵道：「沒好話，我不聽。」如蓮一骨碌翻過身去道：「人家要跟你說好話，你又來勁！」驚寰忙拉她回過身來道：「瞧你這不打一處來的氣，還不如零刀子剮我的肉！好人好人，你開些恩吧！」如蓮噗哧一笑道：「剮你，我還沒這大工夫。現在你好生聽不？」驚寰忙沉住氣，繃著臉，屏息側耳，表示出願聞雅教的態度。如蓮看看他，忽然一陣憨笑。驚寰道：「大小姐，怎又這樣喜歡？你可說呀！」如蓮用手指戳了他額角一下道：「瞧你這種神氣，裝哪一門子規矩人，只老老實實的聽罷了。如今我告訴你，方才我那是誠心慪你。論說咱倆這種意思，原不該這樣。可是不這樣，又怎麼試出你的心來呢？你的心我都明白了，不是拿妹妹當玩藝，是拿妹妹當妹妹。那我就該把心思告訴你咧。不過告訴你，你又該不樂意。」

驚寰道：「你只是心髒，怎就知道我不樂意？」如蓮道：「好，你不樂意，你樂意？」驚寰道：「那你又怎麼知道我樂意？」如蓮笑道：「說你不樂意也不好，說你樂意也不好，這可教我怎麼辦？」驚寰正色央告道：「好妹妹，你好好說，別只跟我磕牙。」

　　如蓮聽了，仰面瞧著帳頂，半晌才道：「我跟你說，你可不許想歪了！」驚寰道：「你哪來的這些狡情？快說，快說！」如蓮側過臉來向著驚寰，又朝前湊了湊，道：「果然你要拿我當你的人，我可就混端架子了。論起我當初是唱的，如今又混成窰姐，遇著你這樣的漂亮少年，待我這種情義，還顧得了什麼身分？不過你既當我是個人，你就該往人上走。你若真看得起我的話呢，這裡來只管來，可萬別想跟我怎樣。等我真個的姓了陸，咱們有什麼事再說，這也不細談了。你要是知趣的人，自然懂我的意思。」

　　說完，只看著驚寰，等他回答。哪知驚寰長嘆了一聲，把手兒一拍，便又呆然不語。如蓮一打滾就坐起來道：「我說怎麼樣？是不樂意不是？叫媽媽快鋪床。」驚寰忙一把將她拉住，兩眼直勾勾的看著她，還是嘆氣。如蓮悄聲道：「你這又何必？就是我說錯了，也不致如此。你要怎樣，我依著你好了。」驚寰倒一頭歪在她腿上，嘆息道：「你真沉不住氣，還打算我想邪了！我方才聽了你的話，心裡一陣說不出來的又是好過又是難過，你說的就是我憋著要跟你說的話。可是倘或從我嘴裡往外說，怕你弄不明白，倒怪我和你冷淡了。想不到你這幾句話，竟合了我的心。真難為你一個沒念過書的女孩兒，居然有這樣高的思想。」說著又仰首望著燈光，嘆了口長氣道：「天哪，這麼寬的世界，怎偏教我遇上了你！」

　　如蓮呆呆的撫著他的頭髮道：「遇上我怎樣？你不願意呀！」驚寰道：「咳，你真會狠著心說話。我哪兒來的不願意？不過想起來，你和我

兩個，論起份量，我還有不如你處。」如蓮一撇小嘴接著道：「多謝您高抬，憑你個大少爺，又不如我小窰姐咧，別半夜三更的變著方法罵人！」驚寰輕輕的捏了她手指一下，道：「愛信不信，這是我的良心話。不管別人，我只看你是世界上最高一個女子，我不過是個平常的男人罷了。富貴貧賤，在咱倆中間談不到。」如蓮聽到這裡，只向他點點頭，咬著嘴唇，忍著眼淚，再也說不出話來。驚寰又接著道：「論說品貌，咱倆總算是一般一配，論起聰明伶俐，咱倆又是棋逢對手，果然能廝守一世，真算是前世修來。可是遇上再錯過了，你怎樣我不管，我自己就沒法活下去。」如蓮眼淚直掛下來，道：「還用你說，我早知道過了這個村沒這個店了。」驚寰心裡似火燒般的焦，看著她只是不能說話，原想安慰她幾句，但自己正難過得沒法說，似乎也正要個人來安慰呢！

　　半晌，才伸手替她擦擦眼淚，輕輕搖著她的玉臂道：「你別這樣委屈，聽我說，從咱們見面到現在，總有二三年，可是從咱們交談到現在，不過半個月，咱們廝守也只兩三點鐘，交情說淺也真淺，說深也不為不深。這意思妹妹你總能明白。你看我向來對你的情形，可有一點假？」如蓮搖搖頭，驚寰又接著說道：「那你就該放心我。方才你又說什麼過了這個村沒有這個店了，反正只要你進這個村這個店，這個村這個店不會跑的啊！你要還不放心，我就跟你賭咒。」說著正色仰頭道：「我陸驚寰這一世要和如蓮變了心，教我……」才說到這裡，如蓮已伸過手把他的嘴掩住，秋波盈盈的注著他，露出無限感激之意，卻許久的默然無言。忽的嬌哼了一聲，身體一軟，就倒在驚寰懷裡。驚寰只覺她身體熱得燙人，不覺驚問道：「你身上怎這樣燙？不是有病？」如蓮瞇縫著杏眼，搖搖頭道：「不是，我只覺心裡跳得緊。」說著又低叫道：「啊呀，我的心燃了！」驚寰害怕道：「你是怎樣？別嚇唬人！」如蓮把他的手拉過撫著自己的胸前道：「你摸，你摸，我覺著我的心忽然滾了，只是往靠

著你的那邊挪。再一會就擠破了肚臍，跑到你心裡去了。」

　　驚寰道：「心哪會跑出來？我明白你是見了我一陣喜心翻倒，又說不出是什麼滋味，就心歪了心跑了的瞎說，倒把我嚇了一跳。」如蓮便微露笑容道：「方才我也不知是怎麼回事，只覺頭上暈忽忽的，身上軟的要癱化，心裡有個東西只是往你那邊撞，教我說我也說不出來。在那時候我真疑惑是要死了，現在我又後悔那時不死，真要死在你懷裡，是多大造化，也省得你將來害我。」

　　驚寰看著她道：「這又是什麼意思？我怎麼會害你？」如蓮嘆了一聲，再不言語。後來驚寰逼問急了，才黯然道：「我是越想越怕，我哪有這樣大的福和你過一世的日子？只怕你肯我肯，老天爺他不肯。將來一生變故，我這條小命就包管斷送了。雖不是你殺我宰我，反正也得被你所害呀！」驚寰著急道：「這麼說你還是不放心我……」如蓮身體略見扭動道：「你別著急，我並不是不放心你，更不怕你不放心我，教咱倆不放心的並不在咱倆。」驚寰道：「在誰？」如蓮道：「我也不知道在誰，我只覺著天地人，日月星，神仙鬼怪，掃帚簸箕，都要攪惑咱們，不教咱們得了長久。」驚寰聽著，忽而怔了，暗嘆如蓮雖是夾七夾八的亂說，然而哪一句話都能教人尋求無窮，真是個有根器的人，可惜沒念過書，不然還不知聰明刻露到什麼樣子，但只這樣已經教人愛而忘死了。

　　像她這樣聰明，這樣美貌，就迷信的說法看來，命當然薄得可觀，倘能和我廝守一世，卻又不算沒有庸福。只是她果然就有這種福分麼？想到這裡，不由得便凝眸向她細看，只見她眉黛籠愁，秋波凝怨，滿臉清而不腴的樣子，夾帶著幾分仙氣和鬼氣。又暗想她俊是算得俊了，可是稚氣在面上充滿，長得總像個小孩，就她現在面龐看著推想，竟想不出二十歲三十歲以後是什麼模樣。想到這裡，一陣毛髮悚然，便不敢再想了，就向她道：「你只是往邪處想，反正咱活著是一床上的人，死了是

摟著過鬼門關的鬼，好壞都是咱倆一同承受，還有什麼想不開？」如蓮忽然眉開眼笑道：「有你這句話，我就喝了定心湯了。但願你心口如一，就算在我身上積了大德。」驚寰聽了，倒沒有什麼話可說，只把她的手緊緊握了一握。

這時節只聽外面起了風，刮得樓窗沙沙作響，屋裡猛生了一陣寒意，燈光也變得白了。如蓮詫異道：「怎的起了風？」說著拉了驚寰走到後窗下，向外看時，只見一望無垠，屋瓦皆白，原來正下著好大的雪，峭風夾著冰塊，打得窗戶亂響。如蓮瑟縮了一下，忙把窗簾放下，回頭再看驚寰，見他臉兒白得可憐，便偎著他道：「二月裡還下這樣大的雪，夜深了，你是冷是睏？」驚寰搖搖頭，如蓮道：「不睏，咱們也該睡了。」驚寰因為外面下雪，看著床上的繡枕錦衾，無端生了倚戀，便笑道：「隨你。」如蓮笑道：「好，我服侍你上床。」說著便把鐵床帳子裡的被褥鋪好，又替驚寰解下長大衣服，拍拍枕頭道：「上去睡吧。」

驚寰道：「你呢？」如蓮指著那邊的銅床道：「我在那邊。」

驚寰看看她不言語，如蓮撅起小嘴道：「方才說得好好的，你又要變卦，果真非得跟我歪纏，那你就請走！」驚寰笑道：「我什麼也沒說，又惹出你這一大套！」說著便脫鞋上了床，如蓮替他把帳子放嚴，在帳外說道：「明天見。」說完便移動腳步，上那邊去了。驚寰和衣躺下，拉過被子蓋上，側耳聽時，那邊床上的銅柱響了兩聲，接著又有抖被聲音，知道她也躺下，便沉寂無聲起來。少頃又聽得如蓮低喊道：「你好好的睡，不許胡思亂想，探頭探腦。教我看見，一定不依。」喊完便再聽不見她的聲息。驚寰哪裡睡得著，沉了十來分鐘，忍不住便側身把帳子揭開條縫兒向外看，只見如蓮正躺在那邊床上，被子蓋得齊肩，兩眼卻水鈴鐺似的，向自己這邊看，嚇得驚寰忙把手放下。那邊如蓮已看見，喊道：「你不好好睡覺，探的什麼頭？簡直是要討沒臉！」

驚寰笑道：「你只會說我，你為什麼不睡？你不睜眼看我，怎會知道我探頭看你？」如蓮笑道：「你不用嚼扯我，我睡。」說著一扭頭就臉朝裡睡去。驚寰又偷著揭開帳子瞧，見她紋絲不動，居然像是睡沉了，便自己也躺好，望著帳頂亂想。想著如蓮這人也怪，相思了這些日，今天見了面她還顧的睡覺，怎不和我多說會兒話，到底是小孩子脾氣。又想到我要真不睡，她還不知要怎樣笑話，又該說我不安好心了。便自己強制著閉上眼。但是眼睡心醒，更覺焦躁，不由得又把眼睜開，又偷著揭帳子看時，只見如蓮不知什麼時候又把身翻過來，正瞇縫著一隻眼向自己這邊看。她見帳子微動，知道驚寰又在暗窺，噗哧的笑了一聲，拉過被子便把臉蒙上。驚寰又重複睡下，自己想如蓮雖不教我看她，我只閉著眼摹想她的言笑，不和瞧著她一樣麼？想著便自去凝神痴想，忽然心裡一動，突而想到如蓮的面龐和舉止，似乎和一個人略有相仿處，又覺她所像的這個人，跟自己還非常熟識，但一時卻想不起是誰。到後來好容易想到心頭，卻又笑道：「我真胡思亂想了，她如何能像他？」便拋開不想。

　　又沉了半晌，忽然一陣心血來潮，彷彿要朦朧睡去，忽聽帳鉤一響，連忙睜眼看時，只見如蓮探進頭來，向著他憨笑。驚寰道：「你怎麼還不睡？」如蓮笑著把帳子鉤起來，道：「起，起，別再演電影了，沒的深更半夜的耍猴！」驚寰忙坐起來，趿著鞋下了地。如蓮便把床重收拾一下，把枕頭橫放在床裡，自己先橫著躺下，拉過床被來蓋好，才喚驚寰道：「你也躺下，咱睡得著就睡，睡不著就窮嚼。」驚寰依言躺好，如蓮笑道：「這像什麼？真個的中間只短個菸燈了！」說著順手拿起一把條帚，放在兩人的中間，卻笑問驚寰道：「這是什麼？」驚寰道：「難道我還不認識條帚！」如蓮搖頭道：「不是，這是一道銀河，誰也不許偷過，不然淹死可沒人管。」驚寰聽了笑道：「我的手淹不死。」說著就把手伸

過去拉了她的手，又笑道：「腳也淹不死。」說著又伸過腳去托著她的腿。

又把頭挪了挪，和她額角對額角的頂著，兩個人圍著條帚，就圈成個正圓形。如蓮笑道：「這哪是河，竟變成井了。」驚寰道：「你放心，不論是河是井，我全不跳。」如蓮笑道：「跳可得成，你要跳井，我就要跳樓。」說著向後窗戶指了指。驚寰笑著點頭。如蓮忽然又瞧著帳頂，深深嘆了一聲。驚寰問道：「好好的又怎麼？」如蓮道：「你猜我這時心裡怎麼樣？」驚寰道：「我想咱倆好容易到了一處，你不至於不得意。」如蓮道：「曲詞上說得好，得意須防失意，我覺著得意時的痛快，就知道失意時多麼難堪。」驚寰道：「你真比老太婆還絮叨，說著說著又來了！再說這個，我就不理你。」如蓮笑道：「從此免去，您陸少爺別膩煩，我淨揀好聽的說。」驚寰聽了剛要頂嘴生氣，如蓮忙一手探到脅下，將他胳肢笑了。如蓮笑道：「完了，完了，一笑氣就跑了。」驚寰也笑道：「我跟你真叫沒法。」如蓮道：「你就受點委屈吧！」驚寰用手摸著她的粉頰，痴痴的不作聲。

這時天已四更向盡，外面絃管停聲，悄無人語，風也漸漸住了。如蓮正躺著出神，忽聽外面堂屋內有人屏著息的咳嗽，便向驚寰擺了擺手，悄悄立起，躡足走到門邊，突把門簾一掀，向外看時，只見郭大娘正立在門外，倚著板牆，凝神靜氣望屋裡潛聽。這時她見如蓮突然出來，倒弄得張口結舌，手腳沒抓撓處。如蓮冷著臉笑道：「郭大娘您還沒睡，這早晚還上樓查夜？」郭大娘期期艾艾的道：「可不是？不是因為方才起了風，我不放心樓上的火燭，所以上來看看。」如蓮又笑道：「電燈不怕風，要是該著火，不颳風也是照樣，何必又忽然這樣當心？大約是我這屋裡容易起火，所以大娘特別的不放心，那麼您就進去驗驗，說不定我還許藏著二百桶煤油，預備放火！」說著把門簾一抖，揚起多高，倒把郭大娘鬧得僵在那裡。她只可搭訕著道：「老大，你又跟你大

娘調皮，看我明天再收拾你。誰讓你屋裡有客呢！先饒了你，好生伺候客去吧！」

　　說著，也不等如蓮回答，一轉臉就騰騰跑下樓去。如蓮也轉身進到屋裡，寒著臉坐到床上。驚寰忙問她是什麼事，如蓮不語，半晌才道：「你還問我，還不是你種下的眼毒？如今密探都把上風了！」說著又凝神想了一會道：「哦哦，她也是受人之託，怪不得我娘白天從這屋出去，過了半點鐘才出門！原來到她屋裡去啾咕我。嘿嘿，這倒不錯，我倒成了犯私的了。等我明天就給她們個犯私的看看，看她們有什麼法子奈何我！」驚寰聽她自己搗鬼，一句也莫名其妙。問她時，她只把他一推道：「這是我們家裡的事，你打聽不著！」驚寰也不敢再問了，又沉了好一會，如蓮才向他嘆了口氣道：「不告訴你也不好，告訴你，你可不許多想。我從半月前見了你以後，就跟我母親說要跟一個人從良，她從那日就起了疑心。今天我因你要來，她在這裡不便，便把她支走。大約她怕我和你有什麼事，所以托開窯子的郭大娘監視著，你從此就算中了她們的眼毒了。以後要留神些，出來進去，大大方方的。反正咱們於心無愧，隨她們怎樣都好！」驚寰聽了，心裡一陣躊躇，臉上不免帶出猶疑的神氣。如蓮笑道：「瞧，你是多想了不是？其實沒什麼，她們都是賊裡不招的手兒，閉著眼都能把咱們賣到外國去。可是你要明白，我是她們的飯門，她們不敢惹我，自然就不敢得罪你，頂厲害就是在我面前說你的壞話，想法子傷咱們的感情。我只抱定主意不聽，她們枉自是張天師被鬼迷，有法無處使了。」驚寰道：「這裡面的事，我是一竅不通，才想要規規矩矩的花錢，也不致犯什麼大忌諱。」如蓮笑道：「犯忌諱倒不在乎肯花錢不肯花錢，這裡面講究多咧！不過咱們的事，另當別論，絕沒有教你吃虧的地方。何況又有我在著，你只放心來就是了。」

　　驚寰道：「你這話算是多說。別說沒有什麼，就是刀山油鍋，只要裡

面有你，我也往裡面跳。為了你，我怎樣都值得。」如蓮聽了，看著驚寰，心裡十分感激，就一把將他抱住，一歪身同倒在床上，把頭撞在他胸前，就像小兒吃乳一樣，口裡很淒咽的聲音叫著「驚寰驚寰」。驚寰連忙答應，又問她呼喚何事，她卻又不言不語。驚寰見她這般形容，也十分的被感動，也緊緊的抱著她。兩個人這時節都覺著一縷深恩厚愛，浹髓淪肌，鏤心刻骨，幾乎兩個人要並成一體，兩顆心要貼到一腔，一陣陣的情熱蒸騰，似乎要把柔魂銷盡，迷迷糊糊，都大有閉聰塞明之概。這樣不知過了多大時候，如蓮正在神魂迷惘中，似聽屋裡有腳步聲響，忽覺芳心自警，連忙一翻身要坐起來。不想一隻玉臂還壓在驚寰腋下，半欠著身抬頭看時，這一驚真非同小可。原來自己的母親憐寶正立在離床三四尺地方，含著笑向自己看。這時驚寰也連忙坐起，手足無措。如蓮原知道自己母親來了，沒有什麼可怕。驚寰也明白這是窰子，不是人家的閨閣，無論誰來也沒要緊。不過他倆都正在神魂飄蕩之際，無端見闖進個想不到的人，自然特別的侷促。那憐寶見他二人都已坐起，先不管如蓮，只向驚寰客氣道：「少爺請躺著，躺著。」如蓮此際心才漸漸定了，便向憐寶道：「您怎這早晚就來了？」憐寶笑道：「喲，孩子，我早算陸少爺今天要來，難得貴客臨門，怕他們櫃上人伺候的不周到，萬一給孩子你得罪了，還不落你一輩子的包涵？所以早早趕來，替你照應照應。」如蓮暗想娘哪是來照應？分明是來搗亂，但是嘴裡又不便說什麼。回頭看驚寰時，只見他坐又不是，立又不是，那樣子十分可笑。便向憐寶道：「娘，這就是我上次同您提的陸少爺。」

又指憐寶向驚寰道：「這就是我母親。」驚寰忙站好深深的鞠了一躬，憐寶謙遜道：「少爺請坐，不敢當，不敢當！」

這時如蓮已把憐寶推坐在椅上，驚寰也自己坐下了。憐寶看看驚寰，又瞧瞧如蓮，一個是濁世佳公子，一個是人間妙女郎，年紀相貌，

身材氣派，沒一樣不能配，真個是天生一對，地生一雙。暗想這真是天造地設的一對好夫妻，不要說他們自己得意，就是旁人看著也要同聲喝彩，他們這一段姻緣，成和敗都拿在我手裡；我也是快老了的人了，雖然向來沒做過好事，臨了還在親生女兒身上缺什麼德？只要有我一碗飯吃，有我一口菸抽，也不必貪什麼大油水，就替他們成就了吧！昨天白天郭大娘給我出的主意也太毒辣，在自己女兒身上何必這樣狠？我不如學些好，把女兒成全了，多少落點錢，再尋周七回來，抱著心一忍，沒事就到女兒家住幾天，也不算不會享福。何必聽郭大娘的話？她開窯子的心早黑了。想到這裡，一陣良心發現，看著驚寰，倒覺著十分親切，暗笑這真應丈母看姑爺，越看越有趣的俗語了。這時如蓮見憐寶看著驚寰呆想，倒覺莫名其妙，暗自奇怪道：「我娘不是不花哨的人，這次到屋裡來，還不定安什麼心，怎倒向了人家怔起來了？」驚寰見憐寶直著眼看自己，心裡更陣陣的亂動，想要和她說話，但又不知該怎樣稱呼，便不住的向如蓮遞眼色，教她開口說話，好替自己解圍。如蓮明白他的意思，便向憐寶道：「娘，您抽菸不？我給您燒。」憐寶才看定了她道：「嘔嘔，我不抽，在家裡抽夠了。」又向驚寰道：「陸少爺你歇著，我討大話，你這算來到岳母家裡了，以後請隨隨便便，不要客氣，就算我高攀。咱們這是什麼樣的親戚？往後我指望你陸少爺養老呢！」說著又向如蓮道：「你好好跟陸少爺玩，別總鬧小性，犯傻脾氣。打起來我可不管勸。你們要用東西，儘管叫人，咱們在這窯子裡十八分的硬氣，用不著心虛。」說完又向驚寰道了聲安，便轉身出去了。

這裡如蓮看著驚寰，驚寰看著如蓮，都發了會子呆。如蓮忽然笑道：「你瞧我娘好像犯了老半瘋，闖進來東斧西鑿的亂說了一氣，沒說個卜文，就又跑了。」驚寰也笑道：「我也看不出怎麼一回事，進來就直著眼看人，看完了就敘親戚，敘完了就開腿。」如蓮把大腿一拍道：「哦，

哦，我明白了，她什麼不為，簡直專為來瞧瞧你。」驚寰笑道：「我有什麼可瞧？」如蓮道：「說你傻，果然是不伶俐！她怎麼不牽著瞧你？我是她的命根子，知道有你這們個人，要動她的命根子，豈能不關心？你要是個正經人，還沒什麼關係，倘或你是個壞人，要把她的女兒拐跑了呢？早瞧明白了也好防範。如今她這一瞧你，她放心也放心了，不放心也更不放心咧！」驚寰不明白道：「這話怎麼講？」如蓮道：「她一見你是一個規規矩矩的少爺團隊，知道絕做不出出圈兒的事，自然是放了心。但是又見了你這樣的人品，我一定跟你認了命，大力士也掰不開，她無論善辦惡辦，怎麼也沒法處治，以後凡事都要隨著咱們，哪還會有她多大的便宜？你說她能放心麼？」驚寰道：「你的話固然是很對，不過我覺著你對於你娘，不應動這們大的心眼。無論如何，到底是親娘親閨女，總該盼望你好，絕不會誠心害你，你又何必的這樣心歪？」

如蓮點頭道：「你倒是一派好心，可惜不明白世上的險惡。像你們作人家的人自然如此。到了我們這行人，向來是金錢當先，骨肉靠後，一日女兒是親人，到了洋錢放光的時節，女兒就出了五服了。其實也並不是她們一定心眼狠，不過是從多少年前傳下來的規矩，都看做理應如此，就不覺得怎樣沒天理了。你看做老鴇子的，哪個不是從小窯姐熬出來？這就和你們人家裡多年媳婦熬成婆一樣。」驚寰聽了嘆道：「人們都說窯子是脂粉地獄，果然不差。別的我也管不了許多，只盼你離了這裡，我也不進這門，省得聽見難過。」如蓮笑道：「你也不過只看見我，我還是裡面頭等的安樂神仙。只我到了這團隊裡五六天，什麼慘事都看見了。

郭大娘櫃上的這幾個孩子，每天受的罪，告訴你，你都不一定信。郭大娘跟她知好睡覺的時候，屋裡明燈蠟燭，幾個孩子都站在床前伺候，一直伺候個通宵。他倆睡了，孩子還得掃院子收拾房屋，整天不能

闔眼。到他倆睡足起來，孩子自然都睏了，稍一打盹，大腿上就是一菸簽子。日子長了，身上都爛得不像人樣。昨天那個小鳳跑到我屋裡來哭，說是郭大娘的知好看上了她，時常和她動手動腳，若不依時，就調唆著教她挨打；依了時倘被郭大娘看見，準得喪了小命，因此進退兩難，跟我商量著要尋死。教我勸了半天，還沒勸出結果，接著又聽見郭大娘喊著要拿菜刀割小雲的肉，因為小雲前天留下一個年輕的住客，臨走開了十塊局錢，兩張五塊的鈔票，通是假的，郭大娘嗔著小雲為什麼不查看明白了再放他走。其實團隊裡哪有這個規矩呀！以後鬧完了，不知怎的小雲和小鳳兩人竟商量著投濟良所，被老媽聽見，告訴了郭大娘，一頓打幾乎沒把倆孩子打死，每人身上都教她咬下一塊肉。今天早晨才把這兩個孩子送到良房去養傷，還商量著要賣到奉天去。你說可憐不可憐？要比起我來，真是天上地下了！」驚寰不由得嘆息了一聲，便對著如蓮發怔。如蓮忽然笑道：「咱倆真不知為的是什麼，旁人還會不猜疑咱是洞房花燭夜？其實也不過有一搭沒一搭的亂說了通宵，真是枉耽虛名了。」

驚寰聽到「洞房花燭夜」五字，不覺一件事兜上心來，倏的變了顏色，就立起身來在屋裡來往的走。如蓮並未留神，沒看出他的神色，就又接著道：「可憐我沒念過書，不懂得什麼是好，只覺得這樣才不俗氣。」驚寰只隨口答應著，如蓮才看出來他心情不屬，便問他：「你想起了什麼？怎說話神氣不對？」驚寰搖著頭只不說。這時節忽聽得樓下有人捶打街門，聲音很高，情形十分緊急。如蓮道：「你留些神，大約租界上的官面來查大菸，我頭天進來就遇上一次。咱們可是不怕，到底要留神。他們進來，你千萬不可張皇。」說著只聽街門開了，便聽有人問夥計話，如蓮隱約聽得「陸少爺」三個字，便問驚寰道：「是找你的？」驚寰烘的紅了臉。如蓮道：「是怎麼件事？你見他們不見？」驚寰搖搖頭。

第二回　玉樓天半起笙歌藥砧搗去，錦帳夜闌開影戲油壁迎來

如蓮道：「你要不見，就不必聲張，好在他們夥計還不知道你姓陸。」說著又逼問驚寰這人來找他的原故。

驚寰頓著腳道：「咳，我告訴你吧，昨天是我辦喜事的日子，拜過花堂，吃過喜酒，又教朋友們抓著打了幾圈牌，才得空跑出來，到你這裡赴約。家裡找不著新郎，大概已經亂了一夜了。我的表兄知道我迷戀你，也知道你進了這個團隊，所以他綽著影子找來。無論如何，我這時先不回去。」如蓮聽了，不等他說完，便急忙趕到窗前，推開窗子喊道：「樓下誰找陸少爺？陸少爺在這屋裡。」驚寰忙去掩她的口，卻已來不及。如蓮又照樣喊了兩句，才回頭向驚寰道：「你這是愛我是害我？只顧這麼一辦，教我在你家裡落多大的怨言？別忘了我將來還是你家的人呢！我要早知道這樣，在你方進門時就攔走你了！」驚寰紅著臉，結結巴巴的道：「我告訴你又怕你傷心。」如蓮指著他的臉道：「我看不出你是個糊塗蟲！你不是早就和我說過曾定下妻室？定下了自然就得娶，這我傷的什麼心？這一來倒彷彿我霸著你不放，請看我冤不冤？」

說到這裡，只聽樓下說話的人已蹬蹬的跑上樓來，在堂屋裡叫道：「驚寰在哪屋裡？」如蓮忙應道：「請進來！」驚寰這時知道躲閃不得，只可迎了出去，口裡道：「表哥嗎？我在這裡。」只見長簾一啟，一個年紀二十多歲，儀容華貴舉止活潑的人，已經走了進來，一把拉住驚寰，頓著腳帶氣帶笑的道：「我的小活羅漢，老佛爺，你真罷了我，只顧你在這裡高樂，家裡都鬧反了天！」

驚寰拉著他道：「表哥，你坐下，聽我說。」那表哥道：「說什麼？快跟我回去！我慌亂中坐著你們新人的馬車，各處跑著找了一夜。你放心，我回去編個瞎話，絕不跟姑父說是從這裡把你找回去的。」說著見驚寰的外衣和帽子都掛在衣架上，就一把抓過扔給驚寰。驚寰忙接過來穿著。他表兄喘著長氣，轉臉憑空發話道：「姑娘，你也太不知事體，

知道他家裡有事，還把他按在這裡，簡直是跟他過不去，只顧您貪圖他的洋⋯⋯」說到這裡，覺得話口太狠了些，便把底下的「錢」字含糊嚥了下去，接著道：「也不管誤了人家一輩子的大事。」如蓮從方才一瞧見進來的人，並不認識，卻似乎瞧著面熟，自己也不知怎的，芳心忽然亂跳，眼淚也忽然湧滿眶裡。又聽著他那幾句尖刻的話，心裡說不出的委屈，覺著都在喉嚨裡擠住，只可鎮定了心，向驚寰道：「這是你表兄麼？請給我引見引見。」驚寰便指著如蓮向那人道：「這是⋯⋯」

話未說完，那表哥擺著手道：「快走快走，不用鬧這一套，我沒工夫！」這兩句話就把驚寰噎住。如蓮卻不生氣，大大方方的走上前道：「不用引見了，我只跟您說一句，陸少爺今天躲在這裡，是不是怨我霸住他，請您回去細問他好了。本來這種日子在這裡尋著他，自然不怨您不望好處猜想。」那表哥聽了，也不回言，拉著驚寰向外便走。驚寰被他扯得一溜歪斜，只回頭向如蓮皺著眉頭，抖抖手腕，便隨著跟蹌而去，只把個滿腹冤苦的如蓮拋在屋裡。正是：春宵兒女，竟虛一刻千金；情海風波，已兆明年今日。後事如何，且聽下回分解。

第三回

楊柳試春愁少婦凝妝翠樓上，
匆匆興大業賭徒得計獄門前

　　話說驚寰被他表哥從如蓮屋裡拉下樓，一直拉到門口，那打更的夥計還正站在那裡，看他倆這種樣子，不知是什麼道理，又不敢攔阻，只可向樓上喊道：「大姑娘，客走了！」如蓮在樓上應道：「捻燈開門！」那夥計得了這句話，才放心把門燈捻亮，將街門開了。驚寰和他表兄曲曲折折的出了巷口，見街上正停著一輛光彩輝煌的馬車。他表兄向車伕揚了揚手，說聲回去，就拉著驚寰坐上去，那車便馬蹄得得的走起來。

　　驚寰坐在車裡，心中亂得和打鼓一樣。一會兒如蓮的俏臉彷彿在眼前搖晃，倏時又彷彿看見自己的父親鐵青面孔向著自己叱罵，轉眼又似看見那未揭蓋袱的新婦，拿著蓋袱當手帕擦眼淚，不由自己暗暗叫道：「這可糟了，回去旁的不說，只我爹爹這頓罵就不好搪。」倘或表兄再一實話實說，定要同著親友打我個半死。想著便向他表兄道：「若愚大哥，回去您千萬替我圓全著說，不然同著這些來道喜的親友，就丟死人了！」

　　那若愚只揚著臉冷笑，一言不發。驚寰心裡越慌，口中更不住的軟語央告。若愚只是那一副臉兒，說什麼也不開口。驚寰正在沒法，不想車已停了，看時原已來到自家門口。若愚便拉著驚寰下了車，驚寰只說句大哥積德，便已走上臺階。一個老僕人正從門房裡出來，看見他們便叫道：「我的少爺，您哪裡玩去了，老爺太太都要急壞，快進去吧！」說著撥頭就跑向後院去搶頭報。驚寰只得硬著頭皮隨了若愚走進裡院，見院裡還點得燭火通明。這時住著的親友內眷，因為新郎失蹤，本家著急，都還沒睡，如今聽僕人在院裡喊著報告少爺回來，便都不顧雪後夜寒，全跑出院裡，七嘴八舌頭的向驚寰亂問。若愚只向她們擺擺手，就領著驚寰進了上房。

　　一掀簾，驚寰就見自己的父親正端著水菸袋，一臉的氣惱，在堂屋椅上坐著，不由嚇得面上倏白。他父親一見驚寰，便瞪起眼來，才要開口，若愚卻已先頓著足喊道：「姑丈，您看驚寰荒唐不荒唐！」驚寰只聽

了這句，早嚇出一身冷汗，暗暗叫苦道：「可完了我，他哪是我表哥，簡直是我舅舅，順理成章的就把我送了逆！」想和他使眼色時，若愚又不向自己這邊看，只可懷著鬼胎聽他說下去。那若愚喘了口氣，又接著說道：「他大喜事裡不在家呆著，還跑出去給同學的母親拜壽。」

　　驚寰聽著更墜入五里霧中，只可呆呆的看著他說話的嘴。若愚接著道：「偏巧他這同學也是個混蛋，就請他吃夜宵，灌得爛醉，也不送回來，誠心和他玩笑！幸而我撲著影子撞了去，才把他弄回，不然還不定鬧多大的笑話。我看驚寰出色的混，他的同學更是不曉事的混蛋！」說完又吁吁的喘氣。驚寰聽他說完，心裡才噗咚的一塊石頭落了地，但又愁著父親還不免要申斥幾句，哪知他父親反倒撚鬚一笑道：「若愚，你何必生氣？驚寰在自己的喜期還不忘去給同學的母親拜壽，總還不是壞處。他的同學固然頑皮，年輕的人也在所難免，不必談了！你就把他送到洞房裡，也歇會去吧，這兩天可真累著你了！」說著便看了驚寰一眼道：「瞧你眼睛醉的多麼紅，還不睡覺！」說著站起來，仍舊端著水菸袋走進裡間去了。若愚向驚寰做了個鬼臉，驚寰卻狠狠的搗了他一拳。若愚悄聲道：「好好，這是謝承，下次再見！」兩個人笑著走出堂屋，到了院裡，正迎著驚寰的母親從東廂房出來，一見驚寰便拉住他道：「你這孩子，撞到哪裡去了？差點把人急死！我正和舅母鬥牌，怕你爹爹罵你，把牌扔下了趕來，沒挨罵嗎？」若愚笑道：「他罵是沒挨，我的腿可跑細了！姑媽有什麼話我回頭告訴您，現在先把新郎安頓，我好交差。」說著就拉著驚寰進了西廂房。

　　才掀開門簾，先聞見一股脂粉香和油漆氣味，一個陪房迎出來，滿面春風的高聲道：「少爺過來了！」接著又道：「少爺到哪裡玩了一宵？教我們姑奶奶好等！」若愚道：「少爺教人家誆了去灌醉了，我給找回來，跟你們姑奶奶給我報功！」說著便同驚寰進去。那陪房早掀起裡間

的門簾，驚寰便讓若愚進去。若愚把他向屋內一推，自笑著跑了。驚寰還想追他，那陪房連忙攔住道：「天都快亮，姑爺別鬧了，請安歇吧！」驚寰只得踱進屋去。屋內電燈的光，被大紅的帳子和被縟映出燁燁的喜氣。桌上的兩支大子孫蠟燭，花兒已有兩寸來長，雖不很亮，卻也別有風光。一進門就覺暖氣撲臉，見新娘子穿著紅綢夾褲梅紅小襖，正坐在床頭，一隻手扶著茶几，在那裡含羞低首。

雖然坐著，已看出那裊娜的腰身，十分亭亭可愛。雖是穿著最俗的大紅顏色，卻照樣掩不住那清矯的風姿。見驚寰進來，偷偷的瞧了他一眼，臉上緋紅，又低著頭微微欠了欠身，彷彿是讓坐。驚寰暗想，白天我一心想著如蓮，模模糊糊的就把新娘的蓋頭袱子揭了，並沒顧得細看，只覺還不大怕人，怎這一晚的工夫，就變成這樣的好看？只這半邊的影兒，在我們親戚女孩兒堆裡，就沒人比得上。想著便走到她對面的椅子上坐下，那陪房端過一杯熱茶放在桌上道：「姑爺安歇吧，床都鋪好了，您還用什麼不用？」驚寰搖了搖頭，那陪房又笑著走到新娘面前，附耳說了幾句，便倒帶上門自去。驚寰向床上瞧時，只見帳裡紅色泡子電燈，照得床中和火焰山一樣，新娘更嬌豔得像個紅孩兒一般。再細看她時，不禁吃了一驚，覺得越發俊了，粉面直像一朵桃花，含蘊著春光如許，眉目間露出秀麗，口頰間充滿了溫柔，真有一種不可言傳的深閨秀氣，身材更從凝重中透著俏皮，不覺看得呆了。

新娘正低頭瞧自己的鞋，又悄悄的輕翻杏眼，從眉心裡偷瞧了驚寰一眼，見驚寰也正在看她，不由更羞得難堪，便轉過頭去看床上的被縟。驚寰方才從那一個銷魂窟裡跳出來，緊接又掉在這個溫柔鄉裡，身上似駕著雲，心裡像醉了酒，神經和身體一齊酥麻，心弦的動盪，一直全夜未停。此際更加著坐對嬌嬈，目迷五色，倒覺得情感都用得疲倦了，便也分不出愛憎恩怨，只對著新娘呆看，心裡也不知想什麼。這樣

不知過了多大時候，那新娘卻不住偷著看他，最後竟微微的笑了，而且笑得略有聲響。這聲響才把驚寰驚覺轉來，似乎覺著方才雖然呆看她好半天，彷彿視裡未見。這時才仔細向她瞧，立時覺著新娘的容貌，和如蓮不相上下，但是新娘似乎比如蓮好些。又細端詳，到底比如蓮好在哪裡呢？在端詳時節，忽然又覺著新娘不及如蓮，卻又看不出她哪裡比如蓮醜。

這時靈機一轉，暗道：「是了，她倆的美是沒有高下之分，不過她是個閨閣裡的秀女，如蓮是風塵中的美人，不同處就在此咧！」他想到風塵二字，立刻念到如蓮的身世可憐和夜裡同她的山盟海誓，不由心裡一驚，暗自打了個冷顫，自己埋怨自己，方才和如蓮那樣情景，死心塌地，誓死無他，怎回家一見了新娘，就把心移過來一半，我這人也太靠不住了，怎對得過如蓮？如今我只抱定宗旨，任憑新娘怎樣的西施王嬙，我只當是與我無關。無論如何，如蓮才是先娶到我心坎裡的妻子，旁人任是神仙，我也不著意。想著便立定主意，再不看新娘一眼，落個眼不見心不煩。但是想只管這樣想，眼卻不大肯聽話，還不住的向新娘睃去，心裡漸漸隨著眼光把持不定，暗想這可要壞事，怎會心管不住眼，眼穩不住心？倘然我一時糊塗，這一世就見不得如蓮了。便站起在地下來回踱著，低著頭，倒背著手，心裡默想如蓮和自己的情懷，只當屋裡並無旁人。過了一會，居然心與神化，竟彷彿覺著還在鶯春院裡和如蓮廝守。

正踱著，忽聽身旁有人咳嗽一聲，止步定神看時，見新娘正用手巾掩著嘴，向自己偷看。驚寰明白她是因為自己走得出神，咳嗽一聲向自己示意，便不踱了，在床的那一頭距離她三四尺遠的地方坐下。又看看新娘，見她向著自己似乎含情慾語，忽然又紅了臉低下頭，不由心裡倒變成焦灼。暗想我對如蓮是對得過了，可是這屋裡還放著這樣的一個

人，教我如何安置？要是不理人家，人家和我有什麼仇？要是和她應酬兩句，原也無妨，只怕我這善感的人，感情遏抑不住，豈不壞了良心？這事到底如何是好，半天也拿不定主意，倒弄得胸中鬱悶，非常的難過。最後心裡一急，顧不了許多，一仰身躺向床裡，抱著頭假裝睡覺。但哪裡睡得著，忽覺床欄一陣微搖，料道是新娘誠心作耍，便偷著把眼睜開個縫兒瞧時，只見她正倚著床欄，從懷裡掏出小手巾擦眼，彷彿是在那裡哭。

驚寰心下一陣慘然，暗道：「她是疑惑我不愛她。本來她的一生幸福，今天就是個大關鍵，見我這般光景，哪有個不傷心？」便想坐起來勸她，但立刻自己又抑制住道：「我一和她說，就整個兒的要把自己套住，不如狠心裝個不理吧！」想罷便翻過身去，把脊背朝著她，口裡只默念著阿彌陀佛，保佑我趕快睡著，就把今天的圍解了。無奈腦裡只管昏沉，只是睡不著，到後來似乎阿彌陀佛念出了功效，將要迷迷糊糊的入到夢鄉，忽然身上覺著加了重量，彷彿多了一件東西，心裡也生了暖意，知道新娘替自己把被蓋上，暗暗感激她的溫存熨貼，益發自己抱愧，無故的冷落人家，不成個道理。這時忽又覺得空擺著的腳下，憑空又多出個椅子架了自己的腳，她又輕輕把自己的鞋脫下，用被角把腿腳裹嚴了，更覺著一股暖氣從腳底烘進心坎，變成一種情熱，催得一顆心再也把持不住了，便輕輕轉過臉來。

向身後看時，只見新娘正立在地下，扶著自己架腳的椅子，似乎正低著頭出神，面上被晨光照著，隔夜的脂粉，都已褪盡，越顯出清水臉兒的俏美。那眉目似乎在柔媚之中，平添了許多幽怨，更楚楚令人可憐。驚寰看了，暗想人家這樣受委屈，到底怎麼得罪了我？我若再忍著心和她隔膜下去，那就太殘酷了！想著便一骨碌坐起，向她看著要說話，但又不知說什麼好。好容易憋出一句話道：「你冷不冷？」才說完這

句話，立刻想到和如蓮初見面時，她向我說的第一句話就是這四個字，不由得意亂如麻，又呆住了。那新娘見驚寰忽然坐起，向自己說話，芳心倒吃了一驚，緊接又覺著一喜，喜後又羞澀起來，便向他搖搖頭，只等著他再說下去。哪知驚寰又呆住不語，新娘只可低著頭和他對怔起來。

過了一會，驚寰抬頭見窗紙已全白了，陣陣峭寒的風絲，也不知從哪裡透入，吹得人肌膚起栗。那新娘臉色慘白，身上也不勝瑟縮，細看才知她只穿著薄棉褲小袷襖，和自己穿灰鼠皮襖擁著棉被的人相持，太教人家受罪了，心裡更覺著對不過，便向她道：「這樣冷，您還不上床睡覺？」那新娘聽了倒烘的紅了臉，向驚寰看了一眼，輕輕的挪到床邊坐了。驚寰又催她兩句，她只是不語，忽然又向著驚寰略微一笑，那一種處女的情致，似乎都在這一笑裡表現出來。笑完櫻唇動了幾動，才輕輕道：「你喝茶嗎？」驚寰口裡原有些渴，但又不好意思勞駕她，倘要說是不喝，又顯太冷淡了人，便點了點頭，想下地去倒替她斟一碗。

那新娘也明白他的意思，便向他擺了擺手，搶到桌前，把茶斟了，端來雙手遞與他。驚寰接了道：「謝謝您。」那新娘輕輕睄了他一眼，又坐下自己一笑。驚寰看她笑得蹊蹺，不由問道：「您笑什麼？」那新娘低頭手摸著衣襟，悄聲道：「又是『謝謝』，又是『您』，瞧你這……」說完看著地下，又一笑不語。驚寰也覺自己客氣得可笑，自己也笑了，便又向她道：「天都亮了，你睡吧，累著了不是耍！」那新娘仍舊低著頭道：「我累著了不是耍」說完這句又沉了一會才道：「你呢？」驚寰聽她的話，又看她的樣子，心裡突吃了一驚，暗道：「這人的行動言語，竟沒一處不可我的意，簡直我要沒法不愛她了！這樣說來說去，哪時一忍不住，和她一親熱，就對如蓮喪了良心。要不理她呢，教我又有什麼法子不理？只怨老天爺太厚待了我，偏偏給我兩個佳人！倘然這新娘是個不像人樣的，我倒好辦了。如今如蓮那裡既弄成那般光景，家裡新娘又是這種模

第三回　楊柳試春愁少婦凝妝翠樓上，勿勿興大業賭徒得計獄門前

樣，要想兩方都辦得圓滿，真不大容易。」

　　想著靈機一動，忽然想起一種辦法，便看看新娘，見她也正凝情相對，就向她湊近了些。才要說話，忽然感情一陣衝動，似乎感到她人的可愛，而現在處境的可憐，完全是被自己牽累，可憐她還不知道，心裡一陣淒然。想拉著她的手，自覺又不應該，就輕輕扯著她的袖口道：「咳，我對不起你！」那新娘見他突然開口，說出這麼一句，不知道葫蘆裡賣的什麼藥，只愕然看著他。驚寰又接著道：「我想和你說句不近情理的話，你可別惱。你告訴我你惱不惱？」新娘驚異中忍不住笑道：「什麼惱不惱，我知道你要說什麼？」驚寰長嘆一聲道：「我對你說了罷，你要是明白人，就該想的開。倘然你要想不開反而恨我，我也顧不得許多，我自己良心也交代得下去了！」那新娘直勾著星眼，望著他道：「有什麼事你儘管說，你想想，你是誰，我是誰，還有什麼話礙口？」驚寰聽她說話這樣明白，暗自讚美這人果是秀外慧中，心裡十分憐惜，就把扯著她袖子的手進一步輕握她的玉碗道：「我要和你拜成了乾兄妹，你可願意？」那新娘因為被她摸著手腕，正羞紅了臉，又聽他說出這種不倫不類的話，心裡十分糊塗，猜不透他的用意，好半晌答不出來。

　　驚寰見她不語，又道：「你願意麼？」新娘才含著羞道：「你的話我不懂。咱倆現在是什麼？為什麼倒要拜乾兄妹？」驚寰嘆道：「這無怪乎你不懂，我說明白了，你千萬可別惱。你要想我倘非十二分的愛你，索性就不理你了，何必跟你說這心思話？實告訴你，我現在外面已有了一個拋不開的女人，她已立志跟我一世，我把心也給了她。不過因為咱父親脾氣大，不敢向家裡說，事情是在那裡的了。我既愛了她，原不當再愛別人，但是你是我父親給我娶的，你的人又這樣好，我既不忍為她拋了你，更不能為你忘了她。如今我想出個最好的辦法，因為我和她向來只有朋友的關係，已約定必得等她嫁到我家裡，方能算正式的夫妻。

如今你雖是我正式的妻，可是我不能教你占了她的先，不如咱們先拜個乾兄妹，規規矩矩的先相守幾時，等她將來嫁到咱家裡，你們姐妹住在一起，我再當你們真個的丈夫，這意思你明白麼？」說完看看新娘，只見她玉容慘淡，眼圈都有些紅了，不覺也替她可憐，就又接著道：「這事當然是我對不過你，不過我既已認識她，也只可這樣辦，妹妹你看開些吧！」

那新娘淒然不語，呆了一會，輕輕的喘了口長氣，慢慢抬起玉臂，躲開驚寰的手，把袖子向臉上一蒙，柳腰一歪，就倒向床裡。驚寰看她像是惱了，心下十分慚愧，自想人家一個大閨女，對我抱著滿懷熱望，不想洞房花燭夜裡，先聽了我這麼一套，心裡會好受得了？這真怨我當時沒思前想後，順口一說，鬧到她這種樣子，教我怎麼辦？還不如一直把她裝在悶葫蘆裡，就是一年半載不睬她，像她這樣溫柔的人，也未必有臉和我鬧。如今說明了，好知道我已有了別人，還不淨往牛椅角裡想？除非我跟她表示出十分的愛情，才能收拾這種局面。但是我哪能夠呢？想著還要向她申說兩句，又轉想道：「罷，罷，多一事不如少一事，方才若不是我多事，何致弄成現在這種景況？現在由她睡去吧！我只狠一狠心腸，什麼事都過去了！」這時天已大亮，爐火都已熄了，微微生出寒意。因為心境的關係，似乎這洞房裡已減卻不少春光。驚寰低頭看看新娘，見她的嬌軀軟貼在床上，衣服穿得單薄，更顯出腰肢不盈一搦，看時雖咬著牙不起邪念，卻動了無限憐惜之心，便把自己擁著的被子揭下來，蓋在她的身上，自己輕輕的走下地去，到桌邊點了支菸卷吸著。

吸了一口，回過頭來再向床上看，只見才替她蓋上的被子，已堆到她背後，她還只和衣而臥，曉得她是十分惱了自己，毫不承自己的情。才要動氣，又想到原是自己惹出的是非，人家並沒有一些不是，便走上

前又輕輕把被子替他蓋好。哪知她玉臂一伸，把被子又推落下來。驚寰立在床邊，倒好半晌不得主意，最後自己也覺得一陣睏倦，連打了兩個呵欠，就自己皺著眉打定主意道：「以後的為難還不必想，只現在就沒法教她蓋上被。她的氣是向我慪的，凍是為我挨的，我別的法子沒有，只可陪她凍。」便把皮袍脫了，掛在衣架上，只穿著薄棉褲襖，坐在椅上，隱幾假寐，冷得縮著脖子，渾身也瑟縮不已，但是神經用得過於疲乏，不想竟自沉沉睡去。

到一覺醒來，覺著身上暖得很。睜眼看時，原來腿上圍了條皮褥子，上身也披著皮襖，屋裡的爐火也生得很旺。迷迷糊糊想起了昨夜情景，十分明白自己是在洞房裡。張眼尋新娘時，卻已不見，床上卻收拾得齊齊整整。看鐘時原來已近正午，不由得打了個呵欠，又覺出渾身酸麻，便慢慢站起，踱到門口，掀簾向外看，只見新娘正坐在堂屋，背著臉拿了個綢繃子繡花。驚寰這時把昨夜的事都想起來了，又情思睡昏昏的，加著心裡發亂，便先不漱口洗臉，仍退到床邊躺下。自己惦念昨天是混過去了，今天可該怎麼混？如蓮那裡去不去呢？家裡這位又該如何對付？正想著，忽然門簾一啟，見自己的娘走了進來，愁眉苦臉的直抖手腕。見驚寰坐起，便一把拉住，喘了兩口氣，只說不出話。驚寰見娘的神色不對，慌了道：「娘，您怎麼了？」他娘指著他道：「孩子，你還問為什麼？你惹的禍，你爹知道了，氣的要死，叫你過去。」驚寰原心裡有病，倏時臉便嚇黃了，道：「娘，我惹了什麼禍？」他娘上氣不接下氣的道：「你倒問我？你在外面幹的什麼事！你爹氣的那樣，他那種脾氣，我也不敢勸。」驚寰還要說話，這時從外面又跑進一個僕婦，慌慌張張的道：「老爺快去，少爺直打嘴巴！」說完才覺得說錯了，忙改口道：「老爺氣的直自己打嘴巴，叫少爺，少爺快去吧！」驚寰更慌了，只拉著娘要主意，他娘卻一句話也說不出。驚寰沒法，只得硬著頭皮走出去。

進了上房，只聽他父親的寢室裡寂靜無聲，便停住了步，手撫著胸口定了定心，才掀簾進去。見自己的父親正坐在床上，面色鐵青，望著地下出神。驚寰知道他父親每次犯脾氣以前，都是這樣，心裡更動了鬼胎，只可沉住了氣，叫聲「爹爹」。他父親頭也不抬，一語不發，驚寰更連大氣也不敢喘，屋裡沉寂得像古洞一樣。須臾，他父親翻翻眼看看驚寰，鼻翅兒動了幾動，輕輕哼了一聲道：「好孩子，你早晚要氣死我，完了完了，我這條老命算交給你了！」說完，又吁吁喘氣。驚寰提著心道：「爹爹，您別生氣，我不好請您教訓。」他父親一口唾沫吐到驚寰肩頭，手一拍茶几道：「誰是你爹爹，你眼裡還有爹爹？爹爹給你娶媳婦你不要，偏要上外邊掐花捻朵，誠心往下流走。你算給咱們老陸家露足了臉！現在什麼話也不用說，你是給我滾蛋，從此咱們永斷葛藤，再進我的門，就砸斷你的腿。別無可談，少爺你請！」說完瞪著大眼看房頂。

　　驚寰顫著聲音道：「我哪裡在外邊胡鬧來？您是聽誰說？」這句還沒說完，只見他父親霍的從床上跳下來，趕到驚寰身邊，一巴掌先打了他個滿臉花，然後跳著罵道：「你還跟著強嘴，我是混帳王八蛋，誠心冤枉你？」說完又是一腳，只疼得驚寰呲牙咧嘴，乾張著口不敢喊叫。這樣屋裡一亂，驚寰的母親原先在堂屋裡生氣，此刻疼兒子心盛，也忘了丈夫的脾氣，就趕了進去。驚寰的父親看見太太進來，鬧得更凶，自己打著自己的嘴巴道：「你們誰要勸，就先宰了我，我寧死也不要這樣的兒子！」驚寰的母親忍不住還勸道：「你先沉住氣，哪值得這樣？」只這一句，他父親早已一跳多高，喊著找菜刀把驚寰剁死。驚寰的母親嚇得不敢再勸，驚寰也只有哆嗦，不敢分辯，心裡只恨表兄若愚這時又不在家，他還能勸勸。他父親口口聲聲只逼他立刻出門，正鬧得沸反盈天，忽然門簾一啟，新娘子盈盈的走了進來，粉面嬌紅，低著頭穩重端莊的走到他父親跟前，纖手扶著床沿一跪，輕啟朱唇叫了聲「爹爹」，卻不說

別的話。驚寰知道她是來替自己求情，心裡更加慚愧。驚寰的父親見新過門的兒媳跪到自己面前，倒覺過意不去，忙道：「你起來。」那新娘仍舊跪著，又低聲叫了聲「爹爹」。

　　驚寰的父親又一口唾沫隔著三四尺吐到驚寰頭頂上，頓著腳罵道：「你還有臉活著，你做的事哪一點對得過你媳婦？她倒給你來求情，要是我，臊也臊死了！」說著又看著驚寰的母親道：「你先把兒媳婦扶起來，瞧著兒媳婦先饒了他，從今天不許出門，一天給我寫三百行白摺子，少一行要了他的命！」又向驚寰道：「滾蛋滾蛋，少在這裡氣我！」驚寰還不敢走，他母親推著他道：「你還在這裡惹你爹著急！快去快去！」驚寰便趁著臺階溜了出來，一溜煙跑到自己房裡，一倒頭就躺在床上，心裡揣摩這件事是誰向父親走漏了風聲。家裡知道這事的，只有若愚和新娘，若愚想不會誠心害我，她又是新媳婦，怎有這大的臉跟公公說這種話？這大約是若愚不定跟誰嚼說，教父親聽了去，惹出這場風波。從此關在家裡，怎再見如蓮的面？簡直要急死人了！想著便咬牙恨若愚，又焦著心想如蓮，不由得搗枕捶床，長吁短嘆。

　　沉了一會，他母親進來勸說了幾句就又走了。他母親去後，新娘也躡著腳走進屋裡，坐到對面椅上，向著驚寰輕輕嘆了一聲。驚寰臉上一陣發燒，又想不起該同她說什麼，只向她點點頭。那新娘望著他出了半晌神，又移身站起，走到他身邊坐下，低著粉頸，痴痴的向他看，目光中露出無限憐惜。半晌才櫻唇微動，似乎欲言又止，那臉兒卻已微暈嬌紅，無端的露出一種少女的羞色。驚寰此際正在焦煩，無意中享受到這種旖旎風光，也就相喻無言，覺著受了這樣幽默的蜜愛輕憐，似乎足以抵消方才的痛楚。本來人在受了痛苦以後，若有人來慰藉，很容易對著勸慰的人發生感情。

　　驚寰雖然苦想如蓮，幾至心酸腸斷，但念到那時新婦曾替自己講過

情，給自己解了危難，這時又不出怨言，反倒來相憐惜，身受者哪能不為感動？驚寰向著她呆了半晌，雖沒說話，可是他那半片冰冷的心，彷彿已被新婦的溫存所感化，有些煖熱起來。念到她在家未嫁時，本是個爹愛娘疼十分嬌慣的閨閣小姐，如今嫁過來不到兩天，就受了這些磨折，人家難道就不傷心？不過有眼淚也往肚子裡咽，無論受了什麼委屈也只可容忍，她難受她自己知道罷了！人家所以忍著委屈，雖說為著她自己的終身，然而間接還不是顧全我？我這樣狠心，多少有些殘忍。又看著新婦的容貌性格，沒一樣配不上自己，我有這樣一個妻室，和她惺惺惜惜度這一世，也就算豔福不淺。

怎奈有如蓮這節事在先，她就是毫不嫉妒，安分守己，也只能承受我一少半的愛情。她若是不容如蓮呢，那只可歸諸紅顏薄命的定數，自己先去怨天公，後怨爹娘，我可顧不得許多了！驚寰由新婦想到如蓮，心裡重添憂鬱，便又把眼一閉，拋開眼前情景，自去思維和如蓮見面的方法。沉了一會，忽聽新婦悄聲道：「我跟你說，你別笑話我臉大。幹什麼想不開，非要跟那些下賤人相與？她們哪能有真心？你也想想，咱爹娘只生你一個，又不愁吃又不愁穿，好好的念書上進，出來進去的當大少爺，是多們大的福，誰不望著眼熱？再說我……」說著聲音似有些顫動起來，稍遲才接著道：「我雖然不好，也不算太委屈你，只要你……」說著把幾個字含糊嚥下去，又接著道：「我哪件事能不如你的心，屋裡房外哪個敢不捧著你，何必放著福不享，自找不鬆心？方才惹得咱爹那要鬧，他老人家打你，我聽著怎麼受？你也替我想想。」驚寰閉眼躺著，聽她說話的聲音，漸漸悽慘，十分感覺出夫婦間相愛的真情意。

又細味她言中之意，除了罵自己相與的人下賤沒有真心那兩句話聽著刺耳；但又想到她本不曉得自己和如蓮的真相，也難怪如此說。其餘的話可都是情真語摯，哪一個字都挾著恩情，刺入自己的心坎，覺得這

種有恩意的規諫，自己尚是初次聽到，不由得竟動了心，幾乎想著要躍起跪到她的身畔，向她懺悔。但腦中條然又想到如蓮，便自恨道：「我又把持不住了是不是？守著誰就愛誰，我算什麼東西？如蓮真白認識了我，我怎還動這個心！沒有新婦，說不定我跟如蓮就能順理成章的結了眷屬，她真是我們的對頭。再說沒有她，若愚怎會上鶯春院去捉我，自然不致出了今天這局事，更何致鬧得和如蓮不能見面？我還不當她是仇人？這樣想雖然有些喪良心，卻可保穩不再對她發生愛情，就能對得住如蓮了。」

驚寰想著，自覺是得了無上妙法，立刻把心一橫，不再理會她的說話。這時新婦見驚寰仍舊閉目不語，還只當他聽自己的話害了臊，就又款款深深的道：「這教爹娘鬧兩句，也值不得難過。你起來，鬆散鬆散好吃飯。你還沒洗臉呢，起呀，起呀，好……」她只說到這個好字，卻沒法稱呼好什麼，又自己紅了臉，幸虧驚寰並未睜眼，還不致十分害羞。又見驚寰雖然衣冠不齊，神宇欠整，但仍不掩他那俊雅的風度，身下的紅衾繡枕，映出那清秀的面龐，滿面含愁，似乎清減作可憐樣子，看著更動了女子痴心。自想這樣的個好男人，我那些姐夫姨姐夫們誰能比得上一半？可惜他的心不向著我，不過年輕的人荒唐誰能免呢？只要我虛心體貼，是塊鐵也能溫熱，等到將來我倆九天回門的時候，把他向親戚姐妹眼前顯露顯露，反正有羨慕的，有生氣的，那時我有多們得意。想著，心裡一陣狂喜，但低頭見驚寰那種冷淡模樣，不免又添心事，便自己心裡叨念道：「他是我的什麼人，他生氣我不會哄嗎？為什麼跟他繃著？哄好了就是我的人了。」就先跑到堂屋，拿進一件東西來，強忍著嬌羞，推著驚寰的肩膊低語道：「喂，起，起，你睜眼，看我給你這個稀稀罕兒！睜眼哪，睡了一早晨還睏？別裝著，喂喂，裝不住了！笑，笑，笑了！」

驚寰以先聽她說話，還自不覺怎樣，後來聽她拿自己當小孩子兒似的調逗，覺得這人居然能如此體貼溫存有情有趣，竟沒一些小家子氣，幾次要睜眼，都被想如蓮的心把眼皮按捺住，倒將她的深情看作一種誘惑。自想饒你千變萬化，我有一定之規，給她個不睬不瞅，自然一了百了。哪知末後不知怎的，竟而忍不住，微微笑了，連帶著也把眼睜開。那新婦見他張了眼，便拿那挑繡鮮豔的繡花繃子，向他面前一晃，然後笑著道：「你看我給你做的兜肚，思索著你不喜歡大紅大綠，就繡了兩句唐詩的詩意，是『筍根稚子無人見，沙上鳧雛傍母眠』。你看這綠的是筍，赭石色的是沙鷗，還沒繡完呢。可是上面太空，你看還是這邊添一棵松樹，還是那邊繡幾竿竹子好呢？」說著兩只俊眼水鈴鐺似的望著驚寰，只等他說話。哪知驚寰只說了句「你隨便，我向來不帶兜肚，謝謝你」。說完又合上了眼。新婦吃了個沒趣，自己倒吸了一口冷氣，幾乎把滿腔熱望，化作冰涼默然了半晌，又想到這也難怪他，本來才教他爹打了，正自心煩，哪有許多高興？不見得是誠心冷落我。想著沉了一沉，就又輕推驚寰道：「方才你被爹爹踢了一下，踢著哪裡？教我看看。還疼麼？你說話！」

　　連著問了兩聲，驚寰才咬牙道：「不疼，我恨！」新婦道：「你恨什麼？爹打兩下，也不值得這樣！」驚寰搖頭道：「我不恨別人，恨若愚！他還是我表哥，怎該把我背人的事，都告訴爹爹？教我挨打還不要緊，如今鎖在家裡，終久把我氣悶死！他不教我好死，我能教他好托生？回頭我要不跟他拚命，再不姓陸！宰了他豁著我給償命。」驚寰這幾句話原是憤極之語，又覺著這消息要是新婦洩漏的呢，她自然不敢告訴我，也教她挨幾句窩心罵。

　　哪知新婦原是深閨弱女，未經世事，又曉得這消息原是若愚口角不嚴，以致洩露，一聽驚寰說要和若愚拚命打架，便以為他言下必行，就

嚇得心裡亂跳，不知怎樣勸解才好，便道：「你這又何必？人家也是為好。」說到這句，又怕給若愚證實了，忙改口道：「你又怎知是他說的呢？」驚寰霍然睜開眼道：「這件事只有他和你兩個人知道，不是他說的，難道是你說的？我會肯輕易的饒他！」新婦見驚寰說的斬釘截鐵，沒法再替若愚辯護，自想只可另想方法勸解，萬別教他們兄弟鬧出事來，便痴痴的想，半晌不言語。驚寰見她忽然不語，心裡一轉，便疑惑到那件事是她向爹爹面前告的狀，所以此際聽了自己的話，覺得心虛，不敢答話，就又用話探道：「那件事要是你告訴的，我倒不惱。本來你是爹娘給我明媒正娶的媳婦，怨不得你關心，管也正管得著，就是告訴了爹爹，教我挨了打，也是為的我，怕我出去胡鬧，傷了身體，誤了你的終身，怎能說你錯？所以果真是你說的，我還感激你關顧丈夫，佩服你知道大體呢！若愚他又不是我的大妻小妾，為什麼狗拿老鼠，多管閒事？我早想到了，廚房裡割肉的刀，是那麼銳利鋒快，等若愚來，我就迎頭一下，給他個腦漿迸裂，然後我自己亦回手向肚子一刀！」說著兩眼瞪圓，還自舉手作勢。

　　驚寰最後這幾句話，本是孩氣復發，說著快意，其實和囈語不差往來。但是新婦哪曾聽過這種凶話，真已被他嚇壞，似乎眼前已看見他弟兄血戰的光景，一個屍橫階下，一個血濺門前，血花流爛的好不怕人；而且自己也就披麻帶孝，變成個少年孤孀，那一派的淒涼慘厲，簡直不敢再想。又念到驚寰方才的話，若是自己說的，他倒能十分原諒，那我何不把這事擔承起來，省得出禍事；就是驚寰恨了我，我再慢慢央告他，他是明白人，也不致十分苦我。想著芳心亂顫，再不顧得細加思索，就抓著驚寰的衣襟道：「瞧你說得怕人，什麼事就值的拚命！你惱若愚，還不冤死人家？是我說的，你打我吧！」驚寰聽了一怔，就微笑道：「我不信，你怎麼能說？」新婦見他沒生氣，便又長著膽量說道：「是我

昨夜聽了你的話，怕你傷了身體，壞了名譽，要勸你又不敢勸，今天早晨給娘請安去，悄悄的告訴了娘，想教她老人家說說你。不想被爹爹聽見，追問起來，我也想不到鬧到這們厲害，早知道打死我也不敢說。這我都承認了，你擔待我糊塗，就別尋表哥了！」

新婦這一段謊話，無意中說得近情近理，有頭有尾，自以為可以息事寧人，三全其美，哪知以後的厲階，禍根竟都起源於這幾句善心謊語呢？當時驚寰聽了新婦的話，倒神色不動，又笑著問道：「真的嗎？」新婦點頭道：「我跟你說瞎話幹什麼？」驚寰哈哈笑道：「想不到你有這們高的見識，我真感激你的大恩大德！」說著霍的翻身跳下床來，跪在地下，向著新婦噗咚的磕了個響頭道：「我謝謝您，頭一天進門就送了我個忤逆不孝，我這一輩子要忘了您，讓我不得好死！」新婦見他這樣，幾乎疑惑他是瘋了，差些喊叫出來。轉想才明白上了他的當，把自己的話套去，立刻變了臉。自己好心好意的說假話給他們息事，不想倒得了這個結果，只覺滿腹冤氣，迸擠在喉間，想說話也說不出，通身更氣得酥軟。知道他給自己叩頭，比殺人還要凶殘，但是倉卒間沒法分說。驚寰已滿面笑容的站起來，又向她作揖道：「我還謝謝您，我本來正在兩面都挨著夾板，左右為難，難得您大發慈悲，發放了我。我如今可割斷一條腸子了！」說著又舉手叫道：「如蓮如蓮，上天不負你苦心人，我這可拔出腳來，整個兒是你的了！」說完就要跳躍著走出房去。

新婦在悲怨迷惘中，也沒聽出他說的什麼，但只覺得事已決裂，他說的不是好話。此際見他要走，才急出一句話道：「你⋯⋯你哪裡去？」驚寰回頭含笑鞠躬道：「我上前面書房寫白摺子去，三百行呢，從現在寫到三更天也完不了！這是爹爹賞給我的功課，也是您賞給我的樂子，改日一總再謝！您請安置，我去了！」說完又深深鞠個大躬，再不回顧，就興沖沖的走去。屋裡只拋下個新娘，眼看著夫婿奪門而去，自知事情

第三回　楊柳試春愁少婦凝妝翠樓上，勿勿興大業賭徒得計獄門前

決裂到如此地步，急切怎能有法挽回？又後悔自己一片好心，倒把自己害了，活到如今沒說過瞎話，偏這頭一次就說得那麼周全，再向他分辯，他也要把我的實話當瞎話，絕不肯聽。本來這事真要是我洩露的，真也難怪他傷心生氣，可是我偏要背這冤枉，冤枉上哪裡去訴？要跟爹娘去說，鬧起來又像是告他的狀，更惹他恨我。可憐除了爹娘，還能同誰去商量？這不活活難死人！想著心下說不出的悲苦，不由的倒在床上，嚶嚶啜泣起來。

但又看見一床的紅幃錦被，想到正在喜期，哭泣太不吉利，便強自忍禁，卻又抽噎得胸腹皆痛。再聯想到在這喜期中，誰家初嫁的女兒，不是正和夫婿洞房廝守，情愛融融？偏我進門就遇見這事。他要是不可我的心，就隨著他去也罷；偏他又是那樣好的人品，眼看著氣得小可憐似的，就那樣走了，即便他晚上還進來，只這一會兒就教人割捨不下。昨天下那們大的雪，書房裡生著火爐了嗎？凍著可不是耍！抬頭見他那件皮袍子還掛在衣架上，想要給他送了去，便揚聲輕喚那陪房的王媽。恰巧那陪房到前院去吃飯，本宅一個僕婦聽見趕進來道：「少奶奶，什麼事？」新婦見僕婦進來，才想到自己正哭得眼圈通紅脂粉半蝕，連忙掩飾不迭。又覺到自己一個新婦，就對夫婿這樣關心冷熱，教旁人看著不好意思。但一時想不起旁的事，就用手向衣架一指。

那僕婦卻還機靈，走過去把皮袍摘下，抱著問道：「給少爺送去呀？少爺在哪裡？」新婦含羞低頭道：「書房。」那僕婦便笑著走出到了前院書房，見驚寰正坐在桌旁收拾文具，一面撅著嘴哼二簧，就把皮袍放在椅上道：「這是少奶奶教送來的。」驚寰愕然道：「不冷，不用。拿回去！」這話才說出口，便想到自己沒穿著長大衣服，回頭得機會出去，又得到後院去拿，倒添許多麻煩，便改口道：「放下吧。」僕婦逡巡退出，回去報告新婦，衣服已經送到。新婦見驚寰尚沒慪氣不收，心下暗

暗安慰，便只等他夜晚進房，好向他剖肝瀝膽的訴說衷曲；並且拿定主意，寧可自己委屈，也得宛轉隨郎，動他以鏤心刻骨之情，自己也得享受畫眉唱隨之樂。哪知夜裡直等到夜盡五更，也不見他入門，只等得新娘挨一刻似一夏，聽得寒風颮雪，都疑是驚寰走來，輾轉反側，一寸芳心思前想後，直像刀剮得寸寸碎了，一會思量，一會坐起，忽而啜泣，忽而昏沉，這一夜的光陰好不難過。好容易挨到黎明，知道驚寰絕不來了，斷了想望，才哭著睡去。

　　哪知驚寰在夜間十二點後，原要偷偷溜出門，到鶯春院去會如蓮，走到門首，就被看門的老僕郭安擋住了，說是老爺有話，不許少爺出門，要是偷走，唯看門的是問。驚寰對他威迫利誘，都不成功，只得頹喪著回到書房去睡。這一夜想著如蓮，紅樓咫尺，卻已遠隔天涯。我在家裡想她，她還不知怎樣想我！今天不去也沒什麼，但看光景十天半月我也不能出門，如蓮說不定疑惑我迷戀新婦，忘了舊情，因此惱了我，我這冤枉哪裡訴呢？他躺在小床上，胡思亂想，又加著枕冷衾寒，孤燈搖夜，真是向來未經的淒清景況。本來他和如蓮幾載相思，新歡乍結，才得到一夜的偎倚清談。便遇著這般阻隔，已自腐心喪志，觸緒難堪。更當這蕭齋孤枕，燈暗宵長，正是天造地設的相思景光，懷人時候，哪得不辛苦思量，魂銷腸斷？末後他竟想到如蓮不容易見面了，我二人若有緣，何致一見面就生磨折，大約如蓮昨天所說的傻話，都要應驗，莫非我們只有一夜的緣分吧！果真這樣，我還活個什麼勁？不如死了。又想到我若死了，如蓮怎知道我是為她死的？豈不白死！

　　想著忽然拍掌道：「有了，不是有報紙嗎？我先把情死的原故寫一篇文章，送到報館去，然後再死。等到報紙登出來，上面有她的名字，不愁沒人念給她聽。她能陪著我死，自然是一段千古美談，說不定世上有多少人悼嘆呢！不然她就只哭我一場，以後常能想念我，也就夠本了。

倘或我死後有靈，魂兒遊到她跟前，親眼瞧她掬著清淚哭我，我該如何得意！」接著又想了半天死法，覺著上吊不如跳井，跳井不如投河。想到這裡，又憶到昨夜和如蓮在一處跳井跳河的戲語，真要變成凶讖了！但再轉想到中國四萬萬人，地方二十幾省，她不生在雲南，我不生在蒙古，四萬萬人裡的兩個，竟會遇到一處，已是緣分不淺；我倆又是這般配合，如此同心，自然有些來歷，絕不致草草斷絕。而且結果越美滿，事先越要受磨折，我只為她耐著，天可憐見，定然成就這段姻緣。她約定等我三年，現在連三天還沒有呢，我就沉不住氣，尋死覓活的鬧，我死了，她不要一世落在風塵麼？這樣自己譬解著，心懷開闊了許多，但仍反側思量，終夜未曾闔眼，和那內宅裡的新婦，同受著焦煩的痛苦。真是紅閨白屋同無夢，小簟輕衾各自寒。不過雖然一樣無眠，卻是兩般滋味罷了。

　　一夜的光陰過去，到次日驚寰依然在書房苦守，整日未進內宅。到第三天可瞞不住了，竟有快嘴的僕婦報與驚寰的母親知道。他母親便背著丈夫，自己去到書房，勸驚寰搬回新房去住。驚寰裝作麻木不仁，既不駁辯，也不答應，只含糊著打岔閒談。他母親問不出原故，以為他默許了，便自回去。哪知驚寰夜晚還是照樣賴在書房，他母親又怕被丈夫知道了鬧氣，不敢聲張，只天天出來苦勸。驚寰卻天天延挨，只不進去。末後老太太急得沒法，便叫僕人把書房的鋪蓋搬得精光，使個堅壁清野的絕計，想逼他自己回去。哪知他夜裡竟直挺挺睡在光板床上，一聲不哼。老太太派人來探視，回去報導如此，老太太到底疼兒子心盛，只可又把鋪蓋送回。驚寰從此倒像得了勝利，更把書房盤踞得片刻不離。這樣過了半個多月，一天午後，驚寰正在書房寫完字，坐著納悶，想到表兄若愚，他從那天由鶯春院把我抓回來，怎一直沒有見面？忽見一個僕婦走進來道：「老爺喊你。」驚寰料道是查問我寫字的事，看著書

案上一半尺多高寫滿小楷的白摺子，自覺十分理直氣壯，就拿過挾在脅下，興沖沖的進了內院。

跑入上房堂屋，就聽自己父親在屋裡說話道：「少爺還沒請來嗎？好難請！」驚寰覺得聲息不好，卻想不起又生什麼氣，怕還重翻舊案，心裡又動了鬼胎，便慢慢走進屋裡。見父親正拿著書看，忙把白摺子放在條案上，上前叫了聲「爹爹」！他父親只不抬頭，半晌才合上書，冷笑道：「少爺來了，少爺請坐！」驚寰聽得語氣不對，忙低下頭不敢做聲。他父親又寒著臉笑道：「來，我問你。」驚寰怕挨打，只逡巡不敢進前。他父親又大聲道：「來，我不打你，只問這些天你幹的什麼事？」驚寰指著案上的白摺子道：「您教我寫字，我都寫了。一天有寫三百行的時候，也有時三百五十行，反正只多不少，請您查看。」話未說完，他父親喝道：「誰問你那個？聽說近來少爺不人高興，搬到書房去住了，一步不進內宅。媳婦是我給娶的，我看你這是誠心跟你爹慪氣。要慪氣就大慪一下，索性離了這個家，何必誠心教我受急？」驚寰才知是新案又犯了。但料知父親方梗的脾氣，不善於管這些閒事，心裡倒有了把握，就平心靜氣的答道：「爹爹您想，這三百行小字，一點鐘寫二十行，也得十五點鐘。要到裡邊來睡，總要耽誤工夫。要寫少了，又惹您生氣。再說我要是貪戀閨房，違了父命，那真白念書了！您又常教訓我，正在年輕，要保重身體，所以搬到書房去住，正好兩全其美。想教您曉得了，也少生些氣。」

驚寰的父親原是讀書的古板人，聽兒子說得條條是道，無可駁議，自己又不願說些周公之禮的等等俗套，去勸兒子和兒媳婦去合房，因此倒張口結舌，沒法辦埋，只氣得罵道：「滾蛋，滾蛋，你的理對！從此就在書房裡去等死，要進內宅一步，就折斷你的腿！」說完又吁吁的喘氣。驚寰心裡暗暗得意，就又垂手稟道：「您要沒事囑咐，我就回書房

寫字去了。」他父親用手把他推出道：「滾滾，寫你的破字去，寫出朵花來也不過是刷字匠。滾滾！」驚寰趁此溜出來，自覺說不出的志得意滿。回頭忽見新婦正立在廂房的遊廊下，知道她方才定會在上房窗外聽消息。自想這一狀定又是她告的，她以為爹爹定然偏向她，總該把我押解回房，誰知爹爹就是不會管這種事。我從此不理你是奉了官，看你還怎樣！想著又動小孩氣，向新婦微擠擠眼，表示自己業已勝利，就跳跳躍躍的跑回書房去了。那新婦見驚寰從上房出來，已羞的低下頭，並未看見驚寰的輕薄神色。但是心裡已是難過得很，暗怨驚寰，你怎這樣忍心，你也不看看只這幾天我為你瘦的瘦成什麼樣子了？但分你有一點可憐人的心，也該回心轉意。就不能回心轉意，也該見我個面，容我說句話啊！只顧你這樣咬牙，可教我怎們過下去？回九的那日，只我一個人回母家，已聽了姐妹們許多譏誚，要等住對月的時候，你還不和我好，我怎麼有臉回去？

　　想著一陣芳心無主，忽抬頭見東廂房上的三間佛樓，不由得動了迷信之念，就先回到自己屋裡，洗了洗手，整了整裝，又換了件衣裳，便進了裡廂房堂屋，順著樓梯上了樓。在佛像前拈了香，便跪下叩頭，默求佛天保佑丈夫回心轉意，又虔誠的許了重願，才站起來。方要下樓，忽然看見南面關著的小窗，想到這窗子正對著前院書房，又聯想到書房是自己丈夫所住，便對這窗子似乎也生了倚戀，不自禁的走上前，輕輕把窗子開放。不想關鍵才啟，那窗子彷彿被什麼東西從外面推動，竟很快的自行向屋內移來，條時大敞四開，接著便有許多交糾著的物件探進屋裡，不禁嚇了一跳。細看時，原來前院一株老柳，緊靠屋根而生，那新春發出的枝條，因為距樓太近，有許多都緊抵在樓窗上，樓窗一啟，自然都探進屋來。她隨手拉過一枝，見都已微含綠意，節兒上更綴著嫩黃的芽，自念匆匆的又是春天了，可憐這些日只昏昏過著冰冷的日子，

要不看見綠柳萌芽，還疑惑是在冬日。正想著，又見斜日入窗，照得身上略生暖意，再加著撲面的和風吹拂，覺著身子有些懶懶的，不由得伸了個懶腰。又看著眼前些微綠柳，竟幻出無邊春色，立刻覺到春睏著人，便情思昏昏的，一個身子也似乎虛飄飄沒依沒靠。心裡一陣愁緒縈回，就想得呆了。

沉了一會，再凝神隔著柳條交雜的縫隙向下看去，見那書房門上放著棉簾，靜悄悄毫無聲息，只遊廊下太陽光裡，掛著一個紅嘴綠鸚哥，在那裡翻毛晾羽。廊簷吊著十幾小盆四季海棠和蠍子草，也正紅綠分開，更透出許多幽致，只書房不見有人出入。明知驚寰正在屋裡，但被陽光閃爍，瞧不見玻窗裡的景物。她呆立半晌，恨不得插翅飛進書房，向他把衷情一訴。又盼他出屋來，和自己相對一會，哪怕他不理我呢，也不枉我這般盼望！正想時忽聽得鸚哥在那裡作聲，細聽原來是喚倒茶呢！連喚了兩聲，書房簾兒一啟，驚寰從裡面出來，短小打扮，揚著他那俊臉，含笑向鸚哥道：「你這東西，好幾天也不說話，不知道我悶嗎？怎不哄哄我？這會又見鬼的胡叫，誰來了你叫倒茶？」說著又伸指向鸚哥調逗。新婦在樓上聽他說話都入了耳，暗嘆冤家你悶，還不是自找？怎麼就慪氣，孤鬼似的蹲在冰房冷屋，教我有什麼法子？只要你肯進我的屋，我能讓你有半會兒悶嗎？又恨驚寰，你待鳥兒都這麼好，怎麼單跟我狠心？這時她立在窗前，心裡跳躍著，希望驚寰抬頭瞧自己。

但芳心栗六，又怕他瞧見，生孤丁的見了面，我跟他說話不呢？說話該說什麼？她心跳得手上無力，無意中倒把拉著的柳枝鬆了，那柳枝撞到窗上，微微有聲。驚寰依約聽得，便抬頭去看，先見樹後樓窗開了，接著又見柳枝後掩映著一個嬌羞人面，細看原來是她，不覺呆了一呆，便要轉身進屋。新婦見這個難得的機會又要失去，心中一急，口裡就急出了一聲「喂」。驚寰猶疑著站住，新婦知道他難望久立，忙分開柳

枝把頭探出窗外，低聲道：「你等等，聽我說句話。只要伸了我冤枉，死也甘心。」驚寰聽她說得慘切，就揚首傾耳，做出細聽的樣子。新婦自想這可是我翻身的時候，趁著此際還不盡情分訴，不然以後又不容易見他了。想著便道：「你怎還跟我解不開扣？上次我是一片好心，為的你們弟兄，倒惹的你恨我，教一家人都看不起。你想，我冤不冤呢！」說著心中無限委屈，就落下淚來。驚寰正聞言愕然，凝眸相顧，新婦也方要接著說，忽聽門口一陣人聲噪雜，門首的僕人都喊「表少爺」。又聽若愚的聲音，說著話進來。驚寰便拋了新婦，迎接出去，少頃同著若愚進來。新婦看見，知道時機已逝，忙退轉身去，暗恨這害人精，我原就被你的累，這時又不早不晚，單檢著要緊的時候闖喪了來！這不是前世修來的冤家對頭麼？含悲帶憤連窗子也顧不得關，就自下樓回自己屋裡去傷感不提。

　　且說若愚從二月初五那日在鶯春院把驚寰尋回來，送他進了洞房，自去和親戚女眷們去打麻雀消夜。若愚原來好賭成性，手把又大，十塊二四的牌耍著很不盡興，便隨打隨談的解悶，無意中將驚寰在鶯春院的事順口當笑話似的說出來。正值驚寰的父親上前院去解手，走過窗外，含糊聽得幾句，立刻把若愚喚過去盤問根底。若愚雖自悔大意，但料道實在瞞不住，只可約略著避重就輕的說了，自恨惹了禍，便託詞跑回家去。到次日聽僕婦傳言，驚寰被打，又受了監禁，自覺沒臉見他，所以許多日沒往陸家來。有一天驚寰的母親到若愚家去，唉聲嘆氣的向若愚夫婦訴說兒媳不和的事，便托若愚去解勸驚寰。若愚和驚寰原是從小兒青梅竹馬的親愛弟兄，自知不能為一些小事斷了來往，又正可借此為由去和驚寰見面，但仍挨遲了兩日，才硬著頭皮到陸家去。原拚著迎頭受驚寰一頓痛罵，不想一進門就見驚寰滿面春風的接出，笑語寒暄，比往常更加親熱，若愚闇闇詫異。便先進內宅給姑丈請了安，弟兄仍舊回到書房，閒談了一會。

若愚便用調謔新郎的熟套，來和驚寰玩笑，驚寰只是含笑不答。若愚見無隙可乘，只得說出正經道：「聽說你跟弟婦感情不大好，是為什麼？人家哪樣不好？你還胡鬧怎的！」驚寰聽他說到這個，立刻拿起筆來，就凝神一志的寫字，只當沒有聽見。若愚又接著說了一大套，雖然說得情至義盡，驚寰還是充耳不聞。若愚見他居然跟自己裝起大麻木，不免有氣，就改口譏諷，說驚寰若不理新婦，上對不過父母，下對不過妻子，自己對不住良心，簡直是陰險狠毒，混帳東西。驚寰被他罵急了，到底年輕沉不住氣，就把筆一丟道：「你說我陰險狠毒，她比我還陰險狠毒呢！」若愚冷笑道：「你真會血口噴人！人家過門才幾天，你就看出是陰險狠毒了？說話要拍拍良心，別拿起來就說！」驚寰也冷笑道：「還用幾天，頭天就給我個好看。初六那天，我不是挨了頓打麼？你說是誰葬送的？」若愚答不出話，只翻翻眼哼了一聲。驚寰又接著道：「我也是痰迷心竅，把鶯春院的事告訴了她。她轉天就跟爹爹告狀，你說她狠不狠？這就是謀害親夫的苗頭，我還敢沾她？」若愚聽他說得情事真切，不由動了疑心，自想我惹的禍，怎竟纏到新婦身上去了？便又用話探道：「誰告訴你是她告的狀？」驚寰哼了一聲道：「還用旁人告訴，她自己就招了！」若愚笑道：「這真是夢話！她辦這樣毒事，還能和你說？」驚寰道：「她本來不說，哪知活該破露，竟被我把話詐出來！」

　　若愚聽著更如入五里霧中，想不出所以然。驚寰又接著道：「以先我本疑惑是你洩露的，同她說要跟你拚命動刀，她害了怕，大約是怕鬧出事來，難免要弄個水落石出，她也脫不了乾淨，只可供出來。據說是告訴娘，被爹聽見，我想這也是飾說，簡直是她跟爹說的。到葬送我挨了打，她還裝做好人給我求情。你看多麼大奸大惡！這種女人還要得？」若愚聽完，凝眉細想了想，才從恍然裡冒出個大悟來，立刻似乎椅子上生了芒刺，再坐不住，就站起在屋中來回亂轉。自想新婦本是小

第三回　楊柳試春愁少婦凝妝翠樓上，匆匆興大業賭徒得計獄門前

女孩子，不懂得輕重，聽見驚寰要和我拚命，怕真惹出禍事，就替我負了責任，以致鬧得夫婦不和，人家真冤死咧！這真是菩薩心腸，還說人家陰險狠毒，天下哪還有好人走的路？我一個堂堂男子，遇見這豆兒大的事，只知縮頭一忍，教人家一個弱女，拋了自己的幸福，出頭替我擔當，我還能腆顏為人？

　　想著一陣心肝翻動，忽然自己伸拳向頭上擊了一下，接著噗咚一聲，就對著桌子跪下。驚寰見他這樣，又驚又笑，就仍頑皮著道：「大哥怎了？不年不節，免叩免叩！看明白了，這是桌子，不是大嫂子！」若愚正色喘吁吁的道：「別打趣，我要賭咒。」驚寰愕然道：「無緣無故的賭哪門子咒？還不快起來！」驚寰直著眼道：「你聽，我再不說，就沒法做成了你挨打的原故，萬別冤枉你女人，那本是我說的。人家怕你真跟我拚命，自己擔當起來，惹禍的是我，你打我，宰我，可別冤了好人。」說著又把當日情形細訴一遍。驚寰初而不勝詫異，再又眼珠一轉，嘴裡哦哦的兩聲，趕忙把若愚扶起按在椅子上道：「大哥，這點小事，值得這樣！咱慢慢說。」若愚氣急敗壞的抹著汗道：「這怎算小事？眼睜我害了人，不弄清楚，我怎有臉見人？」驚寰微笑道：「你別急，我明白了，謝謝你的好心！」若愚道：「謝什麼？」驚寰揚著臉冷笑道：「大哥，咱們都是透亮杯般的人，誰也別跟誰鬧鬼。我娘前天上你家去，定然跟你同量好了這個主意。你倒見義勇為的，自己頂當起來，替那狠女人解脫，虧你真裝得像。本來你擔起來，我也不能把你怎樣，又替我們倆口解了和，果然兩全其美。可惜我不是小孩子，不上當，你枉費了心機！」

　　若愚萬想不到驚寰竟這樣向牛犄角裡鑽，將自己的實話當瞎話聽，急得跳起，才要說話，又被驚寰按住道：「大哥，你沉住氣，實告訴你說，這件事你沒法管，我的事不瞞你，鶯春院的那個如蓮，我跟她有掰不開的交情，誓同生死，這個女人就是貞靜賢良，我也不能要。即便我

106

信了你的話，原諒了她，也依然不能跟她發生感情。你怎說也是白費。大哥你積德，讓我清門淨戶的過幾天，即使你告訴我爹爹，教他壓迫我，逼急了我還有個死呢！大哥，謝謝你，你別管了！我還你一個頭，兩清不欠。」說著趴在地下，又給若愚磕了個頭，站起來就跑進裡間屋，倒在床上裝睡。若愚又趕過去，說了萬語千言，驚寰只不答話。若愚氣得幾乎要打他。末後再忍不住，就跳起來罵道：「我今天才知道你竟不知好歹，不顧情面，從現在咱倆就此斷親，你日後萬別後悔。這算你對了，我若愚再不認識你！」罵完了找不著臺階，只可頓頓腳走出去，一直氣憤著跑回家，越想越不是滋味，自己為息事去的，怎倒鬧了氣？再想更對不住驚寰夫人，難過得一夜未睡，便把這事的原委對自己太太說了。到次日，就托他的太太到陸宅尋個背人地方，安慰驚寰夫人，替若愚傳話說「你們夫婦間的細情，若愚俱已明白，很對不過表弟婦。這禍既是由若愚身上所起，若愚定要設法教你兩口兒言歸於好。請表弟婦暫勿焦躁，靜待好音」等語。驚寰夫人聽了，十分感激。

　　若愚太太回家報告了若愚，若愚從此就悶在家裡，尋思替驚寰夫婦解勸的方法。但倉卒間哪有計策？只急得他成天短嘆長吁，愁眉苦臉，直過了一個多月，已是春末夏初。這天，若愚太太因丈夫焦愁太甚，怕他悶出病來，就勸他出門遊散。若愚依言，在天夕時出了門，到租界上溜了一會，熬得上燈後，自到一個南方小飯館去吃飯，恰在裡面遇見了賭友劉玉亭。若愚原是隨處交友極為四海的人，相邀同吃，閒談中間，若愚問他近來常在哪裡玩錢，劉玉亭道：「現在我不上俱樂部了，閒時就上週七新開的賭局去，推幾方小牌九，也就是十幾塊錢的輸贏。」若愚詫異道：「周七是誰呀？怎沒聽說過。要是新立門戶的，戳不住勁，常去可危險！」劉玉亭笑道：「這周七和你是大熟人，早就吃這碗飯，不過這是頭一回擺案子。就是當初永安宮俱樂部案子上打雜的大眼周七呢！」

第三回　楊柳試春愁少婦凝妝翠樓上，匆匆興大業賭徒得計獄門前

若愚這才想起道：「哦，原來大眼周呀！他人卻很好，可是向來窮的筋都接不上，早先三天兩頭找尋我，如今哪來的錢開賭局？」劉玉亭把桌子一拍道：「這才是人走運氣馬走膘呢！提起來也是笑話。聽說他正月裡在佟六菸館裡，遇見了二十年前的媳婦。你猜他媳婦是誰呀？哼，原來是當初有名的浪半臺馮憐寶。兩口子久別重逢，周七到他媳婦家裡只睡了一宿，不知怎的，兩口子又鬧翻了。周七夾著尾巴跑出來，想到法國地蹲菸館去。哪知在路上拾了個大皮包，裡面有好些張花花綠綠的紙。他也不認得是什麼，只皮包印著天一樣行的字樣，這兩字他偏偏認得，就冒著膽子送了去。那洋行的東家正急得要死，原來皮包裡裝的是六七萬美金債票呢！一見周七送來，喜歡極了，就酬謝他五百塊錢。周七窮人乍富，立刻跑到嚴八案子上去裝闊老，三寶就送出去四百塊，哪知他耍來耍去，居然贏了一兩千，鬼使神差的咬牙不耍了，就搭了幾個夥計，在柏紋街鮮貨鋪樓上收拾了個小賭局。因為他向來直心眼，不奸不壞，有個好人緣，捧場的人還不少，一天倒有夠瞧的進項。回頭吃完了，咱們也去看看，豁出幾十，試試彩興。」若愚被他說得賭興大發，沉吟一下，也就應允。

草草吃過飯，正是九點多鐘，二人便出了飯館，安步當車的走到柏紋街，順著鮮貨鋪旁的樓梯上了樓。才一推門，只覺一陣蒸騰的人氣從裡面冒出來，熏得人幾乎倒仰。接著又是人聲嗷雜，彷彿成千上萬的蒼蠅聚成一團兒飛。若愚皺了皺眉，猶疑不進。劉玉亭道：「既來之則安之，不願久坐，看看再走。」說著就把若愚推進門去，只見屋子雖不在小，只中間和南牆角有兩盞電燈，中間電燈下放著一張臺子，只見許多人頭搖動，把燈光遮得閃爍不明，看上去好像鬼影幢幢。略一沉靜，便又人語嘈雜起來。劉玉亭引若愚走向南牆角。那裡一張小帳桌後面，坐著個管帳先生，四面散坐著三五個人，都在說話。內中一個大漢正舉著

個鼻菸壺兒，用手在鼻端塗抹，一面指手畫腳的大說大笑，見有人進來，早立起讓道：「劉二爺，怎好幾天沒見？這位是誰？」說著向前一湊，忙作揖打恭的抓住若愚道：「今天哪陣風把何大少刮來？貴人來了，我這買賣要發財！」若愚笑道：「周老七，你本就發了財了，幾月不見就混得家成業就。」周七笑道：「哈哈，哪裡話，托您福，混碗飯吃！」

說著轉臉向劉玉亭和在座的道：「我周七討飯都不瞞人，當初窮的兩天吃一個大餅的時候，可多虧這位何大少賙濟。這才是仗義疏財外場人哩！何大少，我周七算混上半碗飯了，您有什麼長短不齊，儘管張嘴！我周七立志不交無益友，存心當報有恩人！」說完把胸膛一拍，表示出絕不含糊。若愚還未答話，旁坐的幾個幫閒蔑片，早一疊聲恭維道：「何大少，誰不知道何大少！周七哥日常口念不乾，說你是外場朋友。您先請坐！」說著就有人搬過椅子來。又一個蔑片道：「何少，既在江邊站，就有望景心。您歇歇，喝碗茶，等這局完了，您上去推兩方。」話未說完，早被周七一口唾沫噴到臉上道：「呸，小石老，少跟好朋友動這一套！何大少是我的恩公，別拿他當空子。我不能教他在這裡過耍，贏錢也別想在這屋裡贏，輸錢也別在這屋裡輸。他來了，只許喝茶抽菸，說閒話。何少明是財主，錢上不在乎，他在旁處輸兩萬我管不著，可是他在我這裡輸個百兒八十，我就不過意。你們放亮了眼，別亂來！」眾人聽了，知道這位何大少真待周七有恩，才感得周七動了血性，連忙都改口，張羅茶水。那小石老忙跳出去拿來一筒炮臺菸，又喊著派人去買鮮貨。若愚連忙謙遜不迭。這時劉玉亭開口道：「交朋友是交周七這樣的，真有血性。我頭一回聽開賭局的說良心話！」周七瞪圓大眼道：「什麼話呢？人家看咱是朋友，趕上節時候真救咱的命，只要張嘴，何少多少沒駁過。這幾年我花何少有上千塊錢，皮襖都穿過人家三件。咱是無賴遊，人家是大少爺，交咱個什麼呀？如今我立了案子，教他在我這塊輸

第三回　楊柳試春愁少婦凝妝翠樓上，匆匆興大業賭徒得計獄門前

錢，我算什麼東西？」又轉臉向若愚道：「您儘管來玩，用錢櫃上多了沒有，一百往下總存著。要過百您早一天賞話。」若愚笑道：「周老七，你再鬧我就暈了，烏煙瘴氣喊什麼？我早知道你是漢子，不然也不交你，響鼓還用重敲？」

說著就談了一會兒閒話，便含了個青果，點了支紙菸，走到賭桌前去參觀。只見正中一個四十多歲的大黑胖子，滿臉青花綠記，斑駁入古，卻剃得鬍毛淨盡，又抹了很厚的一層雪花膏，滿在臉上浮著，比冬瓜著霜還難看，更顯出奇醜怪樣，正興高采烈的推著莊。四面圍著許多品類不齊的人，各自聚精會神，向手中的兩張骨牌拚命。這邊兒喊道：「呸，長，七八不要九！」那邊兒又罵道：「×你麼六的姥姥，三副牌都輸在你身上，再來劈了你！」左面又噪道：「看明白，兩塊頭道，一塊軟通，天門掛八毛。」莊家又叫道：「別亂，別亂，滿下好，擲骰子了！七，七對門，八到底，九自手，十過。升，長，開！大天的面子。好，似紅不紅，八點就贏！呀，麼，長，長！他媽的麼到底。這叫天對地，缺德窮四點。呀，天門對錘，末門六點，對門是地槓，媽的巴子，統賠，六塊半，十四塊，九塊八，軟通五塊，硬的七塊三，完了。看下方！」

莊家這樣不住口的亂噪，又夾著贏家的歡呼和旁觀者的議論，真鬧得沸反盈天。若愚向來沒進過小賭局，看著倒亂得有趣，就連看了幾方，周七在後面不斷的送菸遞水。過一會，眼看莊家面前的籌碼，竟已消減得稀疏可數，他那臉上的雪花膏，也漸漸被油泥侵蝕淨盡，只有滿頭大汗，從禿顱上騰騰冒著熱氣。那一方推到末一條，他臉紅筋暴的站起，長著精神去摸牌，卻得了紅八靠虎頭，是個九點，面上一喜。再瞪圓眼向旁莊看時，想不到三家卻有兩家對子，一家天九點，又得賠個統莊，氣得他把牌摔在地下，用腳亂踩，罵道：「這份絕戶牌，要出鬼來了，我認倒楣，讓別位！」說著把籌碼賠了，離座到茶几上去拿手巾擦

臉，氣吁吁的彷彿要尋人打架。這時那賭桌上又有旁人繼續去推莊，還有人喊道：「九爺再來撈撈本呀！」那大黑胖子把手巾一扔道：「預這兒吧，送出去二百多塊，越撈越他媽的深。」說完湊到小帳桌前坐下。

這時從賭桌又下來一個鷹鼻鷂眼的黃瘦中年男子，笑嘻嘻的向黑胖子道：「羅九爺，今天又輸了不少，再壓會兒旁莊，換換手氣！」那羅九把桌子一拍道：「壓，還壓他娘的蛋，再輸連褲子都沒了！」那黃瘦男子道：「九爺說笑話呢，您財勢多厚，輸幾文還在乎？」羅九咬牙恨道：「真是能死別倒楣，也許老天爺逼著我學好，這些日也怪了，耍錢就輸，招呼姑娘就受甩，喝口涼水都塞牙，可是洋錢糟踏的沒了數，你說這口橫氣怎麼喘？」那黃瘦男子笑道：「您這一說，我才想起來，前些日聽說九爺在鶯春院熱了個紅唱手，勁頭不小。哪天帶我們去看看！」羅九聽了，好像被一股邪氣衝入肺管，舉起拳頭向空中搗了兩下，烏珠暴露的罵道：「還熱呢，再熱還不燒糊了！沒見過這樣沒良心的婊子，她沒下窰子的時候，我捧她就花了不少錢，為她把靠家都打散了。到她下窰子的第二天，我就捧了全副的牌飯，一水花了二百多。末後連手也不教拉，我鬧起來，叫她娘來問，她娘說的好，孩子是清倌。我問清倌礙手什麼事，這不是欺負人！正想砸她個落花流水，偏巧開窰子的郭寶琴來答話，說是通身上下一色清，要賣買整的。這是什麼規矩？欺負咱外行？咱也是幹這個的呀！我自然不饒，哪知郭寶琴這東西真損，一點不顧面子，預先下了埋伏，把我從前的靠家調了來。咱不是怕事，只恐鬧笑話給別人解恨，只可忍了這口氣。提起這件事，教人又氣又難受。那個小雌兒真俊得出奇，到如今我恨儘管恨，可是還忘不了。」

若愚在旁邊乍聽得鶯春院三字，早就注了意，有心問這個唱手什麼名字，但又不願同羅九說話。不想這時那黃瘦男子卻替問道：「這娘們叫什麼？怎這們大的牛！」羅九道：「就是當初松風樓唱大鼓那個馮如

蓮麼！」羅九把這三個字說出，不特若愚動了心，旁邊還有一人也傾了耳。這時羅九又接著罵道：「這婊子天生不是好種，從她娘當初就出名的混帳！」旁邊又有人插嘴道：「她娘是誰？」羅九道：「就是馮憐寶那個王八賊的。從上三代就混世傳家，如今把女兒弄進窯子，還端他娘的松香架！」罵到這裡，劉玉亭看了周七一眼，向著若愚一笑。若愚這時才明白周七和如蓮的關係，心裡暗自思索。周七已忍不住答話道：「九爺，養養神吧，少罵兩句！」羅九瞪眼道：「我要罵！」

周七笑道：「請罵，不過背地裡罵人，沒多大意思！」羅九挺身站起，道：「我就要背地罵！你出來擋橫，跟她們是親戚怎麼著？」周七也怒道：「罵別在我這裡罵，我這是買賣！」羅九向前湊去道：「你是買賣，老爺是財神，是你的衣食父母！」周七大怒道：「你別討便宜，再說我就是你親爸爸！」羅九忍不住，口裡罵著，便趕上前要動手。眾人急忙拉勸，正擠作一團，忽見門口把風的馬八一條線似跑進，喊道：「洋人來了！」只這一句，立刻滿屋大亂，嗡的聲像撞了馬蜂窩，架也不打了，局也散了。周七忙跑去收藏賭具，許多賭徒有的奪門而逃，有的奔樓窗要跳下去，更有許多沒膽子的，在屋內呼天喊地的亂轉。若愚更驚惶失色，顫顫的想不出個計較。倏時樓梯革履聲亂響，門口進來兩個洋人，後面跟了十幾個巡捕。這時已有十幾個人從樓窗跳下去，隱隱有呼痛喚救之聲。若愚回頭瞧瞧，樓窗很高，不敢去跳，只得等候受捕。

此際巡捕已圍攏來，把剩下的七八個人捉住，又搜出了賭具，斂了桌上的銀錢。只聽一個洋人說出兩個字道：「掌櫃。」便有個巡捕傳話問道：「誰是掌櫃？」周七昂然走上兩步道：「我是掌櫃！現在耍錢的全跑了。這幾個全是我的債主來討零碎帳，請把他們放了，我個人頂著打官司。」那洋人搖搖頭，把手一擺，那些巡捕便都掏出白繩，把這八個

人拴作一串，趕羊似的趕著下樓，直奔工部局而去。若愚恰拴在中間，前有羅九，後有劉玉亭，好像前有頂馬，後有跟班，居然威風不小。幸虧在夜晚，路上沒遇見熟人。到了工部局，只略問了一遍，都在尿桶旁蹲了一夜，才聽人說那些跳樓受傷的，都已捉住送到醫院。次日早晨眾人就被轉送到華界警察廳，又轉送到法院，挨個的被審問一遍，判了下來。恰值當時禁賭甚嚴，除去周七是局主，特別罰款六百元，其餘的七人都判作賭徒，每人罰金三百。若愚在拘押所裡，急忙託人到外面立即要來三百塊錢，繳了上去，想著立刻可以開釋。哪知上面傳下話來，說罰金暫收，須待同案人犯一律將款交齊，同時具結釋放。在未繳齊時間，人犯先送習藝所寄押。若愚這時曉得不能獨善其身的走脫，才知遭了大難。

　　偏偏官事又刻不容緩，立刻由法吏押解送到習藝所。若愚在路上許了法吏賄賂，特開情面教用手巾蒙面而行，在路上眾人都不住咳聲嘆氣，只有周七還似行所無事，對同伴們忽然改了稱呼，閒談道：「難友們，這習藝所是咱的行宮，高興就來玩一趟，連這次來過五回了。我什麼也不怕，可惜何大少運氣不佳，遇見這個事，我擇你也擇不出去。」若愚自想我真倒楣，無故跟這些人成了難友，開賭局的，開窯子的，要落道的，頂好的也是無業遊民，教人家知道多們難看！這都怨自己行蹤不謹之過。想著便聯想到今天出門，是被太太所勸。太太勸我是為我煩悶，我煩悶的原故是為驚寰夫人，也是為的驚寰。驚寰夫婦不和的原因，是為那個妓女如蓮。想到這裡，立刻覺到這些同難的中間，竟有兩個和如蓮有關係。周七是她的爹，羅九是她的客。等我慢慢思量，也許從他兩個身上生出辦法，能使驚寰夫婦中間另變一個局面。便閉目走著尋思，走了好半晌，忽然自己頓足道：「有了，這法子準成！」心裡一陣爽暢，幾乎要跳起來。高高興興再向前走時，卻已被法吏攔住，又從

第三回　楊柳試春愁少婦凝妝翠樓上，勿勿興大業賭徒得計獄門前

旁把蒙面手巾攓去。睜眼看時，原來已到了習藝所門前。只若愚這一入獄，正是：絕謀出縲絏，妒花風獄底吹來；好景幻雲煙，障眉月天邊隱去。後事如何，且聽下回分解。

第四回

八方風雨會牢中摧花成符牒，
萬古娥眉來夢裡得月有樓臺

第四回　八方風雨會牢中摧花成符牒，萬古娥眉來夢裡得月有樓臺

　　話說若愚一到習藝所門前，便被法吏將蒙臉的手巾從旁抓去，眼前一陣豁然開朗，卻已見獄的鐵門正張著大口，好像要把人們吞進去。向裡看，入望陰深，籠罩著無邊鬼氣。早先聽人說過，這裡面每年死的人很不在少，不覺毛髮悚然。那兩個法吏便把他們押解進門，到傳達處回了公事，傳稟上去。沉一會，便由所丁帶著，見著所中辦事人員，繳過差使，那法吏們自行回去銷差。這裡所長因這批差使是寄押候釋的人犯，案情甚輕，只草草一問，就吩咐所丁數語，教帶下去。所丁將他們八人帶進一個長條院裡，院裡對排著許多間大小相同的囚室，各室裡都是人語嘈雜，南腔北調。他們走到一間門牌寫著三十七號的門前，被所丁攔阻不再向前，便推門進去。只見這屋裡約有一丈幾尺見方，倒清寂寂的，只有一個囚犯模樣的人坐在矮鋪角，上身敞露胸懷，下身把褲子褪到腿根，正低著頭拿虱子。那所丁喊了聲：「王鋪頭（鋪頭即資格較老之囚犯踞蹐在一室囚犯之長者），來差使。」那人猛然抬頭，見所丁身後黑壓壓立著一片人，就把那張像黑油漆過的臉一揚，露出雪白的牙來，笑道：「啊啊，沒有就沒有，一來就論堆，這是多少？」那所丁笑道：「潑貨，女人罵街。」

　　那王鋪頭接腔道：「八個，不少不少。我這屋裡難友們，昨天都送了執行，剩下我一個正悶。」說話間便整衣繫褲。若愚等八人已一齊進到屋裡，王鋪頭挨個兒的都向他們端詳了，才問道：「什麼案？」所丁道：「你沒見都散著手兒麼？閒白事，是賭案寄押，候繳罰款開釋。都交給你了！」

　　說完又向他們八人道：「有說的沒有，找人送信，咱都辦的到。」羅九等都默然無言。周七卻噪道：「我找誰？光桿一個，誰也不找！」所丁瞪了他一眼，才要說話，若愚忙陪笑道：「您不知道我們是打了併案？一條繩兒拴八個螞蚱，誰也先飛不了。等我們計議計議，一定要求您們

諸位照應。」那所丁聽了笑道：「你們大概又趕上新章程咧！同案的都要把款交齊，才許手拉手兒走，對不對？從今年正月，已經有這們好幾檔子。十九號押著的那一批，一案十幾個人，也跟你們一樣，從二月進來，到如今也沒湊齊錢，都已罰了苦工。好，你們商量後再談。」說完又和王鋪頭咬了一會耳朵，方自走了。

那王鋪頭見若愚衣服最闊，就面向他說道：「你們也不是什麼大案，不必走心。在這裡也沒多少日子住，咱們這短日頭的難友，倒要多親熱，你們也有個核計沒有呢？還是早想法出去好。一進習藝所，不論案子大小都算是打官司，打官司沒好受的呀！哪一樣不打點好了，也免不了受罪。你們撞到我這鋪，還算好運氣。要趕上東邊那幾號，不定要遭多少磨難。我看你們也都是外面朋友，遇到一處，就算有緣，誰也別難為誰。這裡面的事沒人不懂，哼，好朋友，哈，別裝糊塗，是不是？您哪，官司不是好打的，對嗎？難友們，眾位！」這時眾人已都七亂八雜的坐在鋪上。若愚聽王鋪頭在起初和眾人套交情，繼而哼哈說出許多雜言語，便明白他意有所圖，只等有人答話，忙陪笑道：「我們哥幾個好運氣，遇見王大哥，你這人真豁亮敞快。咱哪裡不交朋友呢？這裡面更是交朋友的地方，我們這案子，等會兒大家商量出個眉目，將來還要求你多為力。現在算我們行客拜地主，先請你喝兩杯，可惜我們的錢在外面就教他們搜淨了。天不絕人，我還有壓腰包的。」說著把馬褂和夾袍子解開，在綢子小褂裡面的貼邊角上，摸出了一團硬紙，疊成一寸來長，五分多寬，一層層打開，原來是三張五十元的鈔票，自己笑嘻嘻的道：「他們搜去不過十幾元，哪知這裡還有體面呢！」說著就都遞向王鋪頭，道：「這是我們八個難友公贈您的。論起來太少，不過是托你買點熟菜，打點酒，咱大家喝喝，敘敘交情。旁位該打點的求你都給打點打點。至於補您的情，咱是跟著就辦。」說著又把嶄新的緞子馬褂脫下，也遞給

他道：「王大哥，這送你當小袂襖穿，也算咱哥倆見面的紀念。」那王鋪頭左眼先瞧見異彩奇光的鈔票，右眼再看得自己從沒穿過的衣裳，更加聽著若愚說話痛快，才要謙讓幾句，好來接取，不想周七霍的從鋪上跳起來，一把將若愚推開，大聲道：「何少，怎這樣冤孽大頭？我說不懂花這種錢，留著錢咱幹別的，看誰敢把我的身體動一毛。」

說完就叉著腰向那王鋪頭雙目怒視。那王鋪頭也大怒道：「你是什麼東西？不想活了？我們這是交朋友，你敢管！」

周七喊道：「交朋友，洋錢下你的腰，憑什麼？我就要管！」王鋪頭怪叫道：「反了，這小子討死，等會兒教你知道我的屬害！」周七道：「你屬害？你先嘗嘗我的。」說著就攢拳挽袖，奔向前去。若愚和羅九等連忙攔住。那王鋪頭才要喊有人鬧籠，（鬧籠者謂犯人在囚籠中酗鬧，獄中沿為此稱，日久習而不察，雖囚不在籠中，每逢暴動，亦呼曰鬧籠。）還沒喊出來，周七已撞向他跟前，臉對臉狠狠的問道：「你喊，我先掐死你！我問你，二十四號的鋪頭高閻王，你認識不？」王鋪頭以先見周七奔過來，很覺膽怯，及至聽他說出高閻王，疑惑他是銀樣蠟槍頭，沒大拿手，要替朋友圓面子，就又傲然道：「怎不認識！」周七冷笑道：「他是你們這裡最凶的吧？」說著把胸口一拍，張開大嘴道：「你打聽打聽，他那兔子耳朵是誰咬掉的？」王鋪頭聽了愕然，想了想才明白，忙問道：「你姓什麼？」周七道：「啊啊，你還用問？大爺姓周！」那王鋪頭眼珠一轉，立刻換了一臉笑容，把脖兒一縮道：「你是周七哥？怎不早說！這塊兒提起你來，誰不挑大拇指？我早想同你交交，可惜緣分太淺，沒見著面。今天是天湊人願，該我姓王的認識露臉朋友。來來，周七哥，咱坐下慢談。」方把周七讓得坐下，又向若愚把手一擺道：「和周七爺一案的，咱都是過命的好朋友，提錢就是罵人，您快收起來。」

說完卻不自禁的又對鈔票看了兩眼，自己咧著嘴皺皺眉，若愚看得

十分好笑。這時周七被王鋪頭一陣軟攻，倒弄得有力沒法使，又自己轉不過圈來。若愚忙把他叫到旁邊，咬耳說了許多話。周七還自搖頭，若愚又屬色說了幾句，周七才白鼓著嘴躲到一邊。若愚仍舊把洋錢和衣服送過去，向王鋪頭道：「我這周七哥向來有嘴無心，你們認了好朋友，是你們的緣分。可是我的話不能說了不算，這錢和衣服還請你收下，小意思，用不著推辭！」王鋪頭抵死不收，又說了許多場面話。若愚卻非要他收下不可。王鋪頭原是望著洋錢眼紅，但還怕周七不饒，便一面推辭著，一面眼睛看著若愚，嘴卻努向周七。若愚心下明白，便道：「我們周老七方才是跟你玩笑，他敢擋咱們交朋友？」那邊周七也說道：「該收就收，何必裝假。我要管閒事是王八蛋。」

王鋪頭這才放心，便紅著黑臉將錢收下，和若愚又敘了若干話，把照應的責任都攬到自己懷裡。這頭一陣鬧過去，王鋪頭自然竟力向這般人圍隨，這八個人也暫且隨遇而安，才都略得寬懷，紛紛談說被捕情形。有的還自解心煩，苦中尋樂，哼兩句二簧，唱幾段梆子。王鋪頭又給買進來許多零食紙菸，連鴉片菸也預備了，內中有幾個菸鬼更高了興，便都包圍著一盞菸燈，輪流吸食。大家說說笑笑，談古論今，鬧得十分有趣。羅九更高談嫖經，劉玉亭又訴說賭史，個個都似身無所累，心有所安，倒把滿室囚徒，變成了一堂賓客。最妙的是大家只顧高樂，卻沒有一個談到善後的辦法，看樣子似乎都在這裡得了佳趣，更不再作出獄之想。只有周七從和王鋪頭鬧過以後，便倒在鋪上，翻來覆去的睡。

若愚躲到壁角，自去低頭沉思。熬到黃昏以後，王鋪頭又買了一瓶酒和許多水餃，請大家在鋪上地攤兒吃。飯過茶罷，（讀者閱至此處，必以為描寫過當，犯人之享受，似不能如此舒適；但當年軍閥時之習藝所，積弊絕深，犯人只須多財，所欲無不能辦，至有犯人召妓至所內侍寢之事，言之更足駭人聽聞。但自十七年革命軍抵定平津後，立即大事

改革，現久風清弊絕矣。）周七喝得半醉，卻不睡了，只望著若愚長一聲短一聲的嘆氣。若愚問他何故，他又木然不答。這時旁人正說笑玩樂得高興，王鋪頭也正對著劉玉亭講說二十年前天津混混兒的軼事，和自己入獄的經過，說得眉飛色舞，大家都聽得入神。忽然周七跳起來，大聲發話道：「眾位，眾位，停會兒清談。」說完見還是人聲歷亂，又著力把鋪用拳一拍，拍得菸燈傾滅，碗水翻流，大家這才閉口無聲。只見周七攢著眉道：「眾位，咱進是進來了，可還想著出去？」大家聽了相顧無語。若愚才要說話，被周七肘了一下，忙又閉口不言。周七又接著道：「眾位，你們英雄，不在乎打官司，我周七更拿打官司當解悶，可是這一回事另當別論。你們別覺著這兒舒服，要知道舒服的是人家何大少的錢，不然早就尿坑旁邊聞臭味去了。現在既是非得大家交齊錢才能一起出去，這大家該商量商量，該怎麼個辦法。這工夫再不能藏奸，誰有主意誰說。」眾人聽了仍是默然無語。

　　周七便向羅九道：「九爺，你向來是自稱有財有勢，這回真遭上事，要看真個的了，你想法怎麼撥治撥治！」羅九黑臉爆起紫花道：「尋常說話，誰也有粉往臉上擦，短的了吹牛腿。我通共才有多少錢，經得住這些日胡花？實告訴你，我欠了遍地的債還不算，家裡外頭，算到一處，只剩百十塊錢，還有一件皮袍沒當，說瞎話是窯姐養的。我也想開了，出去也眼看著挨餓，不如蹲在這裡，還省得債主逼命！」周七拉笑了一聲，又問劉玉亭，劉玉亭也告了半天窮，醜著臉承認是窮光蛋，自己拚著坐牢。周七再看其餘的人，都是市井無賴，一向在賭局裡找零錢混飯吃，更沒指望，不由急得橫跳，滿眼含淚的叫道：「完了，一群不要臉，全能豁出去。你們死了，本來都沒人哭，掉到臭溝裡也沒人撈，別忘了還有豁不出去的呀！人家何少，只因到我那裡閒坐，被了咱的累，如今人家把罰款都繳了，教咱們牽連著出不去，這可怎麼辦？你們把狗

臉一腆，滿不在乎，蹲在獄裡還吃喝著，倒是美事，我姓周的可怎麼活呀！」鬧著更紅了眼，凶光四射，好像就要瘋狂，忽然又大叫道：「我有主意了，你們這群東西，連我也算上，今天全別活，拿把刀先把你們都宰了，我自己再自殺，死個一乾二淨，剩下何少自己，自然放出去！對對，好主意！我周七有出手的，死也要對得住人。」說完就像抓小雞子似的抓住了王鋪頭，教他給找快刀。王鋪頭見他像凶神附體，掙脫不開，正在沒法。若愚忙趕過把周七拉住，叫道：「周老七，你鬧可對不過我！你坐下聽我說。」

周七條的眼淚流下來道：「何少，我不是人，你待我這樣好，我倒害你坐牢監。你別管，反正我想法叫你出去！」若愚按住他道：「你真是混人，也太瞧不起我！統共咱們八個人，你一個罰六百，我們七個三百，一共才兩千七，我已經繳了三百，要再拿出兩千四來，不是大家都能出去了？不勝似宰七個人救我一個？再說我要拿不出來也罷，我拿這幾個還不吃力呀！你怎就想不開？」周七聽了，猛然自己左右開弓打了自家兩個嘴巴道：「這樣我更不是人，真拿好朋友當冤孽，為我的事教人家破這們大財，對得起天，對得起地，你有錢也不能這樣花，怎就這樣肉頭倒楣？不成，我不幹，還得依我的主意！」若愚道：「周七，我要急了，你就不配耍光棍，耍光棍的要把眼光放開，不能低頭看見鞋襪，抬頭只瞧到自己的眉毛。我拿錢把大家贖出去，誰能一出牢門就絕氣身亡？再說望後大家木鄉木土，誰也離不了天津地，日子長著呢！不許你們日後再補報我麼？」這時劉玉亭從旁聽出便宜，便勸道：「何少說的對呀，日子比樹葉還長，何少現在救了咱們，咱們將來再補報何少，大小事都不能看一時，周七哥怎這般……」

話未說完，早被周七冷不防打了個滿臉花，打完指著臉罵道：「不要臉的話你真能說，虧你是泥鰍的兒子，見窩兒就鑽！大家惹了禍，一個

倒楣的承當，敢則便宜，還有臉檢好聽的說呢！我早看出來了，就憑咱們，咱們這幾塊發財有限倒運不輕的臭料，只求以後不再麻煩何少就夠了，還有日子補報人家？好好，何少有錢，願意修好，你們把口臉往褲襠裡一夾，就跟著出去。我周七多少還有點兒人味，不能跟你們一塊兒現世！你們請，我是絕不出去，寧可死在這裡！」若愚笑道：「周七你又混了，你不是為我麼，咱們是一串上的，你不出去，我還得陪你受罪，你非得牽連我到底不成？好，我就等著跟你一同罰苦力。」說著倒裝出生氣的樣子。周七此際才知自己一片俠腸，竟是左右受制，本來為心裡愧對若愚，才生出急智胡鬧，然而被若愚這一譬解，才知自己的好心看著失敗，除了破費若愚以外，再無別法，不由得把感恩抱愧憐人怨己的心，都迸成一副熱淚，那麼大的個子，竟像小孩兒般的倒在鋪上抱頭痛哭起來。若愚見他一片血誠十分肝膽，在這種萬惡社會裡胡混了半世，竟還不失赤子之心，真為衣冠士夫所萬不能及，心裡十分對他感激。王鋪頭聽得明白，也在旁暗暗挑起大拇指。羅九劉玉亭等一干人，卻都感覺出慚愧，個個低著頭沒趣，倏然屋中從喧鬧中變成沉寂。

　　恰巧這時所裡人員過來巡查，見各人都自枯坐悶臥，規矩得很，只照例吩咐王鋪頭幾句，就算查過去了。若愚等公人走後，忙拉周七坐起來，向他道：「起來，你也不怕旁人笑話，這大歲數還裝小孩兒！」周七拭淚道：「怕誰笑話？我哭的是自己良心，眼睜真對不住您嗎！」若愚笑道：「這有什麼對不住？還是那句話，莫只顧眼前。你不會將來補報我？」周七撇嘴道：「你也是給我解心寬，將來也是我求您的時候多，您用我的時候少。本來你一個闊少爺，哪輩子用得著我！錯非我出去給您當下人，或者拉車，算是我報恩的……」若愚不等他說完，忽然哈哈笑道：「你倒別這麼說，說我用不著你，眼見我立刻就有求你的事。」周七猛然跳起，頭動手舞的道：「真的麼？有事何少你說，我周七給你賣

命！」若愚笑道：「你別咆噪，不只求你，在座的人除了王鋪頭以外，我全要奉求。」話才說完，眾人已全圍攏來，七嘴八舌的道：「何少吩咐，我不含糊，我幹。是打架，是殺人？您要死的，要活的？要手臂，要腿，要腦袋？您說，咱出去就幹！」說著竟有幾個人把眉毛都要挽起來，裝腔作勢的，彷彿在這獄裡就能衝鋒陷陣，舉鼎拔山。周七卻攔住道：「先別吹氣冒泡，何少有事也不是這個。他規矩老實的公子哥，向不惹人，也沒人惹他。」

說著又轉臉向若愚道：「您說說，到底是什麼事。要用人拚命，不必興師動眾，只交給我周七，包管脆快！」若愚笑道：「瞧你們這亂，坐下坐下，不是打架。聽我細說，我一煩周七哥，二煩羅九先生。其餘幾位也得給我幫幫襯！」羅九聽了才要挺身裝不含糊，卻被周七推得滾到鋪後。他自向若愚道：「你果真有事，必不是尋常口舌，定有說處。好，你慢慢細說，我們再計較。」又向眾人道：「聽何少說，別攪言，誰噪，我就是一拳頭。」說完立刻滿屋寂靜，大家都屏息不聲。若愚這才向周七道：「我不是跟誰鬧氣，不過是自己為難。我這件事，論起來你還是禍頭呢！」周七大驚道：「怎的？我……我……」若愚道：「不許你說話，索性容我說完。你不是有個女兒麼？」周七張著大嘴道：「哪裡的事，誰不知道我光棍，從哪塊地上冒出女兒來？」

若愚用眼一瞟劉玉亭，又接著道：「哼，你沒女兒，那個馮憐寶是你什麼？」周七才有些醒悟，道：「哦哦，不瞞你，她算我媳婦，可是這裡面還有細情。」若愚笑道：「馮憐寶是你媳婦，那麼她的女兒是你什麼？」周七跳起來道：「是不是？好事不出門，臭事傳千里。我就這點兒丟人的事，就全嚷動了！你說的是那個如蓮哪！」說著一看羅九道：「那個小浪丫頭子，為她方才可賭局裡還挨了一頓窩心罵。可是這丫頭我不承認是我的。你想，我媳婦十九歲跑出來，今年四十一，那如蓮才十八

123

歲，怎能算我的種！」說著又向若愚道：「這些臭事沒提頭，這個如蓮怎樣？你朝我說怎的？」這時羅九鬧道：「我明白了，何少一定和我一樣，也受了這娘們的氣。要出氣打窯子，有我一份。」旁邊的人也跟著鼓噪起來。周七瞪著眼道：「要打，你們隨便，別拿她們當我的親人，我早恨透了她們。要把那一老一小替我宰了，我更謝謝。」

若愚連忙搖手止住道：「不為這個，你們細聽，事由兒長著呢！」說著就把自己的表弟陸驚寰如何迷戀如蓮，如何與他的新婦不和，驚寰如何挨打受監禁，那賢良的新婦如何為自己受冤枉，自己如何的解勸表弟失敗，如何應允了新婦，要給他們重圓破鏡，如何到現在還沒辦法，自己如何的煩悶，都從頭至尾的說完。再看眾人，個個臉上都現出迷惑的神色。周七更是說不出的糊塗，就搔著禿頭問道：「您說的全是人家的家務，用我們趕哪一輛車呀！」

若愚一笑，撫著他的肩膀道：「因為是家務難辦，所以才要煩你們幾位。我們那位表弟，現在所以執迷不悟，鬧得家宅不安，全是為你那個女兒，要沒有你女兒，他自然容易回心轉意。如今只好釜底抽薪，給他們斷絕往來。我早知道，這件事從驚寰那邊辦是沒法，只能向如蓮這面兒下手。」說到這裡，周七把腦袋一拍道：「我懂了，你交給我，馬到成功，明天出去就動手，包你永斷葛藤。」若愚詫異道：「你懂了什麼？偏又聰明起來！」周七道：「不是給他們斷了麼？我出去把如蓮連她娘全宰了，豈不乾淨痛快，算給你表弟除了害，也省了給我現眼！」若愚正色道：「周七，你到底不算個人，教我怕禍，說不說就是殺七個宰八個。您請吧，我不敢煩你，只當我沒說。」周七見若愚動氣，忙下氣道：「怨我魯莽，我說的不對，還是您出主意，我照辦。」若愚道：「這不是好，你要明白，給我辦事別反而害我。照你一說，豈不給我惹禍？你要真捧我姓何的，就從頭至尾依著我，不然就作為罷論，我去另煩好朋友！」周

七急了道：「何少別說這戳人心的話，從此我要不依你一點，教我出門被汽車撞死，再罵我八輩的祖宗！」若愚見已把這隻猛獸制得服貼，心才穩定，又撫慰他幾句，便接著向眾人道：「我辦這事，為的是親戚。眾位替我辦事，為的是朋友。為人可要為到底，第一口角要嚴密，不可隨處嚼說；第二辦事要穩，不能魯莽惹禍。現在先說我定的計策，周七原是那如蓮的爹，不管是不是親的，只要跟她娘是夫妻，就有權辦事。聽說周七是和憐寶翻過臉，如今為我的事，還要老著臉回去給如蓮當爹。」

周七聽著搓手道：「難難，她們那臭窩我真不願去。再說又鬧過臉，有什麼臉再去？我不……」若愚才要向他譬解，那周七已反過嘴來道：「行行，我去，誰叫是給你辦事呢！命都能拚，臉皮怎不能厚！」若愚一笑，又接著道：「你回去就掌起當爹的威權，不許那如蓮和姓陸的見面，就是辦不到，反正攪局你總會啊！就告訴你女人，說這姓陸的是拆白黨，教她從旁淨說破話，你再出來混橫。只照著這個辦法去幹，縱不給他們弄斷了，也差不多。你能辦麼？」周七想想道：「能能，我只盡力去辦，成不成不敢保！」若愚道：「這就很好！」說完又向羅九道：「這該勞駕你了，你的差使又舒服又如意，你不是愛那如蓮麼？請你從此無晝無夜的上她那裡去起膩，拚命打攪。每遇見姓陸的，就跟他爭風吃醋，能多帶朋友助威風更好，到嚇得他不見面算完。這沒什麼難的，你總能擔起來！」

羅九苦著臉搖頭道：「不成不成，頭一宗我沒錢了。」若愚道：「我有呀，明天出去到我家去拿。」羅九道：「錢還不說，那鶯春院的掌班郭寶琴我不敢惹，要到她那塊去攪，簡直自找倒楣！」這時劉玉亭從旁攙言道：「巧了，這一節你更放心，這如蓮挪開鶯春院了。不但挪了店，而且挪了部。前天我上普天群芳館聽玩藝，還聽了她一段《百山圖》，現在可真紅的冒煙咧！我恍惚記得她是在憶琴樓。」羅九聽了，才鬆心笑

道：「這不成了，謝謝何爺，賞我這個美差。」若愚也笑道：「羅九先生，再告訴你句痛快的，你把真本領掏出來幹去，要磨得這如蓮跟你從良，連身價我都管！」羅九更喜歡得頭暈涎流，先自躲到一旁，自去構造他腦裡的空中樓閣。若愚見大局已定，便向劉玉亭幾個人道：「正角已派定了，你們幾位倒沒有大不了的事，只煩你們拿出搗亂的本領，輪著班的裝作了流氓，每天到這憶琴樓的左近去巡視。好在地面上官人你們也都熟識，要遇見我那姓陸的表弟，就裝著要向他群毆，把他嚇跑了就完。他本是少爺團隊，經不起嚇，有這麼三番兩次，大約就不敢走那塊地方了。你們要不認識他，明天我給個相片看，那人漂亮得出奇，一看就能記住模樣。」劉玉亭等眾人，原本是穿街跳巷拋磚弄瓦的無賴，遇見這等量才器使，自然都承認不迭。若愚分派已定，又對眾人囑託道：「眾位聽明白了，我這是希望這個表弟學好，不是欺負他，你們可留神，別教他真受了屈，害我對不住人！」此際眾人已明白了全局，也就同聲答應。

若愚就托王鋪頭覓來筆墨，先辦理贖款出獄的手續。因為自己家裡沒有男人，旁的長輩親友處又不便丟醜，只可寫封信給驚寶，寫明被捕的原委，托他到自己家裡去辦兩千四百元，直去法院，去繳同案八人的罰款，款繳上去，這裡自然開釋，無須到習藝所來探視，千萬不可告知姑丈等語。寫好便托王鋪頭明早派人送到陸家。王鋪頭便尋個所丁來辦妥了。

若愚這裡派兵遣將已畢，自想這次被抓，原是飛來橫禍，不想在獄裡竟得著意外的機緣，倘或真能從周七幾個人身上成功，把自己痛心在懷的事兒解決，教驚寶和他女人重行和好，就花幾千塊錢也不為冤，想著頗有些心曠神怡。羅九等也因度過難關出獄在即，更都眉開眼笑。大家說談一會，已到夜靜更深，便橫躺豎臥的睡倒。過了一會，忽聽隔室有幼童啜泣的聲音，時作時止，還有人低聲恫嚇。大家聽著尚不以為

意，王鋪頭那裡卻自語道：「這不得好死的，又缺德了！」眾人中有幾個沒睡著的便問他原故，王鋪頭咬牙恨道：「人們要下了獄，就夠受咧，在這裡要再缺德，萬世也得不了好。說起來，氣死人，你們也聽說過，前幾天什麼黃方飯店有許多菸館被抓，人犯繳過罰款的全放了，繳不出的就零碎著押住這裡。旁邊三十六號就押著一個菸館的小夥計，才十五歲。那屋裡鋪頭崔瞎子，專好這一手兒，到夜裡睡覺，就把人家孩子拉到他的被窩裡。你們沒聽見頭一天哭喊得多可憐呢！一連好幾天了，一到這時候，就鬧得人睡不著。你說多麼損德！虧他一點臉也不要。」若愚聽著心裡慘然，又怕周七聽得了管閒事，看他時幸喜已睡著了，便問王鋪頭這崔瞎子是什麼案情。王鋪頭道：「他是殺人放火的案子，原定是槍斃，不想遇見大赦，改了永遠監禁。這才叫該死不死，留著他造孽。」若愚聽了，暗自思忖，這大赦也不是什麼絕端善政，便決定出獄後給法院寫一封匿名信，揭破這裡面的黑暗。沉一會，隔壁的聲音漸漸沉寂，大家也就曲肱作枕的睡了。

　　到次日，那所丁帶了若愚的信依著告訴的住址，送到了陸宅，要求著面見驚寰。驚寰正起床，吃完點心寫字，聞報就跑出門首。那所丁遞上原信，驚寰拆看畢，不覺大驚。先取錢賞了所丁，打發回去，便拿信到內宅見自己母親，悄悄商量半晌。驚寰怕到若愚家取款，鬧得他家宅不安，人心惶恐，便向老太太要出存錢摺子，自家先取款替他墊辦。老太太偷著傳話到門房，放驚寰出了門到銀號取了款，趕至法院，尋著一個在院裡當差的親戚，求他代為辦理，把款繳了上去。直等到天夕，才聽得回話，說是人犯須明早釋放。驚寰見已辦出眉目，謝了那位親戚，自雇了車子回家。他本已在家中監禁了兩個多月，今天好容易出來在出門的路上，那時只牽念著表兄正在縲絏中，恨不得立刻將他救出，所以不暇更作他想。此際事已辦畢，心已安閒，只剩了緩賦歸歟，不由得東

第四回　八方風雨會牢中摧花成符牒，萬古娥眉來夢裡得月有樓臺

望西瞧，覺得眼中天地異色，自念悶了這些日，今天可又看見街市了，自覺野心勃發。這時正走在東馬路，忽念再向南走不遠，就見余德里，如蓮這些日不見，不知怎樣想我，說不定還許病了呢！好容易有這個機會，還不去看看她，拉著她痛哭一頓，好出出這兩個多月的鬱氣？還得向她表白表白我為她受的什麼罪，談談我為她守節，怎樣的冷落這新婦，這新婦近來天天跑到書房去服侍我，央告我，哄勸我，我都怎樣狠心不理她。這些要都向如蓮說了，如蓮不知要多們感激我呢！別的不指望，只得她撫慰我兩句，也就抵得過許多日的苦了。想著才要喚車伕改道向余德里，又一轉念想到天色已晚，母親還在家等聽消息，現在去了也坐不大工夫，而且又不安穩，不如且自回去。好在母親今天既肯放出我來，到晚晌還可以編個瞎話出去。

主意已定，便仍原路而歸，卻在車上思索說謊的辦法。想來想去，仍舊著落到若愚身上。到了家裡，仍偷偷的溜進去。問僕人時，知道父親沒有召喚，心中一喜，便躡著腳走進書房，差人將老太太請出來，把原委稟告明白，說若愚明天便可出獄，老太太也放了心。驚寰又說謊道：「在獄裡見了若愚，若愚托我在今夜辦件要緊的事，是他的朋友今夜上輪船回南，有東西存在了若愚家裡，今夜定要給友人送到碼頭上去；他千諄萬囑的託了我，我只可去一趟，您再告訴門房一聲，晚上出門別攔我。」老太太原是菩薩般的人，哪知道法院習藝所是在哪裡？不由信以為真，只問了一句：「何必單晚上送到碼頭？早些給那朋友送到家裡不好麼？」驚寰忙掩飾道：「就因為不知道朋友的住址，所以必得送到船上。又是值錢的東西，不放心派別人去。」老太太聽他說得圓全，果然信了，就悄悄喚進郭安來，吩咐了兩句。驚寰送老太太進了內宅，自己在書房裡，好像中了狀元似的，喜歡得不住的在床上打滾，又向著內宅作揖叩頭，像望闕謝恩般的給自己母親道謝。胡掙了半天，已到了黃昏

時候，吃過晚飯，失神落魄，坐立不安，好容盼到十點多鐘，內宅裡人聲靜寂，約摸著父親業已安眠，便喚下人打臉水。收拾已畢，才要穿衣服，忽聽門外有女人咳嗽了一聲，接著簾兒一啟，自己的新婦手裡托著兩件新洗的內衣小褲褂，提著一個小包兒，盈盈的走進來。原來這新婦過門兩個多月，已不十分對人羞澀，老太太又因他們夫婦不和，從驚寰這一面撥不轉，便勸新婦不可執拗，要慢慢感化丈夫。「他不進內宅，你可以到書宅去給他料理瑣事，日子長了，鐵人也有個心熱，不勝似兩下僵著嗎？」新婦聽了婆母的話，百依百隨，竟然委屈著自己，每天人靜後就到書房來，或是送些食物，或是添換衣服，必要給他鋪好被褥才去。有時也默坐一會，有時也搭訕著說兩句話，不過她一說到分辯冤枉的事，驚寰就掩起耳朵，做出醜臉，立刻把她羞紅走了。這樣已有七八日，此際驚寰原本正高著興，見新婦進來，卻倏然沉下了臉，這就左手握筆，右手磨墨，一霎眼的工夫，已坐下寫起字來。那新婦見他這副神形，也不生氣，自走進裡間去，慢慢把被褥鋪好，又將暖壺灌上熱水，放在床頭，才走過來，把手裡的包兒放在桌上，立在他身旁，香息微微的瞧著他寫了一行字，才輕輕說道：「你不睏麼？睡吧，天不早了，明天早晨再寫。寫字再熬夜，就要鬧身子疼，再寫兩行可睡吧！」驚寰對於新婦以先本是強鐵著肝腸，自知有些過於薄倖，但是日子長了，也就視為故常，此際聽她說話，彷彿一字也沒入耳，只去一撇一捺的在字上大做工夫，真像要一筆就寫出個王羲之來。新婦卻仍自面色藹然，沉了一會又道：「你該換的小衣服，都放在床上了。這包兒裡是你愛吃的榛子和蜜餞荸薺，臨睡可別多吃，吃多了咳嗽。」說完見驚寰還是方才那一副神情，又沉一會，才將身子向後一退道：「可別寫了，快睡吧。」說完又留戀一會，才輕輕走出去。驚寰約摸她已走進內宅，才把筆一丟，站起向著簾子作了個揖道：「我的活魔頭星，你可饒了我，謝天謝地。巡查欽

差過去，這可該我起駕了。」說著把桌子上東西草草收拾了一下，就穿好衣服，手燈熄了，一直走出去。門房裡因得過老太太的吩咐，也不再加攔阻。

　　驚寰出得門去，受著夜風一吹，簡直渾身輕爽得像長了翅膀要飛，心裡也軒爽得像開了城門，兩腳三步跑出巷去，遇見一輛過路的洋車，忙喊住上去，口裡只說三個字：「余德里。」便等著他風馳電掣的走去。哪知車伕動也不動，更不抬車把，卻怯聲怯調的道：「先生，你下來，俺去不了，沒租界的捐。」驚寰想不到忙中出錯，賭氣又跳下來，走了半段街，方又遇見一輛車，雇了坐進余德里，直到了鶯春院的門首住下。驚寰在車上仰頭看見樓上映著電燈的小紅窗簾，已自心在腔裡翻滾，暗暗叫道：「我的如蓮，我的人，你想著的人可來了，我可又見著你了！」連忙跳下車來，強裝著鎮靜走進去。那堂屋許多的夥計，已有一個站起打起一間屋的門簾，道了聲「請！」驚寰本不熟於此道，卻不進去，仍站著問道：「如蓮不是在樓上麼？」眾夥計聞聽，都向他愕然注視。那打簾子的夥計道：「您找那如蓮是馮大姑娘嗎？」驚寰點頭，那夥計們同聲道：「挪走了。」驚寰怔了一怔，便問道：「挪到哪裡？」眾夥計又同聲道：「不知道。」驚寰只覺腦中嗡然一聲，幾乎暈倒，就呆呆立著不動。真應了《桃花扇》題畫一折裡的話：「蕭然美人去遠，重門鎖雲山萬千。滿園都是開鶯燕，一雙雙不會傳言。」驚寰直呆有一分鐘，方自清醒。這時又見兩邊各屋裡都有花花綠綠的女人向外窺探，自覺得羞慚，忙轉身退了出來，再走路也似無力了，心裡似痴如醉，虛慌慌的好像一身已死，百事都空，不知要如何是好，只念著如蓮走了，拋下我走了，再見不著了！這樣無目的的走過了幾家門口，只聽後面有人趕來，喊著：「你姓陸嗎？你姓陸嗎？」驚寰回頭看時，原來是鶯春院方才給自己打簾子的夥計，忙站住道：「我姓陸，如蓮沒挪不是？」說著又要向回裡走。那

夥計笑著攔住道：「馮大姑娘挪了，挪到憶琴樓。我們這裡面規矩，凡是姑娘挪了店，當夥計的不許對來找的客說地方。您明白了？馮姑娘臨走賞了我們不少錢，託付我們說，別人來問不必告訴，要有姓陸的來，千萬領了去。我領您去，這還得瞞著我們掌班的。」驚寰聽了，好像什麼重寶失而復得，喜不可支，便隨他走著，問他如蓮幾時挪走的，才知是在一個月前，憐寶和郭大娘慪氣所致。

　　兩人走過一條街，已進到普天群芳館後身，到一家門首，那夥計走進問道：「到了，您請進！」驚寰便隨著進去。這時本院裡夥計將他讓進一間空屋裡，那個從鶯春院跟來的夥計卻叫道：「招呼如蓮大姑娘！」只聽樓上也有人學著喊了一聲。沉了會，才聽樓上小革履聲響，接著隱隱聽見如蓮嬌聲問道：「哪屋裡？」立刻外面有人把門簾打起。驚寰心都要跳出腔外，站起來重又坐下。倏時見如蓮穿著件銀灰色的細長旗袍，在燈影閃灼中帶了一團寶氣珠光，亭亭的走入。才進門一步，已對面瞧見了驚寰，立時杏眼一直，花容改色，再也不能向裡走，就呆立在那裡。驚寰更心裡一陣麻木，也直勾著兩眼，欲動不能，欲言不得。兩人這一對怔住，那打簾子的夥計沒聽著下回分解，不知是友是客，更不知是怎麼回事，只能把手舉著簾子，再放不下來。這三人同自變成木雕泥塑，卻又各有神情，活現出一幅奇景。過了好一會，幸虧那鶯春院的夥計略為曉事，知道他倆必有隱情，就從外面趕進屋裡向如蓮道：「大姑娘，這位陸二爺今天到我們那裡，是我領了來。」如蓮聽見有人說話，如夢方醒，才移開望著驚寰的眼，回頭一顧道：「拿菸。」那打簾子的夥計方知來者是客，忙放下簾子，自去倒茶。這裡如蓮從懷裡拿出一張鈔票遞給那夥計道：「教你受累。」那夥計請安道謝，才要退去，驚寰這時也已神智清醒，方想起虧這夥計帶自己來，不然竟是蓬山千里，他真有恩德如天，便也叫道：「回來！」那夥計走近前，驚寰順手拿出兩張鈔票，也沒

看是多少，一齊塞與他。那夥計憑空得了彩興，歡躍自去不提。

　　且說如蓮還站在門首，忽然低下頭，牙咬著嘴唇想了一想，一句話也沒理驚寰，倏的一轉她那細瘦腰肢，竟自飄然出去。驚寰好生驚疑，但又不好追喚，只可自己納悶。等夥計送進茶，打過手巾，又進了個櫃上的老媽，給斟了茶，點過紙菸，問了貴姓，說了句「二爺照應」，便自出去。過了半天工夫，也不見一人進來。驚寰暗暗詫異，如蓮這是怎了？論我們倆的交情，久別重逢，應該多麼親熱，她何故反倒冷淡起來，跟我變了心麼？絕不至於。因我多日不來惱了麼？可也要問個青紅皂白再惱啊！

　　像她那樣聰明人，絕不會莽撞胡來。那麼她倒是為什麼？莫非先去應酬別的客？更不能。皇上來了，也不能拋下我。他這樣心裡七上八下的想著，真是如坐針氈，又過了一刻多鐘，卻還不見人影。驚寰心裡卻不焦急了，只剩了難過，忍不住委屈要哭。正在這時，忽見夥計又打起簾子，請道：「本屋裡請！」驚寰心裡初而一驚，繼而一喜，才想起這裡不是如蓮的居屋，她有話自然要等到她屋裡說，無怪乎方才一步不來。便又添了高興，站起出了這屋，由夥計指引著上了樓，見東邊一間屋子有人打著門簾，便走進去，只覺屋裡光華照眼，草草看來，比鸎春院那間房子，更自十分富麗，加倍光華。屋裡的人氣菸香，還氤氳著尚未散盡。如蓮正跪在迎面椅上，粉面向裡，對著大壁鏡，在她那唇上塗抹紅膠。本來她已從鏡裡瞧見驚寰進來，卻裝作沒看見，仍自寒著小臉兒對鏡端詳。驚寰因這時屋裡還不斷有夥計老媽出入，不好意思向前和她說話，便自坐在東邊床角，默默的瞧著屋裡的陳設，只見收拾得華燦非凡，四壁的電燈約有十餘盞，只有四五盞亮著，已照得屋裡皎然耀目；牆上掛著許多嶄新的字畫，迎面壁鏡左右的一副新對聯，寫的是「酒入清愁花銷英氣」，「雲移月影雨洗春光」，詞句雖然不倫不類，字卻是一

筆刀裁似的魏碑，一見便知是向來包辦窯府一切屏幛區額對聯牌幅的斗方名士曹題仁的大筆。

再細看時，這房間似乎只有兩間大小，像比鶯春院的舊屋窄些。回頭看，卻見床邊壁上還有一個小門，才明白這邊只是讓客之所，她的臥室還在裡面。只這一回頭，又連帶瞧見床後還掛著四條炕屏，畫的是青綠工細山水，左右也懸著一副二尺多長的小對聯，是「倚蘭人冷蘭乾熱」，「擘蓮房見蓮子多」，下款卻署的驚寰二字。驚寰見了大驚，自想我何曾給如蓮寫過什麼對子，而且這聯寫的是一筆還童破體，縱橫動盪，顯見不是少年人的筆致。再說詞句雖是拆對崑曲，卻不拘不俗，渾脫有味，卻怎會題上我的下款？莫非還有和我同名的麼？便再忍不住，想向如蓮動問，可恨這時正有個老媽在屋裡收拾，只可含忍不語。看如蓮時，卻又走到那邊，去撫弄那沙發上伏著的小貓，正背驚寰而立。驚寰只瞧見她的後影兒，見她這件旗袍，更自裁剪入時，不肥不瘦，緊緊的貼在身上，把削肩細腰和將發育的腰下各部，都表現得凸凹無遺，纖毫畢現，看著就彷彿如蓮身上的電，已隔著老遠傳到自己身上，自覺又犯了痴情，無端的更心煩意亂。只恨這丈餘遠近的樓板，再加上一個老媽，竟變作雲山幾萬重，把一對鴛鴦隔在兩下，連作聲也不能作聲。又暗恨如蓮是受了什麼病，怎連臉兒也不肯回過來。

好容易等得那老媽走了，屋裡只剩他們兩人，驚寰自想這可是時候了，便鼓著勇氣，把要說的話都提滿壅在喉間，兩腿發軟的，正要站起湊向她去，忽聽外面一陣電話鈴聲，接著就聽有人在外面隔簾說道：「大姑娘，毛四爺在天寶班請串門。」又見簾兒一啟，那個老媽又走進來，含笑向如蓮道：「十二點多了，還去麼？家裡又有客，說瞎話駁了吧！」如蓮慢慢轉過身來，仍舊長著臉兒，微微瞪了驚寰一眼，就向老媽道：「哼，不去？幹什麼不去！咱們幹什麼說什麼，告訴車伕，點燈就走！」

第四回　八方風雨會牢中摧花成符牒，萬古娥眉來夢裡得月有樓臺

那老媽吃個沒味，自出去吩咐不提。如蓮卻淺籠眉黛，輕啟朱唇，向驚寰恭恭敬敬的說道：「跟二爺告假，去串門，二爺請坐著。」說完也不等驚寰答言，就從衣架上摘下件薄綢子小夾斗篷，披在身上，一轉嬌軀，就翩然出去了。驚寰這一氣真非同小可，看如蓮的冷淡神情還不算，和自己說話簡直變成陌路人一樣，彷彿把以往恩情都忘了個淨盡。又想這毛四爺是誰？怎一來電話她就失神落魄的趕了去？看起來她是得新忘舊，果然這種風塵女子，都是水性楊花，教人捉摸不定，便自咬牙恨道：「你走，我也走！算我上了你這幾年的大當，從此再不認識你。」說著戴上帽子，正負氣而走，但一轉想，如蓮向來是個調皮的孩子，跟我那樣海誓山盟，就變心也不致變得這樣快，說不定這是誠心氣我。本來我拋閃她兩個多月，我雖自知對得住她，可是我的事也沒順風耳向她報告，她哪知道細情呢？那樣聰明的人，自不傻鬧，只有和我慪氣了。好，慪氣也罷，負我也罷，反正她得回來，我只沉下氣去，拚著這一夜的工夫，看個水落石出。我不是容易把她得著的，怎能為一時負氣，就割斷恩愛啊！想到這裡，倒平下心去，就仰在枕上，回思和如蓮幾年來的情事，權當自己解悶，越想越覺蕩氣迴腸便更不忍走了。直過有一點鐘工夫，幾次聞得人聲，驚坐起來，卻都不是如蓮，只還是那老媽進來照顧茶水，也搭訕著說兩句家長裡短。驚寰只含糊答應。

又過了些工夫，忽聽見屋裡又發現了腳步聲音，還疑是那老媽，但又覺得步履輕悄，不像老媽那樣笨重，忙抬頭看時，竟是如蓮回來，正在衣架上掛了斗篷，便翻身向這邊走。驚寰見她奔了自己來，好像一顆斗大明珠要撲進懷內，心中一跳，正要坐起迎接，不想她連頭也不抬，逕自走向床邊的小門，推開門一轉身，就走進那復室，砰的聲又把門關了。驚寰又吃了沒趣，只落得對著那個小門呆看，既不好意思叫她，又不敢跟進去，賭氣坐起來，自己嘴裡搗鬼道：「好虐待，好虐待！別忘了

我是到了你這裡，怎不賞一點面子，只顧你鬧小孩脾氣，我怎麼消受！好，咱就悶著，看誰理誰！」他這幾句話本在喉嚨裡吞吐，連自己也聽不清，說完又自倒下，凝神向復室裡聽，一些也聽不見聲息。

　　看手錶時，卻已一點半了，心裡不由焦躁，就犯了稚氣，伸手向板牆上搗了兩下，裡面也不作聲，驚寰氣得把頭髮搔得紛亂，又伏在床上喘氣。再遲了一會，忽聽從復室裡送出一種聲音，十分淒涼幽怨，細聽時，原來如蓮在那裡曼聲低唱。驚寰好久不聽如蓮的清歌，忽而在這時重聞舊調，不由得悚然坐起，凝神靜聽，只聽她唱道：「自古……道……恩多……成怨……我今果見……那位湯裱褙……呀……得地……忘……恩……才變了……他的心……腸……」唱完這兩句又自停住。驚寰聽著不禁一陣脊骨生涼，知道這是鼓詞《雪豔刺湯》裡的兩句，她唱著定是意有所指，故意給自己聽。正要隔壁答言，只聽裡面又淒然唱道：「想……人間……女子痴心……男……多薄倖……忍教妾……空樓獨……守……綠鬢……成霜……」驚寰聽完，才知她這些日不知如何哀怨幽思，此際才藉著曲詞傳出了情緒，不由得心中慘切，幾乎落下淚來。又加著觸景興懷，自己忍不住，就接著那曲裡那原詞，也且說且唱的道：「卿卿你好……多疑也……我除非……一死……方銷……這情腸。」（附註文中加「……」處，皆表示行腔拖逗，非有所刪節也。）唱完了又不知該再說什麼，隔壁也不再作聲，兩下裡又重歸寂靜。一會兒如蓮那邊又自己作冷笑聲道：「真有自認是湯勤的，我才知道世界上還有個湯勤。」

　　驚寰可再忍不住，就拍著板牆叫道：「佛菩薩，你別攪了，幹什麼說起了沒完？我心怎麼受？你不痛快我知道，可也得容我說話。」他說完這句話，才想到自己的新婦也曾向自己說過這種話，不由一陣心裡發麻。就聽如蓮接腔道：「您跟我們臭窯姐有什麼可說？閒的沒法了才來拿我們開心。您認識我們幹什麼？天不早了，請回吧，暖房熱被的，小

太太又正等著，在我這裡還膩得出二斗穀子來？」驚寰聽了，正觸著自己心病，叫不出來的撞天冤屈，便自頓足道：「我早料到是為這個，我這冤往哪裡訴？我有良心，我對得起你，你容我說，容我說！」如蓮又冷笑道：「說什麼？脫不了是一套瞎話，不勞駕你說。花說柳說，我也不信。」驚寰可真急了，又犯了小孩兒脾氣，自己在床上翻滾著道：「我冤，我冤，你不信，我死，我死！」說著竟哭出來。如蓮在隔壁也聽出他的聲息改變，才叫道：「你進來，有冤上訴。」

　　驚寰這才拭拭眼淚，推門進到復室。只見這間斗室小得非常精緻，幽黯黯的滿屋都是葡萄顏色。如蓮已換穿一件銀紅小襖，正斜倚在一張極玲瓏精便的小銅床上。床頭小幾上放著一盞葡萄色燈泡的帶座小電燈，映著她的嬌面，更顯出一種幽靜的美。驚寰進得室內，本來心裡就充滿著滔天情感，霍的撲到床上，正要拉住她的手兒細訴衷情，卻被如蓮一把推開，寒著臉道：「少親熱，離遠點。你是你，我是我。你是少爺，我是窯姐。」驚寰站著委屈道：「你一句話也不容人說，不知道是什麼回事，就犯小性兒！人家今天好容易擔著徒罪出來，你就這們狠心，蹲我坐兩三點鐘，也不理人，知道我心……」如蓮不等他說完，就翻著杏眼道：「嘔嘔，蹲你兩三鐘點，怨我不對！當初你上學的時候，老師教你識數了沒有，是兩三點鐘多，還是兩三個月多？你這兩三點鐘受不了，人家這兩三個月怎麼過？姐兒炕頭坐，冤家邁門過，姓陸的要是有良心，就拍著想一想！」

　　驚寰自想這可到了分訴冤枉的時候，又愁她聽了不信，只可學著若愚當初對自己使的把戲，忙咕咚跪在當地，眼淚橫流的道：「我賭誓！」如蓮還自負氣，見他這樣，忙趕過拉住道：「不年不節，大少爺犯什麼毛病？快起來，看髒了衣服！」驚寰倒推開了她，自己仰面說道：「我要有一句謊話，教我萬世不得人身，死無葬身之地。」如蓮這才嚇變了顏色，

忙掩住他的嘴道：「幹什麼這樣，我逗你，別胡鬧，快起來！」驚寰更不理她，只滔滔把二月初五從鶯春院回家以後一直到今天的經過，都細細說出來。說完又補了一句道：「隨你信不信。你不信，我真沒了活路，過兩天你聽我的死……」如蓮沒等他說完，已死命的將他拉起，推他倒在床上，卻自伏在他的懷裡，也跟著驚寰嗚咽起來。

驚寰見如蓮竟已投懷共泣，知道自己的真情已感動了她，心裡一陣舒適，倒把這些日的鬱氣都宣洩出來，竟自哭了個無休無歇。如蓮陪著他哭了一會，先站起自己拭拭眼淚，就把他掩著面的手搬開，自用小手帕給他拭著淚，道：「傻子，別鬧了，怨我冤枉了你！可是你好幾月不見，我知道是什麼緣故？可憐又沒處去打聽，想你想的不知多們慘呢！夜裡一閉眼就看見你，哪一天也沒睡過兩點鐘的安穩覺。方才打扮著還不大顯，現在胭脂粉落了，你看我臉上瘦的真像小鬼。我這種罪孽能向誰訴？等你你又不來，咳，你知道我怎樣咬牙恨你呀！難想的到你也受這些罪呢！好人，你別再哭，方才是我冤枉你，反正這些日咱倆都沒好過，誰也對得住誰，不必委屈了。起來，看你哭的小醜臉，再哭姐姐不哄你玩了！」說著把驚寰拉得坐起，她自己去端進來一盆臉水，教驚寰洗了臉，又推他坐到鏡前，輕舒纖手，替他用潤面的薄粉撲了臉，自己也草草的用脂粉掩蓋了淚痕，仍拉驚寰同坐在床上道：「我的天，我才知道想人是這樣難過。以後再有這種事，你千萬給我來封信！他們說剮罪難受，想人好受。我寧可受剮，也不願意想人。可是不想哪成，怎由自己呢？」

說著端詳驚寰道：「你倒不顯很瘦啊！」驚寰嘆息一聲道：「你哪知道，我死都要尋過！」說著又把回家第二夜睡在書房時的思想說了一遍，又嘆道：「幸虧我想開了，咱們約定是三年，不必一時想不開。要不然真許見不了你的面！」如蓮聽了，也牙咬朱唇忍著淚，向驚寰淒然

相看。兩個默然對怔了半晌，如蓮見驚寰臉上還是淚光瑩瑩，便偎著他道：「你還要難過？好容易今天咱見了面，還不拋開愁煩，先想痛快的樂一會！」驚寰道：「我只覺心裡鬱氣還沒發洩淨，恨不能再摟著你哭一場。」如蓮替他攏著頭髮道：「傻子，咱倆見面容易嗎？樂一會不比哭一會好？我想開了，見面倆人就享眼前的樂，離開了再各自去哭，反正你的好臉給我看，我的好臉給你瞧，剩下醜臉去照顧他們。現在你不是悶嗎？方才我從外面回來，正好的一天明月，你先豁亮豁亮。」說著站起把迎面玻窗的淺碧窗簾打開，立刻一鉤斜月照入屋中，映著屋裡葡萄色燈光，合成了異樣的幽趣。如蓮便招呼驚寰，同走到窗下一隻小沙發上，坐著互相偎倚。

驚寰這時見明月當頭，美人在膝，知道是人生難得的景光，便暫拋愁煩，凝情消受，向她耳鬢廝磨的溫存一會。忽然想起外屋對聯上署自己名字的事，便問如蓮道：「你的客友裡可有和我同名的？」如蓮聽了忽然跳起來道：「你不是問的外間那副小對子麼？」驚寰點頭。如蓮忽然一笑，就扭身跑出去，一會又含笑進來道：「你不是正犯鬱氣麼？我先給你解解悶，看點新鮮景緻！」說著拉了驚寰，走出外間，先把電燈熄滅，然後走到後牆大壁鏡旁，自己先對鏡旁壁上一條牆縫覷了一下，就拉驚寰過去道：「這房子蓋得真特別，後牆和鄰家也只隔一層木板，要不這樣我也看不見西洋景。你靜悄悄看，萬別出聲！」驚寰依言上前，閉著一眼向板縫裡覷時，只見裡面是一間很古雅的臥室，燈光燦然，迎面一張大沙發上，卻有一件奇事驚人。

原來是一個赤面白鬚的老人，生得儀容甚盛，穿著紫色舊寧綢的長袍子，藍摹本緞的大坎肩，這是十餘年前的衣裝，更映帶顯得鬚眉入古，正拿著一本木板黃紙的書，捻鬚觀看。他懷裡卻斜倚一個真正古裝的女人，麗服宮裝，打扮得和戲臺上的楊貴妃一些不差，臉上又塗著脂

粉，吊著眉梢，看來十分俏麗，倚在那老人懷裡，一隻雪白的手去撫弄老人的髭髯，那一隻手卻在老人膝上拍著板眼，在那裡清音小唱。驚寰看著大為驚疑，還疑惑那邊是戲園的後臺，轉想卻又不是。再細看時，那戲裝的人竟自認得，哪裡是女人呢？原來是大名鼎鼎唱小旦的男角兒朱媚春。心下一陣明白，便暗自瞧料到這老者是何人。這時又見那朱媚春歪著粉頸，很柔媚的向那老者講話，那老者卻笑著作答，只瞧見嘴動，聽不出說何言語。又瞧了一會，便退轉身來，悄問如蓮：「這是怎麼回事？」如蓮正屏著芳息的伏在驚寰肩上笑道：「你瞧見了？走，咱屋裡去說。」說著拉了驚寰，仍回到復室裡，在沙發上坐下。

驚寰方看了這奇怪事體，還自驚疑，便問如蓮道：「我問你對聯的事，你怎拉我去看這個，這又是什麼新聞？」如蓮笑道：「你慢慢聽呀！那兩個人你認識不？」驚寰道：「那戲裝的是小旦朱媚春。」如蓮點頭道：「是。那老頭兒呢？」驚寰凝眉道：「我可是不認識，不過就朱媚春想起來，大約是那個大名士國四純。誰都知道朱媚春是國四純一手捧紅了的。看這情形，大約是了。」如蓮笑道：「是啊，後面正是國四純的外宅。名目是外宅，可沒有姨太太。不過國四純三兩天來住一夜，那朱媚春就來陪他。」

驚寰接口道：「這我倒明白，可是這半夜三更穿起戲裝唱戲，是什麼意思？」如蓮拍手笑道：「提起有趣著呢，不然我也不知道。從我挪到這憶琴樓來，國四純就同朋友來過幾次，極其喜歡我，煩門挖戶的定要認我作乾女兒。我一想沒有什麼上當，也就認了。他還捧過兩天牌，做了幾身衣服。這老頭子倒規矩，連手也不要拉。」說著含笑瞟了驚寰一眼道．「他要拉可得成啊！這老頭子就是口裡風狂，一提起朱媚春來，就拋文撰句的說一大套。我也聽不甚懂，只聽他大概意思說，古來的許多美人，他已看不見，只能在戲臺上找尋。他既有了這朱媚春，沒事到戲演

第四回　八方風雨會牢中推花成符牒，萬古娥眉來夢裡得月有樓臺

完時，就把朱媚春帶到這新賃的外宅，教他穿上各種戲裝，偎倚著享受一會。今天想西施，就叫他穿上西施的行頭，明天想昭君娘娘，就叫他改成昭君娘娘的裝扮。或是煮茗對坐，或是偎倚談心，再高興就清唱一曲。這樣千古豔福，就被他一人占盡。這老頭子也算會玩哩！」驚寰撇嘴道：「你別聽他說得高雅，這裡面還不定有什麼難聽的呢！」如蓮忽的粉面一紅，含羞笑道：「你的話我明白，可不能屈枉好人！這老頭子早就告訴我，他的臥室和這屋只隔一層板壁。我也調皮，夜裡沒事，就劃開紙縫去偷看，連看過四五次，見他們只是談笑歌唱，再不就是教給那朱媚春畫畫寫字。到四五更天，那朱媚春卸裝回家，老頭子也自己安寢，簡直除了挨靠以外，更沒別的難看樣兒。」

　　驚寰聽了，暗想那國四純本是前清遺宦，名望很高，從近了朱媚春，聲氣大為貶損，想不到內情居然這樣！果真如此，還不失為名士風流，看來外面謠言不可盡信。想著就又向如蓮道：「我問對子的事，你扯了半天，到底也沒說一句。」如蓮一笑，說出一番話來。想不到這隔壁閒情，竟與全書生出絕大關鍵。正是：含情看異事，已窺名士風流；掩淚寫悲懷，再述美人魔障。後事如何，且聽下回分解。

第五回

完心事花燭諧青樓鴛盟再定，
結孽冤芙蓉銷粉黛棋局初翻

第五回　完心事花燭諧青樓鴛盟再定，結孽冤芙蓉銷粉黛棋局初翻

　　話說驚寰和如蓮在憶琴樓裡，為詢問對聯的事，才引起竊窺隔壁的一段閒文。如蓮訴罷了底裡，驚寰又接著向原題詢問，如蓮笑道：「這你問什麼？驚寰哪有第二個？既落著你的下款，就算你寫的也罷。」驚寰拉著她伸手作勢道：「你也不管人心裡多悶得慌，還只調皮，說不說？不說看我擰你！」如蓮忙把柳腰一扭，雙手護住癢處，口裡卻笑得格格的道：「我說我說，你別動手，深更半夜，教人聽見，不定又猜說什麼，又該像小旋風似的，向我娘耳朵裡灌。」驚寰聽到這裡，猛然想起一事。便問道：「提起你娘，我才想起，怎麼今天不見？」如蓮抿著嘴道：「問我娘麼，現在夠身分了。古語說財大身弱，果然不假。我的事情不是好嗎，她一天有幾十元錢下腰，自然數錢折受得不大舒服。前天就說身上不好過，煩人熬了幾兩菸土，帶回家去將養，到今天也沒回來。」驚寰道：「你家還在那裡住麼？」如蓮點點頭，又將香肩向驚寰微靠道：「你不是正風雷火急的問我對聯的事？怎又胡扯亂拉起來？」說著也不等驚寰答話，就又接著道：「你聽啊，那對聯是國四純寫的。」

　　驚寰詫異道：「他寫的，怎會落我的下款？」如蓮笑道：「我的傻爺，怎這樣想不開，是他為我寫的呀！不是方才我對你說過，我瞧國四純那樣年紀，不奸不邪，每逢他來時，就真當他個老人家看待，他也很憐恤我，我那些日不是正想你麼？想得我成天神魂顛倒，有一日國四純來，瞧出我神不守舍，頭一句便問我是不是正想他的乾女婿，我自然不承認，哪知道這老頭子真會說，開導了我老半天，句句話都聽著教人難過，我也是為想你想得昏了，恨不得向人訴訴衷腸，到底小孩兒口沒遮攔，就把咱倆的事約略告訴了他。他聽了倒很是讚歎，又拋了半天文，說什麼這才是性情之正，又勸我務必志堅金石，跟你從一而終，萬不可中途改節。還說日後得了機會，還要見見你呢！我從那天更知道他是好人，加倍對他感激，過幾天他就送了這副對聯來，對我說，這副對子算

是他代那陸驚寰送給我的，教我掛在床頭，天天看著這上面的驚寰兩字，一則見名如見人，二則免得忘了舊情。你說這老頭子多有趣兒！他又說，他是老得快死了，世上的豔福已沒了分，不過還願意瞧著旁的青年男女成了美眷，比他自己享受還要痛快呢！」

驚寰聽了才恍然大悟，又暗自感念這國四純，果然是個有風趣的老名士，日後有緣，真該追陪杖履。想著便向如蓮笑道：「你的福分不小，又認了這樣一個乾爹，真給你撐腰。現在他既然拿出作爹的面目來，勸你跟我，將來我要真拋棄了你，說不定他還許端起岳父大人的架子來跟我不依呢！」如蓮聽了，忽然從驚寰懷裡掙出了身子，走到床上躺倒，嘆息了一聲，就閉目不語。驚寰情知又惹了禍，但不知是哪句話惹惱她，忙趕去坐在她身邊，握住她的手，才問了句「怎麼了？」如蓮已把手奪開，一翻身又躲向床裡。

驚寰又探身向前，臉兒偎著她的背兒，悄央道：「好妹妹，我又得罪你了，你說是為什麼，我教你出氣。」說著頭兒只在她背上揉搓，如蓮已躲到牆上，再沒處可躲，便倏然坐起來，自己仰望屋頂，冷笑道：「人心裡別藏著事，藏著事不留神就許說出來。本來時時就存著拋棄我的心，今天可說出來了，我算明白了。」驚寰這時才知是為自己說話欠斟酌，又惹她犯了小心眼，才要答話，如蓮又接著道：「我本是個苦鬼兒，有爹娘也跟沒有一樣，這乾爹更管不著那種局外事，您陸少爺滿不用介意，該怎著就怎著，莫說拋了我，就是殺了我，也沒人找你不依。本來您家裡已有了個好太太，自然拿我當了玩物。告訴你句放心的，我們本和少爺玩的小哈巴狗一樣，高興叫過來逗逗，不高興一腳踢開，這狗還敢咬人？」

驚寰聽了心裡好生委屈，又自恨說話太不打草稿，只可穩住心氣，輕輕搖撼她道：「妹妹，你說這話，難道就不怕出了人心？我為你把命

全下上了，你還擠逼我，教我還說什麼？我也不管迷信不迷信，除了賭咒，也沒旁的法。好，你起來，聽我賭誓！」說著便要下床，倒被如蓮一把拉住。驚寰搔著頭道：「空口說，你不信，賭咒你又不許，你教我怎麼好！」如蓮拉著驚寰，好半晌望著窗外的月色不作聲，沉一會忽然笑道：「傻子，急什麼，我逗你呢！看你剛梳順了的頭髮，又抓得像個小蓬頭鬼。」驚寰撅著嘴道：「好姑奶奶，只顧你拿人開心，可也不問人家怎麼難受，你以後打我罵我全好，積些德，別逗我了！」如蓮好像沒聽見一樣，又凝住了眼神，牙咬著唇兒，呆呆的不語。

　　驚寰又說了幾句話，也不見她答應，過了兩分鐘工夫，忽然她使勁抓住驚寰的肩膊，痴痴的道：「我這話再說真絮煩了，我本知道你跟我是真實心意，可是我總不放心。」驚寰著急道：「你又來了！真恨我不能把心掏給你看看。」如蓮默然道：「只為不能，我才不放心啊！本來你瞧不見我的心，我瞧不見你的心，就像隔著寶盒子押寶一樣，誰能知道盒裡是黑是紅？我就是死了，你還當你的陸少爺，可是你要跟我變了心，我這一世就完了，這是小事嗎？你還怨我絮叨。」驚寰聽她說得淒愴，也潸然欲淚，忙摟住她道：「你說的也有理，可是你應該知道我呀！」說著又頓足自語道：「老天爺！可難死我，我有什麼法子教你放心？」如蓮按著他的身子跳下床來，立在他面前道：「你別笑我傻，你應我一件事，我雖不放了心，也安了心。」驚寰道：「你說你說，我的命都屬你管。什麼事都應你。」

　　如蓮笑道：「是嗎？好，你等著。」說著一轉身走出去，須臾從外面抱進一對燭臺，一個香爐，驚寰認得這是堂屋供佛的。如蓮又從屋中小櫥裡拿出許多果品，用小茶盤擺了一盤蘋果，一盤桔子，一盤橄欖，一盤蜜棗，都移到窗前小茶几上，排成一行。又把燭臺和香爐放在正中，燃了紅燭，點著供香，立刻燭光煙氣，和窗外照入的明月，氤氳得這小

窗一角別有風光。驚寰瞧她收拾得十分有趣，卻不曉有何道理。如蓮擺弄完了，忙走過倚在驚寰身上，指著那香案笑道：「你瞧見嗎？」驚寰道：「這又是什麼故事？」如蓮又移身躲開，規規矩矩的立著道：「姓陸的，早晚我是嫁定你了，將來到了那天，一乘小轎把我搭進陸府，遍地磕頭，完了就算個姨太太。要想坐花轎拜天地，那樣風光風光，是今生休想的了。旁人不抬舉我，我不會自己抬舉？你看這個香案，只當供的是你家的祖先牌位，你要真心待我，現在咱倆就在這裡拜天地。以前空口的話全不算，今天有這一拜，咱們的事才算定局。咱倆要是賭咒發誓，也趁這時候，你要看我身分不夠，不配同你拜天地，或者要是已經後悔了呢，那就……」話未說完，驚寰已不再分說，竟拉著她的衣角，噗咚一聲便跪在香案前，如蓮急忙也跟著跪倒，兩個先互相一看，驚寰方要開口，如蓮滿面莊嚴的道：「賭咒只要心裡賭，不必說出來，只要是真心實意，自然心到神知。不然嘴裡說的厲害，腳底下跟著畫不字，也是枉然。」

驚寰聽了便不言語，兩個只跪在窗櫺篩月之下，燭影搖紅之中，被香菸籠罩著，各自閉目合十，虔誠默禱。過一會，張目互視，如蓮的香肩微向驚寰一觸，兩個便又偎倚著叩下頭去，四個頭叩完，互相攙扶著站直身來，同立在香案前，默然望著天上月光和窗前燭影，都覺心中從歡喜裡生出悲涼，卻又在悲涼裡雜著歡喜，似乎都了了一宗大事。

站了一會，如蓮悄然拉著驚寰，一步步的倒退，退到床邊，猛地向驚寰一擠，擠得他坐在床上，如蓮也撲到他懷裡，頭兒歪在驚寰胸際，嬌喘著嘆息。驚寰只覺她身上戰動得像觸了寒熱。半晌，如蓮才淒然嘆道：「這我可是你的人了。」說完又自嫣然歡笑道：「你再不要我也不成了，只這一拜，月下老人他那裡已注了冊，姻緣簿上有名，誰還掰的開！」驚寰聽她稚氣可笑，就撫著她的鬢髮，才要說話，如蓮又仰首憨

笑問道：「喂，這又難了，往後我叫你什麼？」驚寰也笑道：「那不隨你的便？」如蓮把小嘴一鼓道：「不成，你別看這裡是窯子，關上門就當咱倆的家，還許再用窯子裡的招呼，教人說天生賤種，總脫不了窯氣？」說著又正色道：「以後我就是你們家人了，再不許拿我當窯姐看待。」驚寰笑道：「始終誰拿你當窯姐看來？你卻常自己糟蹋自己。」如蓮自己擰著腮邊梨渦道：「我也改，我也改，這就是陸少奶奶……陸姨奶奶了，還許自己輕賤？」說完看著驚寰一笑，就擁抱著同倒在床心，乘著滿心歡喜，互相談到將來嫁後閨房廝守的樂趣，直如身歷其境，說不盡蜜愛輕憐。

　　膩談了半夜，直到天色微明，驚寰因昨天盡日奔忙，未得休歇，如蓮也因許多日刻骨相思，失眠已久，此夜又同時感情奮發，神經自然疲乏，這時更為加重了海誓山盟，心中驟得安穩，胸懷一鬆，都發生了甜蜜蜜的倦意，且談且說的，就都不自覺的怡然睡去。這樣偎倚著睡了不知多大工夫，如蓮正睡得香甜，忽被屋裡的腳步聲驚醒，先伸了一個懶腰，微欠起身，惺忪著睡眼看時，不由吃了一驚。只見自己的娘正立在窗前，收拾香案上的東西。那香爐燭臺業已不見，知道她已進來許久。那憐寶聽得床欄有聲，回頭看見如蓮已醒，便向著她微微一笑。

　　如蓮粉面緋紅，又無話可說，只可也向憐寶一笑。又瞧見憐寶笑著把嘴向驚寰一努，如蓮莫名其妙，便要去推醒驚寰。憐寶悄聲道：「教他睡吧，別鬧醒了。他幾時來的？」如蓮想了想，衝口答道：「昨天十二點來，住了一夜。」憐寶還未答言，驚寰業已聞聲醒了，翻身坐起，用手揉揉眼睛，先望望如蓮，又瞧見了憐寶。他因還在睡意朦朧，神智未清，不由得驚慌失色，忙把腳垂下地來，在床邊晃動著尋覓鞋子，卻忘了鞋子還自穿在腳上。憐寶看著好笑，忙叫道：「陸少爺再睡一會，天還不晚，才十二點多鐘。」驚寰聽得更慌了神，便跳下地來，也不顧和

憐寶說話，就自叫道：「糟了糟了，怎一沉就睡到這時候，查出來又是麻煩。」就跳著尋找衣帽要走。如蓮拉住他道：「忙什麼？起晚了誤什麼事？有天大的事也要洗臉吃點心再走。」驚寰揉著眼發急道：「你不知道，這工夫我父親早起床了，要查問我知道不在家，又有罪受。」憐寶又接口道：「就是忙著不吃點心，也該洗臉再走。」說完就向外面喊了一聲「打臉水」，外面有人答應，驚寰只得焦著心等候。

這時憐寶向如蓮道：「要不我也不這們早來，你不曉得咱家又出了新鮮事，你那個爹又回來了。」如蓮方一怔神，憐寶又接著道：「就是上次跟咱慪氣走了的，如今又沒皮沒臉的跑回來，大約是聽見咱剩了錢，又跑來找樂子。這回倒客氣了，教我接你回去看看呢！可是老夫老妻的，我又說不上不留，所以想跟孩子你商量商量。」如蓮怔了一會，才道：「什麼話呢？爹回來不是喜事？我更應當孝順。爹倒是好心人，您別錯想。」說著就有旁的僕婦送進來洗漱器具，驚寰牽記著回家受責，也不顧聽她母女說話，胡亂洗完臉，穿了衣服，瞧了瞧如蓮，向憐寶說句「明天見」，便自走出。那憐寶也正有事在心，沒心情花言巧語，只虛讓了一聲。如蓮卻十分焦急，知道他這一去又不知何日再來，想著有許多話和他說，卻因憐寶在旁不便，只可裝作送出，和驚寰低聲說了一聲「得便千萬勤來，別忘我苦」，也沒得驚寰答言，便眼看他出屋而去。她們母女自回小房子去家人相聚不提。

卻說驚寰出了憶琴樓，忙忙地坐了洋車趕回家，才一進門，就見老僕郭安迎面說道：「少爺，你又上哪裡去，到這時才回來？裡面都等急了！」驚寰大驚問道：「怎麼？老爺找我了麼？」說著臉上嚇得面無人色，郭安笑道：「您別害怕，不是老爺找，表少爺從十一點就來，在書房等了你一點多鐘咧！」驚寰聽了，才略放下心，自己擦擦冷汗，便自走進書房。只見若愚正坐在桌邊，看他寫的白折，神色安然，依舊不改常

度。見驚寰進來，便笑道：「表弟來了，恭喜你，白摺子寫得不錯，就中了探花郎。」說著見驚寰不懂，便又申說道：「昨夜晚出去，這辰光才回來，上哪裡探花去咧？」驚寰臉上一紅，便打岔道：「表哥，你幾時來的？是不是才出習藝所？上後邊去了沒有？」若愚笑道：「九點多鐘就放出來，到家裡一看，就跑來謝你，直蹲了我這半天。你大清晨不在家，情知你又上那地方瞧相好的，怎敢到後邊給你惹禍？」說著就又把自己為到賭局閒坐被抓的經過，略述了一遍，並深謝了驚寰的奔走。驚寰謙遜了兩句，兄弟兩個便閒談起來。

若愚故意勾挑道：「表弟，你這些日常出去嗎？」驚寰撅著嘴道：「你真犯了罪下獄，還是短期。像我才是永久監禁的囚犯。兩三個月，只昨天為你的事出了一次門，夜晚又借你為由跟娘說個瞎話，又出去一次。這次回來算是野鳥又入了籠，不知哪年哪月才得寬恩呢。」若愚聽了故意作色道：「我姑丈脾氣也是太滯，管兒子也得有煞有放，哪許一關就是好幾個月？就是管賊也不至這樣！等悶出病來，又該傻了。等會兒我見姑丈給勸勸，過了這些日，氣也該消了，或許準你討保釋放。可是我脫不了保人的干係，你要給我作臉，倘然再出去胡鬧，惹出事可對不住我！」驚寰忙站起作揖打恭道地：「好表哥，你慈悲慈悲，給討個人情，把我饒了，我什麼時候也忘不了你。」若愚笑道：「呸！你還是忘了我好，別等到你跟那個小情人如此如彼的時節，再念誦我，那我該打紫花噠噴了。」驚寰聽了又羞惱不依，就和若愚揉搓了一會。

這時僕人已擺上午飯，兄弟倆同桌吃了，到飯後惹愚才進裡院去。驚寰自在書房靜待好音。等過一兩點鐘工夫，若愚才從裡院出來，進書房先向驚寰長揖笑道：「恭喜賢弟，從此你算變了自去自來梁上燕，好去陪你那個相親相近水中鷗。我可不容易，差些說破了嘴，姑夫才應我告訴門房不攔你出門，你賠我嘴皮。」驚寰驚喜道：「是麼？」若愚道：「怎

麼不是？不過請你原諒我，卻對不住你那個情人，跟姑丈說，驚寰認識的婊子已害弱病死了，再沒處去荒唐，姑丈才放心應允，可是白摺子還須照寫。」

　　驚寰斜了他一眼道：「紅口白牙的，為什麼咒人？」若愚撇著嘴道：「嘖嘖嘖，怨我咒人，你既不願意，好，等我再去告訴姑丈，說那婊子沒死，驚寰出去大有可危，特此更正，請將成命收回，並祈嚴申門禁。」說著轉頭就向外走，驚寰忙一把拉住，又陪笑央告道：「表哥瞧我，成事不說，既往不咎，積些陰功吧。」若愚一笑也就罷手。又互相談笑一會，若愚別去。

　　驚寰居然在家裡忍了一夜，到次日又忍了一天，熬到夜裡，可忍不住了。十點鐘過後，便梳洗出門。門房中因奉了上面的話，並未攔阻。驚寰到街上雇了車，一溜煙跑到普天群芳館後身，進了憶琴樓，由夥計讓到樓上一間小屋中坐下，那夥計喊了聲「大姑娘」，沉一會便見如蓮柳眉深蹙，玉靨含嗔，帶著怒色愁容，裊裊婷婷走進。瞧見驚寰，粉面忽然生了無邊春色，那櫻唇裡的小白牙兒，自然的輾然微露，站在驚寰身邊，只望著他笑。驚寰見屋裡有夥計出入，不好意思說話，如蓮卻已經伸玉腕，將他頭上的帽子摘下，悄聲道：「昨天回去沒挨說麼？我直擔了兩天心。哦，一定沒破案。」驚寰不曉得她何以知道，便愕然相視。如蓮笑道：「我會算卦，出名的未卜先知。你真是糊塗行子，這還不好明白，昨天要破了案，今天你會出得來？」驚寰方覺恍然，不由也笑了。

　　這時屋裡已菸茶俱備，只剩下他們兩人。如蓮向屋中四面看了一眼，自己皺了皺眉，又咬牙發恨。驚寰道：「罰你罰你，昨天才說得好，你又給我醜臉瞧了。」如蓮強自笑道：「不是給你醜臉瞧，這間破屋子怎麼教你坐？偏偏我那屋又教癩皮象搭了窩，一時騰不下來，這怎麼辦？」驚寰笑道：「你何必著急，在哪屋不是一樣，我還在乎這個？」如蓮寒

著臉道：「你不在乎我在乎，眼睜睜咱的屋子，教臭母豬打膩，咱打不進去，這還有天理嗎？偏這裡的缺德規矩，不許趕他們走，膩了七八個鐘頭了，我只躲在旁屋，連面也不見，還撒潑打滾的不走，大約是看準了墳地，要在這兒壽終外寢咧！五六個人狼號鬼叫，你聽，教人真討厭死。」驚寰側耳聽時，果然從裡面如蓮屋裡送出雜亂像破鑼的歌唱聲，還有個破胡琴夾在裡面吱口醜，真教人聽著刺耳。如蓮拉著驚寰，怔了半天神，忽然眉頭一展，用玉臂環著驚寰的脖頸，欣然笑道：「喂，我問你假如將來我嫁你以後，咱們受了大窮，一同住在破瓦寒窯，你受得了不？」驚寰笑道：「你就是我的高樓大廈，只要守著你，就是在狗窩裡我也當是天堂。」如蓮輕輕在驚寰頸上噓著氣道：「你這話是真的？」驚寰點頭，如蓮道：「好，咱們今天只當受了窮，先在這破屋裡避難，讓他們給我看屋子，咱們在這兒先樂。反正這裡不是他們羅氏先塋，早晚有個滾蛋。」說完就飄然走出，沉一會進來，手裡端著個小攢盒，盛的是些果品零食之物，放在小床上面，拉著驚寰疊坐對食。

　　如蓮拿起一片桃脯，自己咬了一半，剩下的填到驚寰口裡，忽的嫣然一笑。驚寰道：「你笑什麼？」如蓮又拍著床格格笑道：「我笑天底下竟有不懂香臭的，給他一塊驢糞球，會抱著當元寶肉。這人你也見過，當初我在松風樓上臺，龍鬚座上不是總坐著個大黑花臉，常對著我邪叫？他捧我比你還早呢！」驚寰道：「哦哦，我記得，有這們個粗人。」如蓮笑道：「豈止粗呢，簡直不是人！他姓羅，也是開窯子出身，我進鶯春院，他還捧了牌飯局，差些沒教我們耍殺，氣得賭誓罵街的跑了。我想他一定恨苦了我，不再來了，哪知昨天又趕了來，打了三四點鐘的茶圍。我只給他個三閃一送，連話也沒說一句。人家不識數的，居然開了十塊錢的盤子，你說新鮮不？我也明白，他是要學個烈女怕磨夫，長線放大風箏。嘻嘻，小子錯想了，就憑他鐵梁磨成針，也別想我正眼看一下。」

驚寰聽著卻暗自感想：人的階級，真關係非淺，我迷戀如蓮，就成了感恩知己；這姓羅的也一樣愛她，卻只落她討厭，看起來他倒很可憐。再說他那樣一個粗人，竟也能看出如蓮的好處，倒不失為與我同心。不過像如蓮那樣孤介，怕這一世也不會給他個笑臉看，我要是他，真傷心死了！想著便道：「你又何必這樣固執，他既如此仰望你，你就稍為給他點顏色，也不為過。」如蓮聽了，怫然變色道：「咦，這話會從你嘴裡說出來！你的女人，能教她給別人點顏色，你還是不拿我當你的人哪！不然你不會說這話，照樣看我是小窯姐，大道上的驢，誰愛騎誰騎。好，依你依你，我就去……」說著站起向外便走，驚寰連忙扯住，自知又惹了禍，非是一半句話所能解釋，只可走個近路，扶著她的肩兒，便跪在床沿上。如蓮回頭看見，噗哧笑道：「瞧你這鬆樣，高了興就順口胡謅，惹了禍就立見矮人，教我哪隻眼看得上！」說著便按驚寰臥倒，自己坐到他懷裡道：「我也知道你是無心所說，可是人家聽著多們寒心？誰家男人能教媳婦跟旁人去上勁？也許只你們陸家有這規矩。」驚寰陪笑道：「完了完了，難道我就白給你下一跪，還不饒人。」如蓮笑道：「不看你嚇得小可憐似的，今天我……」驚寰不等她說完，便接口道：「你也是饒我，你不疼我還疼誰呢？」如蓮微擰著他的嘴道：「看你這小嘴多會說話，真是打哭了哄笑了，我算怕你。」

　　正說時，忽見門簾一動，似乎有人揭開個小縫兒朝裡看，接著又人影一晃。如蓮喊道：「誰呀？」忙立起趕出去，只聽一陣腳步聲走進對面屋裡，到掀簾看時，業已不見人影。如蓮氣得罵了一聲，又走回來，還恨恨道地：「這有什麼可看，屋裡沒大河，倒出來王八探頭兒了，也不怕害眼，瞎你們個混帳東西！」說著又向驚寰道：「我早知道這間屋子犯病，凡是上廁所的，都從這門前過，有討厭鬼就探頭探腦。」驚寰道：「罷呀，看也看不了什麼去，咱們也不怕看。」如蓮仍坐在他身畔道：

「不是怕看，是可氣，他們欺負人！」

　　說著，忽聽那邊屋裡嗆啷啷的接續著發出許多奇怪聲音，細聽像好些塊洋錢從高處落到桌上，接著就聽有人跳得樓板山響，高聲罵道：「他媽的，咱爺們不能嫖了，人死兔子活的年頭，只要年輕俊頭，不管夠朋友不夠朋友就得姑娘的寵。這種兔子也恨不得認窯姐當親媽，都鑽進××裡去偷摸，把花錢的大爺扔到水桶裡，我把你小兔子的，是人物你出來！」這個人罵到這裡，又有人接著罵道：「九爺，瞧我的，只要這小東西敢露頭，我立刻教他見見世面！這地方是好朋友來的，仗著俊頭找便宜，你走不開，不服你出來。」旁邊又有幾個人也跟著鼓噪，驚寰聽那聲音是出在對面如蓮屋內，卻不知他們是向誰叫罵。如蓮卻聽得變了顏色，暗料道：「方才定是羅九的一般人到這屋探門縫，看見自己和驚寰的親密情形，回去報告了羅九，他本就被甩情急，再加上吃醋，自然鬧起來。」不由得芳心亂跳，自想我雖不怕他們，驚寰可是個公子哥兒，要吃了虧怎好？這時驚寰問道：「你那屋裡的客是和誰打架？」如蓮咬牙變色道：「傻子，你還聽不出來？」說到這裡，又恐說明了教驚寰擔驚，忙改口道：「你不知道，這群東西不定又鬧什麼。」

　　正說時，只聽外面有夥計喊「大姑娘」，如蓮應了一聲，忙回頭囑咐驚寰道：「你只在屋裡坐著，不論誰招呼你也別出去，我去看看就來。」說完就慌慌張張地出去。驚寰因為自己並未惹人，絕未想到他們是罵自己，不過只擔心怕他們打起架來，如蓮夾在中間受了誤傷，便站起來立在門邊，隔簾窺聽。只聽如蓮已走進那邊屋裡，朗聲說道：「眾位二爺，方才是哪位鬧氣，這裡誰敢得罪二爺們？」

　　「眾位來到這裡，就是照應我，多少得賞我點面子，有什麼事慢說。大燈花兒的時候，別攪人夜開窯子的買賣。」接著便聽有個粗啞喉嚨喊道：「完了完了，咱這錢不能花了。」接著就聽如蓮頂著道：「二爺花錢

的事本是隨心草，想在哪裡花在哪裡花。眾位要捧我呢，我承情。要不願意在這裡花呢，我也沒拉著扯著。眾位哪裡花錢不為找樂？何為單在這裡慪氣？」驚寰聽如蓮說話，太為冷硬，怕她惹翻這群粗人，吃了眼前虧，自想這些人要敢和如蓮動武，我便拚出死去，也要把她救出，便自暗暗挽袖提鞋的準備。哪知那些人聽了如蓮這一番話，半晌也沒人答語。

後來又是那粗啞喉嚨喊道：「你這裡我是不能來了。這裡是敬小不敬老，只有小白臉兒吃香，熟語說父子不同嫖，既是我兒子招呼了你，我哪能再來！」又聽如蓮回語道：「二爺別說便宜話，除了有錢王八大三輩的人，其餘上我這兒來的大小都是爺字輩。」驚寰從沒入耳過這種市井俚語，哪裡聽得出那人所說的兒子是罵的自己？更聽不出如蓮口角尖利，已替自己找回便宜，反倒罵了他們。這時又聽另有人說道：「錢不是開了嗎？哥們咱走，到外面等那小子！」那粗啞喉嚨冷笑道：「走倒好走，可得走呀，我盡不走呢，非要跟那小子打個兔滾鷹飛！那小子要是懂事的，教他出來，跟大爺打個照面。」接著又有人道：「對對，咱就跟他耗著，給他個厲害瞧瞧！」又聽如蓮高聲道：「眾位這是跟誰過不去？要是跟我請說話，我既幹這個，沒事不敢惹事，遇上事也不能怕事。」

這時那粗啞喉嚨卻妮聲道：「我怎能跟你過不去？愛你還愛不夠呢！就是跟對屋那小子，教他把眼擦亮點，敢攪我羅九爺的人兒，留神兩只腿。」驚寰聽到對屋那小子幾個字，才知他們是和自己吃醋，不由嚇得心裡亂跳，忙偷隔簾縫向外瞧，又聽如蓮沒好氣地說道：「眾位不走，就坐著，這本是耗財買臉的地方。」說著見她一摔簾子，便走出來，進了這邊屋裡，正撞到驚寰懷裡，就一把拉住驚寰的手，對著他落下淚來。

驚寰摸著她的手已氣得冰涼，便安慰她道：「瞧你氣得這樣，跟他們這群人還真生氣？」如蓮走到床邊坐下，望著驚寰怔了半晌，幾乎把

兩道彎眉愁得都皺到一處，忽然嘆口氣道：「還是告訴你吧，不然也許誤事。你說他們罵的是誰？罵的是你。這群不通人性的東西，沾了爭風吃醋，什麼事都辦得出來。其實沒有大不了，不過你這樣的人，不犯受他們的屈。」說著見驚寰臉上變色，忙又安慰道：「你不必怕，他們也只嘴裡鬧得凶，難道說世上沒了王法？不過咱們不值得跟畜類計較，在這裡有我呢，你萬吃不了虧。」說完自己又沉吟一會道：「惹不起咱躲得起，我看你……不如……」說著又狠狠心道：「不如回去吧！要是他們先走了你再出去，我倒不放心。讓他們攪，反正沒咱們日子長。你明天日裡再來。」便替驚寰把帽子戴上，又自己從袋裡拿出兩張鈔票放在桌上。

　　驚寰問道：「這是什麼意思？」如蓮道：「從你來哪一回不是這樣？不過你沒看見。這會兒問這閒事幹什麼？走吧！我送你出去。」說罷推著驚寰出了屋子，輕輕的相隨著下了樓。走到門口，驚寰便教她回去。如蓮道：「我索性再送你幾步。」說著抬頭見巷中並無行人，就和驚寰並肩挽手，向巷口走去，悄悄向他道：「這都是咱們的魔障，你也不必懼怯，明天千萬來。」驚寰點頭道：「一定來，三四點鐘必到。」說著已拐過巷口，兩人正要分手，忽見牆角電燈桿下黑忽忽的蹲著兩個人影，忽然其中一個歪帶帽斜瞪眼的流氓式人物，迎頭向他們走來，冷不防向驚寰身上一撞，幾乎把驚寰撞個龍踵，卻反向驚寰雙目大叱道：「你這小子，怎走路不長眼睛，愣往人上走，把我的鞋踏了。小子，賠鞋！」驚寰哪經過這種陣式？見這人突如其來，混橫無理，不知該如何應付。正在張口結舌，那人又叫道：「小子！你不賠，今天打完你再打官司。」說著就要抓驚寰的衣領，電杆下蹲著的那個，也跑過來，作式要向驚寰毆打。

　　這時驚寰已嚇得沒了脈，要逃都跑不動。如蓮卻已挺身跳到驚寰面前，遮住他的身體，口裡卻岔了聲音地狂喊巡捕。那兩個人一驚，只從

驚寰頭上把帽子抓去，便竄入黑影裡跑了。如蓮這才扶著驚寰，替他撫摩胸口，連說：「別怕別怕，他們都跑了。」驚寰須臾驚定，才顫顫道地：「這都是哪裡的事？憑空跳出人來打架。」如蓮也翻著眼道：「怎今天淨遇見這種事？哦哦，這裡面怕有說處，要不是我跟出來，還不嚇壞你？這裡不能久站，有話明天再說，咱快上街口，雇洋車你快回家。」說完拉了驚寰奔到街口，喊來輛洋車，瞧著驚寰坐上去，直看車走入人群鬧市之中，知道再沒危險才踽踽回到團隊裡，自去納悶不提。

　　再說驚寰跑回家去，悄悄叫開門，溜進書房，摸黑兒捻亮了燈。原來就帶著驚悸悲煩，到房中又添了寂寞，自想要倒頭便睡。走到床前，見衾枕已鋪陳得齊齊整整，茶几上擺列著幾樣精緻果品，床頭又多了個小花包袱，打開看時，原來是嶄新的一件花紡綢長衫，一件青紗馬褂，還有一身洋縐緊身內衣。驚寰看了不解，正自詫異，鼻端忽聞得一陣馨香，既濃且冽，自疑惑道：「這屋裡沒擺花兒呀！」及至轉臉看時，只見臨窗桌上的哥窯小花瓶裡，卻承著一叢綠莖，原來是青蔥的艾葉，不禁自嘆道：「我真過昏了，不想一轉眼又到五月節咧！」他念到五月節，已然悟到床上衣服的來源，暗道：「是了，這衣服定是新婦給我親手裁縫，算是送我的端陽節禮。顏色還真可我的意，大可穿起來試試。倘若可體，明天去看如蓮，便好穿著去。」

　　想著便要拿起伸袖，忽自轉念道：「我別上當，這又是她的法術，借衣服來試我的心。我若穿了，就算受了她的賄賂，又像跟她有情了。不穿不穿，一定不穿！可是人家為我真費盡了心，我這不太狠嗎？」略一沉吟，忽又自己頓足道：「我又想這個了！心懸兩地，混帳東西，簡直扔在一邊，裝個沒看見，豈不乾脆爽快！」想著便把衣服包好，丟在椅子上，自去上床安寢。回想方才所遇的事體，窯子裡被羅九罵了一頓，出來又遇見強盜式的流氓，怎這樣巧？一連就遇兩樁逆事，真有些蹊蹺。

幸虧如蓮衛護著我，要不然還不定怎樣，她一個弱女子，平常嬌怯怯的，想不到遇了事竟這樣勇烈。我一個男子，倒要受她的保護，真可愧得很！又想如蓮這樣膽大口辣，哪裡是她的素習，不過只因為了我，不敢的也敢，就全拚出去了。有此等真情，什麼事不能作？平常我只覺她可憐可愛，到今天才又知道她更可敬呢！可是她如此待我，我將來該怎樣報答她呢？

這樣想了一會，再回憶到那些流氓，不由又自膽怯，憶琴樓雖是個銷魂所在，卻又是危險地方，倘或常遇見羅九和那群流氓，倒教人可怕，日後去了，定擔驚受恐的不得舒服。想著又自奮然道：「如蓮能為我拚命，我怎不能為她受屈？誰敢無故殺人？就是有人殺我，我為如蓮死了也值得。」他這樣想來，心裡倒覺一鬆，竟自睡去。到次日清晨醒來，吃過午飯，等到兩點多鐘，才帶著一團高興，慢慢地走出家門。因見天氣晴和，又想到昨天和如蓮約定的是三四點鐘，此刻去似嫌太早，便不僱車，自己緩緩的走了去。一路絕不東瞧西望，只低著頭默想和如蓮廝守時的情趣，見面時該說什麼，又怎麼哄她高興。這樣的且想且行，倒忘了路遠，只覺不大的工夫，便走到普天群芳館的門首，瞧瞧手錶，已經過了三點，知道正是時候。從這裡進巷，不多幾個轉折，就是憶琴樓。

進去便可跟情人握手歡聚，不由得意下欣然，就興匆匆拐入巷口，仍舊低著頭，走了不到幾步，忽聽遠遠的有人喊了一聲，只聽得一個「陸」字，聲音十分耳熟。抬頭看時，卻不見有人，疑惑自己聽錯了，或是喊的人不是叫自己，略一駐步，仍要前行。不想這時又聽有人喊了一聲「陸」，接著便見從前面一家小鮮果鋪裡，出來一個穿湖色旗袍的女郎，直向自己跑來，細看時竟是如蓮。如蓮跑到驚寰跟前，嬌喘噓噓的先顧不得說話，就抓住驚寰手。驚寰還以為她正在鮮果鋪買東西，瞧見自己，跑來迎接，便握著她的手，仍要向前走去。如蓮這時才喘過一口

氣，把驚寰拉回來道：「別走，那裡去不得，跟我來。」說著扯了驚寰，慌慌張張地仍向來路走去。

　　出了巷口，穿過大街，又走入一條小巷，如蓮才放慢了腳步，鬆了驚寰的手，喘了一口氣道：「你這時才來，我在鮮果鋪等你有一點鐘。我知道你來必進這條巷口，所以在那裡迎著你。幸虧你沒從別的路徑闖進去。」驚寰愕然道：「怎的？你迎我幹什麼？」如蓮咬牙道：「咱們也不是哪一世沒燒高香，竟遇著這些魔難。聽我告訴你，昨天你走了，羅九那群東西也跟著滾了蛋。我就估量著事情奇怪，怎麼好不生的都找尋起你來？輾轉著我半夜也沒睡，想不到今天才過了正午，羅九那群人又冒了來。我正在屋裡睡覺，不睜眼的夥計就把他們讓進外屋，夥計不敢得罪他們，要喊醒我，他們倒像會體貼人似的不教驚動我。其實我早醒了，只躺在床上懶得出去。他們以為我還做夢呢，就唧唧咕咕的說他們臭狗風的黑話。我什麼不懂得，又只隔著一道板牆子，影影綽綽的聽他們說，要跟你打架鬥毆──也不明白他們怎會知道你姓陸，又說外邊也預備好了人，哪裡遇見就哪裡打。這一下真把我嚇麻了脈，趕緊穿衣服下床，看看鐘，幸喜還不到兩點，草草地洗了臉，出去應酬他們幾句，就跑到門口站了會，果然看見有三四個橫眉豎眼的落道人，在巷裡來回巡遊，昨夜搶你帽子的人好像也在裡面。我看這種情形，料著定是他們要跟你鬧事，又不明白你只上我這裡來過兩趟，又沒得罪人，怎會招了這麼大的風。我也顧不得細想了，只怕你一步闖進來，吃了他們的虧。你一個少爺學生，哪禁得這個，要教他們沾一指頭，再槍斃了他們也順不了氣。我一時沒了主意，只站在門首怔著。後來一想不好，你只要進了胡同，他們一定動手，說不定地面巡捕也跟他們合著，那時我再長出八隻手也護不住你。所以跑到巷口等你，想把你迎回去就沒事了。哪知等得工夫太大，走路的人都遠遠的圍著我看，我不好意思，才進鮮果鋪

去買紙菸，不想你正跑了來。看起來這憶琴樓你不能來了。」

　　驚寰聽完，急得筋都暴起，發急道：「這都是哪裡的事？盡遇這些冤孽。憶琴樓不能來，我怎麼見你？難道說咱們就這樣讓他們攪散了？他們攪得我不能見你，我也活不了，不如跟他們拚了這條命！」說著就要往回跑去，如蓮忙橫身擋住，道：「你拚死，跟他們不值得。」說完又拉驚寰照舊向前走，驚寰扭著脖子道：「不拚命怎成？眼睜我以後就見不了你。」如蓮把手裡才買的紙菸抽出一支，遞給驚寰，替他劃火柴點著，忽地一頓小腳，笑道：「好傻好傻，你怎只一條心眼？我不是賣給憶琴樓的，不許離開這裡嗎？這裡你不能來，我不會挪到別處去？再說我下窯子是為你，沒有你來，我還下什麼窯子？這處不好上那處，要是全不好，我還許蹲在家裡專等你呢！」驚寰聽了心裡才略覺開展。兩人又走了一段路，驚寰道：「憶琴樓去不得，咱們這是往哪裡？」如蓮道：「哪裡去？上我家裡去。拐過角去，咱就僱車。」驚寰問道：「家裡方便麼？你娘不是正在家？」如蓮笑道：「豈止娘在家，還有個爹呢！回家就把他們全打發出去。咱們又沒事背人，有什麼不方便？全吃著我喝著我，誰敢管我的事。」驚寰聽了不語。

　　這時路上正停著兩輛洋車，如蓮便喚過說了地址，兩人坐上去，便跑起來，不大工夫已經到了。驚寰下了車，望著那一間小樓嘆息道：「這地方我也有四個月沒來了，想起當初天天來這兒巡邏，連這間樓上下一共多少層磚，我都數過一百多遍了，想不到今天我同你一塊兒又進這門。」如蓮也嘆了一聲，接著又向他一笑，隨將身靠他肩膀道：「這會兒用不著你嘆古悲今，快進去吧！」說著伸手把門推開，向驚寰笑著一點頭兒，自己先走進去，驚寰也挨身隨入。兩個人慢慢走上樓梯，如蓮悄聲道：「我這爹許正在家，他是個粗人，他不理你，你也不必理他。」驚寰點頭答應，便同走入。

如蓮才一推門，只聞得煙氣撲鼻，暖氣撲面。向屋中看，卻不見有人，低頭瞧，才見周七正蹲在屋角，守著一個炭爐，在那裡熬鴉片菸。如蓮便拉著驚寰走入，向周七道：「爹，您沒出門？娘在家麼？」那周七正被火烤得冒著騰騰大汗，筋暴面紅，見如蓮拉著個風流少年進來，便瞪著大眼向驚寰看，更顯出十分凶相，驚寰不禁嚇得心裡亂跳。周七眼瞪著驚寰，嘴裡卻答應如蓮道：「她沒在家，被黎老姑邀去打牌了。」如蓮一面拉著驚寰走進裡間，一面含笑叫道：「爹，您燃著爐子，給我們燉一壺茶。」半晌才聽周七哼著答應了一聲。驚寰走進屋裡，見這間小屋雖不格局，但是什物堆得滿滿的，又有許多東西不合派頭，看著很覺可笑。如蓮見驚寰向四下觀看，便笑道：「你瞧我們，不像個窮人乍富的？我娘這是有了錢，見什麼愛什麼，弄成這種樣子，我也不管。你看魚缸竟盛著頭油，破鞋都擺在鐘罩上。你屈尊些，別嫌不乾淨。」

　　驚寰才鼓著嘴要說話，如蓮已推他坐在床上，笑道：「你不嫌，我知道。就是雞窩你也能住半年，是不是？幹什麼又撅嘴？」說著就偎在驚寰身旁，訴說憶琴樓和羅九的事。說了半天，還不見端茶進來。如蓮隔簾叫道：「爹，茶得了麼？得了說一聲，我去拿。」連說了兩遍，還不聞外間答應。如蓮才要走出去看，不想門口一陣風聲，接著只見門簾颼的一聲抖起來多高，那高大的周七已像凶神似的叉著腰站在門前，那門簾卻落到他背後。驚寰和如蓮都出於不意，全大吃一驚。只見周七瞪圓了那鮮紅的眼睛，好像野狗吃了死人，十分凶得可怕，卻只空向驚寰瞪著眼不說話。如蓮看他神氣不好，知道要出禍事，怕與驚寰不利，又恨周七粗鹵無禮，不由倏然白了臉，顫聲道：「爹，您是……」那周七已拍著門框跳著鬧道：「我問來的這個是什麼東西！教我給端茶？我是你媽的窯子大茶壺！」如蓮忙接口道：「您不願意端就別端，何必這樣！」周七又跳道：「我伺候得著麼？」如蓮倒沉下氣冷笑道：「您不伺候不要緊，我

伺候。誰教我是幹這個的呢？可別忘了我賺錢不是為自己，一家人都跟著吃！」周七卻不答應她的腔，又罵道：「他媽的，花錢是在窯子裡花，到我家裡充不著大爺！」

說著又湊進一步，面對著驚寰喊道：「你這東西是姓陸不是？我早知道你是窯皮，專在窯子裡撞騙，居然鬧到我們孩子頭上來了！你是想拐帶潛逃，不然有錢不會在窯子裡花，跑到我家裡來商量什麼？鬼鬼祟祟還有好事？孩子就是我們的搖錢樹，你想動我們命根子，我跟你有死有活！」說著就伸拳縮臂的作出要打人的姿勢。驚寰見他那副凶相，已嚇得癱在床上，哪還說得出話，只翻眼望著如蓮。如蓮又急又氣，咬咬銀牙把心一橫，拚著要與周七拚命。就移身插在周七和驚寰中間，面向周七豎起柳眉大聲道：「您是誠心怎麼著？我既幹這個，有好花錢的就許讓人家進良房，怕看這個就別吃這碗飯！不是我把您請來跟我現世，是您自己奔了來。您要不痛快，發牢騷，就簡直說話，跟人家客人鬧什麼？要是吃魚嫌腥，就離開魚市。要是怕丟臉，這些日吃馮家的飯，哪一頓都臊氣，起頭兒就不該吃！」如蓮說這幾句話，自知太為刻毒，原拚著被他打個死活。

哪知周七倒不和如蓮生氣，只自向驚寰罵道：「我們孩子護著你，是受了你的迷惑，早晚要從你身上飛了！我今天非要打你腳折手臂斷，回家去養十年傷，教你再迷惑人！你要說從今再不見我們孩子的面，我還許饒你！」說著又撲上前去，隔著如蓮伸手要抓驚寰。驚寰嚇得幾乎喊起來，如蓮見已鬧得不可開交，就一頭撞入周七懷裡，哭叫道：「你要打他，先打死我！」也不知她嬌弱身軀，從哪裡來的力氣，竟把周七撞得退了兩步。如蓮哭鬧著還怕驚寰沒法脫身，便頭抵著周七，口裡喊起救人來。

這時忽然從外面進來了人，入門瞧見這種烏亂情形，急得喊道：「你們是怎麼了？」如蓮聽得是憐寶的聲音，更長了膽子，便推開周七，仍

把身子遮著驚寰，向憐寶叫道：「娘來救命，爹要打死人呀！」憐寶忙趕上前，將周七拉住問道：「你們怎……」如蓮已搶著道：「我帶客人上家來，爹說人家不是好人，要打死人家。這是什麼規矩！罵我跟客人熱，好，我一定如你們的意，我要再見客，我不是人！」說著眼珠一轉，也不容憐寶說話，就又道：「說姓陸的不是好人，我早知道他不是好人，我這就跟他斷！」

說著轉臉向驚寰使個眼色，便向外推他道：「你不是好人，你給我走。不走還等打？」驚寰也自會意，便趁此兒走出。憐寶還攔著道：「陸少爺再坐一會，別理他，他是喝醉了。」驚寰顧不得答言，如蓮卻恨恨的道：「還坐著？再坐命就沒了！」說著把驚寰推出門外，直送到樓梯。那周七還在屋裡喊道：「姓陸的，你敢把我們孩子帶了走！如蓮你回來！」如蓮在外面高應道：「我走？兩隻凍腳，往哪裡走？從此咱算靠住了。」說著見驚寰已下了樓梯走出，便霍的翻身回來，到屋裡向周七夷然一笑，才要坐下，忽又站起跑出外間，砰的一聲把窗子開了，向樓下叫道：「姓陸的，別忘還當你的巡邏，巡邏！」屋裡周七和憐寶二人都聽不出她說這話是何意思，驚寰卻暗自領略了，自己懊喪回家，再期後會不提。

再說當時憐寶見周七魯莽鬧出這樣情形，又知如蓮那種剛烈的脾氣，惹惱了她，什麼事當辦得出來，說不定還要有個很熱鬧的下文。正自尋思撫慰的方法，哪知如蓮從外面進來，臉上倒十分和藹，好像氣惱全消，居然還向周七和憐寶笑了笑，便坐在床上，脫下了鑴花小漆皮鞋兒，隨手向地下一丟，向後一仰，竟自閉眼睡去。周七見這光景，真是意想不到，只可瞧著憐寶發怔。憐寶也瞧著周七，咬牙發了一回恨，自想在如蓮素日脾氣上想來，料道她不能善罷干休，受了周七這樣的氣，居然不打不鬧，絕非就能如此涵忍下去，定然從此要和家裡慪上氣了。

她若真慪了氣不去賺錢，從此就要斷了財源，那可真不得了。不如趕快勸她回憶琴樓去，料道她不致慪氣不去。因為她和那姓陸的只能在憶琴樓見面，在家裡自然怯著周七不能來，只要我一勸她，她一定趁著坡兒回去。

憐寶想得原是不錯，哪知如蓮因為連三並四的遇見拂逆的事，在憶琴樓是那樣，到家裡又是這樣，想到驚寶為自己受的委屈，只覺心裡一陣陣的刺疼。再前後一想，四面八方，全是魔難，驚寶已不能到憶琴樓去了，自己更不必去，竟把心腸縮得極窄，只去轉那不好的念頭。

憐寶先瞧著周七，把嘴向門外一努，周七退出外間屋去。憐寶便坐到如蓮身邊，悄聲罵道：「這是從哪裡趕來的害人精，吃著喝著，還不老實，管他媽的閒帳！這就又快輪著滾蛋了！」說完又搖撼著如蓮的肩兒道：「孩子，你別生氣，千不怨萬不怨，只怨我一時不在家，這個該死的松王八就給我惹出禍來！孩子，你別介意他，他是混人。這回事就是你饒了他，我也不饒，這樣還瘋了他了！早晚我給你出氣，孩子，起，洗洗臉，咱娘倆回憶琴樓，我還有話說呢。」說著又輕輕推她，如蓮任她推撼，只作不聞。憐寶又勸說半天，還是照樣。

後來她倒似乎睡著，輕輕的發出鼾息來，憐寶明知她絕沒睡著，仍自己說道：「好孩子，你也別太著迷，你爹雖是混蛋，他罵那姓陸的，也是為他不是好人，怕將來騙了你害了你。本來現在年輕的人，拆白黨真太多。這姓陸的當初也不過為聽玩藝兒，才跟你認識，沒根沒派，誰能看出準是好人壞人呢？你只看他臉子好，脾氣柔和，可不足為憑。娘我是這裡邊滾出來的人了，年輕時候上過無數的當，這種拆白黨全有些個特別手段，在娘們面前裝得好著哩，到將來掉在他圈裡，現出原形，立刻就不是他了。」

說到這裡，忽見如蓮把杏眼一睜，一挺腰兒，就倏的坐起，看著憐寶道：「娘，娘，怎麼您也這麼說？」說著星眸一轉，把手一拍，冷笑

道：「哦，這全是一手兒事，我還糊塗著呢！這倒好辦了。」說完又自睡倒。憐寶從周七二次回來，只聽他說過陸驚寰是拆白黨，並虛造了許多劣跡，卻不曾把若愚設計的全局告訴憐寶，憐寶又不知道今昨兩天憶琴樓內外所出的事，所以此間聽了如蓮的話，倒猜測不出緣故，便又接著說道：「孩子，你也想想，從你長大懂了人事，娘從來沒管過你，現在你賺錢養家，娘更犯不上惹你不痛快。不過你爹既知道姓陸的根底，認準他不是好人，鬧也是為你好，只於他不會辦事，倒鬧得你面子上下不去，算起來總不是歹意。孩子，要想開了，走了穿紅，還有掛綠，難道除了姓陸的，世上就再找不著好男人？」如蓮任她勸說，再不言語，憐寶真說得口乾舌燥，勸到黃昏以後，知道不好辦了，只可先託人到憶琴樓送信，說如蓮在家裡病倒，要歇上兩天。好在團隊裡沒使用押帳，歇幾天也無可那得。如蓮卻從此一直睡到半夜也不起身，憐寶沒法，又怕她出了意外，就令周七到外間去睡，自己陪她睡在一床，也不敢睡沉了，耳裡偶聞一些響聲，就悚然坐起，只怕如蓮趁她酣睡出什麼故事。

不想如蓮這一覺直到翌日大清早，居然起身下床，洗漱用飯和平常一樣，也照樣有說有笑，和周七還是照樣親熱，彷彿已忘了昨天的事。憐寶也不敢再提，倒喜喜歡歡的過了一日。到黃昏過後，憐寶又有意無意的勸她回憶琴樓去，如蓮卻淡淡的道：「我先不去了。」憐寶驚愕道：「為什麼？難道你還有氣？」如蓮笑道：「娘，你怎不明白？昨天教你們一說，我的心跟姓陸的冰涼了，可是他免不了纏我，不如我在家裡歇些日，省得跟他見面，給他個日不見日疏。這裡面的事您怎麼還不懂？」憐寶才要答言，如蓮又斬決說道：「我說不去就不去，誰也拉不了去。哪天高興了就去，誰也攔不住。娘，咱們是一言一句，別找麻煩。」周七聽了倒無話可說，憐寶卻料著如蓮的話絕非真意，她哪能這樣容易和姓陸的絕斷？這明是託詞和家裡慪氣，故意不出去賺錢，等日後家裡把存

項坐吃山空，餓藍了眼，自然求她出去，她那時再端起架子，說不定提出什麼條件，把家裡壓得貼服，以後的事便得由她自己。

　　但再一轉想，現在放她出去，也教人不放心，萬一要跟姓陸的跑了呢？不如把她拘在家裡，看守些日子，將來等機會再說。現在若立刻迫她出去，真是枉費唇舌，徒傷和氣。想著便答應了如蓮。晚飯過後，留周七和如蓮在家作伴，憐寶自去到憶琴樓，替如蓮去拿應用零碎物件，並向掌班特別客氣的替如蓮告了十天假。那掌班的因知昨晚羅九吃醋鬧氣的事，怕如蓮為此不來，便把細情告訴了憐寶，托她回去安慰女兒，不可為躲避羅九誤了自己的事。憐寶才知道此中還有這一層波折，回家便和如蓮說了，並且挺著胸脯說，回到憶琴樓時，自己總跟著去，自有法子對付羅九，勸如蓮不必怕他。如蓮聽了仍是默默不語，便把這事岔了過去。

　　如蓮在家裡這一住下，憐寶為籠絡女兒的心，不知要怎麼想法哄如蓮歡喜，做出了萬分的慈愛。周七對如蓮自然也百般客氣。如蓮卻只隨隨便便，一些不改常度。到夜深時，原想自己還到外間去睡，把裡間讓給他們，又怕勾起憐寶疑心，便照舊和憐寶一同睡下。又過了兩日，如蓮卻嬉皮笑臉的把憐寶推到外間，教她和周七去睡。憐寶因見如蓮這幾日神色如常，更料定她是耗時候慪氣，絕不致有意外發生，就放心讓她自己睡在裡間，但夜間還不免加些防備。這樣又過了兩日，如蓮不特夜裡安穩，而且白天也絕不出門。憐寶已疑心盡去，又把前事漸忘，只想再過幾日，便可仍回憶琴樓做生意，除了防她另有挾制的做作，卻絕沒旁的猜想了。只每天晚飯後，一家人都躺在菸燈前閒談一陣，熬到三四更天，才各自分頭去睡安穩的覺。

　　這樣一轉瞬間，已到了如蓮回家後的第八日，這時已到了五月下旬，天氣漸漸熱上來。這一夜如蓮特別高興，倒在床上，一面給周七和

憐寶燒菸，一面放懷談笑。他夫婦倆見如蓮高興，也都提起興致，把鴉片菸左一筒右一筒的，替換著吸得比平日加了一倍多。如蓮卻只把拇指大的煙泡燒起來，又消磨到三更天後。周七和憐寶都是老癮，大凡吸鴉片的人，若是初吸新癮，吸幾筒便精神百倍，想睡也自不能，若是老癮卻不然了，吸得少倒睡不著覺，若吸得多了，雖是神酣體適，卻又舒服得發起睏睡來。這樣睡著了，有煙氣麻醉著，更不易醒。周七和憐寶因為無意中吸得太多，不由得都在床上睏起來，閉著眼迷迷糊糊的像要睡著。如蓮搥著床笑叫道：「你們怎都睡了？說得好好的全閉了眼，看您二位這個神氣，要睡快睡去，騰地方我也要睡呢！要不你們在這兒睡，我上外間去。」憐寶睡眼迷離的坐起來道：「不，你要睡，還是我們走。」說著推醒了周七，向如蓮道：「我們支不住了，你把菸具收拾收拾，也就睡吧！」說完扯著周七，一溜歪斜的走出外間，只聽床板被繃一陣響，沉一會，就鼾聲大起，周七的鼻息更像雷鳴。

　　如蓮在屋裡自己收拾了菸具，又默坐了一會，才站起揭簾向外間瞧了瞧，見他夫婦正東倒西歪睡得香甜，就退轉身來，望著床上，悄聲叨念道：「哼，你老虎也有打盹的時候，今天可就是今天了！」說完又沉了一會，低頭瞧手上的表才三點多鐘，便又倒在床上，假寐了半天，卻覺心慌意亂的躺不住，再坐起來，伸手摸摸壺套裡的白開水，竟還溫熱，便悄悄的倒了些在臉盆裡，慢騰騰的洗了臉。又坐在桌前，對著鏡子自己梳妝，把頭髮梳好，再畫了眉，塗了唇，薄薄的在臉上施了脂粉。又悄悄拿出件時色衣服換上，重自坐在鏡前，素手托住香腮，痴痴向鏡中人面仔細端詳，端詳了好半晌，忽然眉頭一蹙，淒然流下淚來。起初見桃花臉上，倒掛卜兩行淚珠，瑩瑩作光，在明鏡中閃爍，漸漸淚在脂粉沖成的槽中不住的流下，滔滔不斷，卻只見淚痕在臉上浧，瞧不著凸起的淚珠了。

這樣過了半晌，又自己把牙咬了櫻唇，蛾眉一豎，眼淚就不再流，須臾淚痕漸乾，只餘兩行粉漬。再低頭看，大襟上已溼了一大片，便長嘆一聲，拿起粉撲把面上淚漬掩飾得看不出來。再痴痴的對鏡呆看，心裡卻不知思想什麼，這一回看得工夫大了，只覺鏡裡已不見自己的面容，卻見驚寰的影子在鏡裡對著自己，那樣子像是撅著嘴生氣，好像又受了什麼委屈，竟是前天在憶琴樓自己慪他生氣時的模樣。如蓮此際似已不知身在何處，只疑尚在和驚寰背人相對，猛向前一湊，再睜大了眼看時，哪裡有驚寰？分明還是自己的俏影。便又是一聲淒嘆，眼光離開鏡子，瞧到窗上，見已現出曙色，心裡一動，忙站起，手兒扶著桌子，低聲自語道：「一晃兒八九天了，這傻子還不知受的什麼罪，聽我的話來查街，這些日看不見我，還不把他急死？好在我已豁出去了，今天瞧得見也是今天，瞧不見也是今天。傻子傻子，我不管你，反正我是完了。」

說完又直著眼站了一會，再瞧窗紙已有八九成亮了，略一躊躇，便輕輕移步走出外門，見他夫婦還自睡著，便自叫道：「呀，爹和娘真睏壞了，連門都忘了關，要不是我上茅房去，還不開一整夜！」叫完見他倆並不驚醒轉側，知道早已睡覺，便躡著步兒走出門。下了樓梯，抬頭看看，視天上晨光熹微，曉星欲滅，雖有風絲拂蕩，卻是吹面不寒。迎面瞧見關著的街門，不覺心裡一跳，自想我這一開門，可瞧得見他麼？論說我告訴他來巡邏，他沒個不來。可是一連巡了八九天，哪保準他今天還來？咳，他來也罷，不來也罷，這看我們的緣分。他若是來，還能見我一面，他要不來，以後只好拿夢夢我吧！想著把心氣一沉，走到門前，輕輕拔開了插關，把門開了一條小縫看時，對面哪有人影？便自語道：「是不是？人家就是活該死的，總該在這裡當蹲門貂？哪來這們大的耐心煩？完了！真要來世再見了。」

想著卻又忍不住的順著門縫探出頭兒去，向東一看，冷靜靜只瞧得

一帶磚牆。再回頭向西瞧時，想不到竟有個人正往西走去，定睛細看，可不是驚寰是誰？如蓮心裡一陣暢快，幾乎叫將起來，小嘴一張忙又閉上，就走出門向驚寰趕去。走不幾步，驚寰恰已回頭看見，霍的轉身迎來，兩個人撞到一處，如蓮像發狂似的跳去，摟住驚寰的頰頸，像咬人似的吻了他唇兒一下。驚寰斗然一驚道：「你怎樣？你家裡怎樣？怎這幾天都見不著你⋯⋯」如蓮好像沒聽見他的話，只自歡躍道：「我可又見著你了！我想不到還見著你。走走，這裡不行，還是上院裡去。」說著拉了驚寰向回裡走。來到了自家門首，慢慢走進了門，又將門關上。

　　如蓮向四下一看，就走向樓梯後面堆柴木的地方，把柴草推平了，自己坐下，拉驚寰坐在她膝上，道：「這塊兒還僻靜，你只當是待客廳。」驚寰瞧著她的臉兒道：「哪裡不行？還說這些閒話。你那個爹在家麼？那天是怎麼回事？我真怕死！」如蓮偎著他的肩兒道：「那天真嚇壞你了，他要是我的爹，我應該替他向你賠罪，他本來就不是我的爹麼，也不知是從哪棵樹結出來的，硬派我管他叫爹。我⋯⋯」驚寰接口道：「你先別說那個，到底那天怎樣了？」如蓮搖首道：「你且別忙，慢慢聽我說。這裡面的事情我全明白了，你說那幾天事情出的多麼奇怪，羅九要打你，憶琴樓門口的流氓要打你，我那個爹周七要打你，怎麼都出在一時湊到一塊呢？」驚寰也拍著大腿道：「是呀，我也正納悶呢！」

　　如蓮把嘴一撇道：「你不但傻，而且混。只要這們想，他們全要打你，怎麼沒一個要打我呀！這還不是有人出的主意？你想，羅九那麼混橫，能挨我的罵不還言？那群流氓被我一喊就跑，周七只要打你，你走了，他連屁也不再放一個，這不是只衝你一個人？」驚寰皺眉道：「對呀！你一說我才明白。可是我得罪過誰？」如蓮冷笑道：「還用你得罪，不得罪還這樣呢！我從那天就猜透了，當初我在鶯春院裡就跟你說過，你已中了我娘的眼毒，要留她的神。到如今不是應驗了？實告訴你，我

看這些人全是我娘邀出來的，連周七也是我娘找回來。這是八面安下天羅地網，專對付你一個。」

驚寰聽了害怕道：「誰想這裡面有這些事？那些人多們凶，要打我還不把我打死！」如蓮笑著推他道：「傻人，他們跟你無仇無恨，打死你幹什麼？不過只要嚇唬你不敢見我的面，給我娘去了心病，就算完了。要不然怎麼不上你家裡去打你，單在憶琴樓和我家裡找尋你呢？」驚寰聽了才明白，卻又焦急起來，搔著頭道：「要這們說，他們八面擠羅，咱們沒法見面了。」如蓮哼了一聲道：「就這麼說吧，你要也是個無賴子呢，還沒什麼，拚著跟他們打架拚命，還不定誰把誰壓下去。你又是個公子哥兒，怎能把新鞋踏臭狗屎？自然要怕他們，怕他們就不能見我。咱就是躲了他們，我再挪到旁處去，他們也會跟去呀！」驚寰聽了霍的跳起，咬牙道：「這可怎麼辦，怎麼辦？」不想跳得太猛，把頭撞在樓梯下面，起了個大疙瘩。

如蓮忙把他擁到懷裡，撫摩著他頭上的傷痕道：「看你這沉不住氣，疼不疼？」驚寰咬牙搖頭，如蓮又接著道：「怎麼辦？我有辦法，我可顧不得你了。」說著落下淚來，驚寰正閉目忍疼，忽覺頰上一陣冰涼，抬頭看才見如蓮哭了。就掏出手帕去替她拭淚，不想手還未伸出，自己的淚也湧出眶外，只可相對著淒惶起來。如蓮哭著道：「從那天以後，我才知道自己天生命苦，不必強巴結。你想你家不准你要我，我家裡不許我近你，這還有什麼法子？天呀！我如蓮並不是求什麼大富大貴，只求嫁一個意中人。當一個破姨太太，就這麼難啊！」驚寰見她這樣，又想起自己家裡的難處，更自苦在心頭，再沒法用話向她撫慰。如蓮哭了一會，自己拭乾了眼淚，改作很堅毅的態度，兩手玉指相鉤著說：「我早把主意定了，四面八方都沒了活路，嫁你是不易了，你爹擋了我一面牆，我娘又跟我動這辣手，我還活什麼？就拋開你不論，我娘當初是許我嫁

你的呀，如今又壞了腸子，我要不給她個人財兩空，教她後悔一世，我如蓮算白活了這們大！」說完又抱著驚寰哭道：「哥哥，哥哥，妹妹要拋下你走了，咱這一輩子算沒夫妻的命，我死後有靈，一定跟閻王爺求個來世……」說著已哽咽得不能做聲。

驚寰從聽得如蓮要死的話，早已呆了，只傻了般的望著她，不哭不語。如蓮又哭道：「哥哥，你走吧！咱只見這一面，以後你也不必想我，只在閒著的時候，勤拿筆寫我的名字，那我……我……」驚寰忽然繃著臉坐起，把如蓮一推，如蓮猛一驚，立刻哭聲停止。驚寰喘著粗氣道：「你是要死麼？是真要死麼？」如蓮抹著淚道：「你管呢！死不死有你什麼？反正你明天聽信。」驚寰慘然一笑，蹲起身來道：「死，哭的那樣子！好，咱一塊兒死。你說我傻，你更糊塗，要死還哭什麼？」

「我早想著這一層，今天可遂願了。」如蓮聽了愕然，看著他說不出話。驚寰笑道：「我活了這麼大，只愛你一個人，尋常只怕你不屬我，跟了別人。如今咱倆一塊死，你算整個的歸了我，再不怕旁人來搶。再說咱倆摟著一死，這才是真正的同命鴛鴦，就是你將來嫁了我，過個白頭到老，還不算死的這麼有勁呢！這可不是我狠，你死我不攔著，因為我覺著這是得意的事。好，旁的別說，咱先商量怎麼死。」如蓮見他說得真摯，知道不是笑談，心裡雖然感激，臉兒卻已變得蠟白，搖著手道：「你別攪我，你死我不死，我可不缺這種德。你有爹有娘，又有妻子，在你家關係多大！平白地跟著我這們個臭娘們一塊死了，你家裡怎麼辦？你想想，我不是損陰德嗎？你就是死了能安心嗎？再說你跟一個小窯姐兒並骨，別覺著是露臉，這是給你老陸家現眼呢！你細想想，跟我攪和怎的？」

驚寰聽了更不猶疑，只握住她的手道：「你攔我也是枉然，人要是想死，就顧不了許多。譬如我現在害了暴病，立刻要死，難道還能思前

想後，自己問問當死不當死？便是不當死也照樣要死呀！莫說是我，就說袁世凱，人家是一國的大總統太皇上呢，關係多重，說死也就死了，更別說我這一個十九歲的小孩子咧！」如蓮聽著才要分辯，驚寰又搶著道：「事到如今，連家裡帶外面，逼得我實沒路了。便是你不死，我不能見你的面，早晚也是死。就是現在你不教我一同死，我回去也是自己死。咱們既好了一場，落得親親熱熱死在一處呢！死後也好手拉手兒過鬼門關，省得你的魂兒等我，我的魂兒趕你。好妹妹，平日我總為你受磨折，臨死這一會兒，你就別再磨折我了。」

　　如蓮聽了低頭不語，半晌才抬起頭，卻從腮邊湧出十分的笑意來，聳著肩兒道：「反正我是要死的人，用不著八面顧的圓全。這可是你願意死，將來可別後悔呀！」驚寰道：「這麼說，還算你勾引我？論起尋死的意思，我早就有，你可是到今天才起的意，我才是你的勾死鬼呢！」

　　如蓮又把驚寰抱住，妮聲道：「哥哥，你願意跟我去？」驚寰點頭。如蓮道：「你要不願意，我怎能逼你？你如今真跟我死，知道我心裡多們喜歡。咱們摟著一閉眼，再也不離開了，從此脫了相思的苦。哥哥，你這樣一個人，跟著我一同死，你不委屈死？」驚寰撫著她的鬢髮道：「我還怕你委屈呢！」如蓮把櫻唇溼溼的向驚寰頰上一吻道：「我還委屈？天知道，這會兒我要美死咧！咱這們一摟，這們一死，噯呀，你是我的，我是你的，他們誰也乾看著。尋常我自己知道自己身分，我不肯說，可是哪個女子不吃醋？我本知道你有個太太，閉眼想到你跟你太太怎麼好，我就從心裡冒酸水，可也不過在心裡忍著。如今快死了，再不怕你笑話。我摟著你死，這個好男人到底屬了我，我打敗你太太了。」說著不覺眉開眼笑。驚寰指點她道：「瞧你這高興，哪像個尋死的？」如蓮抿著嘴道：「死也擋不住我高興，本來心裡痛快麼！好，別只空嘴說，咱死是死定了，到底怎麼死呢？快想個妥當法子，要死就得死成，別教人再

救活了，倒沒意思。」驚寰想了想道：「現在天氣正熱，水裡也不冷，咱摟著涼涼滲滲往河裡一跳，倒乾淨呢！」

如蓮牙咬著唇兒想了一會兒，輕輕拍手道：「我想起來了，還是吃大菸，死了也教我娘看看，只為她抽大菸，逼著女兒去賺邪錢，到底結果在大菸上。」驚寰道：「也好，可是要現買去。再說上哪裡去吃呢？」如蓮道：「還用去買？這樓上要多少沒有？」說著又想了想道：「在哪裡吃，就要害哪裡跟著打人命官司。」又眼珠一轉道：「咱就在這樓上吃，教我娘誰也賴不著。」驚寰搖頭道：「不成，樓上只有兩間屋，你爹娘又都在家，那如何成？」如蓮笑道：「他倆才是睡覺如小死呢，每天不知多們難招喚得醒。昨天我招喚我娘，叫了一點多鐘，總不睜眼，我急了，咬她一口才醒了。咱只放輕了腳步上去，絕不會鬧醒他們。可是咱們有話全在這裡說完，上去就不能說話了。還有句要緊的話，就是咱要是吃了藥掙命，教他們知道，無論拿什們灌咱們，千萬咬緊了牙別張嘴，一過時候，神仙也救不了，教他們眼看著咱死，才更痛快呢！」驚寰點頭道：「好，就依你，可是得快辦。」如蓮嘆道：「完了，咱這一世，只有這一會工夫了。哥哥，你親親我。從咱倆認識，就全端著，都愛害臊，現在快死了，還臊什麼？」說著揚起臉兒，把紅唇直送到驚寰的吻際，驚寰也忍不住，就緊緊抱住她，淫淫的接了個長吻。

如蓮又和驚寰偎倚了一會，便立起道：「大菸要用開水沖了，才好當咖啡喝。咱臨死也排場排場，夫妻們鬧一杯早茶。」驚寰道：「免了吧，這時哪裡去尋開水？」如蓮笑道：「咱碰碰運氣，這樓下馬家睡得比我們還晚，說不定廚下還有開水。」說著悄然溜向一間小屋裡去，須臾提著個小鐵壺出來，還騰騰冒著熱氣，笑向驚寰道：「這才是該死人百靈相助，水還正沸。是時候了，咱上去吧，腳步可越輕越好。」說著拉了驚寰，雁行著走上樓梯。才上了三四層，如蓮忽然止住步，回頭看看驚

裏，緋然紅了臉，唇兒動了幾動像要說話，卻又不肯說。

驚寰便問道：「你要說什麼？這時怎又害起臊來？」如蓮臉更紅了，冷不防的把頭伏在驚寰肩上，顫聲道：「我想……我想……咱們空好了一場，如今要死了，再不能在一處親熱。回頭咱們吃完了菸，離死還有一會兒工夫，索性趁波完了咱們的願，簡直咱們鋪上了被褥……也不枉耽這一世的虛名。哥哥，你……」驚寰聽了已經會意，這時心裡倒不羞澀，反倒悽慘起來。便撫著她頸兒道：「妹妹，我明白，依你依你。」如蓮才赧然一笑，又向上走，走盡了樓梯，她自己先推開門，仔細向裡一看，見周七憐寶還照樣睡著，便先推驚寰躡步走進裡間，自己也跟進去，輕輕把水壺放在地上，指個椅子教驚寰坐好，自去輕輕把門關閉上，上了門閂，又頂上一把椅子。回眸向驚寰一笑，才要向他走去，又略一沉吟，移步轉向床前，把被褥鋪好，回頭向驚寰低聲說了一句。驚寰因她聲音太小，聽不出說什麼，才要動問，她已走近驚寰，附耳說道：「我算熬到給你鋪床疊被了！」說完又很媚的一笑。

驚寰這時才心亂起來，覺得眼前的一切都要撒手了，便是這自己最愛的如蓮，雖得美人同死，可算如願以償，可是死後兩眼一閉，是否還能看得見她，還不可知，不禁就淒惶起來。那如蓮見驚寰面色慘淡，便低聲道：「你後悔了嗎？現在後悔還不晚，說實話，我放你走。」驚寰勃然變色，兩眼一瞪，才要說話，如蓮忙掩住他的嘴，低聲道：「大爺別急，我知道你不後悔，咱們快喝，別等睡多夢長。」說著向窗沿上拿下一個景泰藍菸盒，又尋了兩個小茶碗，用手巾擦乾淨了，就把盒裡的黑色菸膏約有一兩多，都分著倒在兩個碗裡，倒得份量平均，又端起水壺把開水斟入，立刻兩碗裡都冒出熱氣。

如蓮又尋一根筷子把碗裡的菸水和得融均了，才走過坐在驚寰身上，用手扳著他的臉兒，慘聲道：「哥哥，你是玉樓赴召，我是駕返瑤

池，該咱歸位了。哥哥，人家一夫一妻白頭到老的都怎麼修來？咱們這斷頭香又是怎麼燒的？咳，哥哥，咱們來世勤修著點吧。」說著摸了摸茶碗道：「正可口，不涼又不熱，怎麼喝？」驚寰回答道：「拿來，我先喝。」如蓮道：「不，我先喝。」驚寰道：「要不然，咱一同喝。」如蓮點點頭，忽然一笑，掩著口道：「我平常就看不過他們那輕薄樣子，今天倒要學學他們。」驚寰道：「怎樣？」如蓮道：「就是那浪姐兒跟熟客喝酒的法子，她先把酒含到自己嘴裡，然後再嘴對嘴的度給他。咱們也照樣，你先含一口菸水度給我，我嚥了，我再含一口度給你。這樣有五六回，這兩碗就都喝完了。」驚寰忍不住一笑，親著她的額兒道：「你真會鬧故事，尋死還調皮呢！」如蓮也笑道：「旁人死是喪事，咱們死是喜事。你看這死是喝大菸，我看這是洞房花燭吃交杯盞呢！」說著把兩個菸碗端過，自己端著一碗，遞給驚寰一碗。如蓮又騎馬式坐在驚寰腿上，兩個面對面的坐好，這一端起碗來，那一股香氣已衝入鼻端，眼看著碗裡黑色的液質，知道喝下去便要與世長辭，人天異路，兩個人不由得同時滴下淚來。

如蓮咬著牙帶淚笑道：「哥哥，你先把好東西賞妹妹一口喝。」驚寰搖頭，嘴向如蓮手裡的碗一努，如蓮也搖頭，只張了小嘴等著。驚寰猛一咬牙，把菸含到嘴裡一小口，又抱住如蓮的頭兒，對著她的嘴便度過去，如蓮一揚脖兒便全嚥了。她也含了一小口菸水，照樣度給驚寰，驚寰咽時，她還向他長吻了一下，兩人的嘴兒還未離開，這時忽聽背後門外有人大叫了一聲道：「不好，你快起！」接著又伸腳踢門，只三兩腳，便已椅倒門開，從外面闖進了一人。正是：芙蓉花下風流死，將成同命冤禽；批杷門巷喑嗚聲，又來斬關壯士。後事如何，且聽下回分解。

第六回

兒女情激發英雄氣豪士走天涯，
葭莩誼感動菩提心愚兄探地獄

第六回　兒女情激發英雄氣豪士走天涯，葭莩誼感動菩提心愚兄探地獄

　　話說上次說到驚寰和如蓮在憐寶家樓上，一同服毒情死。這一個十九歲的濁世兒郎，一個十八歲的多情少女，臨死時還自輾轉纏綿，耍尋那情場中的風流解脫。每人已有一小口菸水嚥下，眼睜的就要摧蘭折玉，碎綠凋紅，想不到在這千鈞一髮之時，竟有救星到來。原來周七因昨夜只顧吸菸閒談，從晚飯後一直不曾小解，後來又一枕朦朧，倉皇睡倒，到天明時，腹中積水急不可待的要自尋出路，竟自在膀胱裡騷動起來。他睡中本是大腦休息，小腦代拆代行，這時內部一起暴動，小腦知道，眼看要堤防潰決，洪水橫流，茲事體大，不敢負責，忙向大腦請示，於是乎大腦就把周七招喚醒來。

　　周七在朦朧著要睜眼，忽覺身旁空氣動盪，似乎有人帶著風走過，原想立刻睜眼，但在初醒時自然舉動遲慢，略沉了兩三秒鐘，方略開眼縫，恰見如蓮正要進裡間去。她前面似乎先有一人進去，卻只門簾邊見有衣角一閃，接著如蓮也走進去。周七心裡原覺詫異，但被煙氣麻醉著，還捨不得動，便又閉上眼一沉，心想和如蓮同進屋的定是憐寶，怎這樣早起來？上屋裡做什麼？卻絕未疑惑有外人進來。再遲一會，忽聽屋裡門輪兒響，知道是關了門，心裡才覺出奇怪。自想她母女倆關上門做什麼？便又睜開眼，這時卻已十分清醒。轉臉向身旁看時，憐寶像死狗般的正睡在床外。

　　周七揉揉眼坐起，扶著頭想了想，心裡十分納悶，又疑是自己睡得眼迷離，一定是方才如蓮下樓去上茅房回來，進屋去一掀簾子，我從簾縫瞧見屋裡的東西，錯認成衣角。想著便要從憐寶身上跨下床去小解，不想竟從屋裡送出一陣唧唧的說話聲音。周七忙又坐穩，伸長脖子，側著耳朵再細聽時，說話聲音又沒有了。又自想莫非我大菸抽得太多，上了火，耳朵眼睛全出了毛病？正疑惑著，屋裡又有唧唧聲音送出來。這一次可聽清楚了，雖聽不出是說話，但總是人的聲音。周七再低頭看看

憐寶，皺眉一想，頭兒一晃，立刻把小解的事都忘了。便手支著床從憐寶身上跨下床去，站在地下怔了一怔，就慢慢走到裡屋門口。揭開簾縫向裡看時，卻只見板門正關得緊。忙把耳朵貼在門上朝裡聽，起初略聞有腳步移動，沉一會又聽裡面唧唧起來，雖聽不清說什麼，卻已明白是有兩人對語，便自心裡有了些酸料。

原想立刻喚醒憐寶教她辦理，回頭一看，見憐寶還照樣睡得沉酣，又知道她的毛病，不睡過十點鐘絕不會醒。這時便是捶地，她不過睜一睜眼說兩句睡話，白驚動了裡邊的人。自想這裡屋和如蓮說話的人，再無別個，定還是那個陸驚寰。何大少說他倆怎樣好得了不得，看那天如蓮衛護他的情形，倒非虛話。可是他今天怎這早上冒了來，又鑽到屋裡幹什麼？我們睡在外間，他就敢進去，看起來這倆小東西受了情迷，什麼膽子都有。我先看看他們幹什麼，回頭再給這姓陸的個厲害，大大的嚇他一下。要不然他們還是偷摸著往來，我怎麼回覆何大少？

想著便向板門尋覓縫隙，恰見兩邊靠門櫃的地方，都隔著四五分寬的縫子。先就左邊向裡張時，只見得半個床，上面被縟鋪得整齊，卻不見人。忙又移身就右邊縫兒窺視，恰看見驚寰坐在椅上，如蓮偎到他懷裡，低聲小語，那樣子親密非常。周七看著暗笑道：「這兩個孩子一對小色迷鬼兒，擔驚受怕的鑽進來，還是忘不了上情。這還不是婊子和嫖客的老樣？可真把我家裡當了窯子咧！」

又見他倆正說著，驚寰似乎惱了，如蓮忙含笑哄他，又站起向窗臺去拿菸盒，還疑惑驚寰也要吸菸過癮。正笑他們偷摸著還鬧排場，不想她卻把菸膏倒在茶碗裡，又用開水沖了。周七才看出情形不對，再細向他倆臉上瞧去，見雖都笑著，可是面色全慘淡異常。暗想道：「看光景他們是要尋死，這是被我們逼得沒了路，要辦個出手兒的。想不到他倆居然真這麼好，起初我還覺著他們是混鬧呢！聽何大少說的那種話，這姓

陸的本是闊家少爺，花錢買樂，熱個窯姐兒有什麼稀罕？誰知他竟是這樣痴心，真肯為如蓮死了。起先我想如蓮也不過愛姓陸的臉子，撲著他有錢，攏個小熱客罷了，哪知有這樣烈性。」想著忽自暗笑道：「這可不過比劃著玩玩罷了，哪這們容易死？不過混孩子不懂輕重，說尋死就尋死，到真死時候，就該害怕轉軸兒了。我先看個笑話，早晚這兩碗菸還是給我留下，還得勞駕我重熬。」想著見他倆又說了幾句，便臉對臉兒坐下，又都流下淚來。周七又暗笑道：「如何？這就要轉軸兒。哭便是怕咧！」接著又見他倆你推我讓，似乎發生爭競，又暗笑道：「這個自然，你推我，我讓你，誰也不肯先喝呀！」

這時再見他倆像是商量停妥，又同端起碗來，那驚寰先喝了一口，周七暗驚道：「她喝嗎？」又笑道：「怎含著不咽？別是要吐吧！」這時卻見驚寰把菸吐到如蓮口裡，又暗恨道：「這小子混帳，自己不喝卻灌別人。」正想闖進去攔阻，立刻又見如蓮也含了一口菸吐進驚寰口裡，兩人那種從容態度，祕密情形，乍然看去，簡直像交杯雙飲，絕看不出性命交關的慘狀。周七因看得前後清楚，心裡一陣慘痛，只覺當初自己親手殺人時，看著屍橫血泊，心裡也沒這樣難過。再忍不住了，只回頭向憐寶喊了聲：「不好，你起！」便抬腳拚命把門踢開，兩步便搶到驚寰和如蓮面前，瞪著大眼，一句話也不說，先伸開巨掌，霍的把他倆的手腕抓住。

這時驚寰和如蓮見周七倏然闖入，全驚得一戰。兩個人全想不容周七措手，各自把碗裡菸一口灌下，只要菸到肚裡，再吵再鬧，便百事全不怕他。哪知周七手快，先抓住他們手腕，又向碗裡看看，見都還有七八成滿，知道所喝不多，不致礙命。這時如蓮叫道：「你別管，你罵……」周七更不言語，只把兩手一翻，驚寰和如蓮的兩隻手雖和他爭奪，但不由得也跟著翻轉，立刻碗底朝天，菸水滿潑到地下，兩人跟

著把手一鬆，碗也落到樓板上。驚寰已像傻了一樣，周七才放開手，要走到一旁。如蓮這時神志初定，見菸已潑了，料道周七相救只是怕傷了搖錢樹，並沒什麼好意，而且他必饒不了驚寰，自己原已拚出死去，現在既然事情破露，別等他毆打驚寰，我先死到周七身上，跟他拚了這條命。想著便向前一撲，撞向周七道：「你害苦我了，今天你殺了我！」驚寰見又鬧成那一天的樣子，知道又要不得開交，自己原拚了和如蓮同死，心志已不似尋常怯弱，又見如蓮已撞向他去，更忘了懼怕，便也喊道：「我們死你還不饒，反正我不活了。」也就向周七撲去。

　　周七忙一手拉住如蓮，又伸一隻手把驚寰擋住，叫道：「你們別跟我鬧，我有話說。」如蓮自覺周七拉自己和抓小雞子一樣，知道掙不過去，聽周七說了話，便自站住。抬頭忽見周七臉上十分平和，並無凶狠之色，覺到有些異樣，便伸手把驚寰拉到自己身邊，道：「你先等一會，反正咱們拚出去了，還怕誰？聽他說什麼！」周七指著椅子道：「你們坐下。」如蓮氣喘吁吁的道：「坐什麼？站著好，有話你說，不說你走！你別自覺著厲害，我們是喘氣的死人，再不怕你！」周七哈哈笑道：「誰要你們怕？我周七有厲害不必跟你們。」如蓮挺著腰兒向他戳指道：「打也打了，罵也罵了，還有臉說這個！欺負人家個細手臂的小學生，你還算英雄好漢！」說著一指驚寰。周七把腳一頓，又瞪起大眼，罵道：「你混蛋！」如蓮見他又現出凶相，忙把驚寰拉到自己背後。那周七又接著喊道：「你知道怎麼回事？把我看成混帳王八蛋！我也是你媽的好心，又誰想得到，治一經還損他媽的一經。我周七也是人生父母養的，別瞧著我不通人性。」

　　如蓮正聽不出他說的話是什麼意思，不想這時門簾一啟，憐寶衣不整，撒著腳，手揉著眼走進，叫道：「你們吵什麼？大清早掙的哪門子窮命？乒乒叭叭的把死人都要嚇活了！吵的我……」說著忽由眼角裡瞧見

驚寰，不由愕了，就停了口。周七已霍的走上前，一把將她拉住，頓著腳叫道：「你來了，正好，人家兩個真人物字號，道道地地的小倆口。我服氣，可把我栽了！我周七這回是外國雞坐飛艇，醜到天邊。」說著又轉臉向如蓮道：「孩子，你成，好，真金不怕火煉，你們都是叮叮噹的好朋友。就是我周七顯著不是東西。」憐寶喊道：「你們噪的什麼事？到底……」周七不等她說完，拉她走上一步，瞪起眼指著地下道：「瞎了你的，你看！這是什麼？是大菸！人家兩個全喝了。」憐寶見地上汪著許多稀菸膏，才有些明白。看如蓮又是面色發青，唇角帶黑，真慌了神。忙跑過抱住如蓮道：「孩子，你……你是喝了……了麼？孩子你說，說實話。」如蓮咬著牙搖頭。

憐寶哭起來道：「如蓮兒呀！我可不容易從小就弄你到這們大，你可別害娘呀！」接著又兒呀肉哇的哭起來。周七趕過，一掌打在她背上，一個趔趄，幾乎趴下。周七罵道：「你就會哭，告訴你，吃的少，死不了。該死哭也救不活，孩子算給你露了臉，憑你這座破窯會燒出這好坯來。」憐寶才停住哭聲，也顧不得和周七吵鬧，只張皇著道：「吃了多少？怎樣治？請醫生，上醫院，怎麼辦？」周七叱道：「先閉了你那破嘴，放心死不了人，聽我說。」說完轉臉向如蓮道：「好孩子，你對，你們這一吃菸，我才覺出自己不夠人味。」說著又向驚寰道：「陸少，我贊成你，你比我人物，遇上事真咬牙，我服氣。你們可也別怨我，我本是受人之託。」

如蓮眼珠一轉，忙接腔道：「我明白，準是羅九。」周七搖頭道：「你別管是誰，我可不是怕你們死了，打人命官司，才折了脊梁骨跟你們軟。實告訴你們，你們喝菸的情形，我全看見了，想不到你們竟真這樣好。逛窯子本是找浮樂，哪有傻子拿命拚？看起來你倆是佳人才子，有情有義，我周七以前算瞎了眼，錯看了你們。我周七在江湖上闖了半輩

子，見好的就要敬，你們是好的。」說著一挑大拇指，又接著道：「今天幸而有德，鬼使神差的救了你們，要不然你們要死了，我也沒臉活，還不他媽的三鬼臨門？」這時憐寶已聽出些竅奧，忙問如蓮道：「孩子，你到底為什麼？跟娘下這樣絕情！」如蓮還低著頭不語，周七卻又叫道：「我明白，這是逼出來的。」說著走向如蓮面前，一拍她肩兒道：「為什麼？我全明白，八面擠的你們活不了，對不對？孩子們，別介意，交給我，我全知道。羅九，還有那群地棍，我全包治，管教他們一世不上前。還有旁的事，也說明白，我給你辦。孩子，我真愛極了你！大家小姐也沒你這種烈性，可惜不是我的女兒，要是我的，我就狠狠的抱著你親一頓。」

如蓮聽了，自想我當初就眼力不錯，早看出他是好人，這一回跟著胡攪，一定是受別人蠱惑。想不到我們這一尋死居然感動了他，又這樣大包大攬，看樣子絕不是假。這可是天意該應，我們還不就勢約個保鏢的！想著靈機一動，伸手一拉驚寰，兩個一同跪到他面前，如蓮扶著周七的膝蓋，哀聲喚道：「爹，爹，您可憐可憐我們吧！您不當我是親女兒，我可拿您當親爹。爹，您女兒這不是熱客，這是學好要嫁人。爹您不願女兒到了好處嗎？」周七一見他倆跪下，不由把英雄熱淚直淌下來，搖著手道：「起來，你們快起來，這簡直是罵我，我這份混帳東西，你還拿我當爹，快起來！」如蓮又說了一句：「爹，您多疼我。」就也趁勢兒拉驚寰同站起來。周七點著頭，瞪眼望著他倆，忽自呀著嘴兒道：「嘖嘖，天造地設，郎才女貌，要破了這對婚姻，天地也不容。」說完又自己一拍胸脯道：「孩子們，交給我，現在全明白了，全說開了，你們還是你們，如蓮還照樣回憶琴樓去。那羅九一群東西要敢再露一回頭，你們指著臉唾我。」如蓮繃著欲笑的臉兒道：「我們這一輩子也忘不了爹，有女兒一天，就孝順您一日，也補不過來。」

　　這時憐寶在旁聽著看著，心裡卻糊塗死了。忍不住又問道：「你們可說呀，怎麼回事？悶死我了。只顧亂說，孩子喝的菸怎麼樣？」周七道：「不要緊，喝得少，現在不致發作，可是總要上一回醫院。你就快領了去，我給你們去僱車。」說完就騰騰跑出去。這裡憐寶再向如蓮問，如蓮只是笑著不語，憐寶急得直自己打嘴巴。須臾周七已僱車回來，憐寶只可忍了滿腹的悶氣，領著驚寰如蓮，出門坐車來到東亞醫院。請大夫看了。大夫診驗以後，說受毒甚輕，絕不妨事，便給些藥水吃了，須臾把所吞的菸都夾雜著宿食嘔出。又歇了一會，由驚寰繳了藥資，三人又同行出了醫院。驚寰要作別回家。如蓮附著他耳朵道：「你還沒聽個下回分解呢！咱們許要得周七的助，這是好機會，你還跟我回去。」驚寰也便應允。憐寶眼看著他倆背人私語，也不敢問，只可再僱車一同回了家。

　　進門方走上樓去，只聽周七在屋裡唉聲嘆氣，只喊「怎麼見他，我活不了」。又把桌子拍得山響。憐寶等大吃一驚，進去看時，見周七面色鐵青，正起來坐下亂轉，顯見正在焦灼，見憐寶等三人回來，也沒理會。如蓮心裡已有了把握，知道再不會有什麼風波，便自和驚寰到床邊坐了。那憐寶原裝著滿心鬱悶，此際見周七這樣景況，就再忍不住氣，喊著問道：「你又發什麼瘋？從你來了，這家裡就沒過清靜日子，鬧得人仰馬翻，你是安著什麼心？跟誰過不去？也不是黃毛小孩子，別蹬著鼻子上臉，擠人說話。」周七咧著嘴大笑道：「哈哈，我攪你？你也配？這就不攪你了，嘿嘿，我還不定死活呢！他們不死了，該我死了。」說著又自頓足道：「還說什麼？這簡直是冤怨緣，旁人死好救，我周七死，可誰也救不了咧！」說完長嘆一聲，淒然淚下。憐寶對周七根本沒十分感情，不過為老伴情誼，才加以收養。從他這兩次吵鬧，已有些恨了他，此時見他這樣，倒是漠不關心，但還是納悶。

　　正要詢問原由，那邊如蓮已看出周七不是容易掉淚的人，此際定是

為了大難，又怕與自己的事有關係，便忍不住走過來問道：「爹，您又為了什麼難？」周七看著她怔了半晌，才道：「哼，你別問，誰也救不了我。」如蓮道：「昨天您還好好的，今天怎就出了逆事？莫非還是為我們……」周七微嘆道：「不為你們還為誰？」如蓮愕然道：「這您倒得說說，我們怎就害的您活不了？」周七道：「你就不必問了，告訴你，你也枉跟著擔心，沒一點用。」如蓮道：「就是告訴我沒用，您也教我明白明白，反正我心裡也有些天亮下雪。您既說是為我們，我們還有旁的事麼？大約是有人托您攬我們，如今您為疼兒女心盛，可憐了我們，自然對不住那一面，是不是？可是這也不致把您逼死呀！」

周七一拍桌子道：「好伶俐孩子！你真透亮，猜的有幾成，可是事情不像你說的那樣容易。實跟你說，托我攬你們的這個人，待我有天大的好處，頭一回托我辦事，我就私通了外國，你說怎麼跟人家交待？我除了死還有什麼臉見人家？孩子你別多想，我可不是後悔，不過你既問我，我就告訴你個大概。」如蓮低著頭想了半晌，又問道：「托您的這個人是誰呀？」周七搖頭道：「這我絕不能說，事沒辦成，再給人家洩露了機關，那我更對不起人。」如蓮道：「您不說也罷，可是這個人待您就是有好處，您也犯不上拿自己兒女報恩。咱不會另想法子補他嗎？」周七聽了這話，立刻像心裡有所感觸，忽然站起，在屋裡來回亂踱。憐寶卻在旁發急道：「今天我到混成外人了，你們鬧的七亂八糟，一句也不告訴我，誠心擠我是怎麼著？我……」話未說完，周七已瞪著大眼向她喝道：「沒你的事，先閉上嘴。」又轉臉向如蓮婉轉道：「你說的有理，可是不成呀！我欠人家的情太重，哪補報的過來？」

如蓮又想了想道：「您欠他什麼情呢？是欠他的錢，還是……」周七搶著道：「不說旁的，只這欠的錢我就還不了。」如蓮道：「只要錢的事，我能辦，到底有多少？」周七擺手道：「你辦不了啊！再說我也不能教你

辦。論起數目來，給人家多少也不行。我現在想開了，反正不能見人家了，除了死就得出門。」如蓮眼珠一轉，看看憐寶，又瞧瞧驚寰，便向周七道：「這還好辦，您等我想想。」說著一拉驚寰，兩人走出外間，躲到床後，正要說話，只聽憐寶在屋裡和周七吵道：「你們要怎樣？別忘了女兒是我養的，你們私自商量什麼混帳主意？敢拋開我說話……」如蓮掩著耳朵不聽，只向驚寰道：「你看出來了麼？」驚寰皺眉道：「你這個爹是怎回事？」如蓮道：「我也斷不定，總算不是壞人。他說的話雖不定真假，不過他真給咱們解圍，就算待咱們有好處。他既說欠人家的情，我想給他一筆錢，算咱補他的情，一面也買他個不反悔，隨便他拿這錢補人家的情也好，做買賣去也好。他要去做買賣，將來我娘也許能從他身上得了著落，也省我一份心。不過我娘未必肯容我借錢給他，還得我繞著彎費唾沫。」

　　驚寰道：「要用多少錢？或者我能辦。」如蓮笑道：「你疑惑我把你調出來，為是教你辦錢呢！不對，錢的事不勞駕你，我是因有你不好說話，趕你快走，你去吧，明天晚上還在憶琴樓見。」驚寰道：「憶琴樓能去嗎？」如蓮道：「包你沒事，放心去好了。」說著把驚寰推出，看著他下樓出門，才翻身進了裡屋，見憐寶還正跟周七吵呢。周七這回卻怪的很，居然沉住了氣，只自己坐著發怔，一句也不理她。

　　如蓮進到屋裡，先過去用手把憐寶的嘴一掩，叫道：「娘，娘，別跟爹吵，您還不謝謝他，沒有他，您女兒早死了！」憐寶聽了才觸起早晨的事，不由打了個冷顫，忙把如蓮攬到懷裡，道：「我的兒，到底慪什麼氣？就狠心捨了娘。」說著已消了怒容，紅了那青黑的眼圈兒。如蓮冷笑道：「您看我今天沒死了，就算完了麼？娘，您是知道我的脾氣，要定準了主意，神仙也攔不住。今天死不了，還有明天呢！什麼事也沒有尋死容易，這回被您們救了，您們誰能看守我一輩子。娘呀！反正您女兒

活不成，您只當我死了吧，何必還為我拌嘴！」憐寶聽她這句話，像被冰刀刺入心坎，又涼又疼。又知道如蓮向來說得出做得出，不由得就面如土色，更拚命把如蓮抱住，哭道：「兒呀！你到底跟誰慪氣？」如蓮咬牙道：「跟誰慪氣？跟姓陸的慪氣！」憐寶吃驚道：「你倆灰熱火熱的，怎會……」如蓮搶著道：「不熱還不氣呢，賺了我好幾年，今天才知道他是個勢力眼，嫌貧愛富。」憐寶詫異道：「怎麼說？是跟咱嗎？咱這根底他不是從早就知道？要嫌咱人家窮，行業不正經，起初就不該認識你。怎把你哄了好些日子，如今又嫌惡起來？這不是抓歪岔麼？」

說到這裡，只聽那邊周七把桌子一拍，向空罵了一句。如蓮忙轉過身去，把手按著自己的櫻唇，向他使了個眼色。周七忙把要說的話咽進喉裡，只喘了一口大氣，再不言語。如蓮又轉臉向憐寶道：「您說錯了，不是嫌這個，提起來話長哩！我從早就跟他說，將來嫁他，絕不要一文錢的身價，雖是做姨太太，卻不是他家花銀錢買的，兩邊親家要按親戚的規矩來往。娘，我這是一來為捨不得您，二來要自己爭些身分，不是占在理上嗎？您猜他聽了說什麼？」憐寶翻翻眼道：「他一定是要買你個死門，不許我前去走動。」如蓮道：「意思差不多，話可不是這樣。他說，他家裡規矩太嚴緊，親戚們嘴又太臭，將來把你弄到家去，一定要假說是住家女兒，要實說是窯子裡人絕不成功。你家要跟我家來往，倒沒什麼，可是你娘是那樣，你爹又是那樣，派頭既然不對，你們又沒個正經行業，倘上我家裡去，教我跟家人說什麼？娘您聽這話，簡直咱不配跟他攀親戚，這還不是嫌貧愛富？所以我跟他分爭起來，後來我氣極了，就逼他一同尋死。後來……」

說到這裡，憐寶卻插口道：「這也值不得，只要孩子你捨得娘，娘就不認這門親戚也是樂意。」如蓮瞪著杏眼道：「您看我太不值錢了，怎麼就全得由他？這本是愛好作親，咱是活該死的？就應當伏低做小？我

是跟他慪定了氣，他不是擠勒我麼？我既已立志跟他，也說不上另嫁旁人，只有給他死個看看，教他認認我如蓮。」說著又自仰天苦笑道：「姓陸的，你不用瞧不起我，將來有你後悔的時候，再想如蓮，那可晚咧！」憐寶見如蓮這許多做作，竟自信以為真。不由得落在自己女兒的圈套裡，只想要挽回她尋死的心，倒替她思索起辦法來，便拉著她道：「孩子，你何必想不開？你的心娘知道。無論姓陸的跟你鬧到什麼分兒，我也不勸你跟他變心，省得你多心我。如今咱們是事寬則圓，姓陸的不跟咱認親，你定要跟姓陸的認親，論起來不過只這一點糾葛，咱們慢慢商量，何必一定捨命慪氣。」如蓮聽了便裝作低頭尋思，半晌不語。

周七那裡卻再沉不住氣，跳起喊道：「這姓陸的真眼皮子薄，窮不扎根，富不長苗，他就富到頭，我們就窮到底？過些年知道誰怎樣呢？真看不出這小子混帳……」憐寶聽了，忽然把床一拍，先攔周七道：「你先別喊，聽我說。」又含笑向如蓮道：「對呀，現在用不著跟他分爭，當初你說過要給我賺三年錢，料想不致現在就嫁他。等再過三年，咱還許闊了呢！如今的年頭，有錢王八大三輩，只要有錢，把架子一擺，立刻就是大家富戶，那時他們還許趕著咱認親戚呢！」如蓮聽了，看看憐寶，又望望周七，忽向床上一倒，用手把臉蒙起來。憐寶叫道：「孩兒起來，聽娘說，別死心眼。」如蓮卻躺著不動，低聲道：「您別攪我，容我細想想。」憐寶疑她聽了自己的話，醒悟過來，自去細想，便也由她，只自叨念道：「看人別看現時，土瓦也有個翻身呢！我們就不許發財？」沉了有十幾分鐘，如蓮忽然坐起，倚在憐寶懷裡，叫道：「娘，我有主意了，我死活全在你身上。」憐寶愕然道：「咦，怎又扯到我身上？你說你說！」如蓮未說話淚已簌簌流下，酸著鼻子道：

「娘能給我爭氣，我還活著。不然只可狠心拋了您。」憐寶忍著焦躁道：「你先說你的主意，別教我著急了。」如蓮喘著氣道：「我這主意倒

是準成，可是說出來，您也不依。罷了，不說也好。」憐寶發急道：「小祖宗，你別磨折人了，快說吧！要我的命也給你。」如蓮離開她懷裡，挺身說道：「娘，反正我有死擋著，您依不依也不要緊。好，說我。我在窰子嫌錢，家裡這們大挑費，莫說剩不多錢，便是三年剩個一萬八千也是沒用。再說我還脫不了是窰子裡的姑娘。所以我想現在由我出名，向放窰帳的借兩千塊錢，交給爹去做買賣，萬一上天有眼，發一筆大財，我立刻就變成買賣大掌櫃的小姐，比他念書家少爺不貧不賤，這口氣不就爭過來了麼？我就是這個主意，您要不依，我還是那句話。」

憐寶聽了咬著牙道：「兩千塊錢不是小數，怕將來沒法還，你受大罪……」如蓮聽了暗想自己繞這樣大圈子，說了這些瞎話，居然沒逼出娘一個肯字，心裡暗自著急。便又仰首道：「您放心，不用一年，我準能還清。依著我就這口氣借吧！」話未說完，那邊周七已跳過來，把如蓮拉住，瞪著眼問道：「你這話是真是假？」如蓮一驚，道：「怎麼不真？」周七把她的手一放道：「你這樣真救了我！我現在在本地已見不得人，這樣算你扶持我，藉著做買賣出門一趟，要混整了，一來完了你的願，二來我要剩點錢，也好補報那個人的情。咳，這可不是我周七不要臉，真逼的我沒法了。」憐寶用白眼翻著他道：「噴，噴，聽見風就是雨，你倒有縫兒就鑽，你還要臉？」周七勃然道：「我跟你說不著話，如蓮要跟你一樣，她就磕頭求我收她的錢，我也不幹。如今我看出她夠人味，我們不論父女，只當是交朋友，才肯替她辦事，拿她的錢自己買路走。」

「日久見人心，現在少說廢話。」說著又向如蓮道：「你明白嗎？」如蓮點頭道：「爹，咱們君子一言，不必多說。我預備錢，您預備行李吧！」周七把大拇指一挑，頓足道：「好痛快！可惜你是女子，我在男人裡都少見你這種人。」憐寶卻氣極道：「這日子不能過了，混世亂為王，你們一商量就是個主意，沒有我了！」

第六回　兒女情激發英雄氣豪士走天涯，葭莩誼感動菩提心愚兄探地獄

　　如蓮才要說話，周七已倏然走出。如蓮叫道：「您哪裡去？」周七不應，只聽騰騰跑下樓去，須臾卻背著手兒進來，面色已變得十分難看。憐寶還正在嚼說，周七走向她面前冷笑著問道：「喂，這個家從今天就歸我為主了，你信不信？」憐寶正低著頭也沒瞧見他的臉色，仍自氣憤答道：「你，你是哪裡趕來的？把我攪的七亂八糟，吃我口閒飯，還不是面子？還要當家，你憑什麼？」周七霍的把背著的手一揚道：「憑這個！」立刻見一把明亮亮的切菜刀，已閃耀在憐寶頭上。如蓮和憐寶都嚇得叫起來。周七兩眼通紅，搖晃著菜刀喝道：「誰喊宰誰！」二人立刻都不敢再叫，看著他那凶相，只有抖索。周七把刀逼著憐寶，卻轉臉向如蓮道：「你躲開，不許喊，不許出去。別怕，沒你的事！」說完又一把手抓住憐寶的頭髮，把刀刃對準她那鼻子，咬牙厲聲喝道：「你認命吧，今天你該死了！」

　　憐寶只有渾身亂戰，卻再也說不出話來。如蓮見事已危急，來不及勸解，怕周七真要殺憐寶，就拚命的喊起救人來。只一個「救」字才喊出口，已被周七將頸兒捏住，向前一拖，如蓮撲的倒在地下，周七抬腳輕輕將她脖頸踏住，再也喊叫不出，幸而呼吸能通，只得伏在地下抖戰。周七把如蓮收拾妥貼，憐寶這時才說出話來道：「你……怎……殺……饒……我……救……」周七仍舉刀擬著她道：「你是不想活？你說，想活不想活？」憐寶抖顫著道：「活，……你饒我……怎回事……」周七目光凶射，哈哈笑道：「你不能活，還是宰你好。」說著把刀反向她臉上一按，憐寶呦的一聲，頭兒幾乎要縮進頸裡，閉著眼道：「饒……人……命……為什麼……殺……我……」周七冷笑道：「我倒想教你活，只怕你自己不願活。好，你聽我說，如蓮給我兩千塊錢做買賣，你願意不願意？」憐寶連連點頭道：「願意。」周七又道：「我沒別的買賣可幹，只可去販菸土。販菸土非要女人藏帶不可，要你跟我去，你去不去？」

憐寶兩眼鱉雞似的望著周七，卻挨忍著不說話。

　　周七又把刀一晃動，喝道：「去不去？快說！不說……」憐寶又一個冷顫，立刻說道：「我……我……怎能……出，……家裡……沒沒……人……」周七呸道：「放屁！如蓮用不著你，這個破家挪了礙甚事？不去，好，宰你……」說著把刀一錯，憐寶額上立見了一道半分深淺的血糟，鮮血直流下來，汪到鼻窪口角。憐寶覺得一疼，目中已見了血光，嚇得魂不附體，忙叫道：「去……去……我去……就去……」周七哈哈大笑道：「你去了？你真去？可惜說的晚了點。去也饒不了你！」說著把刀放在床上，甩開巨掌，先刷了她十幾個嘴巴，接著又在她身上痛毆起來。如蓮在地下聽著，猜不透周七是什麼意思，又聽得憐寶被打，不由動了母女的天性，便忘了自己還在周七腳下踏著，拚命掙扎著要爬起救護憐寶。

　　那周七覺得腳下的人起了反抗，只把腳向下略一用力，如蓮立刻連氣也喘不出來，更別說動彈咧。周七撿著憐寶身上肉厚的地方，掄拳猛打。憐寶忍不住疼痛，略一喊叫出聲，周七便又伸手摸刀。憐寶怕他再下毒手，只得咬牙挨忍，口裡只喚「饒我饒我，全依你！」以後連祖宗親爹都央告出來。周七更不理會，直打得憐寶通身青腫，方才罷手。喘了喘氣，又哈哈大笑，對憐寶瞪圓大眼道：「你可認識了我？從今以後，我說一句，你得應一句。答應晚了，還是照樣宰你！」

　　憐寶這時才緩過一口氣來，哭號道：「哎喲，哎喲，打死我了！」周七笑道：「哈哈，打你是給你先送個信，往後你等著吧！不教你怕一輩子，我不姓周。」憐寶瑟縮著道：「你……你打完了，倒是為什麼？教我明白……」周七喝道：「什麼也不為，只要你去掉你的混帳，你是我的媳婦不是？」憐寶這時哪敢頂撞，只得應道：「是。」周七道：「是我媳婦，我就打得。從此你聽我的話不？」說著又把刀拿起，憐寶驚得又一個冷

第六回　兒女情激發英雄氣豪士走天涯，葭莩誼感動菩提心愚兒探地獄

顫，忙道：「聽，聽，聽。」周七掄刀來了個翻腕刀花，狠狠的道：「料你也不敢不聽！今天教如蓮想法借錢，明天咱倆就走。」憐寶方一遲疑，忙又應道：「走走，後天走。」周七冷笑道：「你不用猶疑，有什麼奸詐，儘管跟我周七使，我周七有條窮命頂著。嘻嘻，可是我不能死在你頭裡。」說著把腳一抬，叫道：「如蓮，起來，別怕，我把你的混蛋娘制服了。」說著見如蓮還伏著紋絲不動，連忙拉她起來，放在床上，見如蓮已是面色如死，唇兒變青，又把她搖撼兩下，如蓮才哇的聲哭出來，睜眼瞧瞧周七，便撲到憐寶身上，母女同時放聲大哭。

周七把刀猛一剁床沿，喊道：「別哭！」母女立刻住了聲。周七向如蓮道：「對不住，孩子，怕你礙我的手，才使了這個狠著。沒壓重嗎？」如蓮擦著臉上的灰土，壯了膽子問道：「好不生的，您為什麼打我娘？」周七道：「你別管，你疼她，她害你。我也不必說，你自己揣摩去！閒話少談，你洗洗臉，先出去把放窯帳的找來，商量辦錢。」

如蓮沒有答言，憐寶已忍不住，忙攔住道：「她去不成，等會兒我去。」周七罵道：「呸！歇著你那狗嘴！你去，你哪裡去？一步也不許你離我！你打算我是混蛋，放你出去尋人來收拾我嗎？你死了這條腸子吧！」說著又催促如蓮道：「快去，快去！」如蓮搖頭道：「不成，我去倒能去，怕我走了您又打娘。」周七笑道：「你在家我打她，你還不也是乾看著？你放心去，我絕不打。」如蓮又躊躇欲語，周七急了道：「再打是兔養王八蛋，你再不走，我還打她。」如蓮沒法，只得用手巾擦擦臉，便走出去。

走到門口，回頭想看憐寶的眼色，卻已被周七橫身擋住，只得下樓出了門。在路上自己納悶，猜不出周七是何意思。他無故的打娘，好像凶神附體，娘已受了他的制，哪有法子解脫？我既得出來，便該找人把我娘救出。又想周七對我娘雖然凶狠，可是他的心原不壞，只為逼著娘

聽從我的話，竟鬧得這樣糟糕。我原來是想繞著彎兒給周七弄一筆錢去做買賣，原是好意，哪知他又把我娘扯到混水裡，我真害了娘。可是周七也並不是壞人，只要娘學了好，他總不致虐待，也許她從此倒歸了正果，這倒是歪打正著。我且去尋個放帳的來，先把錢辦妥，以後再看風色。想著便穿街過巷，尋到憐寶乾姐妹黎老姑家。見了黎老姑，說是憐寶有事相商，立刻請過去。

黎老姑有四十多歲年紀，家道富有，原是久放窯帳的，聽如蓮說憐寶有急事相請，料知是錢項的事，便即刻出門隨如蓮回家。如蓮在歸途上又犯了心事，暗想黎老姑這一去，我娘借她仗著膽子，說不定要和周七翻臉打官司，想著不由害了怕。及至到家領黎老姑上了樓，聽屋裡卻靜悄悄的。便讓著黎老姑一同掀簾進去，只見憐寶已靠著牆角坐起，周七卻坐在離她二三尺遠近的地方。憐寶似已把滾亂的頭髮攏得略順，頭上傷痕也用手帕紮裹了，見黎老姑進來，泰然含笑讓坐，先敘了兩句家常。如蓮暗暗詫異，無意中看到周七身上，卻見他已穿上長衣，右手藏在衣襟下，襟角還微露一些刀柄，便心中方明白周七正持刀臨視，憐寶懾著他的餘威，自然不敢聲響咧！憐寶先和黎老姑閒談幾句，便說到借債的事。黎老姑知道如蓮現在正大紅大紫，正是上等債戶，便一口答應，定妥了明天下午立據交款。黎老姑見周七面色不好，憐寶又有病容，不願久坐，就作別自去。

這時天已過午，到了吃飯時候，周七伴定憐寶，兩人一步不離。如蓮只得又自出去買來熟菜蒸餅，周七自己大嚼了一頓，憐寶如蓮都不能下嚥，只默然相對，都不敢隨便說話。周七吃過飯，高談起販菸土的本領，怎樣偷過關口，怎樣欺瞞官人，又說賺錢後給如蓮如何爭氣，自己如何得臉，說得津津有味。如蓮卻暗自替他為難，料著憐寶絕不能捨了女兒，服服貼貼跟他去出門。現在不過怕周七動刀，不敢違拗，眼看就

要出個大不了。但又為周七在旁，不得和憐寶說話，更沒法解勸周七，只自己心裡焦灼。又因一夜未眠，加著吃菸嘔吐，疲乏已極，想躺著歇歇，哪知頭一著枕，竟沉沉睡去。

那憐寶看如蓮睡了，自己怯著周七，料道此際沒法逃出他的手，心裡憂煩，身上痠痛，再坐不住，也自睡倒。周七也不管她們，只自坐著。直到黃昏之後，她母女才相繼醒來，仍是由如蓮出去，到附近飯館裡叫來幾樣菜飯，大家吃了。周七夫婦都犯了菸癮，不約而同的，一燈相對，吸將起來，居然還偶爾閒談幾句，好似忘了早晨的事。熬到十二點後，憐寶想睡在屋中和如蓮計議一切，便向周七道：「你自己去外間睡吧，我身上酸的很，不出去了。」周七搖頭道：「你別找不順，想在屋裡搗什麼鬼！不成，還是跟我去。」說著菸也不抽了，拉憐寶下床，跟跟蹌蹌的走出去。如蓮把床上菸具收拾了，去關屋門時，才見已被周七踢得都脫了榫，不能再關，便勉強著掩上，輕輕熄了燈，也自和衣睡下，卻翻來覆去的睡不著。

過了一點多鐘，忽聽外間裡床聲響動，又隱隱聽見憐寶哼喘之聲，不由大吃一驚。暗想我娘莫非也學了我們那一著，跟周七慪氣，吃了大菸？這不是拚命的聲音麼？不由得出了一身冷汗，顧不得穿鞋，光著腳便走下床來，想跑出去看。走到門首，又聽見不止憐寶哼喘，並且還雜著周七的粗重氣息，互相應和著。如蓮覺得這樣的聲音，是自己向所未聞，不由又加了疑惑。

站住再一細聽，才領略出竟是熱刺刺的刺耳，忽想起正月裡周七初次回家時，曾發現過這種聲息，立刻恍然大悟，臉兒倏的通紅，心也跟著亂跳，便掩著耳朵退回床上，拿過床被子，把頭蒙了。略一思索，卻又詫異起來，暗想這事可是新鮮，白天打架拚命，只過這會兒工夫，怎又親熱到這樣？這還是人嗎？簡直是狗脾氣！虧了他們還是這們大年

紀，真是不要臉！我和驚寰就沒⋯⋯她一想到驚寰，立刻把外間的事忘了。又想到昨天和驚寰尋死，雖沒死成，卻把局面變成這樣，看起來天無絕人之路。我娘和周七出門不出門，都沒大關係，反正不致再有人攪擾，我和他可以常見了，便自心中一喜。又想到憐寶要被周七壓迫著出門，眼看要母女分離，心裡又覺一懼。

這樣尋思了約有一兩點工夫，身上覺得發躁，便把被子揭開。不想外間的難聽聲息，又撲進耳裡，連忙又把被蓋上，穩定心沉了一會，方得入夢。到醒時業已紅日上窗，聽外間屋裡還唧唧噥噥的說話，又過了好一會，才聽周七發出鼾聲。看錶時已九點多了，又假寐了一會，才自下床梳洗，到下午兩點多鐘，周七和憐寶方才醒來。周七目蒙目龍著倦眼，跑進裡屋抽菸。憐寶卻還戀床不起，在被窩裡先吸了許多口菸，直賴到四點方下床。如蓮看她眼圈也黑了，嘴唇也乾了，只自心裡發笑。卻見憐寶今日對周七的情形，和昨天竟已大不相同，似乎已當他作親丈夫看待，自己也勉盡妾婦之道，對周七好像又怕又愛，又有無限的關心，絕沒以前的冷淡情形了。如蓮看著，真心裡有說不出的驚異。

到天夕時，黎老姑來了，當面交了兩千塊錢，把字據教如蓮按了手印，又坐了一會，便自辭去。憐寶送黎老姑走後，倒和周七商量出門的一切預備，說得有來有去，意思非常誠懇。又囑咐如蓮，好好混事，一切留神，「雖然明是出門，總是來回販運，每個月總要回家住幾天，照舊可以見面，不必想我。團隊裡，我明天再去，托憶琴樓掌班給照應著，絕沒什麼不周。」周七又告訴如蓮：「羅九和那一群流氓，我在昨天早晨你上醫院的時候，已經給你們打發了，再不會見你們的面，儘管放心去你的。」如蓮只得都答應著，卻不明白周七怎會把憐寶制得這般貼服，居然捨了安逸，跟他去奔波道路。但又沒法詢問，只得在心裡納悶。

這時周七又催促如蓮，快回憶琴樓去。如蓮因心裡惦記著驚寰之

約，便答應了。又問知憐寶的行期，約定後天早晨回家送行。母女們又談說了許多時候，天已過了十點，如蓮才別了他們，帶著零碎物件，僱車直回到憶琴樓。自有掌班的迎接諂笑，一切不必細表。

如蓮進到自己屋裡，詢問老媽，才知那天羅九這一群人，因為打茶圍不見了姑娘，幾乎發興混鬧，都是叫夥計們央勸，才罵著街走了。以後還來過五六次，因姑娘未在班裡，他們沒得發揮，幸而坐回便走，這幾天卻不再來了。如蓮聽了，心裡暗自安穩。接著便有旁的熟客人從門首路過，詢知如蓮業已回班，便進來茶敘。一會兒工夫，竟上了滿堂的客，如蓮只得來往酬應。又等過十二點後，驚寰才姍姍而來。如蓮原為他留著本屋，便讓進了復室。

到菸茶獻畢，屋裡人靜以後，驚寰瞧著如蓮一笑，如蓮也望著驚寰一笑，兩人同時開口道：「我告訴你」說完兩人都覺著詫異，不由全沉了一沉，又把嘴同時張開，如蓮笑著把驚寰的口兒掩住道：「你告訴我什麼？我正有要緊的事告訴你呢！」驚寰頭兒向後一閃，躲出嘴來道：「你有什麼事？我這件事才要緊呢！」如蓮把手一擺道：「你要緊，你先說說！」驚寰才含笑欲言，又收笑把眉蹙起來道：「論起這件事我不該喜歡，可是咱倆以後容易常見面了。江西我那盟伯打電報來，約我父親去做幕府，我父親答應了，三五日便要起身。這一來我就沒了管守，再出門瞧你就方便了，也不致擔驚受怕。」如蓮一怔道：「哦，事怎都這樣巧？我爹娘正要出門，怎你父親也走？」

驚寰道：「你爹娘出門幹什麼？怎我沒聽見說。」如蓮一拍大腿道：「咳，這都是新鮮事。我那天攛你走了以後，我就和我娘繞著彎說，才說到借錢給周七，設法歸到正題。哪知周七這位小子，竟從中參與起來，逼著我娘跟他去販菸土，拿刀動杖的拚了一回命，才把我娘制服得應允。雖然陰錯陽差的如了我的願，可是我娘為我挨了一頓暴打，我已對

不起她，如今又要擔驚受苦的出遠門，更教我心裡難過。」說完咬著嘴唇，看看驚寰，忽然舉纖手向他額上一戳道：「都是為你，教我連親娘都不顧了。你，你。」驚寰瞧著她淒然一嘆，如蓮怔了一會，忽又潸潸的落下淚來。驚寰知道她是為想著娘難過，便把她抱到懷裡，低聲勸慰。過一會，如蓮搓著手道：「我不是人，我不是人。」驚寰忙問道：「你又鬧⋯⋯」如蓮搖頭道：「到如今我才知道自己可惡，從認識了你，就和我娘變了心。就按現時說，想起娘來，心裡雖然刀扎似的難過，可是再想到能和你常相廝守了，便又不知不覺的要笑。這還不是有了男人忘了娘？我還算個人麼？都是你害的我。」驚寰才要說話，如蓮已仰身倒下，拉著他撒嬌道：「你害了我，不行，你賠我，賠我。」

驚寰側身按著她的胸口道：「這可難了，我賠什麼？」如蓮撅著嘴道：「你把我的心髒了，賠我的心！」驚寰道：「心怎麼賠呢？」如蓮閉上了眼，半晌不語，忽然掄起小拳頭，打了驚寰一下，才睜眼改容笑道：「你賠不起，你補吧！」

驚寰也跟著笑道：「我的佛爺，你可晴了天。可是心又怎麼補？」如蓮嬌嗔道：「你糊塗！」驚寰一陣明白，便道：「是是，我補，我補。」如蓮正色道：「怎麼補法？你說說。」驚寰道：「補法多咧，現在空口說也無益。歸總兒說，你現在不是為了我才對不住你娘麼？將來我總要教你從我身上加倍的對得住你娘。」如蓮點點頭道：「哦哦！」

又秋波一轉，拿腔作韻的念戲詞兒道：「君子一言」驚寰也接著她的口吻道：「快馬一鞭。」如蓮又道：「說話不能反悔。」驚寰才舉起手來指著電燈要說話，如蓮已拉他倒在她的身旁叫道：「哥哥，這才是好哥哥，小杜找為你這一場。咱們拋開這個，說開心的，以後你可以常來了。」

驚寰點頭。如蓮低聲道：「這並非我貧俗，你知道我已經背了兩千塊錢的虧空，不能不籠幾個冤大頭，替我填補。你既常來，這本屋應該我

給你留著。」驚寰插口道：「我哪在乎本屋不本屋？你這真多此一舉。」
如蓮道：「不然啊！旁人坐本屋，你倒拋到破屋裡，有這個理麼？不過我
想，這三間房子，留出外面兩間讓客，這間臥室把通外間的門鎖上，另
外一個門，永不讓旁人，給你一個人留著，你下次來，不必等人讓，自
己一直進來好了。你看……」驚寰道：「這樣兩全其美，難為你想得出。
可是我每天什麼時候來好呢？」如蓮道：「隨便什麼時候來也行，便是成
年住在這裡有誰敢管。」驚寰笑道：「要成年住在這裡，我真是倒招門的
女婿咧！」如蓮也笑道：「怎該你總是女婿，不許算我新娶的姨太太？」
說著二人一笑，又偎倚清談了一會，驚寰便自別去。

　　過了三四天，驚寰的父親已起身赴了江西，周七和憐寶上了關東。
這裡驚寰好像野馬脫了籠頭，如蓮也省了許多心事，兩個人便舒心適意
的長相廝守。驚寰每月平均總有二十五天到憶琴樓去，每去必有多半天
留連，直把青樓當作了閨閫，說不盡的樽前索笑，月底談心，消受了許
多的良辰美景，作盡了無窮的賞心樂事。雖然都守著當初的舊約，從未
肌膚相親，但是這種劃著界格的情局，更是別有風味，常教人覺著有餘
不盡，回味彌甘，真享盡了人間的豔福。兩個人納頭情窩，投身愛海，
不知不覺的已由夏樂到秋，秋又樂到冬。旁人雖看著季候兩更，在他倆
卻覺得不過只有三宵五日。但是他倆雖欣然得意，各自珍重芳時，哪知
還有個薄命佳人，獨守閨房，過著那眼淚洗面的日月。

　　說話驚寰夫人，自見公公出門，丈夫更不大在家，知道他是尋那情
人歡聚，心中的疼痛自然無可言說。卻仍自恪守婦道，向驚寰身上竭力
用心，想用深情把他感化過來，只要他略覺過意不去，肯向自己說一言
半語，便不難由漸而入，慢慢的重調琴瑟。因此外面雖怕人取笑，故自
穩重，暗地裡卻對驚寰的衣服飲食，起居寒暖，無不著意熨貼，縱在微
細地方，也都顯露情意。可憐她一縷芳心，只縈在丈夫身畔，便是倦繡

停針之際，錦衾無夢之時，全是想著心思，尋著算計，哪知枉費了如許痴心，竟未博驚寰一些顧盼。親手給驚寰做的許多衣服，也從未見他穿著一次。每日到書房去替他鋪床疊被，也從未看他有一絲笑容。天天和他說話，天天討個沒趣，除了裝睡，便是掩耳。她本是個嬌柔的女兒，自出娘胎，從未受一些磨折，如今遇了這種艱難，怎不心酸腸斷？所以每天從書房回到自己房裡，便背人掩泣，有時竟哭到黎明，到次日還要勉強歡笑，向婆母屋裡視膳問安。

這樣日子長了，憂能傷人，竟把個玉貌如蓮花的女郎，消瘦得柳腰一搦。驚寰母親見兒婦這樣，卻不管勸兒子，只安慰新婦。說些安心忍耐，驚寰早晚有回頭之日的話，驚寰夫人只得唯唯答應，心裡反添了痛苦。不過還能舉止如常，含忍度日。便到歸寧時，為恐遭姐妹們輕視，絕不把夫婦不和的事提起。有人稱賀她與丈夫琴瑟和好，她還要故作嬌羞，喬為默認的樣子。可是心裡疼痛到如何程度，便不問可知了。

光陰迅速，轉瞬已到中秋。這日晚間，驚寰母親吩咐把酒飯開在東廂房佛樓上，合家歡飲，開窗賞月。驚寰雖然向來不進內宅吃飯，但在此日不能不仰體親心，應個故事。驚寰母親在中間坐了，兩旁坐著佳兒佳婦，開樽小飲，談笑甚歡。外方看來，彷彿極盡家庭之樂，但是底裡卻又不然。老太太因丈夫遠遊在外，席間比往年少了一人，多少有些觸景淒涼。驚寰也因父親離家，怕母親不快，便歇意承歡，想博慈顏喜悅。但是只向母親說話，絕不左顧右盼。驚寰夫人因方才向驚寰說了幾次話，都未得他一語相答，又是在婆母面前，覺得羞慚。再想到這中秋月圓時節，誰家夫婦不正在歡慶團圓，偏我還受這般淒苦？雖現在和他對坐飲食，過一會還不又是須臾對面，頃刻分離？想著抬頭看見窗外光明皎潔的月兒，再偷眼瞧這燈前玉面朱唇的夫婿，心裡更一陣愴涼，覺得這一會兒相對無言的光景，也是很可珍惜的了。

第六回　兒女情激發英雄氣豪士走天涯，葭莩誼感動菩提心愚兄探地獄

　　飯吃完後，老太太要在樓上多坐一會，便扶著僕婦下樓先去更換衣服。樓上只剩下驚寰夫婦二人，立刻都覺侷促。驚寰夫人只低頭坐著，驚寰因為不在書房，沒法寫字，不在床上，沒法裝睡，倒手足無措起來。驚寰夫人因喝了兩杯酒，心膽略壯，見驚寰要離席立起，便低言道：「你吃飽了嗎？」驚寰只略一點頭，驚寰夫人又含笑道：「今天中秋節了，我自嫁過來，自然沒一件事合你的心」說到這裡見驚寰又舉手去掩耳朵，忙軟聲道：「我不是說當初的事。當初就算我錯了，難道我錯在一時，你就忍心恨我一世？如今我也苦得夠了，你耽待我不知輕重。回頭我在屋裡預備一桌果碟，給你賠禮，你賞個臉兒吧！」

　　驚寰聽到這裡，忽然想起如蓮，昨天也約我今夜去賞月過節，又說倘去晚了，就罰我跪著吃十個大月餅，便連帶想起如蓮說話時的憨態，不由得嗤然一笑。他心裡想如蓮，卻不自覺的向著他的夫人笑。驚寰夫人見他這樣，以為他雖不好意思說話，卻已在笑中表示默許，真覺意想不到，心裡痛快萬分，滿面堆歡。正要說話，忽聞樓梯作響，僕婦又攙著老太太走上來，便住口不言，但是心中已有了指望。臉上雖忍笑不發，那小嘴兒卻時時的被笑意漲得張合無定。

　　老太太見兒子和媳婦面上都添了笑容，疑惑他倆方才已說了體己話兒，恢復了感情，心裡也自暗暗歡喜。又談了一回若愚到上海收帳許久未回，他女人又在產期的事。再開窗望了一會明月，天已到十點多鐘，驚寰為急於到憶琴樓赴約，便有些坐立不安。驚寰夫人為要回屋去替丈夫預備酒果，也有些心神不定。老太太看出他倆的神情，更覺著方才自己所猜的不錯，便託辭就去睡覺，先回了上房。

　　驚寰夫人扶侍婆母安歇以後，才回到自己房裡，把食櫥裡所存的果品食物，都收拾得精緻整潔，預備好了酒具，又悄悄開箱拿出兩幅新被，疊在床上，把枕頭也換了，這才對鏡重新上了妝。又等了一會，再

不見驚寰進來，自己暗想：驚寰雖默許肯來，可是他少年人臉皮薄，再說又賭了這些日的氣，這時怎好意思自己進這屋裡？我應該先去請他，他自然就趁坡兒來了。想著便興沖沖的出了屋子，來到書房，不想燈火獨明，早已寂無人影。又見他的馬褂和長衣都已不見，情知他又已出門去和情人團圓，心裡好似中了一支冰箭，射了個透心涼。呆了一會，又垂頭喪氣的回到自己屋裡，才要躺倒哭泣，忽又轉想驚寰也許先和情人有約，先到那裡一轉，再回來就我。我要哭個愁眉淚眼的，又惹他不高興。便勉強支持，坐在椅上苦等。

哪知驚寰這時已和如蓮帶著酒果，去河坑裡坐一小船玩耍，預備通宵作樂呢！驚寰夫人直等到天光快亮，才知道驚寰賺了自己，又氣又恨，又悲又苦。更想到驚寰對自己實沒絲毫情意，不由又斷了指望，哭上一陣，越想心裡越窄，後來想到活著再沒趣味，直要尋個短見。再看燈時，已變成慘綠顏色，屋裡也似乎鬼氣森森，幾乎自疑是死期到了。但轉想到驚寰，虛摹著他的面貌舉止，覺得這樣的丈夫，真可愛而又難得，女人也沒那樣俊雅，我能嫁得這樣一個男人，真不是等閒福分。俗語說：「留得青山在，不怕沒柴燒。」我若一時不忍耐就自死了，萬一他將來轉心回意呢，那我想再活也不能了。

想著心略寬鬆，便自睡倒。但是在發生熱望以後，倏然又遇了失望，神經受的刺激太重，又加著平日心裡所存的鬱積，都跟著發作起來。到次日便渾身發熱，頭重腳輕，再下不得床。又過了十幾日，竟有頸上起了一個疙疸，雖不覺疼，卻日見其大。請醫生診看，疑說是症名瘰癧，俗號鼠瘡，是由氣悶憂鬱所致，藥物不能消滅，唯有靜待自破以後，再行醫治。驚寰夫人自想，我那樣白玉無瑕的容貌，尚不為驚寰所愛，如今又長了這個要命的東西，我自己瞧著都討厭，更沒望他愛我了。想著更加愁煩，身體日見虛弱，疙疸更見增長。又過了兩個月，已

消瘦得不似人形。大家才慌了神，便各處去尋醫問卜，卻已病體日深。驚寰也知道新婦的病是由自己身上所起，清夜自思，也自覺得無限慚惶，神明內疚。原想要到她房裡去探視安慰，但是驚寰有一種古怪脾氣，自己既覺得對不住人，心下生了慚愧，便怕了她，再不敢和她見面。因此每天早晨便出門，直到深夜方歸，只恐有人拉他到新婦房中探病。但是自己已受了良心上的責備，時常的惘然自失，不過不能明言罷了。

到了臘去春來，轉眼正月將盡，驚寰夫人似已轉成癆病，醫生雖只說身體虛弱，但是家中人已有些預料，都代擔危險。這一日若愚的夫人過來探視，見了老太太，說昨天若愚已由上海回來，因身體不爽，正在家裡靜養，明天便過來請安。又談了一會，問到表弟婦，知道病更重了，便自到驚寰夫人屋中探視。見她病骨支床，面容慘白，伶婷得十分可憐，比去年冬天更瘦弱了。驚寰夫人見表嫂到來，便有氣無力的叫了一聲，還要扎掙坐起，若愚夫人連忙按住，自己也坐在床邊，道：「妹妹好些嗎？」驚寰夫人強笑道：「好些了，謝謝表嫂惦記著我，上次還送了那些東西來。」

若愚夫人道：「那算什麼？你還客氣，現在到了春天，正是養病的時候，你好生保養，快快好了，到夏天咱們上北京去玩。」驚寰夫人乾嗽了兩聲，慘笑道：「好了我跟您去！」說完喘了口氣，看著自己枯瘠的手道：「咳，嫂嫂，只怕我沒有那一天了。」若愚夫人見她眼圈一紅，淚已汪在眶裡，便勸道：「妹妹，你只是心重，閒白的事先拋開不想吧！養病要緊，病好了什麼都好辦。」驚寰夫人轉過臉去，用手巾拭著淚道：「嫂嫂，不好辦啊！咳，我這病不能好了，我也不想好。」若愚夫人聽她說得悽慘，不禁也落淚道：「這點小病，不許這麼亂說，不過你的心太窄。」驚寰夫人不接她的腔，又自接著道：「可是我也不願意死，我

爹娘只我一個女兒，死了怕他們禁不住，要不然我早死了。嫂嫂，你是有學問的人，我們家裡的事你也全知道。你說我這樣命苦的人，活著有什麼趣？」

　　若愚夫人聽了，想到他夫婦失和，是被若愚所害，而且去年春天，若愚曾教自己和她說，保她夫婦重歸於好，哪知到如今竟成了虛話，把她害到這樣光景。心中十分難過，默然過了半晌，便又勸道：「你也得往開裡想，年輕的人誰短的了掐花捏朵，俗語說，露水姻緣不久長，久長的還是夫妻。你只忍耐著，將來他總有回頭愛著你的日子。」驚寰夫人嘆道：「嫂嫂，你的話我明白，只怕我活不到那時候。現在我旁的不想，只盼將來他有日想到我的可憐，到我墳上去燒張紙吧！」若愚夫人聽著，想到世上女人的苦處，也自傷心，更沒話對她勸慰。末後忍不住拉著她的手，悄聲道：「妹妹，咱們全是嫁過人的女子，我說句話你可別過意，譬如現在我想法把驚寰給你捉回來，你可好的了病嗎？」

　　驚寰夫人面上一紅，低頭半晌才道：「嫂嫂，……沒法啊，人來……心不來，也枉然啊！」若愚夫人看她像是已動了心，曉得她這病不止憂鬱，還夾著相思。只要驚寰來和她溫存，自然不難漸漸痊癒，想著便道：「傻妹妹，自然人和心一同來啊！你省煩惱，靜聽好音吧！」驚寰夫人看著表嫂，面上露出疑惑的神色。若愚夫人立起身道：「你歇著，過幾天我還來看你！」驚寰夫人黯然道：「嫂嫂，你勤牽記妹妹點，別拋了我不管。」若愚夫人暗暗會意，不禁又替她可憐，便點頭答應，又說了兩句，就走出來，辭了驚寰的母親，自己回家。到家裡上了樓，有僕婦把斗篷接過去，若愚夫人便進了內室。見若愚正在床上睡著，夫人也不驚動他，便自坐在椅上，想起驚寰夫人方才說的話，心裡不勝慘痛，鼻尖一酸，不自禁的落下淚來。那床上的若愚原已睡醒，聽屋內腳步聲響，知道夫人已經回來。他夫婦原都喜歡調笑，此際若愚又是遠道新歸，正

第六回　兒女情激發英雄氣豪士走天涯，葭莩誼感動菩提心愚兄探地獄

在離情初敘，恩愛方濃，便想著夫人定要前來耍趣。哪知聽她坐到椅上以後，再不聞一些聲息，忍不住回頭看時，見夫人正自垂淚。

若愚因為在上海結識過一個情人，臨別贈了幾件表記，藏到行篋裡，疑惑是被夫人發現了，因此生氣。心裡懷著鬼胎，一翻身坐起來道：「你哭什麼？」夫人不答，若愚又問道：「好不生的你為什麼哭呀？」夫人才抬頭道：「為你！」若愚心裡一跳，暗道：「糟了，一定是犯了案。」便提著心道：「我沒惹你。」夫人含淚笑道：「虧你是男子漢，大丈夫，說話不算，欠債不還。」若愚聽她的話口，不像是犯酸，略放下心，道：「我欠誰的？說……」夫人一瞪杏眼道：「欠我的！」若愚道：「你要的東西，我全從上海帶來，一件沒忘呀！」夫人撇著嘴道：「你真瞧不起人，為東西我也值得哭？我只問你，去年春天，你派我去和表弟妹說過什麼？」若愚想了想道：「哦哦，那件事我也告訴過你，住了兩夜習藝所，花了兩千七百塊錢，才擺了個十面埋伏陣。哪知以後驚寰還是照樣去嫖，我也再找不著周七。過一個月才見著劉玉亭，他說周七已投降了外國，不但他順了那個如蓮，還把羅九一夥人都趕開了。我簡直竹籃打水落場空，也不知驚寰哪裡來的法術，居然把周七收服。後來我又接著周七一封信，寫得糊裡糊塗，大意是說對不起我，三二年裡就還我錢。我也沒處尋他，只得罷了。接著上海鋪子裡又出了事，匆匆的出門……」

夫人搶著道：「好你說個只得罷了！你當初跟我說的話，只當放屁！我當初跟人家說的話，可不能算放屁。那時大包大攬的許了人家，如今落個又只得，又罷了，我可沒臉見人。」若愚聽了還以為夫人受了驚寰太太的閒話，故此氣惱，便道：「憑良心說，我並非不盡心，事情變了有什麼法子？表弟妹跟你說了什麼閒話？」夫人頓足道：「她要能說閒話倒好了，可憐她現在離死不遠，這可是你害的她！」說著就把今天見驚寰夫人時的景況，訴了一遍。說到淒切處，若愚追想因由，感同身受，也

跟著落淚。夫妻倆便握手對泣，真是替人垂淚也漣漣。

　　若愚聽夫人說完後，兩手抱著頭，像後面有人追著似的，在屋裡亂
跑亂轉，忽然從壁上抓下一件大衣挾著就要向外跑。夫人一把抓住，道：
「你上哪裡去？」若愚把牙咬得亂響道：「當初禍是我惹的，教人家替
我受冤枉。上次我和驚寰認罪，他只不信，現在我還去同他說，他再不
信，我就拉他一同去跳河，省得……」夫人用勁推他坐在椅上，道：「混
人混人！你就拉他跳了河，於表弟婦有什麼好處？不是更害了她？我方
才從陸家回來，在路上已拿定了主意，只要你問驚寰認識的婊子住在哪
裡，我就自己找了去，跟那婊子拚個死活，最輕也挖瞎她一隻眼，咬掉
她半個鼻子，教驚寰還迷戀她！」若愚擺手道：「說我混，你更混，你怎
能拋頭露面的上窯子去打架？再道打死人能不償命麼？再說憑你這樣嬌
怯怯的人，教人家一指頭，就戳回來咧！」夫人撅著嘴道：「這不行，那
不行，難道就看著那個可憐的生生病死？要不然我也不急，只為禍是從
你身上起，我替你虧心。什麼是缺德？這就是無心中缺了德。往後咱不
受報應，也要報在兒孫。」

　　若愚沉沉氣，才嘆氣道：「論報應我可不怕，我也不信。不過眼睜的
真虧心嗎！她要果然死了，我這一世再不能有一時鬆快，早晚要得神經
病。」夫人甩著手道：「所以呀！這可怎麼辦呢？驚寰是痰迷心竅，沒法
勸說，除了跟那婊子拚命，還有……」若愚跳起來道：「我有主意了。」
夫人愕然道：「你有什麼主意？快說。」若愚又坐下，拍著大腿道：「左
不過錢遭殃，那婊子有什麼好心？迷戀驚寰還不是為錢？我只多給她一
筆錢，買她和驚寰斷絕，就……」話未說完，夫人已拍手道：「好好，要
錢不成，我再添些首飾。」

　　說著跑過去從小櫃裡把首飾匣子拿出，挾在脅下，又催若愚道：「你
快拿錢！咱這就去。」若愚看她那種張皇景況，不由笑道：「瞧你這忙不

迭，把首飾全拿了去，難道把這兩三萬塊錢的東西都給她？」夫人怔了
怔道：「少了她肯嗎？」若愚微嘆道：「你真是闊小姐，一些不知世事，
可是真難為你這片好心。世上女人誰肯拿自己妝奩辦這種不干己的事？
好，我向來有名的仗義疏財，再加上你個疏財仗義，咱這家再有幾年就
差不多了！」夫人著急道：「少說廢話，到底該怎麼辦？」若愚把首飾
匣拿過打開，取出一個鑽石戒指，一對珠花，道：「足以夠了，買一個
人才用多少錢？咱也別冤頭出了圈。」夫人道：「那麼還帶多少錢？」若
愚道：「你把昨天要往銀行送的那筆錢拿來，便足用了。」夫人依言把
一包鈔票尋出，遞與若愚，便喊僕婦拿斗篷。若愚笑道：「你真跟我去
嗎？那是窯子呀！遇見熟人不好意思。」夫人夷然道：「窯子怕什麼？
又不是我……」若愚忙笑著攔住道：「是是，你去，你去。」夫人嘴似爆
豆的道：「當然我要去，俗語說：『人多主意多，人多面子大，人多勢力
眾。』你一個去要辦糟了，還有什麼法？」若愚笑道：「倆人去，辦糟了
也是照樣，不過是無可埋怨誰。你去是去，可是臉上哭的小樣兒，還不
收拾收拾。」

　　夫人聞言方才醒悟，走到鏡前，用粉撲草草撲了兩下，又跳過來道：
「完了，快走。」若愚見夫人這樣熱心，倒受了她的感動，夫婦便攜手出
門，想打電話雇汽車，已來不及，只可到巷口雇洋車，說了地址，那車
伕見這財主夫婦，竟到那樣地方去，都暗自詫異，但又不便詢問，拉起
來直奔普天群芳館。到了憶琴樓門口，若愚夫婦跳下車來，夫人見那門
口有許多不尷不尬的人出入，倒生了忸怩，覺得不好意思，只緊依在若
愚身後。若愚低笑道：「女俠客也害羞了，你不是要自己來打架嗎？」夫
人紅著臉呸了一口，若愚便領著她進了門。

　　那堂屋裡的夥計們正要讓客，忽見這位客人後面，還跟著個秀麗的
女子，不由都怔了怔，還以為是好玩的客人，帶著旁處的姑娘來打茶

圍。但看這女子又不像煙花人物，料得事有蹊蹺，只得把他倆讓到一間空屋裡，一個夥計站在門口舉著簾子，不敢冒昧說話。若愚已含笑說道：「這裡有個如蓮姑娘嗎？」夥計道：「有。」若愚道：「招呼她。」夥計躬著身道：「沒包涵麼？你。」若愚笑著搖頭，那夥計瞧了若愚夫人一眼，才放下簾子，高喊了一聲：「樓上大姑娘。」沉了一會，簾兒又一起，見一個苗條女郎飄然走入。若愚夫人覺得眼前一亮，不待細看，已知這個人兒十分俊美。如蓮一進門，見屋內坐著一男一女，不由得一怔，又加著天色漸晚，光線不明，遠遠的瞧不清楚，便站在門口停步不前。若愚先向夥計把手一擺道：「去。」

那夥計便放下簾子，若愚站起走到如蓮面前，道：「您認識我麼？」如蓮上下打量他一下，吃了一驚，道：「哦，您……您是陸大少的表兄，去年來過一次。」若愚讚道：「好眼力。」如蓮一見來人是驚寰的表兄，心裡暗道：「不好，他帶來的這個女人，說不定便是驚寰的太太。果真是她，定然來意不善，誠心來對付我。」想著便指那女人問若愚道：「這位小姐是……」若愚回頭招呼夫人道：「意珠，來，你來見見，這就是咱表弟的相好。」又向如蓮道：「她是我的內人姜意珠。」如蓮才放下心，便向夫人深深鞠了一躬，叫道：「表……」才說出一個字，忙把下面的「嫂」字嚥回去，才又改口道：「太太。」夫人也還了禮。若愚道：「驚寰在這裡麼？」如蓮道：「沒有。」若愚笑道：「我同內人到租界上閒溜，她忽然想到窯子裡開開眼，因為生地方不便去，就尋到這裡來，你可不要笑話。」如蓮笑道：「呦，哪裡的話，只求太太不嫌我們，我巴結還巴結不上呢！呀，我還忘了，這屋裡怎麼能坐，快上樓去。」

說著恭恭敬敬的拉了夫人，便出門上樓，若愚在後面跟著。如蓮把他夫婦讓進自己臥室，都讓了坐，才去把電門捻開，立刻大放光明。夫人見屋裡陳設得精雅富麗，好像個大家閨閣。壁上還掛著驚寰的半身放

第六回　兒女情激發英雄氣豪士走天涯，葭莩誼感動菩提心愚兒探地獄

大照片，若愚一見便知這是驚寰個人包下的屋子。夫人才細細端詳如蓮，不覺暗自讚嘆，若非這樣的人，怎能奪了驚寰太太的寵？又瞧著她十二分面熟，彷彿像自己朝夕所常見的人，卻只想不起。忽然轉眼看見若愚，心裡便不勝詫異。如蓮也暗自偷看夫人，見夫人雖是二十四五年紀，卻生得標緻非常，卻於美豔之中，又含著英挺之氣。再加上身長腰細，眉俏肩削，竟像個戲臺的武生，心裡也十分愛敬。又因他倆是驚寰近親，將來也是自己的親戚，便竭力招待，張羅茶果，把夫人哄得不勝痛快。夫人又同她說了幾句家常，如蓮都回答得條理井然，有情有趣，夫人喜歡得把她攬在身旁，談笑十分融洽。若愚卻只含笑默坐。少頃，忽聽外間喊了聲「大姑娘」，如蓮應了一聲，便輕輕立起，向夫人笑著道：「太太您可不容易來，給我增多少光輝。要不嫌簡慢，務必在這裡吃晚飯。」說著又向若愚道：「求您也賞臉。」夫人才要說話，如蓮已走到門口，回頭笑道：「太太，瞧著您的表弟面上，賞給我個小臉，太太賞個臉兒吧！」說著舉手合十，向夫人一鞠躬，便歡躍著出去。

這屋李維人還呆呆望著她的後影兒，那樣子像愛慕已極。若愚忽咳嗽了一聲，夫人回頭，見若愚正在冷笑。夫人道：「你笑什麼？」若愚摸摸自己的眼道：「她還是兩隻眼哪！」夫人不明白，道：「人可不是兩隻眼？」若愚又摸摸自己鼻子道：「還是整個兒的呀！也沒咬掉半個。」夫人才想起自己在家裡所說的狠話，不由笑道：「你別揭我的根子，我看這個孩子真怪好的，長的又好，說話又甜甘又明白。我看咱家親戚中許多女孩子，誰也比不上她一半。」

若愚晃著頭兒道：「好，怎麼樣呢？哼，我瞧你幸虧是個女子，要是男人，遇見了她，還不先賣房子後賣地？哼，你不用不信，只這一會兒工夫，就把你迷的不知東南西北咧。」夫人嬌笑道：「你別造謠言，我怎會受她的迷？」若愚點頭道：「不迷不迷，咱是幹什麼來的？閒談來的，

喝茶來的，吃飯來的？把正事都忘了，還說不迷呢。」夫人自己想想不由紅著臉笑了，又自皺眉道：「這孩子真愛人，我看她跟驚寰真是璧人一對，月下老人不定費多少工夫，精選細挑，才配成這一對兒。要拆散了，真有點傷天害理呢！」若愚冷笑道：「你這兼愛主義，只怕行不開，只看見這裡璧人一對，別忘那裡還有病人一個啊！」夫人聽了，觸到驚寰夫人病榻上的慘狀哀聲，便又奮然道：「病人要緊，自然還要照原議辦理。可是這個孩子這樣憐人，我不忍跟她張嘴，你和她說吧！」若愚正色道：「不成！你說比我說合適的多。我說容易鬧成僵局，不好轉圜，我看她很懂情理，又好面子，你最好同她把細情緩和著說，用感情激動她，再用錢物引誘她，便容易成功。」夫人蹙眉道：「我真不知怎樣說好，頭一宗我先覺著說這個有點殘忍。」

若愚道：「好，這個殘忍，看著那個病人死，不殘忍。難為你還是個女學校的大教員，連輕重都不能分辨。」夫人忙攔住道：「得得，不必使這激將法，我自己說。你承好吧！」說完自己又凝想了一會，如蓮才滿面春風的走入，在他倆每人面前都換了一碗熱茶，向夫人道：「太太，我告訴他們預備飯了，可沒好的，您只當為我受一回屈。請脫衣服寬坐一會，這裡什麼都方便，有事您儘管說。」夫人招她近前，抱在膝上，仔細端詳著道：「小妹妹……」如蓮忙擺手道：「太太，可別這樣抬舉，看折壽死我。」夫人笑道：「這孩子太拐古，我瞧你竟是個小仙女兒。小妹妹，我一見就投緣，你認我這老姐姐？」如蓮道：「我可不敢。」夫人偎著她道：「咱們都是女人，一切平等，論什麼身分高低？你生在窮家，便幹了這個，我生在富家，便叫做小姐，還不都是境遇所迫？細想來有什麼分別呢！妹妹，你要不肯，便當我是俗氣人了。」

如蓮見夫人藹然可親，慈祥可慕，對自己竟像慈母對待女兒，說的話又十分令人感激，已自動了心。再想到她是驚寰表嫂，結識了她，將

來於自己婚事定然大有裨益。正想隨機答應，卻又見夫人從懷裡拿出一個包兒，打開了取出來三件東西，竟是一個光華燦爛的鑽戒，和一對極上品的珠花，拿著遞向如蓮道：「小妹妹，你收了姐姐這點見面禮。」如蓮一陣愕然，臉上倏的變了顏色，閃身起立，退了一步，心想這樣貴重的東西，最少值幾千塊錢，便是瘋子也不會隨便送人。她定是有所為而來，便強笑著背著手道：「謝太太的美意，這樣貴重的東西，我不敢領情。」

夫人笑著道：「妹妹，你只管收下。這也沒什麼貴重，我還有事求你。」如蓮眼珠一轉道：「哦，太太有事您儘管說，東西我寧死不敢要。」夫人見如蓮這樣聰明決斷，見利不動，心裡暗自佩服。自想風塵中真有這樣人，不特貌美心靈，而且品高性烈，更覺到驚寰賞鑑不虛。又料到他倆定不是等閒遇合，更不忍拆散這對姻緣。但回想到那一方面還有病危待救之人，自己不能中道變計，不由左右為難，半晌沒法開口，心裡一陣焦急，竟自難得落下淚來。如蓮瞧著不勝驚異，忙上前扶著夫人的肩兒道：「太太，您怎的……有什麼事情您說。」夫人嘆了一聲，看著如蓮道：「我告訴你吧！我今天來，實在是有事，可不是我自己的事，是替一個天下最可憐的女人，來求你救命。你只一揚手，她就活了。」如蓮聽了猝然一驚，料道是驚寰家裡的事。但一時想不出頭緒，顫聲問道：「求我？我有什麼可求？」夫人拉她坐到身邊，嘆道：「你知道驚寰的太太病著嗎？」如蓮雖聽驚寰說過他女人患病，但不知重到什麼程度，又要自己留個地步，便答道：「沒聽說呢！」

夫人道：「咳，豈正病著，眼看要死了。她這病錯非你能治，所以來求你。」如蓮怔了神道：「我……我怎會治病？」夫人道：「你慢慢聽我說，提起話很長。驚寰先認識你，後娶的太太。他只為戀著你，始終沒和他太太同房，連話也不說一句。他太太又是個有心的人，想盡法子感

化他，也沒一點功效。日子長了，連鬱悶帶生氣，便得了重病。不只長了瘰癧，眼看轉成癆病。你不知道多們慘呢！」說著把自己今天探病的情景，又且哭且訴的說了一遍，這一次更說得繪影繪聲，添枝添葉。若愚見如蓮聽著，竟不住的低頭撒淚，自己暗自料到有了幾分希望。

夫人說完又道：「妹妹，你是聰明人，我才跟你說這些話。咱們都是女人，都知道做女子的苦處，應該替旁人想一想。譬如你是坐家女兒，嫁了個可心的丈夫，他卻只去和旁人好，一些不理會你，你傷心不呢？」如蓮站起身，仰頭說道：「天知道！我從知道驚寰娶了太太的那一天，絕沒有一句話傷他夫婦的感情。至於他不理他太太，他太太得了重病，這全怨不上我。」夫人見如蓮口角尖利，便又拉她坐下道：「你的話我很信，你絕不會離間他們。可是妹妹你要明白，這本用不著你離間，只要他外面有你這樣一個人，你就是勸他去和太太親密，他也不肯了。」說著見如蓮不語，便又接著道：「他這太太原不醜不傻，足配得上他。只為有你隔在中間，他的太太就變成紅顏薄命，眼看著小命就喪在你的手。」如蓮聽著身上悚然一動，咬著唇兒不語。夫人又哀聲道：「眼看人要死了，只求你和驚寰決斷，教他回心轉意，跟他太太再好了，你算積了大德，我們全感激你。論起來我也明白，你拒絕驚寰，自然要受損失。我們情願加倍賠一筆損失費，請你說個數目。」

如蓮聽到這裡，霍然立起，向夫人道：「太太，要說這個，可恕我不恭敬，我要不招待了。您請去問驚寰，我們認識了一年多，我可曾教他花過一塊錢？本來他是少爺，我是窯姐，少爺嫖窯姐，還會不倒楣？可是這樣看我，就算錯翻了眼珠。」若愚夫婦想不到如蓮對驚寰竟有這一層，人為驚異，不由的愕然對視了一下。如蓮又自嘆道：「我也不怪太太這樣輕看我，本來世上窯姐都這樣嗎。太太方才說的很好，凡事應該替旁人想，我和驚寰是約定嫁娶的了，我如今活在世上，只有他這一條指

望。我為救旁人和他斷了，將來我也沒有活路。到我病得要死的時候，有誰再來救我呢？太太您也替我想想。」

　　夫人聽她的話說得情詞悱惻，又動了不忍之心，真為她著想起來，便有些張口結舌。若愚見夫人似乎要屈服給如蓮，知道這時是成敗的關鍵，忙站起接口道：「姑娘你的話很是，不過凡事要分個緩急輕重。頭一則人家是驚寰明媒正娶的女人，你把驚寰攬到自己懷裡，就算搶人家的男人。天下的男人多著呢，何必單搶人家的男人，還落個害一條人命？二則那個已看著待死，只等這個人去救命，你再羈住不放，眼看著她死，你良心上安麼？三則人家已嫁準了這個男人，一世不能更動，男人要不和她好，除了死更沒別法。你雖和驚寰定了嫁娶，可還沒嫁準了他，現在斷絕於你無損，依舊可以再嫁別人。你再細想想，我的話是不是？」

　　如蓮聽著已氣得手腳冰涼，顫顫的道：「您要再說可以再嫁別人的話，我可要罵街！您真看我們窯姐沒有一個好人，您再去細打聽打聽，不為驚寰，我還下不了窯子呢！」若愚見她神色不好，忙服軟道：「我錯，我錯，你不再嫁別人。」如蓮搖著頭嘆道：「要教你們一說，我要不絕了驚寰，他太太就算我害死的了？」若愚點點頭。如蓮又轉轉眼道：「便是我絕了他，他要是還不和他太太好呢？那還怨誰？」若愚聽了知道這是個難題，一時對答不上，急得在屋內踱了幾步。哪知若愚夫人卻在旁邊開口道：「這件事要問妹妹你呢。」如蓮道：「怎能問我？我和他斷了還能管他的事？」夫人笑道：「不然，這只問你是不是誠心和他斷絕。你要是只為遮我們的眼目，教驚寰暫時躲你幾天呢，那自然不會去和他太太好。你要是誠心和他斷絕，自然要把他得罪的寒透了心，教他醒悟露水夫妻靠不住，自能想到結髮夫妻的好處，定而翻回頭去愛他的太太咧。」若愚聽夫人說話，萬沒想到她真有這樣韜略和口才，說話竟如此

老辣，便望著夫人猩紅的小嘴，幾乎要過去立時接個長吻。

如蓮聽著，眼淚已湧到眶裡，一仰頭又倒回去，咬牙冷笑道：「太太，您這話說的真絕，定要把我和驚寰中間的路，塞得不留一點縫兒。歸總兒說，自然是您的理對。我只落了這下賤的身分，說什麼也沒用了。太太，我也是個女子，也和富貴人家小姐一樣的盼嫁好男人。選得了驚寰，可真不易。您可別只為旁人打算，我要拋了驚寰，我們也是生離死別呀！」說著就嗚咽起來。夫人摟著她道：「妹妹，不是我狠心，我還真愛你。看出你和驚寰是一對兒，願意你們到一處。可是你沒看見他太太病的多們慘呢！你要親眼看見，管保把你難過死。我怎能見死不救？所以來和你同量。明知是治一經損一經，但是他太太病在垂危，不救便死。你就是絕了驚寰，要往寬裡想，往後不是還有樂趣嗎？」

如蓮呆了半晌，忽然間立起，大跳大笑。跳完以後，才含笑對夫人道：「我應允您了，一定和驚寰決斷。你們勸我的話，我全沒入耳。我還是只為驚寰，他要為我把他太太氣死，將來傳說出去，他擔不起這個壞名譽，在親眷朋友中落個荒唐鬼狠心賊，往後一世不好做人。再說他父親知道，也不能饒他。我苦命就自己苦吧，何必再害他受累。再說既鬧出這個事，我也再沒想望進姓陸的大門，早晚是要分手，罷罷，晚不如早！您二位請回，管保五天以內，我教驚寰和他太太睡到一張床上。咱們君子一言，請放心吧！」

若愚夫婦想不到兩個人費了半天唇舌，說得全不中肯。人家所顧慮的卻另是一宗事，不由得相顧失色。又聽她說話這樣斬釘截鐵，知道她是犧牲自己終身幸福，顧全驚寰一時的名譽，所顧全的很小，所犧牲的很大，足見她和驚寰的情愛深到何等，都感動得嘆息起來。夫人心裡又十分替她惋惜，便含淚向她道：「妹妹，我只為救人才害了你，真對你抱歉。你要容我補報呢，將來有什麼緩急，儘管去找我，我一定竭力幫

助。」如蓮慘笑道：「謝謝太太，我絕不去騷擾太太。除非將來我死的時候，窮得沒有棺材，倘或死在貴府左近，也許有善人求到您府上，那我也就看不見了。」

　　夫人聽了驚訝道：「你這話是什麼意思？你可別胡鬧，你要尋了短見，驚寰也定活不了，那你簡直害他們一家的性命。他可是千頃田裡一棵苗呀！」如蓮笑著搖頭道：「您說的，我這門容易死？請放心吧！我如蓮寧害自己，不害別人。」夫人慘然道：「咱們一言為定，妹妹多保重，我們走了。」說著和若愚都立起身來，若愚還向如蓮深叮了一句道：「姑娘，您可知道病人差一天是一天的事，您可別延遲時候。」如蓮狂笑了一聲，問道：「今天二月初幾？」若愚道：「初二。」如蓮點著頭道：「二月二，好，一過二月初六，他絕不再來。您請放心！」說著眼淚直滾，又頓著腳一笑。夫人又道：「無論如何，我們今天的事莫告訴驚寰啊！」如蓮撇著嘴，斜目覷著她道：「您這話太瞧不起我了，我要以後反悔，方才何必答應？您二位快請吧，萬一他這時闖進來，倒壞了事。」一句話把二人提醒，彷彿覺得驚寰立刻便到，就匆匆的向外急走。如蓮轉臉見床上有東西放光，知道是那三件寶貝，他們忘記帶走，忙抓起趕下樓去，把鑽戒和珠花又遞給夫人。夫人不受道：「這本是特意給妹妹留下的，你戴著玩吧。」如蓮更不說話，只把東西塞到她手裡，便自轉身跑回樓上進到自己屋裡。只覺腦筋一陣麻木，轟然一聲，便失了知覺。

　　過了半晌，聽房外有人聲喚，方才醒轉。見自己正坐在地板上，靠著床沿，便掙扎立起來，才問道：「誰呀？」外邊應道：「館子送了菜來。」如蓮才想起這是為那一對前世冤家預備的，便又問道：「帶酒來嗎？」外面又應道：「有。」如蓮叫道：「送進來！」說完又一轉想，忙改口道：「放一會，先叫個夥計進來。」須臾有個夥計低頭走入，如蓮吩咐道：「趕緊到房後把國四爺請來，就說我請他吃飯。」夥計答應自去。

這如蓮方驅惡客，又款佳賓，不知要生什麼波折。正是：急風過，暴雨來，美人有滔天劫數；家雞啼，野鶩哭，情場生匝地烽煙。後事如何，且聽下回分解。

第七回

花底妒秦宮俠骨柔腸鑄成大錯，
衾影慚金屋藏心酸淚莫起沉疴

第七回　花底妒秦宮俠骨柔腸鑄成大錯，衾影慚金屋藏心酸淚莫起沉疴

話說驚寰從正月裡，假著嬉春之興，往憶琴樓更走動得勤了。又不忍在家裡聽那可憐棄婦的病榻呻吟，所以每天只是漂遊在外，便不往憶琴樓去，也只在那戚友家中歌舞場裡消磨時光。除回家睡覺以外，從不肯在屋裡歇個一天半日。因為每聽家人說到新婦的病狀，或見醫生往來，探病人出入，都可心中覺到一陣刺痛。自己曉得這便是良心上的譴責了，要想脫卸這種譴責，只有兩法，第一種自然是該向新婦懺悔，以贖先前的薄倖。但他為不肯辜負如蓮，絕不願如此去辦。可是除此以外，只有實行第二種辦法，便是逃去這譴責了。論理說，良心上責罰當然沒法逃避，但是就他的幼稚思想上想來，自覺良心只能發現在犯罪的地方。

他守在家裡，觸目驚心，自然要不免把良心上的創痕時時揭起。要離了這家中，眼不見心不煩，立刻海闊天空，可以把痛苦暫時忘掉。這好似一個犯人，若關在獄裡，當初犯法的事常常要溯上心頭，若能越獄脫逃，跑出幾百里以外，那時囚拘的痕跡既然消失，那畏罪的心也可以跟著消減。驚寰既具了這種心理，便看著家庭似滿籠著慘霧愁雲，瞧別處卻像全受著和風旭日。所以只管在外流連，更把憶琴樓看作安身立命之所，把如蓮更當作救苦救難的觀音菩薩。不過他終是個有根器的慧人，所以儘管墮落，卻自知已是罪惡多端。頭一樣新婦病到這般光景，完全是被自己所害，說不定眼前就許玉碎珠沉。

現時自己雖然堅持不肯回心，將來到她為我而死之日，自己還怎能度這虧心的歲月？到那時要落到什麼結果，簡直不敢想下去。但是又難禁不想，每次想起來都要悚然顫慄，以至繞屋疾走，那心裡的苦惱，也就可想而知。然而這一方面雖受了絕大刺激，那一方面對於如蓮的熱度，卻只有增高，並無減退。不過只在愛情的範圍中，稍稍有了些變態，便是以前在兒女情懷中，只看如蓮是同命鴛鴦之侶，如今在心中忐

忔時，又將她看成安慰靈魂的人。故而每天必要到憶琴樓一去，為要暫祛愁煩，因而拚命的及時行樂，恨不得把這行將成人之年，縮回到垂髫芳紀，好恢復那竹馬青梅的生活。真是無故尋愁覓恨，有時似傻如狂，常常的流連個｜幾個鐘頭。說什麼紙醉金迷，簡直醉生夢死！

　　到進了二月，若愚夫婦來訪如蓮，以及如蓮決計撒手的事，如蓮既狠著心沒告訴他，他也沒瞧出神色。初四這一天，驚寰在午飯過後，沉了一大會兒，便又從家裡到憶琴樓去。進了門一直上樓，闖然走到如蓮的臥室門首，就要推門進去，忽然從旁邊搶過一個老媽，輕輕的攔住驚寰，道：「陸少，請那屋裡坐。大姑娘還沒起來呢！」說著已走去把對面閒房門簾挑起，往裡相讓。驚寰心裡一陣詫異，自想如蓮臥室原是為我一人預備的，向來是由自己隨便出入，一天二十四時，隨便哪一個時候來，也是直入公堂。便是如蓮臥床未醒，也不能攔我進去，她那海棠春睡我看得都有上百次咧！怎單今天給我個閉門羹？但轉想這老媽或是新來，不明底細，把我當作普通客人，便不由轉臉看那老媽，卻又是熟人，竟還是如蓮的貼身僕婦邢媽媽。她對自己和如蓮的情形，向來知道得清清楚楚，今天忽然有此一舉，分明顯有蹊蹺，心下便有了氣。但自恃是如蓮唯一知心熱人，有什麼事回來只須和如蓮交代，她自會給自己出氣，何必跟這僕婦多嘴？便忍著氣走進對面的閒屋，氣憤憤的也不擇地方便自坐下，心想如蓮絕不會攔我進她的臥室，這必是邢媽誠心給我個不好看。好，一會兒見了如蓮，定要和她撒個嬌兒，教她把邢媽當面給我教訓一頓。

　　這時那邢媽已拿著紙菸進來，陪笑道：「少爺坐一會，我就去把大姑娘喚醒。」驚寰還寒著臉慪氣道：「請她睡吧！不必驚動。」邢媽怔了一怔，又搭訕著道：「她一會也就起來。」說完便自逡巡退出。驚寰突然心裡一動，不自知的生了一股邪念，暗想老媽攔我不令進屋，已自

可怪，如今她要去喚如蓮，我略一謙辭，她竟趁坡兒下了，更是可疑。莫非這裡面有什麼原故？便又自惴度道：「哦哦，看這光景，她那屋裡一定有人，可是屋裡有誰呢？便有同院姊妹，也不致躲避我，大約這人不是女子了。又想起昨天見如蓮兩目發直，神情惝恍，時時似有所思，我問她想什麼，她說她正想我，我只當是偶然，如今忖度起來，分明是又添了心事。怪不得她昨夜催我早早回家呢！這樣十有八九，她是又有了別人。」想到這裡，心裡頗有些氣惱，但氣了沒有一分鐘，立刻又不勝後悔。

　　想到如蓮素日相待之情，絕不能對自己有二心，我也不該無端的往邪處想。但是再咀嚼方才的情形，又不能免於疑惑。只顧這樣循環往復的猜度，終未想出個結果。這時夥計送茶打手巾諸事已畢，那邢媽又走進來斟茶。驚寰忍不住向她問道：「怎你們姑娘睡覺又怕我看了？」邢媽眼珠一轉，笑道：「怕誰也不怕陸少您呀！莫說睡覺，我們姑娘洗澡也沒逃開您的眼哪！」驚寰聽了，想起自己年來數次窺浴的趣事，不禁失笑。就又問道：「那麼怎單今天不許我進她的屋子？」邢媽略一沉吟，才又笑道：「屋裡若只大姑娘一個人，怎能攔您進去呢？」驚寰聽著腦中轟然一聲，自想那屋裡果然有別人了，不自禁的從喉裡送出一個字，道：「誰？」邢媽笑道：「還有誰？左不過是同院的姊妹。」驚寰聽了不語，覺得邢媽的話未必果真。如蓮向來不喜和姐妹拉攏，又豈肯拉她們來伴宿。只好等見了如蓮再問個清楚，便揮那邢媽出去。自銜了支紙菸向那木板床上躺倒，悶悶的望著床頂。

　　直等過半點多鐘，才聽得門簾作響，還以為如蓮已經起床，派老媽來請自己過去。及到抬頭看時，竟是如蓮自己來了。驚寰正忍著一肚子悶氣，見她來倒合上眼假裝睡著，料道如蓮必要上前調弄，自己便好乘勢和她撒嬌。哪知合上眼以後，隱約聽得如蓮腳步聲走到床前，只少立

了一會，也並未做聲，竟而悄悄的退去。又還以為她看出自己是裝睡，故意的退到遠處椅上，和自己相持，就仍閉眼不動。過了許多工夫，屋裡更靜靜的沒聲息了，忍不住才睜開眼，不想屋裡已沒了如蓮的蹤影，才知道她進來見自己睡著，竟自趁坡兒躲開。看這光景大非往日親密之意，不由得把剛才的疑雲重又布上心來，忽的真生了氣。但他還沒想到這氣該如何生法，忽見門簾一啟，如蓮又姍姍的走進來。驚寰立刻把臉一寒，更不向她說話，只低頭去瞧地板上的縫隙。

　　如蓮走過一拍他的肩兒，笑道：「昨天幹什麼去了？進門就睡，跑到我們這裡來過乏雲。」驚寰原想不理她，但又不敢過分的慪氣，因為氣若慪在理上還好，倘若慪得不在理上，惹她把小嘴兒一鼓，自己枉落個作揖打躬，倒不上算。便自加些仔細，含忍著道：「把我拋在這冷宮裡，孤鬼兒似的，不睡覺……」如蓮不等他說完，便坐在他身旁笑道：「你瞧你，又犯小性兒。今天趕巧了，我那屋有生人借宿，所以沒讓你進去。這也值得生氣？」驚寰道：「向來沒聽見你留過旁人借宿……」如蓮笑著搶說道：「巧了麼，偏偏今天就有。」驚寰道：「誰呢？」

　　如蓮瞧著他道：「告訴你可別生氣。」驚寰點頭道：「不生氣。」如蓮把手一拍笑道：「羅九爺。」驚寰忍不住哈哈大笑，知道她是故意耍笑，便是給她十萬生金子，她也不肯留羅九借宿。況且羅九又是個絕不再見的人。這一笑竟把剛才的氣惱消了一半。如蓮又問道：「你信不信？」驚寰笑道：「真難為你會平空想起他來。」如蓮道：「你不信啊！那麼你也不必問是誰了。走，上我那屋去。」說著拉著驚寰出了這屋，走進她自己的臥室。

　　驚寰見邢媽正在床前折疊被縟，便自向小沙發上坐了。如蓮也趕過去收拾床上散亂著的枕頭，卻見四五個繡花軟枕，都已壓得高低不平，像是夜來都有人枕過。驚寰還認著是有姐妹同宿，並不甚在意。自己閒

著沒事，便舉目向四壁流覽。看到迎面牆上，忽覺這屋裡的陳設似乎和往日略有異樣。起初還沒瞧出哪裡有什麼改變，略一凝想，才明白牆壁上較往日多了一塊空白。那空白地方原是懸掛自己照片之處，今天忽然的不見了那張照片。還疑惑移在旁處，乃至舉目細尋，卻是並無蹤影，心裡十分詫異，便叫道：「喂！」如蓮背著身應道：「什麼！」驚寰道：「你知道這屋裡短了件東西麼！」如蓮似乎一怔，才回頭笑道：「你說的是照片麼？昨天釘子活了，掉下來，我就先收在櫃裡，等你來了再掛。」驚寰聽著雖亦略信，但終暗怪怎今天淨出這意外的事，難免有些疑念。不過想到如蓮的固結深情，只有強忍著不向壞處猜測。邢媽在屋裡收拾已結，便自出去。驚寰見如蓮已倒在床上向自己招手，就走過和她對臥，握著手談了兩句閒話。邢媽又走進來向如蓮道：「姑娘洗臉不？辮子也該梳了。」如蓮擺手道：「等一會。」才說完又坐起改口道：「洗，你去打臉水來。」邢媽答應出去。如蓮坐處正面對窗外的陽光，驚寰向她一看，心裡突然一驚，見她花容憔悴，較昨日黃瘦許多，辮髮蓬鬆，眼圈兒在紅腫之中，又加上一層青黑。

　　驚寰雖然在風流道中沒甚深究，但是多少有些感覺，看如蓮這副面容，分明是昨夜受過辛苦。驚寰雖未曾身臨其境，可是每次見這班中旁的妓女，凡是留過客人住夜，到第二日就變成這副面容。而且回想起來，今天邢媽守門攔我進屋，是一層可疑；她們說話全是惝恍迷離，是二層可疑；而且又把我的照片無故的藏起，是三層可疑。再加上如蓮的臉色改變，就此種種推測起來，說不定昨天她竟許留下客人住夜咧！但是這些證據，又都在疑似之間，便是如蓮這副憔悴面容，固然可以說是留過客人的表示，可是她若成夜裡輾轉床第，哭泣不眠，也照樣變成這樣啊！可是她和我正處得好，又沒甚煩心的事，哪會哭到這般樣子？既不如此，當然如彼。再說她那辮子，永也沒滾成這亂雞窩⋯⋯驚寰在一

剎那間，似乎已得到種種證據，而且心裡一起了這深切的懷疑，更看著任何事物都有破綻可尋。

便趁著如蓮下床去洗臉，自己翻身去轉向床裡，閉目凝神，對這件事情細加揣測，覺得如蓮每遇有綠豆大的事，都在見面時縷細相告，偏今天見面，就不肯告訴我昨夜這屋多了一個誰，並且一切相待的神情，也冷淡許多。看這樣若不是我多疑，便是她出了毛病。論起來她既然已算姓陸的人，我既看出破綻，當然問也問得，管也管得。可是我既把身心性命都已交給了她，在現在情形之下，我只經得住好，絕經不住壞了，倘然我真發現她有不好的事，那時我的傷心恐怕比死還難過。如今但盼我的疑心終於是疑心，那便是我兩人的萬幸。

想到這裡，就決計把今天所發現的疑竇都盡力忘去，只改途思索她歷來的恩情，和尋求眼前的樂趣。思想改變，心神立覺寬鬆，就坐起來，見如蓮洗臉已畢，便湊過去替她調脂抹粉，又畫了眉。屋內無人，又相談笑起來。驚寰只覺如蓮今天的歡笑，彷彿全是強打精神。有時說得好好的，忽然盈盈欲淚，就託詞出去一會，才又進來改顏為歡。往常都是驚寰喜歡向她動手動腳，她總是佯嗔躲閃。今天她竟常拉著驚寰手兒，或是偎在驚寰懷裡，看光景像是十分留戀，簡直捨不得離開。不過不似往日活潑，話也說得不多，偶然笑謔幾句，那尾聲也似乎慘屬非常。驚寰在方才既已決意不再混生疑心，看見她這許多的變態，便都強制著不為介意，不過心裡終覺不寧。

等到上燈時候，驚寰告辭要走，如蓮又留住他吃晚飯。到菜擺上來時，驚寰見不是往日小酌，竟是很講究的盛設，不由詫異道：「幹什麼？你弄這等席面來請我，只我兩人怎吃得下這些？」如蓮笑道：「今天我高興，就把人家送我的一張上席條子取了出來，咱們也款式款式，剩下還怕沒人吃麼？」驚寰聽了知道如蓮又犯了小孩脾氣，便入座小飲，一面

笑道：「怎你單今天高興？」如蓮斟一杯薄荷酒在杯裡，向燈前照一照，淺淺的抿了一口，才笑道：「哼，就是高興。不止現在高興，吃完還要高興呢！」驚寰道：「還怎樣高興？」如蓮低頭怔了一會，又揚臉瞧著他道：「松風樓你有多少日不去了？」驚寰道：「約摸有一年吧！可是前幾天卻去過一次，只坐了半點鐘，覺得沒趣，又走出來。」如蓮笑道：「你怎又嫌沒趣了？當初成年累月守在那裡，也沒聽你說過沒趣。」

驚寰把自己面前的一杯酒，推到她位上道：「罰你！」如蓮道：「罰我什麼？」驚寰還沒答話，如蓮已格格的笑道：「罰我個明知故問，是不是？沒有我就沒趣，好，吃完飯你去吧，今天那裡有我。」驚寰直著眼道：「怎說你又到松風樓上臺？」如蓮又把那杯酒推回來，學著他方才的口吻道：「罰你！」驚寰道：「罰你的你還沒喝呢！怎又罰我？」如蓮含嗔道：「閒話少說，我先罰你個傻！平白地我上哪門子臺？不許大姑娘高興今天包個廂聽玩藝！」驚寰點頭道：「哦，原來大姑娘這們高興，回頭我陪你去。」如蓮道：「正要你陪我去呢！從昨天就把廂定好了，咱們先樂一日。」驚寰雖聽不出言中之意，只覺十分高興。又談了幾句閒話，把飯吃完，歇了一會，如蓮又重新上了妝，也不顧旁的茶圍客人，兩個人便攜手出了憶琴樓，坐車直奔松風樓去。

進門見鐘才指到九點半，便直進了預定的包廂坐下。這一對璧人，直是光輝四座，合園人的眼光都向他二人廂內射來。驚寰如蓮坐定以後，向四下一看，都覺舊地重逢，不由得發生無限的感慨。在驚寰只想一年以前，自己和如蓮尚是相望不能相即，臺下臺上費了多少的思想，才得有了今日，如今如蓮已經算我的人，攜手重來，何等美意。在當時我見那弦師和在場的人，都羨慕他們能和玉人接近，現在我居然能和如蓮同坐一廂，更不知有多少人羨慕我呢！那如蓮的感想卻比驚寰又深進一層，她自從允了若愚夫婦的要求，已決計和驚寰撒手，今天這一到松

風樓，只為和驚寰同來看看當年相識之地。當年此中相見，是定情的根源，到這次舊地重遊，卻為留決別的遺念。她雖貌作歡娛，可是那心裡的淒惶，真是不堪言狀咧！而且她此來還有別種作用，作用如何，留待下文慢表。

且說大凡一雙少年男女，廝守在廣眾之中，最容易發生驕傲和得意。他二人並坐著看過幾個節目，天已將近十一點。臺上換了吳萬昌的梅花調，一陣陣絃管悠揚，淒人心魄。驚寰此際，雅樂當前，美人旁坐，自覺心曠神怡，就靜靜的望著臺上，聽了一會。忽聽歌者使了極宛轉曲折的新腔，驚寰耳所未聞，知道如蓮是個知音，便回頭要和她談說。哪知看她時，她也凝著神兒痴痴的直了眼，彷彿沒瞧見驚寰的動作。驚寰疑她也聽入了神，方自笑著要喚她，忽然無意中見她的眼神並不望著臺上，卻直射到對面廂裡。

驚寰才曉得她的心沒在歌聲上，必是見了什麼熟人。便順著她眼光所射處看去，只見對面廂中獨坐著一個絕頂美麗的少年，面塗脂粉，衣服更華燦非常，乍一看竟像個清俊的大姑娘。這少年也正向自己廂中呆看，驚寰見這少年十分美好，心裡一動，覺得如蓮必也是正在看他，這時腦中一暈，耳裡似乎嗡嗡作聲，道：「傻人，怎還看不出來？他們這就是吊膀呢！」便不自禁的酸上心來，賭著氣不理如蓮，只也望著那對面少年怒視。那少年料瞧著了，忙把眼光移到旁處。驚寰也把目光移回，再看如蓮，也似乎神智方才清醒，轉臉瞧見驚寰正在看她，便悱然紅了臉。

驚寰見這光景，更斷定方見所料不錯，雖然不知道如蓮和那少年是否熟人，但悟到如蓮必已愛上這個少年，動了心思，見被自己瞧破，才現出這副神情，不覺身上顫了幾顫。又把白天所見的許多疑念都勾起來，立刻心裡憤懣得像要炸裂。但如蓮用眼睛看人，不能就算是負了自

己的證據，怎能跟她發作？只望著她冷笑一下，便仍回頭去看那少年。看了許久，忽覺這人似在哪裡見過，十分面熟，卻偏想不得著落。正自想著，心裡陡然又靈機一動，疑惑到今天如蓮無故的想到松風樓，必是和這少年有約，為了我同來，才把他倆拆坐在兩下裡。又念到昨天如蓮屋裡尋宿的人，說不定就是這少年呢！不然，如蓮向來不會下眼盯人，若非和這少年早已有情，絕沒看人看出了神的理。他只顧這樣一想，便斷定如蓮已負了自己。自己在這裡礙眼了，便再坐不住，但還隱忍著不露形色，站起向如蓮道：「不成，我身上不好過，要早回去睡覺，你自己再坐一會。」

　　如蓮一見他說話的情形，就已知道方才的隱事已被他瞧破，粉臉上立刻改了樣子，似乎要哭又像要笑，也站起來道：「你要走我也不聽了，咱一同走，你先送我回去。」驚寰還雙關著譏諷道：「你聽得正好，何苦被我攪了呢！」如蓮在喉裡微嘆了一聲，也不答言，邁步便走。驚寰還回頭瞧瞧對面的少年，見他尚穩穩的坐著，才跟著如蓮走出，又同回了憶琴樓。進到屋裡，驚寰只坐了一坐便又要走，如蓮攔住道：「你等等。」說著把他推到床邊，附耳說道：「今天你不走行不行？」驚寰原常留在這裡徹夜清談，本曉得如蓮心無邪念，今天不知怎的，聽如蓮相留的這兩句話，似乎裡面蘊著許多別的意思。又想到方才對面廂裡的少年，對她更生了鄙薄的心，不願再流連下去。便辭道：「我身上不舒服的很，家裡還有事情要回去辦理，明天再見吧！」他說話時可惜沒回頭看，這時如蓮伏在他肩上，眼淚已直湧出來，趕緊就用袖子拭乾，遲了會才淒然道：「明天什麼時候來呢！」驚寰淡淡的道：「不定。」如蓮把鬢角貼到他頰上，軟聲央告道：「哥哥，你聽我的話，千萬明天夜裡十二點來。」驚寰聽了又一愣，暗道：「怎麼非得夜裡十二點來？這樣十二點以前是不許我來的了。」

想著腦中立刻又映出松風樓所見少年的影子，便只冷然一笑，也不再問，點頭應了，向外便走。如蓮又叫住道：「回來！」驚寰站定回頭，如蓮遲疑半晌，道：「你可準來呀！」驚寰皺眉道：「你太絮煩了！」說完便揚長而去。可惜他只顧憤然一走，並不反顧，倘然這時再能回去一看，定然瞧見意外的事。因為如蓮在他走後，已倒在床上，打著滾兒哭得像梨花帶雨咧！

如蓮哭了半天，渾身都沒有氣力，才坐起拭淨淚痕，呆然枯坐，目光淒厲得怕人，也不知在想什麼。忽見邢媽掀簾走進來，報告道：「今天晚上來了七八撥客人，我說姑娘回了家，都擋走了。只有兩撥自己坐了一會，還開了盤子。」如蓮點點頭，邢媽又笑道：「姑娘幹什麼跟陸少爺慪氣？今天明明屋裡沒人，怎教我攔他進來，又不許我招呼？以後我給您收拾床，也不知您自己這覺是怎麼睡的，三床被，四五個枕頭，都鋪散了一世界，偏又把陸少相片摘下來，這不是誠心教他生氣？很好的交情，何必故意的耍戲？您不知道這樣耍戲最容易鬧惱了。」如蓮聽著不耐煩道：「你少管，我只怕他不惱，不用你說。」

邢媽吃了個沒趣，正想搭訕再說旁的話，又聽樓梯上腳步響，接著堂屋夥計一聲聲喊四大人，如蓮站起道：「國四爺來了，快請進！」邢媽便趕了出去，立刻見一位赤面白鬚，蒼然古貌的老人笑嘻嘻的走入。如蓮忙喊道：「乾老，您昨天怎不來？」那國四爺笑著應道：「乾女兒，你忙不？呵呵，前天半夜裡才從你這兒走，昨天教老朋友拉去打了一夜的詩鐘，所以沒來。呵呵，女兒，你還稀罕有鬍子的來嗎？」如蓮扶著他坐到椅上道：「乾老，您又胡說，瞧我揪您的鬍子。」國四爺大笑道：「哈哈！只愁花有話，不為老人開，你還好。」說著又低念道：「為保花顏色，莫任風颮烈。你的事怎麼樣了？」如蓮先使個眼色教邢媽退出去，然後立在他旁邊，悄聲道：「謝謝乾老兒給我出的主意，今天在松風樓裡

已經看出個眉眼，大約明天就可以成功了。」國四爺把老花眼鏡摘下，用手巾擦擦，忽而長嘆道：「咳！女兒，以先我只知你可愛，如今才知道更可敬。不過你這樣仁人君子之用心，也未免過度。在現在這種年代，只求不損人利己，就算難得，有誰肯去損己利人？女兒，你要知道，這種風月場裡，來往都是浮薄之人，要尋少年老誠，情深一心，可以付託終身的，真是可遇而不可求。說到遇字，可就難了，也許從少到老，不能遇上一個。古語說：『易求無價寶，難得有情郎。』這個陸驚寰實你要拋了他，我敢保沒處再得這樣的人。你只顧這時為可憐旁人，拚著誤了自己的一世，可是將來你蹉跎歲月，人老珠黃，到門前冷落車馬稀的時候，有誰來可憐你？你可要思想明白了。」

　　如蓮聽了面色慘白，半晌才淒然淚下。忽的把牙一咬，道：「乾老，您要可憐女兒，千萬別再說這種話來勾我的傷心。驚寰的女人眼看要死，他的表兄表嫂跑來求我，這些事都已和您說了。您想我既然答應了他們，怎能反悔？而且反悔也沒我的便宜，不過把他女人耽誤死了，教他表兄嫂恨我一世，他家裡更不能拿我當人，我和驚寰也得不了好結果，不如毀了我個人，成全了他們。您前天說的好，要和驚寰斷絕，除了教他傷心生氣，更沒別法，所以才定了這種辦法。事都要轉成了，您怎又後悔，倒跑來勸我。」國四爺頓足道：「罷了！你這人不讀書不識字，怎會見得這等高遠正大！孩子，我沒說你的道理不對，可是為姓陸的想，你的理不錯，要為你自己想，你的理就萬要不得。」如蓮秋波凝滯，牙咬著唇兒，想了想道：「為我自己，就值不得想了，只要姓陸的得了好結果，我就落在地獄裡，也是喜歡。我這苦命人，天生該這樣，如今什麼也不必說。姓陸的跟我那樣好，我要是命強，早就嫁他當太太了。如今既出了這些磨難，就是老天爺不許我嫁他，我又何必逆天而行。乾老呀！我認命了。」國四爺聽著忍不住也老淚潸潸，只管捻著鬍

鬚點頭，再也無話可說。

　　如蓮見老人對自己如此關切，又勾起自己的無父之感，十分對他感激，便忍著悲傷，暫開笑臉，走到櫃旁，拿出一瓶白蘭地酒，就斟在桌上空茶碗裡，道：「乾老，咱爺兒倆先談些開心的，您嘗嘗女兒給您預備的酒。」國四爺拿著酒碗，嘆道：「咳，替人垂淚也漣漣，我國四純這樣年紀，怎又混在你們少年場裡，跟著傷這種心，真是冤哉枉也。」說完又長嘆一聲，一揚脖把半碗酒盡行嚥下，叫道：「乾女兒，我這次來非為飲酒，特來辭差。」如蓮不解道：「辭什麼差？」國四爺道：「不是我辭差，是咱所定的軍國大計裡面，有一個主角要辭差不幹了。」如蓮道：「咱這裡面還有誰？」國四爺道：「本來只三個人，你，我，他，就是他反悔了。」如蓮搖頭道：「不能，方才在松風樓還見他裝得很像樣的，本來我今天已給驚寰添了許多疑心，驚寰都沒真生氣。只有松風樓他這一著，真把驚寰氣壞了，回來顏色都變了。」

　　國四爺搶著道：「不提松風樓還好，只為他在松風樓瞧見你和驚寰的情形，回來便和我說，那驚寰和如蓮實是一般一配，天造地設的好夫妻，要給攪散了，他缺德不起，今天辦的事已是於心不安，明天的約會，他萬不能來。你看該怎麼辦？」如蓮聽著，初而沉吟，繼而詫異道：「怎麼他一個唱戲的，會有這等好心？」國四爺笑道：「你別瞧不起人，唱戲的沒有好人，你這行業比唱戲怎樣？怎會有你這種人呢！」如蓮不語，過一會又拉著國四爺苦央道：「乾老，好乾老，您替我求求，請他務必明天來一趟，只當在我身上積德。」國四爺起初不允，後來被她纏得沒法，只得答應道：「好，明天我一定教他來。可是他一來，你的終身就毀了。還要細思想！」

　　如蓮夷然道：「不用想，從前天驚寰的表兄表嫂來過以後，我翻來覆去的想過一千來回了，只能這樣，再沒有別法。您知道驚寰的表嫂說話

多麼厲害？她不只逼我和驚寰決斷，而且還要我包著教驚寰回心去愛他的太太呀！您想，我要不變著方法寒透驚寰的心，他怎能把心情轉到他太太身上？要他寒心，只可逼他吃醋。你不知道，驚寰愛我太愛過了頭了，我若相與個平常的人，他倒許掛了倒勁，一時更分不開手。只有借您的那一位來，教他看上一看，他見的奼了戲子，天呀！」說著從鼻裡發出悲音，眼淚像檐溜似的直掛下來，又接著道：「管保他傷心一世，從此連我的名字也不再提了。再說再要做別樣令他傷心的事，還怕把他氣個好歹，如今我一奼戲子，就算明告訴他，我是天生賤種，只後悔被我騙了這些日，絕不致……」國四爺聽她說話，似乎已神凝心亂，只拚去捻自己的鬍子。

　　及至聽到這裡，感動得一甩手，想要拍桌子，不想卻把鬍子揪下了兩根，痛得叫了一聲，才握著下頦說道：「好好，女兒，我念了六十年的書，今天要攔你別這樣幹，那算我白活了七十多歲。可是我若贊成你這樣幹，那更算我老而不死是為賊。你說的話全對全不對，我老頭子犯了什麼孽，竟遇見你這件事？這全怨我，為什麼前天你一請我就來，為什麼到今天這時候我還不死？簡直是彼蒼者天，誠心給我苦吃，偏又沒法教你們兩全，難道我就看著你……」說著咳嗽了兩聲，又老淚縱橫的向如蓮道：「你退一步想吧，何必對人這樣心慈，對自己這樣心狠？莫看眼前，事情說不定還許有變化，你和驚寰中間，多少也該留一線活路，作將來重合的地步。」如蓮慘笑道：「您的意思我明白，咳！我們若有一絲緣分，絕不致有今日。既有今日，我也不盼將來了。我還望著有當陸太太的那一天麼？咳，如蓮不妄想了。只盼以後他明白了我的心，抱著我的墳頭哭上一陣，那我……」

　　國四爺正咳嗽著，聽到末後兩句，好似吃了止咳丸，立刻不咳嗽了，曲曲的腰兒也直起來，霍的站起，兩手伸到背後，摳著自己的屁

股，在屋裡轉了個圈子，復又坐下，喘著氣道：「你……你有死的心？有死的心！」又拿袖子擦擦額上的汗道：「你胡鬧，你胡鬧！」又把鬍子使勁一揪道：「我混帳，我混帳！不枉我足智多謀，出了許多好主意，只落把乾女兒害了。」說著手兒顫顫的拉了如蓮的袖口道：「女兒，我後悔，我後悔！前天你求我想法子，我雖不願意，還覺著你拋了姓陸的，定可以另嫁旁人。哪知道你這樣烈性，早安下尋死的心，而且還不肯草草捐軀，必要先斷驚寰的眷戀，成全了他夫婦的愛情，然後才自己悄悄的去死。你真有這樣的深心，我可不能造這樣的重孽。女兒呀！我對不起你！解鈴還是繫鈴人，這事我出過主意，還要我自去破壞。如今我只有去找那陸驚寰，把這裡的細情都跟他說破，先把我所定的計策根本消滅，教他和你重歸於好。以後你再願意把他斷開，只要你有能力，也隨你的便，那就沒我國四純的事了。」

　　說完站起就要向外走去，如蓮大吃一驚，連忙張臂攔住，叫道：「乾老，別走，聽我說。」國四純一面還向外擠著，一面喘噓噓的道：「女兒，你別叫我害人，我一定去找他。」如蓮拚命仍把他按到椅上，國四爺支撐著老骨，依然掙扎不已。這時明鏡前白髮紅顏，搖曳生姿，乍看竟好像一段風流韻事，哪知竟是一幕驚心慘目的悲劇呢！這時國四爺到底年老，氣力衰弱，敵不過如蓮，只得歪在椅上喘氣，口裡還鬧著：「不成，不成，萬萬不成。」

　　如蓮也沉了半天才緩過氣來，細想了想，順手拉過一把椅子坐在國四爺對面，撫著老人鬍子道：「乾老，您沉住氣，也得容我說。我空著嘴說要死，死在哪裡呢？您要把這些事告訴驚寰，我倒死得快了。」國四純聳眉瞪目道：「怎麼？」如蓮道：「您想呀，只顧您把機關洩露，驚寰明白了內情，自然和我好上加好，大力士也掰不開了。」國四爺點頭道：「這才好呢。我就盼你們這樣。」如蓮搖頭道：「您倒是盼這樣，可是驚

寰那一面的人，誰能原諒我？我不能再見他們，他們也必不能饒我，有得以後丟人，還不如現在死了呢！話又說回來，我現在一死，十有八九還要把驚寰坑死，這又加上一條命。乾老，難道您定要逼我立刻死麼？」國四爺聽完，又站起來，如蓮怕他又走，忙去攔擋。國四爺擺手道：「我不走。」說著便在房中踱起來。

如蓮還防他抽冷子出去，就退到門口把守。國四爺溜了十分鐘工夫，如蓮又說了許多央告的話，他都似聽而未聞。末後國四爺踱到床邊，才坐下自己捶著腰腿。如蓮見老人為自己受苦，心中抱歉，忙過去伸出粉團似的小拳頭，替他輕輕打起來。國四爺忽然叫道：「如蓮。」如蓮應了一聲，國四爺道：「你要我不去告訴驚寰，也成，可得依我兩件事。」如蓮仰著小臉道：「什麼事？您說，全依，依，依。」國四爺把鬍子托起老高道：「我這們大年紀，你可莫和我打誑語，不許說了不算。」如蓮淒然正色道：「您待我這片好心，我怎忍跟您說了不算。乾老，您要信我。」國四爺拍膝一響道：「好，我信你。頭一件不論怎麼時候，不許你尋死。第二件你現在和驚寰斷絕了也罷，這件事的祕密既然全在我的心裡，將來過個三年二載，事情要生了變化，我看你有和陸驚寰破鏡重圓的機會，我還要對他把這件事說穿。他要接你進家，你可不許矯情不去。這兩件事怎樣？你依得嗎？」如蓮聽了不語，半晌才問道：「將來能生什麼變故呢？」國四爺道：「那誰斷得定？不過據我想，將來或是他的太太死了，或是他父親准他納妾，這都是你進門的機會呀！女兒，你不要執拗著，你也想想，和一個如意郎君唱隨度日，是何等的美滿！若飄泊風塵落魄而死，是多麼淒涼！」

「這兩樣你比較比較，孩子，你自己給自己稍留點希望吧！」說完望著如蓮，等她答覆。哪知如蓮已背過臉去，只看見她身上顫動不已，半晌轉過臉來，已哭得淚人相似，撲的倒到國四爺面前，悲啼著道：「女

兒實在不想活了，如今乾老您這樣愛我，我只可為您再活下去，至於驚寰……天呀，我怎能捨得了他……不過，咳，不是我狠啊！……以後隨您怎樣辦吧，我都依您了。」

　　國四爺見了，知道她在前天決計之時，一顆心兒已經變成冰冷，只有一個死字擋在面前，就百事都不顧慮。如今已被自己勸得從萬冷中生出一些暖意，但求略有後望，暫時便不致有意外了，心下不由代為安慰，就拉起她坐在身旁道：「這樣才是個明白孩子。我年紀大，見事多，說話絕不會錯。精誠所至，金石為開，你對驚寰這樣深情，將來必有好合之日。你只安心等著吧！」如蓮撒著淚挨近國四爺，道：「乾老，您這樣疼愛女兒，我以後要當你親爹看待，您也要常來，容女兒盡些心。」國四爺撚鬚微笑道：「我一定常來看你，不教你寂寞。你不是還有親娘麼？閒時和娘去談談也好，不必只把姓陸的掛在心頭。」如蓮聽了，忽的又撇了幾撇小嘴，哇的一聲又哭出來。國四爺忙問她原故，如蓮只顧自哭，許久才拉著國四爺道：「您不必理我，我是個不孝的東西。當初我娘被我那個乾爹強押著出門，去做犯私的買賣，我只為一心向著驚寰，倒盼我娘離開，就眼瞧著娘走了。如今……如今……我對不過娘啊！」說著又哭。國四爺勸道：「現在可以請你娘回來，也不晚哪！」如蓮哀哀的道：「從去年出門，只回來一次，以後有半年沒見面，去年冬天來信，說在南滿站開了菸館，事情很忙，暫時回不來了。」國四爺怕她方遭失戀之痛，又生憶母之情，傷心過甚，生出毛病，便又陪她坐了好一會，安慰了許多言語，直到天光大亮，方才辭別。臨行時並約定今晚十二點以後，定教那個人來，先完了驚寰這一面，別的事以後再談。如蓮答應著，又叫住國四爺，正色諄囑道：「您見了那個人，務必告訴他，他是唱戲的，我這也是約他來唱戲。我無論怎樣向他胡說混鬧，他只許口裡答應，不許生別的念頭，有別的動作，您明白了。」

第七回　花底妒秦宮俠骨柔腸鑄成大錯，衾影慚金屋藏心酸淚莫起沉疴

國四爺點頭答應，自己走出，暗笑如蓮這樣的懇求我，不過是為要一個唱戲的來一趟，看外面還許疑惑她好姘戲子呢，誰知裡面竟是件慘事啊！國四爺只顧暗笑如蓮，哪知樓下打更的夥計，替國四爺開門以後，也在暗笑國四爺，這樣風燭殘年，還徹夜的流連花叢，痴迷不返，真是不知死的老荒唐鬼兒，又哪知道他此來並非倚翠偎紅，倒是行俠作義呢！這真是：乃公目自高於頂，任爾旁觀笑破唇。天下滔滔，正不必一一和他們理會，只要我行我素，管什麼人後人前？然而這種涵養，也十分不易哩！莫發牢騷，書歸正傳。

如蓮送國四爺走了以後，又伏在床上哭了一會，抬頭見玻窗已全變成白色，屋裡電燈的光也漸漸由微而黃，光景十分慘淡。忽自覺目眶隱隱作痛，便立到穿衣鏡前，照了一照，自己猛吃一驚，見臉兒黃黃的又透出慘綠色，好像才害了一場病，頰邊的笑渦也似乎消失了，兩眼都略見紅腫，而且紅腫之外，還隱隱圍著青黑的圈兒。看容貌幾乎和數日前已前後兩人，彷彿長了五歲年紀，而且長袍的領兒也像寬鬆許多，以先領子原緊附著頸兒，如今中間竟可伸進兩個手指。如蓮看了看鏡中人，嘆了一口氣，知道自己已糟踐得不成樣子。忽又想起有三四日未曾闔眼，每夜除了轉側，就是哭啼，日裡還勉強打精神去迎來送往，只這幾日便已憔悴到這般，自知要長此糟踐下去，死也並非難事。便念到方才允了國四爺自己不再尋死，可是要真到沒法活的時候，雖不能投河覓井喝大菸，去尋痛快的死，可是這樣慢慢也死了人啊！

想著心裡便見多了一層主意。這時她又看到案上的剩粉殘脂，瓶花手帕，在在俱有驚寰的手澤可尋。忽然想到驚寰只有明天的一面了，今天他雖恨了我，可是他心裡還在將信將疑，明天定要來看個分明，可是從明天以後，雖是生離，眼看便是死別。他從此回家溫存他的太太，一世也未必再想到我，便是想到我，也只於痛罵幾聲。想到這裡，心中一

陣感觸，無意中低唱起那探晴雯鼓詞的兩句道：「到他年若蒙公子相憐念，望天涯頻頻喚我兩三聲。」唱完又自慘然道：「只求他不罵我吧，有喚我的工夫，還去喚他的太太呢！咳，我如蓮實在完了，平常太不知惜福。同他玩了這十來個月，就不知折去我多少福分。可惜那種可心的日子，我居然糊裡糊塗的度過，也沒細細的咀嚼滋味，以後再想那種日子，做夢也夢不到了。可是人家驚寰，只要和他太太和好，夫妻倆你疼我我愛你，什麼樂子沒有呢？哦哦，驚寰以後倒舒服呢！不過這裡只毀了一個如蓮罷了。」說著舉目瞧見牆上空白之處，便霍的跳起，從立櫃裡把驚寰的照片取出，舉著臉對臉的說道：「哥哥，咱倆就只這一點兒緣分麼？相思病就害了三兩年，如今在一處湊了沒幾個月，就又完了。哥哥，不怨你，只怨你妹妹如蓮命窮，沒福嫁你。」

說著鼻子酸了，眼淚像雨點般落在相片玻璃框上。如蓮卻似毫不知覺，又把小嘴兒一鼓，搖動著下顏，像哄小孩兒似的叫道：「啾，哥哥你還笑嗎？哥哥，你笑，你永遠笑，我願意你笑，有該哭的事全歸妹妹哭。你一世總笑吧！只求你笑，妹妹哭死也願意。」說著就像發狂似的抱著相片吻了幾吻，又把照片中人的臉兒貼到自己淚痕相界的頰上，直著眼兒忙了一會，又自語道：「我傻了，煙花柳巷裡，真還講的那樣子冰清玉潔？偏我又當貞節烈窯姐了！認識驚寰這些日，不只你沒沾過我一下，簡直連那些話都沒說過一回。還是去年在我家裡吃大菸的那一天，我忍著膩跟你說一句，可恨也被周七鬧成了虛話。我如今只恨周七，若沒有他，我們倆就先在陽世成了夫婦，接著到陰間去過日子了。從那天以後，我還覺著日子長著呢！誰知又出了橫事，昨天真要留下你，結個今世的緣分，你竟狠著心走了。你走也好，不然更不得開交。」

便又把照片瞧了半晌，忽然笑道：「哥哥，跟小妹妹睡去。」說完就把照片挾攏在臂間，好像挾著個人一樣，竟自上床。其實只翻來覆去

的過了正午，並未睡著。到三點多鐘，邢媽進去收拾屋子，見如蓮還抱著照片假寐，聽得腳步聲，就睜開眼，吩咐邢媽，說自己有病，不能起床，凡有客人來，一律向他們告假。邢媽答應著，又問如蓮吃什麼東西，如蓮怕連日不食，被人起疑，就隨便說了幾樣菜。到做好端進來時，如蓮趁邢媽不在屋裡，各樣菜都夾了些，放在飯碗裡，又把飯碗整個的潑在床下，便算把飯吃了。

這一日如蓮只頭不梳臉不洗的睡在床裡，有時高唱幾句，有時大笑幾聲，到不笑不唱時，就是面向床裡流淚呢。熬到晚飯後，憶琴樓中，樓上樓下，人來人往，如蓮在屋裡倒不做一聲。那邢媽向來知道姑娘脾氣不好伺候，也不敢上前問長問短。到了將近子夜時分，邢媽忍不住又走進屋中，如蓮正面向裡躺著，忽然在黑影裡問道：「幾點鐘了？」邢媽答道：「十一點多。」如蓮一轉身，霍然從床上坐起，高聲叫道：「是時候了，打臉水，姑娘上妝。」

說著便跳下了地。邢媽見如蓮無故高起興來，心裡極納悶，又不敢問，便依言打來臉水。如蓮教把屋裡電燈盡皆開亮，自己洗罷臉，便坐在梳妝臺前，塗脂描眉，著意的理妝。邢媽站在旁邊，從鏡裡見她似乎笑得合不攏嘴，覺得姑娘這時喜歡，說話或者不致再碰釘子，便陪著笑臉道：「姑娘病好了吧？我瞧您真高興。」如蓮回頭瞧瞧她，點頭道：「高興麼？真高興！你不知道我心裡多們喜歡呢！」邢媽才要接著巧言獻媚，如蓮猛又叫道：「邢媽媽。」

邢媽答應了一聲，如蓮滿面堆歡的道：「你知道我心裡喜歡，怎不給我道喜？」邢媽道：「我知道姑娘有什麼喜事呀？」如蓮把手裡的粉撲一拋道：「你只給我道喜，我就賞你拾塊錢。」邢媽雖知道她是取笑，但仍假裝著請了個安，口裡說道：「給大姑娘叩喜。」如蓮拍手哈哈一笑，伸手從衣袋取了一疊鈔票，看也不看，便拋給邢媽。邢媽接過，笑著數了

數道：「不對呀！這是二十塊。」如蓮扭頭道：「多你也拿去！姑娘高興，不要出手的錢。」邢媽暗笑姑娘必是受了什麼病，只好收起道謝。如蓮又正色道：「不用謝，快出去告訴夥計們，陸少爺來，別往這屋裡讓，先讓到旁邊咱那客房。」邢媽聽了彷彿要說話，立刻又嚥回去，看了如蓮一眼，就出去吩咐了。

這裡如蓮梳洗完畢，又在旗袍外罩了件小馬甲，重在鏡前一照，更顯得葉葉腰身，亭亭可人。那臉上的憔悴形容，也已被脂粉塗飾得看不出來，依然是花嬌玉潤了。裝梳才畢，看鐘已過了十二點，如蓮知道時候到了，好似昔日的死囚，到了午時三刻一樣，卻在沒到時候以前，心裡塞滿了驚懼悲傷憂慮種種的況味，所以放不下思量，免不了哭泣。及至時候一到，自知大事將了，棋局難翻，拚著把身體嘗受那不可避免的痛苦，心裡變作萬緣俱淡，百不掛心，只閉目低頭聽那造化的撥弄。所以如蓮此時的一顆心兒，似乎由灰冷而漸漸死去，腦中也麻木起來，已想不到何事可樂，何事可哀，好像把個人傻了，只對著鏡子，自己望著自己痴笑，任外面人語噪雜，笙歌揚拂，她自己彷彿坐在個無人的古墓中，竟已塞聽蔽明，無聞無見。過了不大工夫，外面一陣腳步響，那邢媽又走進來，悄悄的向如蓮道：「陸少來了，已讓到旁邊客屋裡。」說了一遍，如蓮好似沒聽見，說到第二遍，忽見如蓮渾身打了個極大的冷顫，站起來把手捫著胸口，在屋裡轉了兩個圈子，就翩若驚鴻的一扭腰肢，飄然走出屋去，把個邢媽都看得怔了，只覺姑娘今天絕不似平素沉重，忽然輕佻起來，便自己暗暗納悶。

且說如蓮走到旁邊客屋，到門口忽然停步，趑趄不進。她心裡知道，過去未來，自己和屋中人只有這一次會面了，一踏進去，立刻要造成個悲慘的局面。所以她真怕見這屋內的人，恨不得延遲些時候。哪知這時竟過來個不解事的夥計，見如蓮立在門前，忙上前把簾子打起，如

第七回　花底妒秦宮俠骨柔腸鑄成大錯，衾影慚金屋藏心酸淚莫起沉疴

蓮立刻瞧見驚寰在迎面椅上坐著，這可沒法不進去了，便輕移蓮步，走到屋中，望著驚寰，沒話可說，只向他笑了一笑。驚寰把昨夜的事正還縈在心裡，覺得今日已和如蓮有了隔膜，絕不似往日相見時的親密，瞧著如蓮向自己笑，也只以一笑相報。

如蓮倒自走向床邊坐了，先低頭去看腳上的藍緞小鞋兒，兩手都插進旗袍袋裡，粉頸略縮，好似怕冷的模樣。那驚寰昨天回家去，也是一夜無眠，想到許多辦法，預備今天來怎樣的開誠布公，把可疑的事向如蓮問個清楚，又希望如蓮怎樣和自己解除誤會，或者言歸於好，或者割恩斷愛，都要在今天見面時決定，所以從進門時，就憋著滿腹的話要說。想不到一上樓就被夥計讓進如蓮的客室，不自禁的又氣上心來，便把從家中帶來的平和念舊的心，都消滅了一半。自想如蓮的臥室是不許我進去了，必是她如今已把我和常人一律對待，才往這客屋裡讓我，說不定她那臥室裡已有補缺的人。想著心裡不勝憤懣，覺得這是自己向未受過的委屈，幾乎要賭氣而走，回家去痛哭一陣。但又轉念一想，如蓮向來刁鑽古怪，還許我無意中曾得罪了她，她就故意給我些悶氣生，只希望見了她說個明白，大家把誤會解了也罷。好容易盼得如蓮來了，向來見面盡都互相調謔幾句，今天她竟連話也不說，只淡淡的一笑。驚寰看出情形改變，心裡一惱，便把要說的話都不願說了，也和她對怔起來。

過了一會，如蓮一言不發，嘴裡倒哼著唱起小曲，驚寰真覺氣不打一處來，到底年輕沉不住氣，竟先開口向如蓮道：「你那屋裡又有借宿的麼？」如蓮看著他暫不答言，接著又唱完了一句，才笑著點頭道：「是，有。」驚寰氣得鼓鼓嘴，還沒說出話來，忽聽外面有人喊道：「大姑娘。」

如蓮忙道：「什麼事？」外面又喊道：「來客。」如蓮立刻眉軒目動的，望著驚寰一笑，就跳跳躍躍的走出去。驚寰向來見如蓮每逢來客，都是皺眉蹙額的不願出去，今天聽到來客，卻是高興非常，不由心裡一

動，暗道：「借宿的人來了。」又聽如蓮走出去問夥計道：「哪屋裡？」夥計不知說一句什麼，接著似聽如蓮已走進對面房裡。過了沒兩分鐘，又聽夥計喊道：「打簾子。」另一個夥計讓道：「二爺這屋裡請！」接著便聽著隔壁如蓮的臥室中，立刻有了人聲，以後又聽夥計腳步聲出入兩次，便寂靜下去。這時驚寰知道方才對面屋裡的客人，已讓到如蓮臥室中了，心裡才明白如蓮不讓自己進去，是為給這個客人留著呢！驚寰此際似已被浸入冷醋缸裡，通身作冷，心肝都酸，倒坐著沒法轉動，兩條腿也跟著彈起琵琶來。正在這時，又聽得隔壁如蓮笑了一聲，接著有人媚聲媚氣說了兩句話，嗓音又像男子，又似女子。驚寰靈機一動，暗道：「來的客人別真是女人吧！或者是如蓮新交的女朋友，她們女人和女人好本是應該的，我吃這種寡醋就太可笑了。」

想著便暗暗禱告，只望隔壁客人是個女子，那我和如蓮中間一天雲霧就散了。想到這裡，聽隔壁如蓮又笑起來，那笑聲顫顫的像是與人打鬧。那個客人也低聲說笑，說笑聲卻似從鼻孔所發的音。驚寰想如蓮的為人，向不和客人耍笑，更瞧料這客人必是女子。但是他雖想得好，可是還不放心，只想看個水落石出，自己才得心平氣和。便看看東邊的床，曉得那床和如蓮臥室的床只有一層薄板之隔，躺到這屋床上，便可把隔壁的聲息都聽得清清楚楚，就躡著腳步走到床邊躺上，頭直抵著板牆，向隔壁側耳細聽。卻又不聞聲息，過一會才聽如蓮低聲道：「昨天對不起，拋你一個人坐著，你不恨我嗎？」那個女聲女氣的人又用鼻聲說道：「趕了巧有什麼法子？我恨你所為何來！昨天同你一個包廂裡是誰？」如蓮只答一個字道：「客。」

那女聲女氣的笑道：「那個人很漂亮呀！」如蓮似乎打了那人一下，又呸了一聲道：「漂亮什麼？來世也比不上你。」那人聽了一笑，立刻又唧唧咯咯的，似乎兩個湊到一處打起膩來。驚寰聽到這裡，耳邊嗡然

一聲，彷彿身體已飛到雲眼裡，又飄飄的落下。迷糊了好大工夫，到神經恢復原狀時，才又微微嘆息，知道如蓮已把心變了，隔壁的人必是昨天松風樓對面包廂上的少年。便又一抬頭伺板牆看了看，忽見板牆上所糊的紙有一條兒已微見裂痕，無意湊過去了縫目窺覷。破孔中竟有些光透出來，但還不能瞧得清楚，便用手就著裂處又輕輕劃了幾劃，再去看時，只覺在這一線天中，已把隔壁的祕密，都洩漏到眼底。見如蓮正在床中盤膝而坐，身旁斜躺著一個妖嬈少年，分明是昨天松風樓所見。

兩人的臉兒全能看到正面，如蓮把一隻手扶到少年肩上，一隻手自托著腮兒，眼光直射到少年臉上，顯出了無限愛戀之情。那少年的眼兒一汪水似的，也正向著如蓮媚視，嘴裡卻款款輕輕的向如蓮說話。驚寰只這一看，立刻就似塑在那裡，想把目光移回再不能夠，心裡油澆似的，不忍看那負了自己的如蓮，只向那少年注目。不知怎的，偏在這時神經一陣清明，倏然想起這少年是誰了，他是國四純捧起來的花旦朱媚春。去年夏季，自己頭一次到憶琴樓，如蓮曾拉自己看過他和國四純的情形，那時也是隔著板牆。這時也是隔著板牆，想不到又有這情形給我看了。又想起去年如蓮和我提起他們，意思很不鄙薄，原來早有心了，如蓮枉對我裝得那樣清高，到底脫不了妓女天性，居然姘了伶人，不知已和他睡了多少夜，我這傻子還蒙在鼓裡呢！這時驚寰連喘息都粗重了，又見如蓮臉兒一紅，向那朱媚春含羞帶笑的道：「你今天還走麼？」朱媚春用絹帕向她一甩，道：「走！」如蓮又秋波一溜道：「敢！」驚寰看到這裡，忍不住從喉裡呀了一聲，手腳一動，便昏倒在床上。按下這裡不提。

再說如蓮離開驚寰，到對面閒房裡，見屋裡坐的正是自己所約的那個朱媚春，先正色對他鞠了一躬，朱媚春連忙還禮。如蓮把嘴向身後努了一努，朱媚春會意，便知道姓陸的正在這裡。如蓮悄悄道：「朱先生，

我的事大約我乾老已和您說明白了。」朱媚春規規矩矩的道：「是，我義父全告訴了。不過他老人家還托我給您帶來口信，請您把這件事再細細想。」如蓮凝眉咬牙的道：「這時都到了大河邊上，只有一個跳，還想什麼？乾老到底上了年紀，就這麼絮叨。」說著又向朱媚春道：「朱先生，我和您素不相識，您今天來，是看在我乾老面上，給我幫忙，我這時先謝謝您。回頭事情完了以後，就不留您再坐了。還求您別把這事告訴人。」

　　朱媚春聽了才要扭腰擺手表情作態，作那花旦式的說話，忽然想起此來是當悲劇的配角，並不是來充情劇的主人。又聽國四爺說過，這姑娘如何的節烈剛強，有心胸有志氣，自己也十分佩服，便連忙按下素日的習慣，垂手低頭的道：「是，姑娘請放寬心，我不能誤了您的大事。不過我辦這個，真於心不安。」如蓮道：「您是受人所托，只當票一段新戲，有什麼不安？現在請到那屋裡坐吧，把戲就唱起來，我無論怎樣向您說笑，您只順口答音，裝出是老相好的樣子。這戲不定唱多大工夫，可是必得我教您走您才許走呢。」朱媚春點首答應，便隨著如蓮進了她的臥室。他們在堂屋走過，立時把夥計老媽都看得怔了，大家全曉得如蓮臥室只有陸少一人可以出入，今天不知如何，卻把陸少拋在冷宮，這個生臉的少年竟補了他的缺。唯有邢媽略有些預料，看出這個新來的人像個戲子，便知道如蓮這幾天不飲不食朝思暮想的人兒到了，她這幾日和陸少冷淡的原故，當然也為了這個人。又疑惑如蓮不常出門，怎會結識了戲子？忽想到國四爺昨天在這裡膩了一夜，如蓮和他直說到天亮，又哭又笑的情形十分可疑，大約還是國四爺拉的皮條呢！

　　不提眾人紛紛猜度，再說如蓮領朱媚春進了臥室，略沉一會，兩人便裝模作樣假愛假憐的做起戲來。試想，一個傾倒一時的名伶，一個玲瓏剔透的名妓，合到一處，只隨隨便便的，已能造作如真，而況兩人又

把嗓音提得略高，那邊驚寰自然聽見。如蓮雖在這裡說笑不停，卻把耳朵全注到隔壁。沉不大時候，聽隔壁的床微響了一下，知道驚寰已來到床上竊聽，便向朱媚春丟個眼色。媚春忙躺到如蓮旁邊，中間尚還隔壁著幾寸的餘地，如蓮就說起昨天的事，故意說得親密非常，媚春也軟聲相答。說過幾句，如蓮聽板牆上有劃紙的響聲，曉得板牆上已生出眼睛，就移身轉面向裡，用手輕撫在朱媚春的肩上，其實手指懸空，離他的衣服還有三四分遠近，不過驚寰在那邊看來，已是不堪入目了。接著如蓮便問朱媚春還走麼，兩人又裝著調起情來。

　　如蓮忽聽隔壁發出不好的聲息，像是氣得發了昏，不由心裡一顫，幾乎再裝作不來，只覺眼眶裡的熱淚，一行行向肚裡墜落，把心都燙得奇痛，暗叫道：「傻子，傻子，可氣死你了，你哪忍得住妹妹跟旁人這樣，哥哥，你不知道，這是假的呀！」如蓮這時心裡一轉，知道大功已經告成，可是自己和驚寰也已萬緣俱斷，只這中間一道板牆，竟將我二人隔開一世。想著幾乎再把持不住，便要跑到驚寰跟前，說破一切真相。但又轉念一想，這時便說破了，枉害了他，也救不成我。一條大路，我都快走到盡頭了，難道還掉頭去走小路麼？便把牙一咬，面上又換上一層羞紅的媚容，向朱媚春一遞眼色，道：「你走也成，天亮再走。」朱媚春道：「天亮走怎麼？」如蓮裝作生氣道：「你裝糊塗，打你！」朱媚春一笑，如蓮呸了一聲，回手便把電燈機關捻滅，立刻屋中漆黑，對面不見人影。如蓮又格格的自己笑了幾聲，便用極低的聲音向朱媚春道：「您請回，快走，別教隔壁聽見腳步，快快。」朱媚春也不敢作聲，躡著腳兒溜出去，下樓一直走了。

　　如蓮自己藏在黑屋裡，偶爾還痴笑兩聲，過了一點多鐘，才悄悄起來，出了臥室，悄悄的走向隔壁房間，先在門首掀起簾縫向裡一看，只見裡面清寂寂的並無人影，忙走進去尋，哪裡還有驚寰的影子？如蓮知

道他這一氣氣得不輕，定已帶著漫天憤恨萬種傷心而去。走到床前，見板牆上劃破一道長孔，知道驚寰必是從此看破祕密，立刻氣走。忽又後悔早先不該和團隊定下規矩，自己屋裡客來客走，不許夥計們干涉，這只為驚寰出入方便，哪知因此一著，連他走我都不知道了。如蓮這時空睜著兩隻眼睛，什麼也瞧不見，一顆心兒也似不在腔裡，神經恍惚的摸摸桌子，又摸摸鏡子，走到西邊，又轉回東邊，舉著手好似捉迷藏一樣，忽然用手向空一抱，高叫一聲：「驚寰，你回來！」接著兩足向上一蹦，像攫取什麼東西似的，跳起老高，到落下地時，已跌倒在床邊，昏昏的死過去了。

　　且說驚寰隔著板牆瞧見如蓮和朱媚春的許多把戲，氣得迷糊了一陣，醒過來還忍不住再看，見如蓮和朱媚春的浪態，竟是自己目所未見。後來二人調情，把燈滅了，驚寰立刻眼前金星亂冒，心裡肝腸如絞，知道再遲一會，或者便要發狂，這裡萬不能再挨下去，便想起步就走。但是通身氣得發軟，抬身不動，只得望著房頂抖戰。自想我為如蓮可不容易，違背了父母，得罪了表兄，拋棄了髮妻，只望和她天長地久，哪知道她水性楊花，為一個戲子背棄了我！接著背一陣發涼，想到自己那可憐的太太，那可憐的人起初雖對我有些過錯，可是以後對我那般情分，早就補過來了，如今還為我病得要死，看來那才是一心愛我的人，我只顧戀著如蓮，向不理人家一句，真對不過她。如今如蓮變成這樣，我有什麼臉去見她？不如死了。想到這裡，忽又轉念道：「不對，我已把她害到這樣了，我再死去，豈不更害她一世？我現在萬事都已作錯，自己已不算個人，只有趕緊回家去救那可憐的人，贖贖我的罪過。」

　　驚寰此際受了天大的激刺，心思改變得天翻地覆，覺得如蓮已成了個卑賤無恥的人，她負了自己，家裡的太太是個清潔溫柔而且可憐的人，自己負過她。兩下相較，只求快跳出汙穢的魔窟，立刻回家見著太

太，就是死在她的床下，心裡也安慰咧！驚寰想到太太，竟生出一些氣力，便從床上滾起來，抓著帽子就走出去。匆匆到了樓下，腳還沒邁出門去，忽聽身後有人喊叫自己名字，驚寰立定回頭，見有個人從一個房間裡探出頭來，細看才知是表兄若愚。

驚寰正懷著一心氣惱，見他在此也不以為意，更不願和他長談，只略招呼道：「表兄也在這裡麼？我回家了。」

若愚一步趕出，拉住驚寰道：「你別走，陪我們玩玩，我同幾個朋友在這兒熬夜呢！」驚寰掙扎道：「不成，我要回家，你別攪我。」若愚此際已看出他面色改常，神情大變，心裡有些明白，仍拉著他道：「你要走咱一同走，等我去穿衣服。」驚寰應道：「快些，我在門外等你。」若愚忙跑進去，須臾就戴了帽子，夾了大衣出來。兩人一路走著，若愚笑著打趣他道：「子丑未申，熱客時辰。老弟你自己膩到三點才出來，樂子不小，樂子不小。」驚寰不應，若愚又說了一遍，驚寰本來滿心是火，聽著若愚的話，好似又澆上暴烈的煤油，而且心裡正氣得發昏，更不能略自含蓄，便自己和自己發了大怒，頓足道：「該死！你別理我。樂，哪個王八蛋樂？」若愚看這情形，暗愓如蓮居然未曾失信，可還不明白她怎樣把這傻孩子氣成這樣呢。就又用話探道：「半夜打茶圍，還不樂？莫非誰欺負了你？告訴表哥給你出氣。」驚寰道：「你別問！這不是出氣的事。」

若愚自裝出納悶的神氣，仰天說道：「這倒怪了，那如蓮和他那樣好，怎能給他氣生？不能……不能……」若愚連說了十幾個不能，驚寰聽著腦裡更昏了，忍不住失口道：「怎麼不能？眼睜她……」說到這裡忙自嚥住。若愚卻已抓住話把，不肯放鬆，見神見鬼的驚異道：「哦哦，她能給你氣生？我不信。」說著又冷笑道：「別騙我，她眼看就嫁你了，你是她的男人，她敢……」驚寰急了道：「再說這個，我要混罵了！人家

又有了……」說著又嚥下去。若愚露齒一笑道：「她又有了什麼？她有病了？那你真算運氣不好。家裡那位要死，外面這位又有病，這怎麼辦？」驚寰此際卻聽不出若愚是在故意搗亂，倒從他的語裡想起他當初相勸善言，暗暗佩服他比自己見得高遠，又慚愧沒聽他的話，更加肚裡填滿怨氣，似乎就要炸裂。方才既不能向如蓮發作，卻恨不得向人訴訴悲鬱之懷。如今被若愚用話一勾，他就把若愚看作可以發洩怨氣的人，也顧不得思想，拉住若愚又向前走。

　　若愚還想要說話，不想忽聽驚寰口裡竟唏唏的作起聲來。若愚定睛向他一看，才知他竟涕泗滂沱的哭了。若愚驚道：「你，你哭什麼？」驚寰把袖子向眼上一抹，嗚嗚咽咽的道：「表兄別理我，我是混帳東西。到如今，我才知道，誰也對不起。」若愚這時已知他就要把祕密洩露，便也不再相逼，只跟著微嘆了一聲。驚寰又接著道：「我都告訴你，你別笑話我。今天才知如蓮對我不是真心。」若愚聽到這裡，把頭一搖，口裡又不能不能的搗起鬼來。驚寰反著急道：「賺你不是人！她真下賤，居然姘了戲子。」

　　若愚道：「胡說！憑她那樣……」驚寰咬牙點頭道：「哼，眼睜是嗎。」若愚把頭在空氣裡劃個大圈道：「不然，你要明白，眼見為實，耳聽是虛。」驚寰跳起來道：「巧了，就是我親見的呀！」若愚假裝作一怔，略遲才道：「哦？居然有這種事？想不到，萬萬想不到。那戲子是誰？」驚寰從齒縫向外迸出三個字道：「朱媚春！」若愚聽了幾乎要拍手大讚，讚美如蓮的信用和她的巧計，但怕驚寰看破，忙自忍住，仍做很自然的樣子道：「哦，那就莫怪了。朱媚春臉子多們好，窯姐兒又都愛姘戲子，如蓮怎禁得他引誘啊！可是你也不必往心裡去，他們不是久局，日子一長，如蓮和朱媚春膩了，還要反回頭來嫁你。你耐心等著，準有那一天。」驚寰聽了好似吃了許多蒼蠅，連連吓了許多口，才恨恨的道：

「你看我真沒人味了！少說這個。」說完便背臉去不理若愚。若愚見這光景，知是大功成就，但不知他這顆心被如蓮拋出來以後，還要落到哪裡。便又試探道：「如蓮是完了，家裡那一位你又誓死不愛，日後該怎樣？不如想個旁的路兒。聽說大興裡百花班裡新接來個人兒，俊的很，明天陪你去開開心。」驚寰聽著向他把眼一瞪，道：「你還往壞道上領我，瞧著我還不傷心？你又怎知我不愛家裡那一位！」若愚冷笑道：「愛還見死不救呢，不愛該怎樣？」驚寰聽到這句，在黑影中恍見自己的太太正在病榻上忍死呻吟，希望自己回心轉意，不由一陣心肝翻攪，好似發了狂一樣，兩手高舉，叫道：「我對不起你！我就來了。」說著也不管若愚，只似飛的向前跑去。

　　若愚也不追他，只立定笑了一笑，自慶沒枉費心思，今天居然大功告成，從此可以對得住驚寰太太，不致再心中負咎了。又想到去年二月初五日自己從鶯春院把他找回家去，今天又恰是二月初五，前後整整一年，看來真是緣分有定，便暗自嘆息，反自籌度現在第一件事便是要回家向自己太太報告，教她也跟著喜歡。第二件便是把如蓮姘朱媚春這件事，趕緊托報界的朋友登了報，索性給他二人中間再加上一層障礙，務必使驚寰認定如蓮是性情淫蕩，名譽極壞的人，永不致死灰復燃，方能給驚寰太太一個愛情上的安全保障。若愚想著便悠然自得的回家，向太太報告一切去了。若愚以先所辦種種與驚寰夫婦釋和的事，都不失為古道熱腸。只有最後這一著，失之過於狠毒，所以他日後的噬臍莫及，也便種因於此咧。

　　再說驚寰拋了若愚，狂奔回家，路上雖遇見空的洋車，他也好似沒看見，仍舊自己與自己賽跑長途競走。好容易趕到家門，見大門緊閉，便舉手捶打。原來近日驚寰因嚴父遠行，慈母溺愛，所以毫無顧忌，比以先大不相同。捶了半晌，門房的郭安才睡眼目蒙目龍的出來開門，才

開了一道縫，驚寰便直撲進去，一語不發，兩步就躥進天庭，並不入常住的書房，一直走到後院。這時天已三點多鐘，各屋都已熄燈安寢，卻只見那新屋裡還有燈光，知道屋中必有僕婦看護病人。驚寰在外面原抱著火一般的熱望，想著一進家門，便跑進妻的房裡，跪在她床前，表明後悔，求她饒恕。哪知一到地方，倒膽怯了。自想我狠心棄了她一年，如今我走進窮途，才來就她，不特我自覺可恥，還許她賭氣不理我呢！她若再不理我，我有什麼臉活下去？又覺自己的死活尚在其次，最難堪的就是打疊不起一副厚臉皮去見她的面，便躊躇不進的在院中立住。

過一會才自強硬頭皮湊到窗前；想向裡看，卻見窗裡掛的粉紅窗簾遮得甚是嚴密，無處著眼，不禁暗嘆道：「果然這一桁窗紙，幾眼疏櫺，便是雲出幾萬重了。我那可憐的人，當初你哀求我，如今你這毫無心肝的丈夫也來求你了，你知道麼？天呀！我這時定要見你，就是明天早晨也等不得。這半夜準能把我急瘋了。可是我有什麼臉進這屋？我的妻呀！你怎不把我叫進去。」

驚寰正在胡亂叨念，忽聽屋裡有人說話，先是個半老女人的聲音道：「少奶奶，你閉上眼歇歇，天天總這樣望天明，人如何受得了？喝一點水，就睡一會吧！」驚寰曉得這說話的是專侍候新婦的僕婦郝媽，暗暗感她對新婦倒很能體貼，日後定要多賞她些衣物錢財。接著又聽新婦連咳嗽兩聲，咳嗽聲音很是奇怪，其聲空空，彷彿心中都空無所有了。那郝媽似乎替她輕輕捶了幾下，過一會，新婦才聲息微微道：「我也想睡，只是睡不著。郝媽你睏就到地下睡去，我這時不用人。」郝媽道：「我睡了一天，一些不睏，只怕您勞神。」新婦接著說了半句話，又嗆起來，且嗆且說的道：「你到書房去看看，火還旺麼？他還沒回來，大冷的天，半夜三更的……身子又不結實……」郝媽勸道：「您自己養病吧，就別管少爺了。」新婦又咳嗽一聲，喘著道：「咳，我總不放心，他在外邊鬧，

第七回　花底妒秦宮俠骨柔腸鑄成大錯，衾影慚金屋藏心酸淚莫起沉疴

萬一有個……等老爺從江西回來，我沒這口氣就罷了，要還有這口氣，一定求老爺把他外邊的那個人弄回家來，那他就可以在家裡安生，不上外面混跑……」

那郝媽道：「您少想那些個，把外邊的婊子弄回來，於您有什麼好處？如今人不在家裡他還……」說到這裡，似乎後悔不該向病人說這等動心的話，忙自嘛住。驚寰在窗外也暗恨郝媽順口胡說，不特惹她難過，又給我們夫婦離間。卻又聽新婦嘆道：「我麼，我是不在這本帳上的人了，只盼你們少爺……」以下的話又被咳聲擋住。驚寰知道她這句話是只盼自己能好，她雖死無恨的意思。想不到自己對她那樣薄倖，她還如此想念，心裡感動得按捺不住，一跳便跳到堂屋門首，推門竟是虛掩，就直走進去。再看裡屋卻掛著棉門簾，驚寰已一年不進此屋，夜裡進來，更像到了生人家裡一樣。但也顧不得猶疑，上前一掀門簾，便走進去。那郝媽瞧見進來了人，沒看清是誰，就嚇得喊叫。驚寰道：「不要怕，是我。」郝媽才直眼一看，愕然道：「少……爺……」驚寰道：「是我，你出去。」說著把郝媽向外一推，立刻跟蹌蹌跌到堂屋，驚寰再回頭，見新婦幾月不見，已是瘦骨支床，頸際又添了個碗大的瘰癧，像柴樣的一束嬌軀正裏在錦衾以內，床頭擺著茶杯藥碗，燈光也黯淡非常。驚寰見屋裡這一派慘狀，明白完全是自己所造成，不禁痛上心來，潸潸淚下。又見新婦歪著那黃瘦的臉兒，向自己愕然相看，驚寰忍不住咧開大嘴，哭著叫了聲「我的妻！」便撲的跑到床前，手兒環著她的香肩，頭兒抵到她的頦下，一語不發，先自嗚咽起來。

新婦猝然遇到意外的景況，不知是幻是真，還疑惑是做夢。因為這樣的夢，以先曾做過許多咧。驚寰哭了一會，才抬頭望著她顫聲說道：「我的可憐的人，我來了。妻，妹妹，姐姐，我來了。我該死，我對不住你，以先我是混帳東西，現在我明白了。求你饒了我的錯處，饒了我，

親人呀！你說一句。」新婦直著眼睛，怔怔的把手在驚寰頭上撫摩，只見嘴唇作顫，聽不見說話，半晌才發音道：「你……你是他，你來了，你可來了！」說完眼兒一閉，似乎昏去，那手兒卻在他頭上更揉搓得重了。驚寰接著且哭且說道：「我今天才明白，世界只有你是真愛我的人，可惜我以前瞎了眼，把你害成這樣。只求你饒了我。從此我再不離你，守著你過一世，好補我的過處。親人呀，你說句話，饒了我！」新婦睜開眼，向左右上下看了一遍，伸手摸摸枕邊，摸摸自己的臉，摸摸驚寰的肩兒，又瞧瞧自己的手，才低語道：「真的麼？他真來了！」

驚寰想不到她一病半年竟而衰到這等，舉止神態，都不似少女，又見她將信將疑的模樣，知道她對自己想念過深，希望久絕，才有這般景況，心裡更加痛切，便用頭頓得床沿作響道：「妹妹，是你那個不是人的男人來了，驚寰來了，你不必疑惑，快饒我，我從此不出這屋子了。」那新婦這時把驚寰的頭兒，扶得抬起，細看了一會，臉上微露笑容道：「真……真的，你可是真來了。」驚寰忙應道：「是是，我是驚寰，你不是做夢。」新婦忽然自己一笑，那笑聲好似她小時在母親懷裡所發的一樣，笑著說道：「嘻嘻，娘，他回來了。阿彌陀佛，娘。」又看著驚寰道：「你別走。」

驚寰緊緊抱住她，把嘴湊到耳邊，說道：「妹妹，你把心定一定，驚寰回來，再不走了。你定定心好和我說話。」

說著就偎她溫存許久，又連亂叫著姐姐妹妹，過一會才覺新婦咳嗽著用手把自己臉推開，她口裡道：「你抬開，我明白了。」驚寰才把臉離開她幾寸，卻還注視著，見她滿面啼痕，眼光已不似方才散漫，知道她神志已定，便又哀告道：「方才我的話你聽明白了？我已對前事十分後悔，……」新婦抬手把他的嘴掩住道：「你真來了，不離開我了，我真想不到有這一天。天呀！我也有……」說著又咳嗽。驚寰又道：「你對我

247

以前的錯處還記著麼？怎不說饒我的話？」新婦想了想，倒哀哀的向驚寰道：「你待我沒不好，我饒你什麼？還要求你信我。」驚寰道：「信什麼？」新婦道：「就是以前三番兩次跟你分辯的事。」驚寰緊握著她的手道：「我信，我信，不論那件事是不是你所說，即就是你說的，我如今想起來倒感激你衛護我呢！當初我是該死，才跟你胡鬧。親人，快別提那些了。」新婦此時才看出驚寰是在地下跪著，急得把身兒一動道：「你怎麼跪著？快起來！」驚寰更跪得挺直道：「我求你饒我以前的錯處，你不饒我怎能起？」

新婦抓住驚寰的頭髮，悲聲道：「你怎還說這個，咱倆有什麼饒不饒，只望你從此愛我，我死了也甘心。快起來，別教我著急。」說著見驚寰不動，才又流淚道：「你要非得逼我說，我就依你說一句，哥哥，我饒你了。」說完便把驚寰的頭髮，向懷內一拉，驚寰乘著這個機會，先把一條腿提上床沿，接著就把全身滾到床上，新婦也將身朝後略退，立刻兩人的頭兒各占著半邊鴛枕，臉對臉的偎在一處，雖然隔衾相抱，照樣也成了同夢鴛鴦。這一夜驚寰的引咎自責，曲意相慰，以及海誓山盟，和新婦的受寵若驚，投懷如夢，以及輕嗔薄恨，都自不必細表。只苦了個郝媽，半夜裡被少爺推出門外，又不敢回去睡覺，沒奈何就坐在堂屋裡打盹。屋裡驚寰所說的話，她都聽見了，心裡暗替新婦高興，喜歡得再睡不著，天才一亮，便去推老太太房門，去報告少爺夫婦復合的事。

驚寰母親聽了自然歡喜，尚還疑惑，自己也顧不得端婆母的架子，悄悄的跑到兒媳臥室門外，掀簾縫向裡一看，見他夫婦和衣相偎，正睡得酣適，便退出來。這消息立刻傳遍了全家上下，沒過正午，就又傳到若愚的家裡，立刻人們都有了喜色。

驚寰在新婦屋裡起床後，見有僕婦進來，便直跑到自己母親房裡去

梳洗，見母親和眾人都望著自己笑，知道早被人看破，只得裝作看不見。到吃過早飯後，驚寰涎著臉兒，向母親問歷來給新婦請的醫生和所開的藥方，老太太把藥方都檢出來，又告訴了許多醫生的名字。驚寰知道這些飯桶都是欺世盜名之士，沒一個靠得住，又見藥方脈案都寫得很凶殘，更後悔自己負心，竟把她害到如此，立志要替她訪求良醫，用全力給她治病，便到新婦房中，告訴她自己出去一會。

　　新婦似乎連這片時都不忍分開，戀戀許久，才囑咐他快去快回。驚寰出門去，便到各親友家挨門訪問，哪裡有出色良醫？末後訪到一家，竟得了個機會。原來這時直隸督軍正害了老病，派人到江蘇請來一位名醫，這名醫真是位國手，在前清做過太醫院長，恰住在這親戚家裡。驚寰託了許多人情，才求得那名醫允於明天來看。驚寰大喜回家，對新婦說知此事，彷彿已請到活神仙，只要神仙駕到，立刻手到病除。

　　新婦此際因丈夫回心見愛，對前途生了無窮的希望，也自怕死貪生起來，更盼著早脫沉痾和心愛的丈夫唱隨一世，自然聞語欣然。當夜驚寰又宿在新婦房裡，給她溫藥調羹，實際當了看護夫。到了明日，一過午後，驚寰便派郭安雇輛汽車來接那名醫，盼到上燈時候，名醫才姍姍而來。先讓進書房，吸了半點鐘的鴉片菸，才去診脈。診過以後，又回到書房，坐在椅上，看著筆墨，沉吟了半晌，方絡著鬍子道：「兄弟沒拿手的病，向來不敢開方。這位病人，是思慮太重，心血交枯，早已轉了癆病。你要在前一個多月，請明白人治，還有幾分把握。如今……」說著瞧瞧驚寰，又道：「兄弟開方也是沒用，請您另請高明。」驚寰聽醫生口氣不好，立刻顏色更變，忙又追問道：「您瞧還有挽救麼？」那名醫笑道：「挽救，怎能沒有？不過兄弟實在才疏識淺……」話只說到半截，便立起拱拱手，表示告辭。驚寰沒法只得送出，仍派郭安用汽車送回。驚寰才知新婦已入危險，心裡的悲痛自不必說，但對新婦還不敢露出神

第七回　花底妒秦宮俠骨柔腸鑄成大錯，衾影慚金屋藏心酸淚莫起沉疴

色，到夜裡仍用舊藥方煎藥給新婦吃，虛報說是這名醫所定的方劑。又過一日，驚寰仍不死心，又約來本埠一位名醫黎桐岡先生。這位黎先生雖沒辭開方，但所說的話和那位太醫院長也大同小異，驚寰更涼了半截。

開過方子，驚寰送醫生出了門，自覺滿腹辛酸，便在門口呆呆站了一會。忽聽巷口有人喊道：「看朱媚春的新聞一個銅子。」驚寰聽了，心裡一動，就將賣報的招呼過來，買了一張，拿著走回院裡，且行且看。翻到裡面，才在小新聞裡尋著一段標著二號字的題目，是「春蓮之愛」，而後又一行小題，是「門當戶對妓姘伶」。驚寰腦裡轟然一聲，料道說的定是那件事了，便趕緊向下看，見正文是：「憶琴樓之名妓馮如蓮，花容月貌，秀麗天然，北里胭脂，無出其右。惜其對待客友，松香有架，草木無情。人以其桃李冰霜，亦加原諒，故琵琶門巷，依然不斷遊驄。詎知妮子近來大改故常，與男伶朱媚春姘識，鶼鶼鰈鰈，雙宿雙飛，一日不見，如隔三秋，大有終身相倚之意。此事滿城風雨，盡人皆知。素日拜倒石榴裙下者，亦皆醒悟，已無愚人再往報效。恐其生意從此一落千丈，而朱媚春亦將名譽破產云。」

驚寰看罷，心想這段東西，雖然似通不通，卻天然是天津才子派的筆墨，可還說得情真事確。這件事一傳出去，如蓮的生意怕要壞了。又想到報上說這事滿城風雨，盡人皆知，看起來只有我一個混蟲，一直蒙在鼓裡。若不是那天活該看破，還不知教她騙到幾時。一陣氣憤，便把報撕作一圈，扔上房去。正是：天下有情痴，姑屈君掩書一哭；人間無限恨，莫嗤我取瑟而歌。後事如何，且聽下面分解。

第八回

千金市駿骨明身世夜月返芳魂，
一殯出雙棺懺業冤春風回舊夢

第八回　千金市駿骨明身世夜月返芳魂，一殯出雙棺懺業冤春風回舊夢

話說驚寰自經了這情場劇變，心兒劃了條絕大的創痕，原想捧著這殘破的心兒，請自己的太太去收拾補綴。怎奈新婦雖承受了他的請求，可惜事與願違，偏又病入膏肓，眼看不起，反在驚寰的新創之下更湧起舊創。

所以此際的驚寰，只有悲傷愧悔，對於那辜情負義的如蓮，雖然在風前月下，偶然還不下思量，但再聯想到朱媚春，便切齒痛恨一番，隨即恝置斷念。最難堪的就是看著輾轉床第的新婦，以前是冷落經年，把她拋得像個寡鵠，如今雖廝守度日，可憐自己眼看又要變成鰥魚。

縱然覓盡奇方，照舊毫無生理，驚寰成日守看新婦，還須強顏為歡，謀她眼前的安慰。但想到這偎在自己懷裡的可憐人，不知何時就要奄然化去，從此一別茫茫，再無見日，心裡的慘傷，直是無可方喻。後來在無可奈何之中，勉強自己開闢出一條路徑，便是一面照樣竭力覓醫救治，一面把自己所有的愛情，都偲獻給她，希望她即使到不起之時，也在靈魂中帶著自己的愛情逝去。

因而從此以後，驚寰就將看護的責任，全自擔負起來，藥物羹湯，莫不親手調量，寒暖眠食，更為加意看護，稍有閒暇，便坐到新婦床前，和她說些閒話，講些故事。還時常呢呢的談些愛情，故意說到將來她病好後，夫婦間的行樂計畫，恩愛約章。凡是驚寰心裡所能想到，嘴裡所能說出，全一一的表示出來，以求那新婦開顏一笑。那新婦見這心愛的丈夫如此體貼溫存，深情厚貌，這原是自己早已絕望的事，如今竟在意外得來，豈有不喜心翻倒？這時知道若能病好離床，前途都是樂境，所以也有時忘卻痛苦，偶作歡容。那驚寰看到這種情形，還疑她心境漸開，回生有望。哪知新婦已深入癆瘵之境，五內俱傷，四肢漸敗，絕非精神娛快所能修復，只熬時候罷了。驚寰服侍病人，直到了七月，他只全神注定新婦，惙懼著不定哪日要發生死別之悲，便把舊夢全忘，

腦裡已不存如蓮一些餘影，更沒工夫念到那舊時膩友，下落何方。每日只想著新婦死後，自己該怎樣歸宿。有時若愚夫婦同來探病，問知情形，也只得相對唏噓，扼腕咨嗟而去。

轉瞬又進了八月，過了中秋，已是金風瑟瑟，吹面生寒。病人遇了節氣，更加重步，眼看就要臨危，請來許多醫生，都勸不必枉投藥石，教病人多喝苦湯，須先預備後事，恐怕已等不到九月。驚寰聽了比自己將死還為傷痛，知道和她夫婦一場，只有這幾天相見了，只得守一時是一時。人世的時光，再沒比這時珍貴，便掬著萬種傷心，更日夜膩在房裡，去珍重那永別以前的少許光陰。還要對新婦陪著笑臉，連眼圈兒都不敢稍露微紅。可是每一瞧到新婦已呈死象的臉兒，心裡便刺痛不已，真是一看腸一斷了。

這樣居然熬了幾日，到了二十一那天，又趕上是驚寰母親的壽辰。在合家惱喪之中，自然不待賓客，可是有幾家內親，照樣前來祝壽，若愚夫婦不待言也在其中。這日驚寰見新婦精神轉旺，兩頰紅鮮，目光有神，說話也似添了氣力，以為她病勢減輕，便也出去廳酬。戚友知道本家正有心事，都不多坐，只若愚夫婦被老太太留住說話。這時老太太因新婦已是眼前的人，把戚友女眷都攔住不教看視，若愚夫人自然也不能獨去。到晚飯時，老太太因家裡只有母子二人，男女僕婦都不當用，一旦喪事出來，一定手忙腳亂，若愚夫婦是至近內親，應得幫助，便留他夫婦住幾日。若愚夫婦曉得老太太意思，即時應允。若愚夫人便派人立刻回家去取隨身東西，安置在上房西間，和老太太住連房。

晚飯過後，若愚夫婦到西間歇息，驚寰也要回去看護新婦，被若愚夫人悄悄叫住道：「表弟，你在這屋陪表哥說話，我去瞧瞧病人。」驚寰淒然道：「您不必去，她就是三兩天的人，嫂嫂留個忌諱。」若愚夫人搖頭道：「我不講究這些，姐妹好了一場，怎來了不去瞧她？」驚寰

無奈，只得陪若愚同坐，任她自去。過了半點鐘工夫，見若愚夫人也恰從新婦房裡，垂著頭快快的出來。驚寰無意中叫了一聲，若愚夫人抬頭看見他，忙又把頭低下。驚寰在月光中已瞧出她淚痕滿面，知道情形不好，懷著滿心恐懼，也不敢問。若愚夫人走過幾步，又自站住，猶疑了一下，才叫道：「表弟。」驚寰忙趕到她面前，若愚夫人用那悲憫的目光瞧著他，半晌才道：「你不必上廂房去了。」說著沉了沉，又道：「表弟婦……你也不必傷心，生死有命，她這是迴光返照，至遲不過兩天，快預備吧！你的心盡到了，不必再守著她。」說著鼻孔一酸，就掩著淚走進上房。

驚寰痴痴的倚著院裡的荷花缸，只覺一身軟化，萬念皆灰，要哭也哭不出來，對著天上的月光，只怨恨上天，怎只會處罰人的罪惡，竟不容許改過自新。我錯待了新婦，雖是罪大惡極，但是我已誠心改悔，願意把將來有生之日，都作我補過之年，怎的上天非得把她從我懷裡奪去，斷絕我懺悔的路，定要我抱恨終身？天呀！看起來人不許一步走錯，只要走錯了想改悔都不易咧！接著身上一軟，便沿著荷花缸溜在地下，好容易又站起，便神智昏昏的，步步向廂房挪去。忽聽背後叫道：「驚寰！」驚寰回頭，見若愚立在上房臺階上擺手道：「你這屋來談談吧，病人有僕婦看著就行。不是我勸你狠心，你去守著也沒用，枉給自己添病。」驚寰搖搖頭仍向前走。

正在這時，猛聽外面有捶打大門之聲，隔著外院直送進來，打得很是厲害，好像有什麼急事。若愚驚寰都嚇得一怔，弟兄倆便同走出外院，到門洞裡查問，見門房的郭安正隔著門和外面說話，卻不敢開。若愚問他道：「外面是誰？」郭安道：「不知是誰，他們說來找少爺，有好幾個人呢。」驚寰忙推開郭安，向外問道：「誰呀？」外面只叫道：「找陸驚寰陸少爺。」驚寰答道：「我就是陸驚寰，哪一位找？」外面又換了

個老年人的聲音道：「在下國四純，訪閣下有話面談。」驚寰聽了一呆，暗想國四純來找我作什麼？自己拿不定主意，瞧著若愚，若愚道：「國四純不是那位前清遺老大名士嗎？你怎會認識？不如回他家裡有事，改日自去拜訪。」驚寰略一猶疑，若愚卻在無意動了好奇的心，又改口道：「管他來幹什麼，開門問問再說。」

驚寰無話，便喚郭安開門。哪知門一開放，立時先擠進一男一女，驚寰在黑影裡也沒看清是誰，第三個拄著拐杖緩緩走進，卻真是國四純。那先進來兩人中的男子問道：「陸少爺在哪裡？」驚寰才答應一聲，已被他劈胸揪住，高聲喝道：「我可找著你了！小子拿命來！」那女人也撲到驚寰面前，哭叫道：「姓陸的，你害苦了我了，咱倆人拚了吧！」驚寰驚詫之中聽出聲音甚熟，卻又沒法掙扎，不及詢問。這時國四純忙上前攔住道：「怎又忘了我的話？有事坐定慢說，不可亂鬧。」說著見若愚要向門外跑，忙用拐杖擋住道：「這不是明火搶劫，何必去報巡警？」驚寰此際才看出向自己拚命的這一男一女，是周七與馮憐寶，曉得又出了禍事，雖是來意不善，裡面卻又夾著國四純，尚不致生甚凶險，便也把若愚叫住。國四純道：「快把門關了，借一步細談。今天來有要緊的事，跟陸先生很有關係。」

這時周七已把驚寰鬆了手，憐寶也不再鬧。驚寰沒法不往裡讓，只可引這一群人進了書房。其中只把個若愚悶壞，及至進了書房，見除了這個年老的國四純還有個女人不認識外，另外一個男子，竟是在自己手裡背約潛逃的周七，心裡更覺納悶。但還忍著裝沒瞧見他，周七瞧見跟著驚寰身後的是何大少，也大吃一驚，忙低了頭。國四純進來，不用人讓，便向椅上坐下，先把手按著周七夫婦道：「你們不要喊鬧，人家這是公館，容我把話說完，自然有辦法。」

周七雖想打鬧，見若愚在此，早不敢動。憐寶卻披頭散髮，許多不

依不饒，但來時和國四純有約，也只得尋機再鬧。國四純轉臉向驚寰道：「在下今年七十四歲，別說身分，只論歲數，實不必管你們的閒事。無奈天緣湊巧，你們的事我全知道，又看在如蓮的面上，不忍瞧著你們出禍，所以隨他們來。」驚寰聽到如蓮二字，覺得在耳裡很生，在心裡很熟，不由悚然一驚。

國四純望著他點頭嘆息道：「痴兒痴兒，只顧你自命多情，可知造了大孽！你那如蓮快要死了。」驚寰聽得摸不著頭腦，只管怔著。國四爺嘆道：「你真是個惡少！如今會忘了她麼？哦哦，你心裡還許這樣想，如蓮死了，應該去告訴朱媚春，來告訴我作什麼？痴兒，你還不明白呢！那個痴心女兒，拿性命報答你，只落你一個恨字麼？」驚寰越聽越不明白，若愚卻有些預料了，不由身上打了個冷顫。國四爺一眼看見若愚，便問道：「這位是誰？」驚寰忙介紹道：「是舍表兄何若愚。」國四爺笑問若愚道：「當日到憶琴樓去勸如蓮的是閣下和令尊夫人嗎？」若愚不知該怎樣回答，只微一點頭。國四純還沒說話，那邊周七早喊起來道：「出主意的是何大少呀！國四爺只告訴我是姓陸的親戚，我還說要把這出主意的宰了，想不到是何大少！我……」國四爺向他一擺手，又對驚寰道：「閣下和如蓮決裂，是為她認識了朱媚春，她所以認識朱媚春，是為誠心要閣下傷心決斷。至於如何要和閣下決斷，這位令親很知其詳，請他說話，比從我嘴裡說有力量。」說著又向若愚道：「閣下當初所辦的事，也是一片熱腸，我很佩服。不過如今如蓮已眼看就死，決無生望，您所疑慮的事再不會發生，年輕人口頭要留德行，不可使死者身後還蒙不白之冤。請你把和尊夫人到憶琴樓的原故，細說一說。」

若愚被國四爺在眾人面前逼住，不能狡展，又想如蓮果已垂危，何必教她九泉飲恨？便硬著頭皮，對驚寰把舊事重提，說起當初驚寰夫人如何替自己受冤枉，自己如何心中負咎，如何勸你不聽，後來如何在習

藝所裡想起主意，教周七和羅九等給你和如蓮破壞，如何周七背約，計策失敗；從上海回來以後，如何被夫人逼迫，如何到憶琴樓去求如蓮，如蓮都說的什麼，自己夫婦又如何連激帶勸，如何得了她的允許，如蓮如何定的日期，如何的守信不誤，都說了一遍。

　　驚寰聽著在屋裡轉起圈來，國四爺叫道：「站住，這一節你明白了，聽我接著說。從令親夫婦走了以後，如蓮哭的淚人一樣，把我請去，將細情都說明了，和我討主意。我勸她不可為別人誤自己的終身。如蓮只一根腦筋，說是若不絕了你，你太太要死了，更害你做不成人，寧可她自己死了，也不願教你落個損壞名譽。而且又不肯對令親夫婦失信。她說的條條有理，我這個老頭子一世就受了書的毒，一聽她所據的理很正，又看她是個妓女，捨了你還能嫁別人，竟而給她出了主意，借重那朱媚春，教你吃醋。頭一天在松風樓，第二天在她那裡，都是你耳聞目睹的了。痴兒，你只覺他們親熱的肉麻，哪知是專為唱戲給你聽，他倆連衣服都沒沾到一處。而且除去見了那兩次的前後，他倆也永未曾見面。你還疑惑媚春住過她許多次呢！我七十四歲的人，敢發誓和你說，那朱媚春是永不能人道的，他是個天閹呀！」

　　說著見驚寰已掩面而泣，便又接著道：「如蓮從允過令親以後，早安了死的心，幸虧很早被我瞧出，費許多話才勸得她答應留著殘喘，再等和你重圓的機會。你知道出事以後的十幾天裡，她已瘦成什麼樣子咧！」驚寰聽到這裡，嘴裡不知叫了一聲什麼，向前一跳拉了憐寶亂喊道：「領我去！我的如蓮！苦死你了，苦死你了。」說著頓足不已。國四爺忙令若愚把他按在椅上，自喝了口茶，長嘆道：「我這又是煩惱皆因強出頭，可謂老而不知休止。」說著痰嗽幾聲，又向驚寰道：「今天我們來就為要你給她個辦法。」驚寰哭道：「什麼辦法？活一同活，死一同死好了。」

　　國四爺笑道：「何必這樣張致？聽我說完。如蓮雖允許我不再尋死，

第八回　千金市駿骨明身世夜月返芳魂，一殯出雙棺懺業冤春風回舊夢

誰知她還是沒心活著，自己拚命把身體作踐，說覓個漸進的死法，這尚不要緊。偏在這時候不知哪裡的混帳王八蛋，竟在報上說如蓮和媚春搭了姘頭。這於媚春還無大損，如蓮的生意從此真就一落千丈，憶琴樓不能住了，連挪幾個團隊，生意都不見起色。如蓮雖不介意，那債主卻不似當初緩和，忽然逼得緊了，日日上門詬誶。如蓮何曾經過這種事，再加上一面想你一面自傷，就一天比一天虛弱。醫生全不曉得原故，豈知她誠心要死，時常不食，極冷的夜裡倒不蓋被，十天八天也不準睡兩點鐘的覺，日子長了竟成了一種弱症。請醫生煎藥也不吃，近來病已成形，群醫束手。我因愛她的為人，時常去看她，她也自知不起，求我向南滿站寫一封信叫她母親回來，好見一個活面。哪知她母親和周七，去年在南滿站開了菸館，今年春天就遭了官司，坐了半年的牢。好容易出來，恰接著了信，就兩手空空的趕回來，母女相見哭的好慘。正值我在如蓮那裡，憐寶向我問她女兒的病源，如蓮還不教說。我因她親娘到來，或者有法子挽救，便背著如蓮把底裡全告訴了。那時他夫婦正專心給女兒治病，也沒怎樣。今天我到他們那裡，見如蓮已眼看難活，外面有債主逼命，憐寶急了，因事情全由閣下身上所起，就要拉周七抬著如蓮，一家三口，都到你家來死。我怎樣也攔不住，只好勸著他夫婦先隨我來見你，善辦惡辦，全在閣下一言。這事通盤都說完了，閣下想怎樣？」

國四爺說完，這時周七因若愚在座，沒臉再鬧。憐寶卻趁這機會一把抓住驚寰，坐在地下撒潑叫道：「姓陸的，裝沒事人可不成。我女兒死在你手裡，趁早給她償命。」

說著又大鬧起來。驚寰站起來道：「走走，我見她一面，一定給她償命。我對不住那一個，死了正好。」國四爺忙喝住憐寶道：「鬧是沒你便宜，別吵人家家眷。」若愚聽著心裡一動，忙探頭向院裡看，見院

內無人，內宅屏門緊閉，知道沒被內宅聽見方才放心，回頭也勸了憐寶幾句。國四爺又向驚寰道：「事已至此，我只是一個調人，請你說個辦法。」驚寰慘笑向老人道：「您知道我家裡還有個快死的麼？」國四爺愕然道：「誰？」驚寰道：「您不必問。」

說著仰頭道：「天，怎麼把後悔的事全給了我？老天待我太厚了！天呀，我還怎樣？同命鴛鴦，再外加一個，更好，更好。」又凝一凝神，向國四爺道：「您領我見如蓮一面，教我怎樣就怎樣。」國四爺道：「面自然要見，不過現在要先安慰安慰憐寶，然後……」驚寰忽然跳到憐寶面前，張著嘴向她傻笑道：「我現在要娶如蓮從良，你要多少身價？」憐寶尚驚疑未語，國四爺已大笑道：「好好，閣下就學個千金市骨吧，這倒是補過之道。縱然她眼前便要嚥氣，只要名義上嫁你一分鐘，也了她素日的心願。而且你給憐寶些錢，一來教她還債，二來也好過活，真是兩全其美。這是聰明人辦的事，你要是財力不足，我看在如蓮是我義女的情份上，可以量力相助。」

驚寰頓足哭道：「這還說什麼力量不力量？拚著辦罷了。你們全好，就是我一個不對！你們也沒一個早來一步，早告訴我一聲，直到這個要命的時候，才教我知道。這不是活傾殺我？」說著又舉目向眾人亂看，望著若愚道：「你害我不淺，表兄！表兄，在你表弟身上缺了大德了。」又向憐寶道：「你放心，你放心，我償命，我償命！」又跳過去拉著國四爺的手叫道：「國老老……伯，如蓮還活的了麼？」

這時屋裡眾人見驚寰像瘋了一樣，大家都不敢張嘴。只國四爺按住他的肩頭道：「你沉下氣，聽我說，這不是哭鬧的事。我不怕你傷心，如蓮雖還活著，也只剩了一口氣。你想，若再有半點指望，她娘怎會拋下她來和你拚命？你不要管她活不活，死不死，我盼望你能追念著舊情，可憐她是為你而死，趁這時候娶她從良，她要還活著呢，就抬她到你家

第八回　千金市駿骨明身世夜月返芳魂，一殯出雙棺懺業冤春風回舊夢

來見個活面，也好教她瞑目。她要已死了呢，你只當納了個鬼妾，買她一副屍骨，葬在你祖塋之側，也算完了你倆未盡之緣。我這是瞧閣下讀書明理，才說這種書呆子的話。你要……」說到這裡，驚寰渾身亂顫叫道：「我不能再等了，我的如蓮，你們快教我見她。國四老伯，馮祖太太，積積德，快教我見她一面，要多少錢，我給多少。」說著右手拉定國四爺，左手拉定憐寶，就往外闖。憐寶卻死命賴住道：「不成不成，咱得說說。」

　　驚寰口吃著道：「說……說什麼，我全依……依你還不成？」憐寶道：「不成不成，咱們說好了再去！」若愚在旁邊正負手躊躇，這時也過來攔驚寰道：「你出去不成，家裡這個快死的交給誰？」驚寰聽了身上一軟，撲的坐在地下，手拍著磚道地：「老天爺，我這遇見的都是什麼事？怎不教我這時死了？我可怎麼辦呢？」憐寶趁勢走回國四爺跟前，向老人耳邊說了幾句，國四爺哦哦兩聲，向驚寰道：「你起來，我告訴你，你現在就按娶從良人兒的規矩，先把手續辦清了吧。你是個明白人，我把憐寶的心思告訴你。她本是婦道人家，沒大見識，以先她本打算把如蓮抬到你家，教她在這裡嚥氣，好訛你一下。雖然教我攔著沒把如蓮抬來，但是她心裡還算計著，我若和你說不出個所以然，她依然還預備去抬如蓮。如今她聽你拚著花錢，要見如蓮個活面，她可就又想歪了，只怕領你到了她家，如蓮已嚥了氣，那時你要轉了軸，她就沒了訛你的把握，所以不去。」

　　驚寰道：「本來說的千金市骨，死活有什麼關係？怎這樣胡狡！」國四爺道：「所以她是婦人之見，不必再談。你先給她個把握，快說吧，沒時候延遲了，怕如蓮不能忍著死等你。」驚寰瞪圓眼睛向憐寶道：「你說你說，要多少？」憐寶瞧瞧周七，周七見憐寶看他，才要說話，忽又拿眼瞧瞧若愚，便自低下頭去。憐寶只得自己說道：「如蓮的外債有

一千五，還有我們夫婦，你瞧著辦。」驚寰伸著手道：「兩千，三千。」憐寶道：「不是我訛你，痛痛快快，你一共給五千塊錢。」驚寰道：「五千，成成。可是我上哪裡弄錢，哪裡弄錢去呀！」說著用手在頭上拚命亂抓，彷彿搔破頭皮，便可有五千塊流出來。

這時若愚見這次從天而降的禍事，分明由自己身上所起，自己原來一片好心，想不到弄出這般結果，連氣帶怕，只覺心亂如麻，更沒法出頭排解。此際又見驚寰為現時抓不出錢，見不了如蓮的面，眼看著像要急死，自知這是用著自己的時候，不能再忍下去，便上前向憐寶道：「你真會訛人！尋常買一個歡蹦亂跳的大活人才多少錢？如今我們買一個真正棺材餡子，你敢要五千！這不過是驚寰念著如蓮的舊情，才辦這種傻事，這新鮮出奇的機會教你趕上了。我既在這裡，不能看著，這事沒的可說，話該巧了。我今天才收了人家還我的一張支票，是三千五百塊，就把這個給你。你要，就是這些，我們一半行好，落個好裡好面。要真鬧翻了，任憑你訛，我們拿這些錢打官司，大概也夠。」說著在袋裡拿出一張支票，在憐寶面前一晃，又道：「要不要？你說。」憐寶跳起來道：「我們孩子是賺大錢的孩子呀！要活著，十萬八萬也賺得來。如今死在姓陸的身上，我要五千還說少了。你留著那三千五打官司，咱就打……」

正鬧著，忽然後面周七把她一拉，直拉到牆角，向她說了許多話。憐寶才又走回來，一邊走一邊望著國四爺，氣焰已低了許多。國四爺看出神氣，便插嘴道：「三千五也差不多了，還完債還剩兩千，也夠你們吃幾年。你要一定嫌少，我老頭子給你添幾百。」憐寶這時卻隨風轉舵道：「國四爺，教你受累就夠了，哪能要您的錢？您既在中間說，就便宜這姓陸的。可是他得發送我女兒。」國四爺道：「那個自然。你先收下這款子。」便把若愚手裡的支票接過，要交給憐寶。憐寶遲疑道：「這支票準取得錢來嗎？」國四爺道：「我作保，你要取不出錢，就到我家裡去取

三千五百塊。」憐寶方才收下帶在腰中。

驚寰卻又從地下跳起，拉住憐寶道：「全完了，還不教我見如蓮的面？」憐寶道：「自然教你見！不用你去，我就給你送來。死活可不敢保。」國四爺站起向驚寰道：「事到如今，還談什麼忌諱？你既然千金市骨，如蓮此際無論生死，定要教她進了你的門，才算了她嫁你之願。你也不必跟去，就等著送來吧！」驚寰還自不依，無奈又被若愚苦苦相勸，緊緊相拉，只得喊著：「快送來，快送來。」國四爺又向憐寶道：「回頭你是要跟來的了。」憐寶這時才露出了悲容，撒著淚道：「我還跟來作什麼？就是活著，把她送到這裡，我就也只當她死了，省得多傷心。要是已經嚥氣，我更不必來了！我還跟陸家認親麼？」國四爺嘆息一聲，便告辭道：「我這管閒事的走了，知我罪我，全在你們。」說著便自扶杖走出。周七連若愚的面也不敢看，低頭隨憐寶溜出書房。

若愚見驚寰伏在桌上正哭，只得把他們送出門外，才自回來，心裡十分懊喪，心想陸家真是家門不幸，無故的鬧得一塌糊塗。眼看就有一個死的，平空從外面還要送進一個來，這都是千年不遇的事，偏又把自己攪在漩渦裡。幸虧姑丈不在家，若在家時，更要不堪設想。叨念著走到書房門首，才要掀簾進去，忽覺從旁邊撲過一個人影，不由嚇了一跳，借月色看看時，才知是自己的夫人。若愚大驚道：「你跑出來作什麼？」若愚夫人道：「你們亂的什麼？來的三個都是誰？亂喊胡叫的。」若愚悚然道：「內宅聽見了嗎？」夫人道：「幸而沒有。我在屋裡恍惚聽外院有人說話，知道前院來了人，自己坐著悶，就出來再去看表弟婦一會，因為看一時少一時了。我在她屋裡坐著，就隱約聽外面你們亂喊亂鬧，又見表弟婦臉上變的更難看，目光也散了，心裡害怕，就出來想招呼你們。哪知一進外院，就聽你們像是和人拌嘴，忙隔著玻璃偷看，沒看明白，他們就走了。裡面還有女人，到底怎麼回事？」若愚頓足道：

「倒楣罷了，憑空出了禍事，現在來不及說。」若愚夫人驚異道：「怎麼？」若愚道：「你先不必問，今天你可得多受點累，內宅的病人，就交給你。你關上內宅門，把老媽子都叫醒了，大家坐夜。我和驚寰全不能進去。」夫人道：「告訴我到底是怎麼件事？別教我害這糊塗怕。」若愚道：「咱們的案犯了，就是咱給驚寰破壞的那個如蓮，也要死了。她的父母找來拚命，有個國四爺跟來，都說明白，驚寰已答應弄這快死的人從良。一會兒他們就把那如蓮抬來，還不定是死是活的呢。回頭抬來只可安置在書房。這時驚寰已快把人瘋了，我得守著他。外面有什麼響動，你莫大驚小怪，也別出來，還得別教姑媽和病人聽見。」

　　夫人怔了半晌道：「真是做夢也想不到。這不眼看就有兩口死的麼？你可得把驚寰看定了，怕裡外病人一倒頭，他跟著出什麼毛病。」若愚點頭道：「我曉得，你快進去，依著我的話辦。」夫人依言走入，隨手又把屏門關了，若愚這才又進了書房，見驚寰抱著頭在屋裡亂走，若愚忙叫道：「來，我和你商量。等會兒他們把人抬來，就放在書房裡間吧。」驚寰更不答言，只一頭點，若愚方才被夫人提醒，知道驚寰把萬種傷心後悔的事都擔在他一人身上，他那柔弱的心靈，絕對承受不住，說不定已安下尋死的心，只可竭力監視著他，又繞著彎的勸解。驚寰似乎耳朵聾了，一句也沒聽見，但是眼淚也不流了，坐下立起的又好像犯了失心瘋。過了一會，忽然跳起道：「如蓮來了，我接她去。」說著就跳出書房，若愚一把沒拉住，急忙跟他出去。驚寰跑到大門口，自己開了門，若愚立在他身後，向外看時，只見鉤月在天，清光滿巷，哪有個人影？若愚拉驚寰道：「哪有人來？快進去！」驚寰只站住不動。

　　說來也巧，正在這個工夫，忽見遠遠有一人轉近巷口來。走近了才看出只有兩個人，合搭著一張木板，穩穩的走來，板上隆然凸起像是躺著個人，若愚才料道是了。驚寰已三步趕過去，叫著問那兩人道：「抬

的是如蓮嗎？」那兩人應道：「是，還有個姓周的跟來，他只送到巷口，指點明白了這個大門，已經回去。說是……」驚寰聽到這裡，已急不暇待的問道：「還活著嗎？」說著就要掀起蒙著的被子去看。若愚趕過拉開道：「別在這裡停著，快搭進去。」就拉了驚寰，領著那兩個人，搭了木板，直進大門，緩緩的抬進書房。若愚指揮著把木板輕輕放在床上，又四人合力把木板慢慢撤出來，那被子包裹的人，就臥在床心。若愚也顧不得問個底細，就先打發這抬人的兩個走了，還未回頭，猛聽身後驚寰哇的聲大哭起來。

　　趕過來看，見驚寰已把被子揭開一角，一個死人般的臉兒，立刻露出來，乍一看幾乎不認得是如蓮，瘦得肉盡見骨，身上蓋著兩幅舊緞被，身下一床舊褥，躺著一絲不動，直看不出還有氣沒氣。驚寰卻以為死了，所以大哭。若愚卻通身汗毛都豎起來，想不到當初的一個活潑女郎，竟而變到這樣。想起來全被自己所害，便也顧不得什麼避忌，走過把如蓮的鼻子一按，尚還很熱，嘴裡也有熱氣出入，就按著驚寰道：「別哭，人沒死，這是昏過去，遲一會還能醒過來。」驚寰也用手在她臉上摸了摸，覺得真是沒死，就叫道：「如蓮，妹妹，你睜眼，瞧瞧我。」說著見如蓮不動，便又向若愚哭道：「她不睜眼，是沒死麼？怎麼一點不動呀！」若愚道：「這別忙，本來要死的人，又搭著顛簸了一路，要受多大損傷？等一會緩過來，自然會醒。」驚寰就又跪在床前，不住聲的哀聲呼喚。

　　若愚正要去尋些熱水預備著，忽聽外面有人彈得窗上玻璃響，忙跑出去，見自己夫人也面色慘白，驚顫顫的立在廊下。若愚吃驚問道：「什麼事？」夫人道：「表弟婦情形不好，眼直向上翻，氣也漸漸微了，看光景就要嚥氣。你告訴驚寰一聲，是看看去不？」若愚擺手道：「不要聲張，表弟婦就交你一人管，嚥了氣你們也先別哭，更別叫驚寰。這時他

夠受了，教他先盡這一個辦吧，沒的把他逼死。」夫人又道：「那個如蓮已經來了嗎？」若愚著急道：「來了來了，也就快死，你別絮叨了。這是什麼時候。」就把夫人推進內院，自己又跑進書房。方才身在局中，尚不自覺，此際冷眼看來，斗然感到傷心慘目。滿室蕭然，一燈慘碧，將死的如蓮橫陳榻上，生氣已微。那可憐的驚寰，似醉如痴的跪在榻旁，哀哀苦叫，卻任他叫得涕淚突橫，更叫不回那暫逝的芳魂，博她個開眸一語。若愚只得在旁看著，不覺也魂銷欲絕。

過了十幾分鐘，驚寰竟叫出了功效，如蓮似乎眼皮微動，口裡也像有了聲音。驚寰忍不住，更提高聲音叫道：「如蓮，你醒醒，睜眼瞧瞧你的驚寰。」如蓮慢慢呻吟一聲，忽的睜起些微眼縫，若愚忙取過一杯溫熱的水，遞給驚寰，驚寰便要向如蓮口裡灌，若愚忙攔住道：「不成，留神嗆死。你用嘴一滴滴的度給她吧。」驚寰便把水含在口裡，對準她的嘴兒，一滴滴的度過去，猛然想起當日情死吃菸的時節，也是這般光景，不由得酸淚直湧，都落在如蓮的頰上。

照樣灌了兩口水以後，如蓮竟悠悠醒轉。眼也全部張開，只是凝然直視，臉上也沒一些表情，彷彿空張開眼，什麼也瞧不見。過了一會，眼光才會轉動，似乎才看見驚寰，猛然眼光現出異色，嘴也略開。驚寰知道她心裡已經明白，便又說道：「如蓮，你的驚寰在這裡。」接著如蓮喉裡作聲，通身略動，猛又眼珠向上一翻，把驚寰嚇了一跳，怕她立刻要死。不想如蓮慢慢在眼裡生出光來，直望著驚寰，呻吟了一聲，接著從喉裡發音道：「我……我……」驚寰忙道：「我是驚寰，你這是在我家裡，你已經嫁了我，這屋子是你自己住的。你養病，咱們好過日子。」如蓮嘴唇一動，似乎現出一絲笑容，精神也增了一些，喘著：「怎，怎麼……」驚寰忙道：「你別多想，以前的事，我都明白了，所以把你娶到家，從此你是我家的人。」如蓮喘著想了一會，又問道：「我娘呢？」驚

寰不敢說實話，只得繞彎道：「你嫁過來，你娘怎能跟著，你要想她，我給你接去。」

如蓮閉了閉眼，半晌又睜開，在衾裡的一隻手似乎掙扎著要動。驚寰忙拉住她的手，如蓮才臉上現出安適之狀，鼻翅兒顫動著道：「驚寰……真的……」驚寰道：「怎會不真？妹妹，咱倆心願遂了，我是你的丈夫，總守著你了。」如蓮頭兒微動道：「我快死……你何必……」驚寰聽著心似刀剜，強忍著道：「你別說這個，你養好了病，以後淨是樂事。」如蓮顫著道：「晚了……哥哥，晚了……」驚寰哭道：「莫說你死不了，就是死也算我陸家的鬼，我定要對得過你，定給你出個大殯，埋在我家墳地裡。妹妹，咱倆生不能同衾，也要落個死則同穴。」如蓮略一搖頭，臉上顏色一變道：「不……你有你太太……我不埋你……一處。」驚寰道：「你不願意和她埋在一穴，就在旁邊另起一個墳，立個碑碣。」如蓮喘道：「寫字？」驚寰道：「碑上自然寫字，寫驚寰薄命妻馮如蓮之墓。」如蓮連咽幾口氣才又斷斷續續的道：「不……妻……妾……」驚寰道：「依你，願意寫妾就寫妾。」如蓮這時已目眶塌陷，氣息僅屬。但還忍死扎掙，好像有許多話說。掙了半天，才說出話道：「不……我不姓馮……馮是我娘……的姓……我有親……爹……我娘嫁過一個鹽商……生的我……我姓何……寫何如蓮……娘……告訴我……父親是……何……靖如……我沒……見過……」

驚寰聽到這裡倏的通身一軟坐在地下，若愚也一陣抖索，湊向前低頭問如蓮道：「你父親是何靖如，是你娘嫁過何靖如麼？是不是只嫁了一年？」如蓮微微點頭道：「娘告訴我……我沒見過……」若愚立刻雙淚直湧，撲的也跪在床前，叫道：「你是我妹妹呀！天哪！你怎不早說？我父親就是何靖如，當初我小時候，曾聽說我父親弄過外宅，只一年就打發了，哪知就是你娘，竟把你落在苦海裡。可疼死哥哥了！怪不得你嫂

子說你長的像我，我怎瞎了眼，會看不出來？」說著大哭起來。如蓮聽得這話，心裡翻攪，要哭已沒了淚，只把眼圈一紅，又昏過去。驚寰忙又呼喚，不大工夫，如蓮重又醒轉，望著若愚似乎要笑，卻只見頰上微動，呻吟道：「你是我⋯⋯同胞哥哥⋯⋯哥哥⋯⋯妹妹死在你手裡⋯⋯哥哥你害⋯⋯你好⋯⋯」說著把牙一咬，又向驚寰看了看，嘆息了一聲，接著眼珠一翻，咯的一聲，可憐這多情的薄命女兒，竟帶著無邊幽怨，芳魂渺渺的身歸那世去了。

這一絕氣，驚寰立刻大叫了一聲，倒在地上，若愚卻嚎啕大哭起來，恨不得哭得跟她死去。自己想到從起初就和如蓮作對，千方百計收拾她，一直害得她死。到今天才知她是自己的胞妹，費盡銀錢心力，倒害了個親骨肉，怎不懊悔悲傷，淒然欲絕？正自己哭著，忽聽內宅人聲嘈雜，料道內宅也是不好，只可哭著走出去看。才出書房，恰見自己的夫人匆匆的從裡院出來，一見若愚便拉住道：「你⋯⋯你知道，表弟婦嘔了氣。驚寰⋯⋯驚寰！」若愚頓足道：「裡面的那位也死了。天呀！全是我害死的，可怎麼辦？」夫人驚道：「怎麼說？」若愚且哭且訴的道：「那個如蓮已經送來，已經斷氣。」夫人道：「是嗎？」若愚自己揪著頭髮流淚道：「我得了報應，如蓮是咱的親胞妹。我才知道，她娘嫁過咱爹，在打發了以後才生的她，臨死她才說出咱爹的名字。我真是害人反害己了，天呀！」夫人愕然道：「怪不得我當初見她，覺得像你，因沒往心裡去，就未細問。誰想的到咱爹在外間還留了個孽障呀！早知道就把她收留，哪有今日？」若愚嘆道：「這真是前生冤孽，現在顧不得說。這家裡一死兩口，該怎麼辦？驚寰昏在屋裡，更是不了，萬一他心裡一窄，跟著尋了死，禍更大了。」夫人道：「真個的，驚寰要知道兩個都死了，真有危險。」說著想了想道：「要不就教他挪到旁處躲幾日，等他悲傷略減，然後⋯⋯」若愚猛然道：「對對，只可把驚寰先搬到咱家，我教郭安

去僱車，你就帶著驚寰回咱家去，……千萬留神守著他，先別同他提表弟婦也死了的話。」

夫人點頭，若愚便走出去。夫人自己站在院裡，無意中望著天邊秋月，心裡說不出的淒酸。暗想如蓮雖則薄命，到底還占了上風，以前真享受過驚寰的愛，臨死還得驚寰守著嚥氣，還算罷了。只表弟婦真是苦命得到家，尋常得不到丈夫的憐愛，好容易盼得丈夫回心，自己卻又沒命享受，到死還是被情敵把丈夫搶去，倒是我這不相干的人送了她的終，不禁替她可憐。又想到若愚說驚寰昏在屋裡，怕他出甚毛病，便顧不得屋裡還有死人，就走進去，見那景況真不堪入目，一個屍橫床上，一個氣厥床前。走過看時，驚寰在地下已張開了眼，叫他卻又不應。再看死去的如蓮，幾乎認識不出，臉上卻還平和，只眉端還隱帶些幽怨，便對屍身灑了許多眼淚。

不多時，若愚帶著郭安進來，把驚寰扶起，驚寰只直著兩眼一語不發。若愚和郭安將他抬出去，若愚夫人在後跟著。到了門口見已僱了三輛洋車，若愚夫人坐上一輛，把驚寰推上一輛，由郭安護送著。若愚又囑託夫人，千萬看定驚寰，不可大意。夫人答應，那車便拐出巷外走了。若愚自己關上門，到上房窗外，報告老太太新婦已死。其實這時太太已經聽著消息，正在屋裡哭呢。若愚又把如蓮死在書房的前因後果，稟告一遍。老太太始而吃驚，以後又念如蓮的身世可憫，境遇可憐，深為嘆息。便托若愚明日去買兩份一樣的衣衾棺椁，擇個吉時裝殮。若愚答應，又把驚寰到自己家裡的事說了，老太太也甚願意。若愚因院中停著兩個死屍，一夜沒敢睡覺。熬到次日天明，便出去買辦一切物件，夜裡入殮。也沒教驚寰回家，若愚都用全神料理得完善。入殮以後，才想起給新婦的母家和如蓮的娘送信。新婦母家從去年夏天便搬往張家口，只得寫封快信寄去。憐寶卻沒處尋找，只得罷了。

話說驚寰在若愚家住了三四天，神智方才清爽，只鬧著要回家，卻被若愚夫人像哄小孩似的哄著，不許他走，而且便是偷著跑出，也被看門的人擋回，只急得他整天哭鬧。過了十幾日，若愚夫人見實在關不住，便和若愚商量，送他回了家。驚寰一進家門，見停著兩口棺材，才知新婦也已逝去，自念兩妻盡死，己尚獨生，真是百身莫贖，恨不得叫來天地鬼神，問問他們，何以單單扼我至此。這一場痛哭，直有淚溢江河，恨填宇宙之勢，暈而復甦者好幾次，被若愚勸住。又另雇了兩個僕人，輪班看守驚寰。

過一日，便有新婦的母親到家，在棺前哭了一陣，又見院中停有兩棺，問知底細，幾乎鬧起風波。幸虧若愚夫人從中調解，才得平息。若愚為要懺悔自己的罪惡，便要自掏腰包，給新婦和如蓮兩人合出一個大殯。新婦的母親硬堅持著，非要給自己女兒單出大殯不可。後來費了許多唇舌，才說得她應允，便定了九月十九日，雙駕一齊發引。若愚約集親友，籌備得非常周密，不怕花錢，只求闊綽。到了日期，若愚只教驚寰坐馬車送殯，不許在路上行走，又派許多人衛護著，殯儀好生壯闊。路上看的人，人山人海。大家見殯中有兩個棺材，兩副銘旌，影亭裡又供著兩個少女的影像，都大為驚疑。便有好事的混加揣測，說這陸家的妻妾，素常感情深厚，大太太得病身故，姨太太誓不獨生，也跟著絕粒而死。這些謠言，一傳十，十傳百，傳揚出去，立刻大家都知道了，全當作事實，竟而成了一段美談，也不必細表。

出殯三天以後，若愚見驚寰久居家中，終日睹物思情，煩惱哭泣，知道便是他不出毛病，家居也是不妥。忽然想起個主意，便出自己的名，向江西驚寰的父親處去了一封電報，述說新婦已死，驚寰家居懷喪，身體日弱，醫生勸去轉地療養，驚寰原只中學畢業，因為本地沒有好大學，尚未深造，如今趁這機會可送他到日本去，一半治病，一半求

第八回　千金市駿骨明身世夜月返芳魂，一殯出雙棺懺業冤春風回舊夢

學，如蒙姑丈允許，自己可以擔任送去云云。過幾天接了回電，驚寰的父親對若愚的計畫，竟非常同意，請若愚瞧著辦理。若愚便拿著電報，給老太太看了，老太太雖不願兒子遠離膝下，但又怕他在家裡出了意外，希望出外去可以開闊胸懷，只得忍痛立允。至於驚寰，此際已是萬念灰冷，只求速死，在家出外，全不關心，只由若愚隨意擺布。

若愚把家事安置略妥，就辭了姑母，別了夫人，帶著驚寰直赴日本去了。到日本住在東京，白天請教師給他補習日文，夜裡便領他出去各處遊逛。驚寰初到異方，觸目生趣，胸懷漸漸開展，不由把尋死的心就淡了許多。過了三個多月，日文已頗有程度，適值年假將完，若愚就替他在一個高等專門學校報了名，考試居然被取，從此入學讀書。若愚見他已神智如常，不必自己再為陪伴，又過了些日，就託了兩個留日的朋友照應驚寰，又諄囑了許多話，才自乘輪船回津。趕到天津，恰值仲春二月，便先到了陸家，見著姑母，報告驚寰在外平安，才自回到自己家裡。夫妻見面，若愚夫人給丈夫置酒接風，歡飲中間，提起陸家的事，夫婦都不勝悽慘。若愚嘆道：「天下事居然這樣巧，不能說不是孽冤。兩個絕代的女子，雖都死在驚寰身上，可是間接全死在我手裡。而且我和驚寰，都是以前走了錯路，到後來明白時，卻都已晚了，連個改悔的機會都抓不著。我一向的主意，是寧害了如蓮，必須救驚寰的太太，哪知驚寰的太太沒救成，倒斷送了自己的胞妹。原來一片好心，想不到落這樣結果，我到死也不能心安了。」

夫人撒淚道：「不談這些吧。論起如蓮的死，我也有一半功勞。我心裡好受嗎？不過咱們沒生心害人，問心無愧，也就罷了。」若愚這時想起如蓮臨死向自己叫哥哥的情形，十分慘傷，便低頭不語。夫人又道：「明天是清明，你回來還沒祭祖先，索性咱明天出郊掃墓，就帶便祭祭如蓮和表弟婦的墳。」若愚答應。到次日午飯後，便派人雇了輛馬車，

到西鄉去掃墓。又帶著些花圈祭品，夫妻坐著車，才走到西馬路，忽見街上人都塞滿，擁擠不動，馬車只得在人群中奪路而行。猛然又聽眾人齊聲喊：「好。」若愚抬頭一看，原來是過紅差，軍警作隊走過，後面綁著兩個犯人，正在鬼叫著唱。若愚見頭前走的犯人，才想起這犯人是與自己同過患難的羅九。暗想這人並非甚壞，怎犯了死罪？又轉想他必是揮霍過度，窮了不守本分，走近路去搶劫，竟把性命送掉。人為財死，果然不錯。不禁暗嘆錢真是好東西，有者能生，無者即死。看起來自己雖然富厚，也經不住揮霍，日後該把家財整理整理，不可像以先的不事生產了。

想著紅差已經過去，行人盡散，馬車走起來，瞬息出了西關。路上雖是黃土漫天，卻不斷的見著紅桃綠柳，點綴出幾分春色。到了何氏祖塋，祭掃已畢，因陸家塋地相離不遠，便教馬車跟著，夫婦自走了去。到了陸家塋地，走進去，見前後兩座新墳，巋然對峙，眼見便是兩個薄命人埋骨之所。當初一個是深閨弱女，翠繞珠圍，一個是北里名姬，花嬌柳媚，如今都剩了一坯黃土，三尺孤墳。在這無人荒境中，聽那蕭蕭的白楊作語，更不知棺中白骨，已朽到什麼程度，真是餘情猶在人心，玉體已歸塵土，夫婦倆不由都淒然下淚。

那如蓮的墳，是埋在祖墳圈起後的土地上，驚寰夫人卻埋在二門以外驚寰的正穴裡，預備將來和驚寰拼骨同穴。若愚夫婦為要在如蓮墳上多流連一會，便先到驚寰夫人墳前祭了。若愚夫人跪著默禱了一會，站起來，把一個花圈放在墳頭，才同踏著茸茸細草，走到塋地後面。見如蓮的墳孤立在風中，雖是隔年新墳，也自生了纖草。墳前立著小碑一塊，上刻著「陸氏薄命妾何如蓮之墓」，碑旁生著一小株桃花，枝幹極細，隨風搖擺，只一條橫出的細枝上，綴著四五朵桃花，開得寂寂寞寞的紅，一陣風來，便刮落幾瓣。若愚把祭品擺在墳前，花圈放在墳頂，

夫婦一同叫著：「妹妹，你的哥哥嫂嫂來看你！」若愚念到墓中長眠的胞妹，生時那樣胸襟，那樣志氣，那等烈性，那等痴情，雖然落在風塵，絕沒給我何氏留一點羞辱，從小時在憐寶手裡，不知受了多少艱苦，長大了自己立志嫁人，偏橫遭波折。

　　驚寰夫人雖然生前薄命，可是死後還得與夫同穴長眠。如蓮卻是獨鬼孤墳，寂寞淒涼，直到茫茫萬古。這才是天下第一命薄的人！她若生在我家裡，便是千金小姐，無憂無慮，快活一世。可憐她怎就落在外邊？可恨自己不能早日看出，直把她害死。想著忍不住大哭起來，夫人也跟著嚶嚶啜泣。若愚哭完，抱著墳頭叫道：「妹妹，還恨我嗎？哥哥對不起你。將來我有兒子，一定過繼你一個，你這墳上，我還要蓋個亭子，省得雨水淋你。妹妹，你的魂兒有靈，也要常回家去看看哥嫂。我家裡給你再立牌位，常時上供，你可去呀！」說著又哭。

　　正哭著，忽覺身後有人輕拍肩頭，以為是夫人來勸，回頭看時，夫人還坐著掩面而泣。面前站著的卻是個白鬚老人，細看才知是那位國四爺。若愚連忙長揖問道：「老伯怎也到這裡來？」國四爺笑道：「這裡我常來。如蓮出殯，我派僕人跟著，訪知埋在這裡，我沒事就來一次。如蓮是我的乾女兒，生前很孝順我，死後怎能教她寂寞。可是我這風燭殘年，能來幾次就說不定了。而且常常出郊一遊，於身心頗為有益。閣下方才口口聲聲哭著妹，妹是什麼原故？那陸驚寰又為甚不來？莫非又得了新歡？」若愚長嘆，就把如蓮臨死才述明身世的話說了一遍。

　　國四爺咳聲道：「人的命運直是天生，非人力所能推挽。如蓮的命，奈何一薄至此？這就是造化故意弄人了。這樣說，那憐寶還是你的庶母。」若愚聽了，忽然想起一事，忙問道：「她和周七現在何方？我急要找他們，您知道不？」國四爺道：「你是要大大的賙濟憐寶一下，以慰死者之心麼？那倒不必。他夫婦得了那筆錢，拆半還了帳，就都回河南

龍王廟故鄉，仍自安分務農去了。憐寶經這次變故，倒老實許多。」

　　若愚聽了點頭不語。國四爺又自笑道：「閣下莫笑我老於喜事，其實如蓮這孩子，真是不世出的才。我和她相處稍久，知道她聰明絕頂，要是生得其地，萬非一切男子所能及。因她身在風塵，還以為是犂牛之子，哪知竟是你們縉紳人家之後，那就無怪其然。總算我老眼不花，我曾經煩名人給她作了許多題詠，上月帶個石匠來，要刻在碑後，被陸家守墳人看見，還不依不饒，訛我許多賄賂去，才得刻成。閣下莫笑我痴啊！」說著哈哈一笑道：「此尚非痴，猶有痴於此者。如蓮生時曾告訴我，她沒墜落風塵時，驚寶每天清早必到她門前巡邏，如今她死了，我也依著驚寶舊樣，差不多每日墳前一走。當年是柳綠情郎，門前走動。如今只剩我白髮老父，墳上徘徊。一生一死，看起來他們夫妻情深，還不如我們父女義重呢。」

　　說完就倒背手去嗅花圈上的鮮花。若愚也繞到碑後一看，只見上面字跡縱橫，龍蛇飛舞，把一面碑刻得略無隙地。都是些哀感頑豔的詩詞，看人名時，都是當代大家，像陳三原、蘇孝須、祝古君、樊雲山等人，都有所作。只有國四爺是一篇短短的墓誌，把如蓮的生平寫得栩栩如生。暗想如蓮死後得這一番遭遇，也不枉苦了一世。便深深的謝了國四爺。

　　這時若愚夫人，因哭著被風吹得頭疼，提議回家，若愚只得辭別國四爺，扶夫人上了馬車，歸鞭東指。走過了半里多路，回頭看時，國四爺還在地下採擷野花向墳前上供呢。若愚夫婦一路上都是含著滿腹餘哀，各不作語。夫人只緊緊偎著若愚，又把他的兩手都握著。車進了西關，若愚忽然笑問道：「意珠，我這次回來，覺得你對我親密了許多，竟使我想到初結婚時的情景。你忽然跟我增加了愛情，是為什麼？」夫人臉上一紅，淒然道：「我自從看見那兩個苦命人的結果，才知道像咱夫妻

這樣幸福，很不易得，我應當自知惜福，所以不由就把你看重咧。」若愚看了她一眼，微笑不答，只緊緊握著她的手，半晌才道：「我餓了，家裡沒什麼好吃，咱一直到松風樓吃西餐去吧！松風樓群芳館，現在已改作飯店咧。」

春風回夢記：

為了愛不惜一切，風塵場中的淒美情緣

作　　者：劉雲若

發 行 人：黃振庭

出 版 者：複刻文化事業有限公司

發 行 者：複刻文化事業有限公司

E-mail：sonbookservice@gmail.com

粉 絲 頁：https://www.facebook.com/
　　　　　sonbookss/

網　　址：https://sonbook.net/

地　　址：台北市中正區重慶南路一段六十一號八
　　　　　樓 815 室

Rm. 815, 8F., No.61, Sec. 1, Chongqing S. Rd.,
Zhongzheng Dist., Taipei City 100, Taiwan

電　　話：(02)2370-3310

傳　　真：(02)2388-1990

印　　刷：京峯數位服務有限公司

律師顧問：廣華律師事務所 張珮琦律師

國家圖書館出版品預行編目資料

春風回夢記：為了愛不惜一切，風
塵場中的淒美情緣 / 劉雲若 著 . --
第一版 . -- 臺北市：複刻文化事業
有限公司 , 2023.11
面；　公分
POD 版
ISBN 978-626-97803-8-9(平裝)
857.7　　112016180

定　　價：375 元

發行日期：2023 年 11 月第一版

◎本書以 POD 印製
Design Assets from Freepik.com

電子書購買

臉書

爽讀 APP